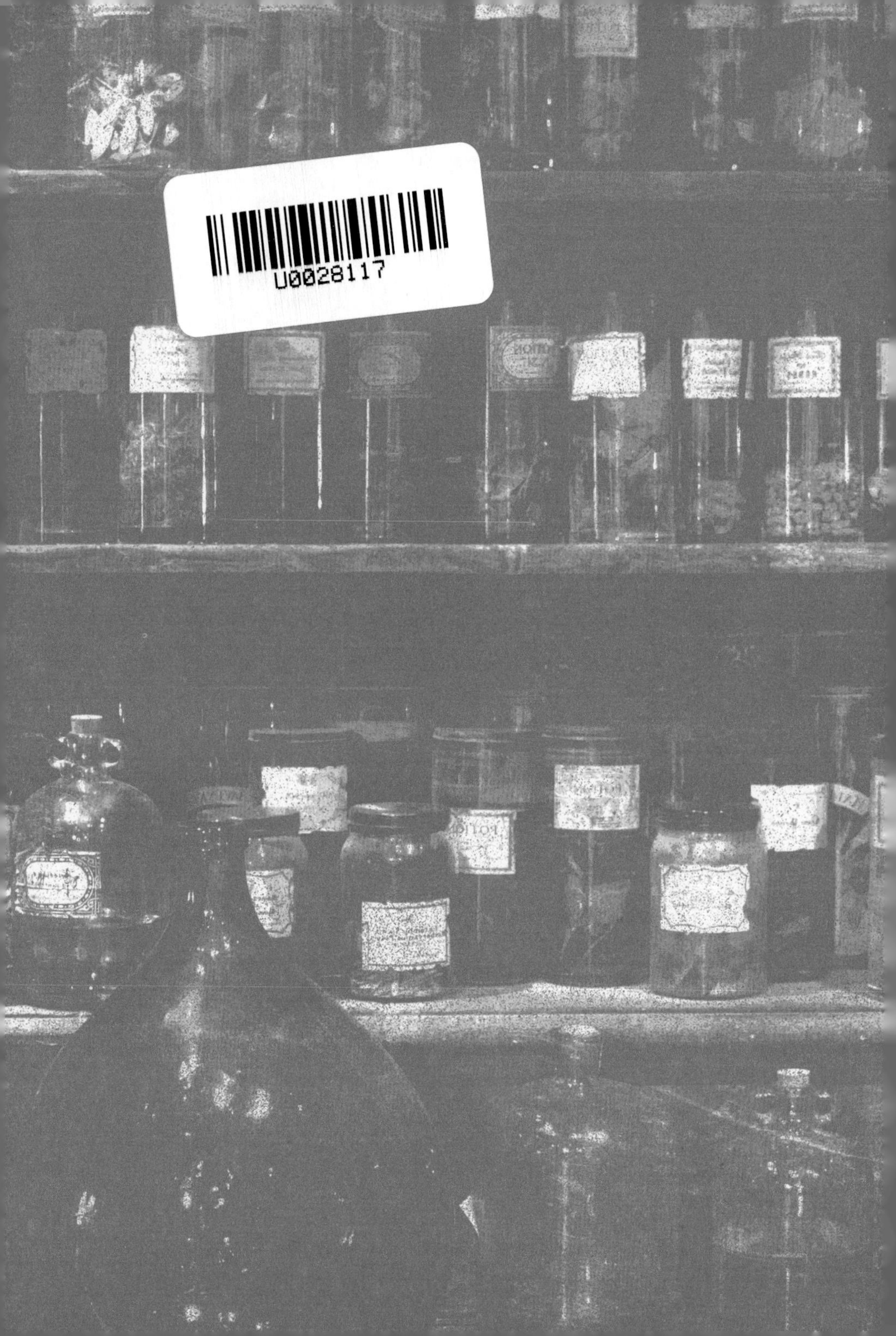

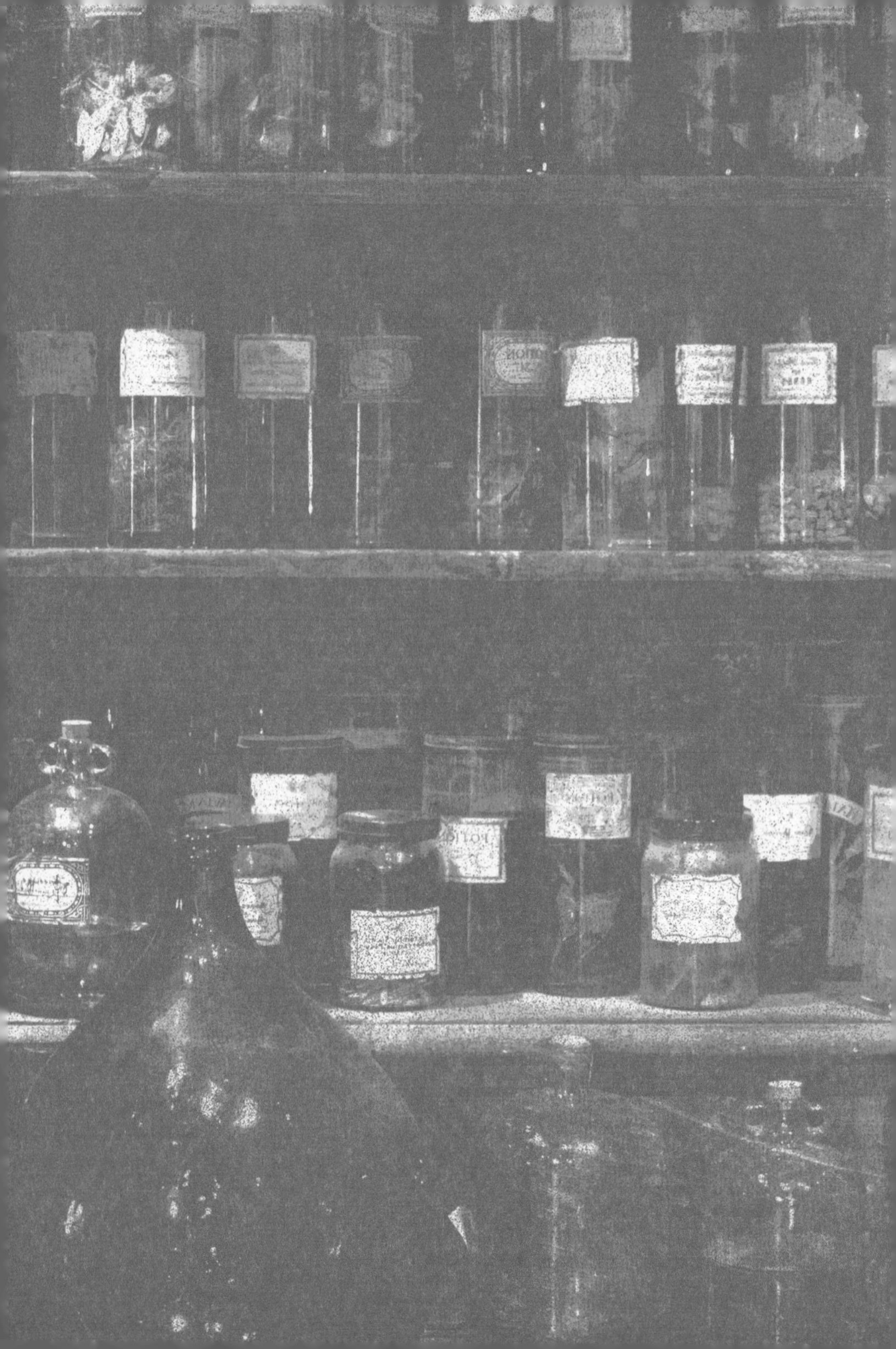

COLLEC-
TING
COOPER

Paul Cleave

殺手收藏家

保羅・克里夫——著
克里夫——譯

序言

艾瑪．格林希望老人別死了。有時候，在生命中會碰到這樣的時刻，心裡想著這樣，卻期待實際情況是那樣。咖啡店裡倒是一片死寂。過去一小時內才來了兩名顧客，都只點了咖啡，即使今天是星期一，即使生意很清淡，咖啡店老闆才不會讓員工提早下班，而且生意不好，他的脾氣也好不到哪裡去。後面的停車場裡停了她的車、她老闆的車和另外兩輛車。邊上有個大垃圾箱，旁邊疊了幾個牛奶箱，空氣中泛著高麗菜的味道。並沒有什麼遮蔽了光線。有一些啦，但仍亮到能看見老人的身體陷入了前座，嘴巴開開的，眼睛閉著，頭倒向一邊，兩年前爺爺也正是這個模樣，他進了浴室後就沒出來，他們只好破門而入。

她走到車子旁邊朝裡面看。一條口水從他的下唇垂到胸口。他的髮線已經後退到再往後一點點就能算是禿頭了。她認出他是誰了。幾個小時前他來過咖啡店。點了咖啡和司康餅，拿著報紙坐到角落，想解開填字遊戲。「魔鬼住的地方，」他壓低聲音不斷複述這句話，同時用筆敲桌子，她走過去時從他肩膀上瞥了一眼，想到了答案，不過只有兩個空格。可基督城有三個字。

「地獄，」她對他說，他微微一笑，道了聲謝，感覺挺和藹。

希望他只是睡著了，她想敲窗戶，又怕萬一他睡著了，會被她嚇一跳驚醒，那就尷尬了。但萬一他不是睡著了呢？或許他的心臟幾秒前才停止跳動，還有機會救回他。不過，感覺也不對，因為他一個多小時前就出了咖啡廳。不太可能死前還在車裡坐了這麼久，除非他把填字遊戲帶到車上玩。好吧，或許魔鬼把他抓走了。她透過車窗看看裡面，把手往車窗伸過去，但沒碰到窗戶。別管了，等下有人看到就讓別人來處理吧。但如果她眞的不管，死掉的老人可能要等到早上才有人發現，他還可能變得更窮，車子的音響也被偷走了。

如果是她坐在停著的車子裡，剛嚥下最後一口氣，她會希望經過的人都對她視而不見嗎？她敲敲窗戶。老人動也不動。她又敲了幾下。沒反應。她心一沉，抓住了門把。門沒鎖。她迅速拉開車門，用幾根手指探探他脖子上的脈搏，手腕切斷了老人下巴上的唾液，像條脫離了網的蜘蛛絲掛在她的手臂上。他的皮膚仍有溫度，但摸不到脈搏，她的手指慢慢移動……

他深吸一口氣，往後縮了一下。「搞什麼？」他劈頭就罵，用力眨著眼睛，好讓視線更清楚。「喂，喂，妳在幹嘛？」他大吼。

「我……」

「不要臉的婊子，小偷，」他的口氣一點也不像她爺爺——至少爺爺在得阿茲海默症前絕不會亂罵人——他抓住她的手，把她拉進車裡。「妳想要……」

「我以爲……」

「婊子！」他大吼，然後對她啐了一口。她聞到老人獨有的汗味和食物的味道，他的衣服也有老人味，瘦骨嶙峋的手把她抓得很緊。她很想吐，她的背痛起來了，自從去年出過車禍後，她就常常背痛，她伸手去掰他的手，想脫離他的緊握。

「妳想偷我的東西，」他說。

「不是，才不是，我在……在……」她淚流滿面，說不出口，「你點了咖啡跟……司康餅，我，我以爲你……」靠得這麼近，他的氣息燠熱潮濕，她的妝都要花了。她想說的話一直哽在喉嚨裡。

他放開她，摑了她一巴掌。力道很重。活了十七年，她還沒被別人這樣下重手打過。她的頭往旁邊一甩，臉頰火辣辣發熱。然後他的手摸到了她的胸口，一開始她以爲他要佔她便宜，接著卻被他用力一推，她只看得到滿天金星和漩渦，背部撞到了地面，還好她的兩隻手撐住了身子。

車門猛然關上。引擎發動了。他搖下窗戶，對她吼了幾句，才把車開走，但引擎聲蓋過了他的吼聲，她滿耳朵血，什麼也聽不到。他往出口疾駛，太貼近牆壁，撞到了垃圾箱，車身刮出了長長的凹痕，她本來以爲他會停車，繼續對她亂嚷，可是他沒停下來，急急衝到街上，另一台車傳出了尖銳的煞車聲，有人吼了一聲「王八蛋」。

她坐在地上哭了起來，覺得很生氣，手提包丟在一旁，裡面的東西都落進了柏油路面上的水坑裡。她第一個念頭是進店裡去告訴老闆發生了什麼事，不過他一定會說是她的錯。她老闆有這個問題，什麼都是別人的錯，碰到今天的情況，他會覺得她想要他來負責。她站起身來，看看自己的手掌。右手破皮了，裂開的皮膚很像破掉的氣球。還好沒有流血。

她擦擦眼淚。「王八蛋，」她低聲說。溫暖的風吹過來，拉扯她掌心的破皮，被吹開的皮膚像小小的降落傘。她把東西裝回提包裡，然後又在裡面找鑰匙，但是鑰匙不見了。她蹲回地上。走到停車場的時候，她好像把鑰匙拿在手裡，對不對？她不太確定，想要回頭去找，一轉身就看到鑰匙在一輛骯髒老舊的豐田後輪下。她走過去，彎下腰想撿鑰匙。這時有人朝著她跑過來。她抬頭一看，男人的身影擋住了光線，謝謝老天爺，有人來幫忙了。

「謝……」她只說了一個字，他就跳到她身上，令她滿心驚恐。

她不知道這是怎麼一回事。她想掙脫，他卻抓住她的頭往地上撞，用力到停車場的燈光都暗了下來。她可以感覺到世界離她而去。她以爲她在努力對抗，但她不確定，感覺比較像自己落入了一個夢。祖父對她微笑，車裡的老人，早些她打翻了一杯咖啡，被老闆罵了，男友要跟她過夜，她以爲撒旦住在基督城，建立了住所，讓他的朋友在這座城裡肆虐，然後她知道一切都是她的想像，但再怎麼努力，她還是失去了知覺。

等她恢復意識的時候，毫無頭緒到底幾點了。就像去年出車禍的時候一樣。那時她被車撞了，但她什麼也不記得。不記得意外前那個小時，也不記得意外後那一天。這次她記起來了。她躺在床墊上，但翻過身的時候，碰不到床墊的邊緣。她的手腕疼痛難耐，被綁在身後，雙腿也被綁住了，連到把她手腕綁在一起的東西。最糟糕的是頭痛，眼睛後的壓力好強，蓋住眼睛的東西應該也把眼睛壓住了。她又餓又渴，周圍的空氣又悶又熱。應該有三十幾度吧。一片漆黑。她哭了起來。這裡不是醫院。她被綁住了，而且要熱死了。

腳步聲。地板的吱嘎聲。開鎖聲，然後是開門聲。有人走過來。她聽到了呼吸聲。她想講話，可是開不了口。她想到爸媽，想到朋友，還有她的男朋友。她想到咖啡廳裡的老人，對自己承諾，要是能活著離開，她再也不伸手助人了。

「喝。」

男人的聲音。嘴巴上的壓力解除了。她一定可以說點什麼，讓自己脫離這種處境。她可以說動他，把她放走。

「求求你，求求你，」她哭著說，「不要傷害我。我不想受傷，求求你，我求你了，」她滿臉淚水。她從來沒這樣痛哭過。她知道她也從來沒這麼怕過。這人會害她，不論他用什麼手段，她都得承受，承受一輩子，她要發瘋了。按著她的本性，她要死了。

但她可以撐過去。她會活下來。她知道，因為，因為……這原本就不是她的命運。她不可能現在就要死了。不合理。沒道理。她哭得更厲害了。

「求求你，」她說。

塑膠瓶子壓到了她的嘴唇上。

「水，」他把瓶子抬起來，水流入了她的口中。她恨他，但她渴得受不了，只好喝下去。她才喝了幾口，他就把瓶子拿走了。

「等一下再給，」他說。

「你，你是誰？你要對我怎麼樣？」

「不要問了，」他說，她嘴巴上的壓力又回來了，似乎是膠帶。「妳需要留著力氣，」他告訴她。「下禮拜我幫妳計畫了很特別的事情，」他說，「這些都不需要了，」他補了一句，她感覺到刀子滑到了衣服下，然後他把她的衣服割開了。

1

燠熱的空氣裡，操場上的灰塵揮之不去。蒼蠅蚊子都把我的脖子當成機場跑道。高大的水泥牆隔開了外面的聲音，生活的聲音，例如踢足球和玩牌，又例如被人揍扁。右側多了起重機跟鷹架，工人正在擴建已經爆滿的監獄，空氣中布滿了塵土和泥灰，就像早冬的霧氣，厚到什麼都看不清楚，有可能剛跑過一群驚慌亂竄的乳牛，也有可能是一群想要逃獄的犯人。我的衣服有股霉味，感覺很硬；四個月前就折起來塞在紙袋裡，但總比工作睡覺吃飯都穿在身上的那套囚犯連身服好。皮膚上仍留著汗漬跟囚禁的感覺。從柏油路升上來的熱氣包住了我的兩隻腳。握起拳頭，仍能感覺到把我跟人世隔開的金屬和混凝土牆，就像有人被截肢後依然能感覺到不存在的那條腿。過去四個月，我完全與世隔絕。除了外邊的世界，也不跟其他犯人打交道。日復一日，周圍的牢房都是戀童癖跟形形色色的人渣，他們不能回到人群中，不然可能會有人的喉嚨被割開。這四個月有如四年那麼長，但還好沒那麼糟。我的牙齒沒被打掉，也沒有每天晚上被迫雞姦。在混凝土跟鋼鐵構築的世界中，旁邊每個人都痛恨警察，尤甚於彼此痛恨，我又剛好當過警察。身邊這些性侵孩童的禽獸令我作嘔，但換成其他人就更糟糕了。他們大多不跟人來往，整天幻想讓他們被逮捕的那些事情。幻想能回到那樣的生活。

監獄的守衛從入口處看著我。他們似乎很擔心我會闖回監獄。我覺得我很像電影裡的角色；迷失的人，在不同的時間醒來，必須抓住別人的肩膀，問今天是幾月幾號，連幾年都不知道，卻只引來詫異的眼光，覺得你是傻瓜。我當然知道今天的日期。被扔進監獄那天我就在等這天來到。衣服感覺鬆了，因爲我變瘦了。監獄食物是營養不良的同義詞。

九點鐘的太陽無情地照下，在我身後留下長長的影子。看向四面八方，地面上似乎都有水，薄薄一層，在熱氣中閃閃爍爍。踩在柏油路上，每走一步都要把鞋底從地上拔起來。我得用手蓋著臉，免得陽光照進眼睛。我才出獄二十五秒，已經不記得入獄前有沒有碰過這麼熱的日子。過去四個月來，我第一次照到這麼強烈的陽光，蒼白的皮膚已經要曬傷了。在背後的高牆裡被困住的時間愈久，這個特別的星期三感覺愈遙遠。入獄後，時間感也被擾亂了。外面有幾部訪客的車子，靠在其中一輛車上的男人看著我。他穿著卡其褲，白襯衫的腋下有一圈黑，自從上次見到他，他也瘦了點，但仍留著平頭，表情也一樣，近來他似乎也只有這種表情。遠處有什麼東西燒起來了，我聞到了煙味。我對著陽光閉上眼睛，讓陽光曬熱我的皮膚，曬到痛了，等我睜開眼睛，施羅德已經離開靠著的車子，快走到我面前了。

「泰特，見到你眞好，」施羅德說，他走到我跟前，我握住他的手。他的手很熱很濕，我好久沒跟別人握手了，但我還記得握手的感覺。監獄的食物還沒把我的腦子蝕光。「怎麼樣？」

「你覺得呢？」我邊問邊放開了他的手。

「嗯，我猜還好吧，」施羅德下了結論。他只是沒話找話說，大家都這樣。兩隻看起來很疲憊的鳥兒從我們身邊低空飛過，尋找更涼爽的地方。「我想，可以讓你搭便車。」

監獄的入口旁停了一台白色的小巴士，下半部蓋滿了塵土，上半部稍微好一點。另外兩個今天出獄的人已經坐在車上，兩人都剃了光頭，雨點圖案的刺青從眼角往外流，他們分坐兩側，眼睛看著窗外，不想跟彼此扯上關係。一個體格很壯的矮個子從監獄裡神氣活現地走出來，右手的指頭都不見了，讓他的拳頭看起來像高爾夫球桿的桿頭，壯碩的手臂向兩側鼓起，包住巨大的胸膛，和更誇大的自尊心。他瞪了我一眼，然後爬上小巴士的後座。我看不出一個星期吧，他們就會回來了。

我們四個都是今天出獄，跟他們在同一部車上共度二十分鐘，一點都不讓我覺得興奮。我也不怎麼想跟施羅德共度這二十分鐘就是了。

「謝謝，」我對他說。

我們朝著他那台深灰色的便衣警車走去，來這裡的路程讓車子沾滿了塵土，輪胎側邊的字母因此更模糊了。我上了車，裡面比外面更熱。我撥弄空調，把通風口朝向自己。後視鏡裡的基督城監獄變得愈來愈小，最後被一大排樹遮住了。我們上了高速公路，向右轉朝著城裡前進。我們經過了很多用鐵絲網圍住的土地，上面的草都乾了。地裡有好幾台牽引機，厚厚的塵土如雲般升起，上面的駕駛從臉上擦掉了清晨的汗水。離開了工地後，空氣就清澈了。

「想過現在要做什麼嗎？」施羅德問。

「為什麼問這個問題？你要給我重操舊業的機會嗎？」

「是呀，應該會有好結果吧。」

「那我去當農夫好了。感覺很愜意。」

「我不認識當農夫的人，泰特，不過我覺得你一定會變成最糟糕那種。」

「是嗎？哪一種？」

他不答腔。他認為要是我當農夫，一定會射殺欺負同類的牛隻。我想像自己一週七天都坐在牽引機上，把牛群從這塊田趕到那塊田，不過，再怎麼努力，腦海中的想像都如過眼雲煙。快到城裡了，車子也變多了。

「聽我說，泰特，我想過了，我現在看事情的方法也有點不一樣了。」

「怎麼不一樣？」

「這座城。社會，我不知道。你怎麼說基督城來著？」

「破敗了，」我回答，是真的。

「是啊。感覺基督城已經分崩離析好一陣子了。但看起來……看起來，我不知道該怎麼說。情況似乎沒有好轉。你三年前離開警隊後，就不清楚情況了，我們人力不足。失蹤人口節節上升。男人，女人，早上出了門，然後就不見了。」

「說不定他們受夠了，自己逃走了，」我提了個可能的原因。

「並不是。」

「你閒聊一定要聊這種話題嗎？」

「難道你想聊過去四個月的經歷嗎？」

我們經過了一塊田，有兩個農夫在燒垃圾，多半是砍下來的樹枝，黑色的濃煙快速衝到空中，像雨雲一樣掛著，沒有微風提供動力。農夫站在牽引機旁，雙手扠腰看著火堆，熱氣讓他們周圍的空氣變得朦朦朧朧。氣味從通風口進入車裡，施羅德關掉了空調，車裡的溫度跟著上升。然後我們穿過了一道兩公尺高的灰色磚牆，上面寫了基督城幾個大字，後面卻未接著歡迎您。事實上，有人用噴漆蓋住了城字，寫上救救我們。各個方向的車子都開得很快，大家都急著要到某個地方。施羅德又開了空調。我們到了離開監獄後第一個大交叉路口，停下來等紅燈，在對面的加油站裡，有台四輪傳動車在倒車時撞上了加油泵，所有的員工圍成一圈觀看，不知道該怎麼辦。加油站前的板子告訴我自從我離開後，汽油的價格又上漲了百分之十。我猜氣溫上升了百分之四十，犯罪率上升了百分之五十。基督城有好多統計數字，其中百分之九十跟壞事有關。加油站有一整面牆都畫滿了塗鴉。

綠燈亮了，約莫十秒鐘都沒有車子移動，因爲最前面那個人正拿著手機在吵架。我一直覺得車胎要融化了。我們各有所思，然後施羅德打破了沉默。「泰特，重點在於，這座城一直變。我們抓了一個壞人，又有兩個人補上。每況愈下，要失控了。」

「卡爾，已經失控一陣子了。早在我離開警隊前就很糟糕了。」

「嗯，現在似乎愈來愈糟糕。」

「爲什麼我覺得有點不對勁？」我問。

「什麼不對勁？」

「你來接我出獄。卡爾，你要什麼就直說吧。」

他用手指敲著方向盤，直勾勾看著前方，視線鎖死在車流上。白光從所有平滑的表面上反射出來，他媽的什麼都快看不到了。我很擔心，還沒到家我的眼球就要融掉了。「在後座，」他說。「有份資料需要你看看。」

「除了戴上太陽眼鏡外，我什麼都不需要。你有備用的嗎？」

「沒有。看看吧。」

「卡爾，不管你打什麼算盤，我都不想答應。」

「我要把另一個殺人犯抓起來。你也不同意嗎？」

「只能說你滿嘴屁話。」

「一年前我認識的泰特就會同意了。他會問我怎麼樣才能幫得上忙。一年前的泰特就算我推辭，也會伸出援手。你還記得嗎？你還記得一年前的自己嗎？還是蹲了四個月，你什麼都不記得了？」

「我當然沒忘。我記得我查到了你不知道的東西，你卻不肯聽。」

「天啊，泰特，你整個扭曲事實了。你妨礙調查，你偷了不屬於你的東西，你騙我，你眞的很煩。事實上，你殺了人，你撞了一名少女，害她進了醫院。」

「去年，我在追查連續殺人犯，有人死了。壞人。那時候我不知道其中有個壞人，失手殺了他。罪惡感讓我變了一個人，我開始酗酒。酒後出了車禍，車禍又讓我戒酒了。」

「你不用教訓我什麼才是事實，」我想到我的女兒，冰冰冷冷在地裡躺了三年，再也不會回來，然後想到住在療養院裡的妻子，只剩一具軀殼，裡面那個全世界最完美的女人已經不見蹤影。

「你說得對，」他說。「誰比你更明白事實呢？你不需要別人來說教。」

「不論如何，我已經不是從前的我。」

「爲什麼？被關的時候找到了上帝嗎？」

「上帝根本不知道有監獄這個地方，」我告訴他。

「聽我說，泰特，這一仗我們快輸了，我需要你幫忙。一年前那個人，他不在乎越界。該做的他都做了。他不在乎後果。他不在乎法律。我現在不要你表現得跟他一樣。我只要你幫忙。運用你的觀察。去年那個無所畏懼的男人現在連觀察的能力都沒有了嗎？」

「因為那人最後去坐牢了，沒有人關心他，」口中吐出的話比心裡想的更憤慨。

「不，泰特，那人去坐牢，因為他喝醉了，差點撞死人。來吧，我只要你幫忙看看資料就好。看一遍，告訴我你有什麼想法。我不求你去幫我追查嫌犯或親自動手。事實上，我們都看不出什麼，靠太近了──他媽的，你要做什麼，採取什麼行動，都沒關係，那就是你最擅長的。那就是你活在這個世界上的目的。」

「你太誇張了，」我告訴他。

「還想利用你的自大，」他的視線從路上離開了一秒鐘，對我一笑。「但那筆錢很好用，我可沒亂說。」

「錢？怎樣，警隊要付我薪水嗎？我才不相信。」

「我不是這個意思。聽我說，有一筆獎金。三個月前是五萬塊，現在提高到二十萬了。能提供線索讓警方逮捕罪犯，就可以拿到這筆錢。泰特，不然你還有什麼事好做？起碼先看看資料。給你自己一個機會──」

他的手機響了。剛才那句話還沒說完。他拿起手機，只說了幾個字，幾乎都在聽，我不用聽就知道，一定是壞消息。我在當警察的時候，沒有人會打電話來告訴我好消息。沒有人打電話來感謝我抓到了罪犯，買披薩和啤酒請我，說一句幹得好。施羅德放慢了車速，緊緊抓著方向盤。他偏離了車道，避開最近一場意外留下的一大攤安全玻璃，玻璃碎塊跟鑽石一樣，被陽光照得閃閃發亮。我想著獎金，還有可以拿這筆錢來做什麼。我凝望窗外，看著一對穿著黃色反光背心的測量員在量街道，計畫過一陣子要拓寬或收窄道路，或者只是為了消耗基督城的道路施工預算。施羅德打了方向燈，把車開到路邊，有人對我們按了喇叭，還比了中指。施羅德繼續講手機，同時迴轉了車子。我想到一年前的我，但我不想再變成那個人了。施羅德掛了電話。

「泰特，我眞的很抱歉，突然有急事。我不能送你回家了。我在城裡讓你下車，好嗎？」

「我能說不要嗎？」

「你有錢坐計程車嗎？」

「你覺得呢？」其實我塞了五十塊錢到褲子口袋裡，就是爲了今天可能會用到，但四個月前把衣服脫掉後再穿回來，五十塊已經換到別人的口袋裡了。

我們到了基督城的外圍。車子很多，少了一條車道，好把幾棵跟電線重疊的大樹修剪一下，卡車和設備擋住了路，但工人都坐在樹蔭下，熱到無法開工。我們到了城裡的警察局。他把車開了進去。前面是一台巡邏車，兩名警員正從後座拖出一個男人，他對著他們尖叫，想要咬人，跟得了狂犬病一樣，警察看起來則很想要消滅這隻病犬。施羅德從口袋裡拿出三十塊給我。「應該夠你坐回家了，」他說。

「我走路就好，」我推開了車門。

「別這樣，泰特，拿去吧。」

「別擔心——我不是生你的氣。我被關太久了，想運動一下。」

「這種天氣你還走回家，會熱死你。」

我不要他幫忙。問題是天氣熱到車子的烤漆都要脫落了。門一開熱氣就撲了上來，拂過我的皮膚，吸走所有的水氣。連我的眼睛都好像沾滿了沙子。我拿了錢。「我會還你。」

「把資料拿走，就兩不相欠。」

「不要，」嘴上這麼說，卻感覺得到資料夾的存在，拉著我，充滿吸引力的暴力內容對我低語，告訴我打開了資料夾，就能看到讓我重返那個世界的地圖。「我沒辦法。我的意思是……我就是做不到。」

「拜託，泰特。你還能做什麼？你有妻子要照顧。要繳貸款。你四個月沒有收入。你繳不出錢了。你需要工作。你需要這份工作。我需要你接下這份工作。還會有哪個王八蛋要雇你啊？聽我說，去年你抓到了連續殺人犯，但你覺得會有人在意嗎？不論你再怎麼爲自己辯護，再怎麼考量對錯，事實永遠不會改變——你現在有前科了。你逃不了。你的生活再也無法回到從前的樣子。」

「卡爾，謝謝你載我一程。起碼也讓我搭了一半的便車。」

走出警局停車場，到了街上，我才低頭看了看資料，裡面全是死亡案件，等著我去翻閱，從一開始就知道我抗拒不了。

2

罐子裡的拇指懸浮在年久發黑的液體中。蓋子封得很緊，罐子也很妥當地包在氣泡紙裡。整件貨品裝在足球大小的紙箱中，箱子的角稍微壓扁了，裡面也放了幾百個緩衝粒——特殊形狀的聚苯乙烯包裝材料，每一顆的大小都很接近它們負責保護的拇指。箱子拿在快遞司機的手裡，他襯衫沒紮進褲子，最下面的兩顆釦子也沒扣。他一臉不耐，似乎快被熱力打敗了。他把電子簽名板塞進庫柏手裡，看來他很想速速離去。板子跟平裝書差不多大，庫柏在上面潦草畫出自己的名字。快遞員把箱子給他，祝他有愉快的一天，幾秒後就把車子倒出車道，輪子從路面上捲起包了柏油的砂礫，叮叮咚咚打在車子的底盤上。庫柏目送他離去，箱子拿在手裡感覺很輕。他用指甲劃過郵票的邊緣——共有十幾張，胡亂貼在箱子的側邊，跟一張全是謊言的申報表格貼在一起。貼紙和郵票有點異國風情，彷彿這箱子來自很遠的地方，行經遙遠的國度，內容物更引人遐想——不光是一隻切下來的拇指。封條都完好無缺。要是被打開了，來到門前的就是警察，不是快遞司機了。

他鎖上前門，把早晨太陽的熱力也關在外面。熱浪已經盤踞新聞頭條一個星期了。六天前，熱浪來到基督城，建立了基地。目前死亡人數還只有個位數，但預期到了週末就會變成兩位數。路上的柏油碎石都要融化了，草叢樹木都被烤焦了，農場牲畜也熱死不少。溺斃事件和行車糾紛愈來愈多，每天城裡某處的天空都蓋滿了房子或工廠焚燒所產生的煙霧。他穿過有空調的走廊走到二樓有空調的書房，牆上貼滿了證書，貼得很整齊，彼此之間的距離也相等，上面覆著澄清的玻璃，就像小小的窗戶，展現他過去的成就。他把包裹放在桌上。其他研究同一個領域的學者要是知道了，一定有很多閒話可以說。

他用刀片割開膠帶。不知道另一根拇指寄去哪裡了，不知道收件人會不會像打開耶誕禮物一樣把箱子撕開。紙箱的邊緣從折痕上跳起來。他伸手進去，聚苯乙烯緩衝粒發出了沙沙聲。他握住了凹凸不平的氣泡紙。

是了。

拇指看起來很新鮮。然而，事實並非如此，一年多以前就已經切下來了。在理想的情況下，他本來可以拿到一整套，仍連在手掌上的拇指和其他指頭。不過主人一死，就全都切掉了，他只買得起拇指。其他的部位，也就是比較大塊的，都賣給投標價格比較高的人。他舔了舔嘴唇，他的嘴巴很乾，連口水都嚥不下去。他把氣泡紙丟在桌上，走到第一座書櫃前。他把罐子放在最高那一層上，贏得競標那天，他就騰出了空間。在收藏家的世界裡，他們都上了癮，收集連續殺人魔的作品或留下他們使用的武器，他們曾寫下的隻字片語跟穿的衣服，寫了原始供狀的紙張或被逮捕時戴的手銬，就跟收集郵票跟會搖頭的可動模型一樣。他的收藏百分之八十是書。其餘則有幾把刀和幾件衣物；還有幾份他不該擁有的機密警方調查報告。到目前爲止，最獨特的收藏品是一個枕頭套，澳洲一家飯店的服務生殺了三個女人，都是用這個枕頭套蓋在她們臉上。他轉動罐子，細看裡面的拇指，覺得非常令人毛骨悚然，也覺得他的購買行爲很令人毛骨悚然。在一次私人競標中，他在網路上投標成功，能參加這次競標，還是透過之前幾次培養的關係。他仍不太明白他爲什麼要買這隻拇指。一開始時他並不想要。看到拇指後，他覺得買身體部位實在很瘋狂，但是愈去想這件事，就愈想擁有。他一定是瘋了。他在想什麼？下次請人來吃晚飯時可以擺出來給賓客看嗎？書房的架子上放滿了這些年來他買到的紀念品，有的屬於殺手，有的屬於被害人。其他人可以爭論收藏這些東西是否創造了死亡市場。他的重點則在於教育意義。如果要學到新知，如果要教別人方法和殺手的動機，他就需要收藏這些物品。不是嗜好，是工作所需。拇指則比較像……他不太確定。不是愛好。**比較像奇品**。但沒那麼複雜——問題在於他對它的慾念。

包裹送來了，卻擔誤了他的時間。犯罪心理學的課程快要開始了，學生只能盯著白板看，沒有講師。拇指讓他的時間表大亂，他沒時間吃早餐，要直接開車上路。他吞了兩顆維他命，走進車庫，把車子倒出去。

太陽緩緩升空，縮短了樹木的陰影，蜘蛛網飄動的絲縷在陽光中閃閃發光。引擎一發動，收音機也開了，正在播放談話節目，目前的議題最近在新聞上吵得沸沸揚揚——紐西蘭是否該恢復死刑。一開始時像隨口說說，首相被問到要怎麼控制國內愈來愈高的犯罪率和愈來愈多的監獄人口，開了個很不得當的玩笑，結果愈演愈烈，其他人也支持他的說法，質問政府爲何不認眞考慮恢復死刑。畢竟，如果受害者該死，那殺人兇手也不該拒絕死亡吧？

庫柏不確定他對這個問題的看法。他不確定第一世界的國家是否該施行第三世界的懲罰。

他把排檔桿推進停車檔，下車關了車庫的門，因爲他媽的自動開門裝置兩個月前壞了，維修廠商還在等早就該送來的零件。他可以感覺到地面的溫度穿過了鞋底。還差門口幾步，他就出了一身汗。風很輕，吹起來也熱到要冒火了。一整個星期大家都穿短袖出門，也更沒有耐心。對面那個王八蛋衝浪人又在抽大麻，他聞到味道了，那人每天從早到晚都用贏得的彩券獎金抽到嗨。每走一步，襯衫就更濕一點。拇指和暴熱的溫度令他心不在焉，他突然發覺自己又把公事包拿在手上。

「怪了，」轉身要回到車上的時候，更怪了。一個從來沒看過的人站在他的車子旁邊。

「對不起，」那人說，雖然他三十多了，卻給庫柏一種他還是小孩的感覺，或許是軟軟掛在前額的頭髮，或許是過時二十年的燈心絨褲子。「請問現在幾點了？」

「我看一下，」庫柏低頭看看手錶，才低下頭，一陣劇烈的痙攣就從胸口炸開。他把公事包一甩，打在自己身上，力量大到公事包啪一聲打開了。裡面裝的東西都撒在車道上，接著他也倒下來，四肢和肌肉都不聽使喚。疼痛擴散到腹部和腿部和鼠蹊，不過最痛的地方還是胸口。男人放下槍，蹲在他旁邊，把他的頭髮從眼睛前面撥開。

「不會有事的，」那孩子說，或許只是在庫柏的想像中他說了這句話，他眞的不記得了，因爲就在此刻，一股化學味飄了過來，有個東西蒙上了他的臉，他無力掙扎。這時，黑暗猛然降臨，把他帶離了他的收藏。

3

招牌上寫著「走失小狗出售——一隻五塊」。牌子靠著一堵滿是灰泥和塗鴉的磚牆。到了這堵牆，我跟家的距離又拉近了兩百公尺。同樣靠在磚牆上的還有一個站在陰影裡的人，穿著破破爛爛的藍襯衫和破破爛爛的藍短褲，頭上戴的帽子原本是早餐穀片的紙盒。帽子的尺寸不太合，不過他似乎不在意。從外表看來，他應該很久沒刮鬍子了，也很久沒吃過眞正的食物了。我走過去的時候，他陪著笑問我要零錢，只有一邊的嘴角動了，露出尖尖灰灰的牙齒。我只有施羅德給的錢，拿了十塊給他，希望他別拿去買啤酒，學學寫字吧。他的笑容更加燦爛，眼角的污垢間出現了清楚的白線，我想，過去這四個月，我或許還過得比他好。

「那你就有兩隻走失的小狗了，」看來他算術不錯。「選兩隻吧。」

我不想要小狗，不過我還是看了一眼，左看右看，一隻也看不到。

「牠們走失了，」他提醒我，然後把錢塞進口袋裡。

我走到了基督城的中心，經過有大片玻璃門的辦公大樓以及有大片玻璃窗的商店；其間點綴著銀行和咖啡廳，偶爾還能看到教堂。城裡很多建築物都有接近百年的歷史，有些甚至更老，心情好的時候，古老的英式建築看起來很美，但在滿腹牢騷，氣溫超過三十八度的時候，也很難有好心情。大多數建築物沾染了多年來的廢氣和煤灰，但基督城的美並不在建築物，而是花園。基督城號稱花園城並非浪得虛名——幾乎每條街上都種了樹，過幾個街口就是植物園，搶在正在建構的幾棟摩登飯店或辦公大樓前終止城市的古老氛圍。兩三家店鋪櫥窗內還放了好幾個月前擺上的耶誕節裝飾，不然就是提早為今年做準備吧。不知不覺已經是早上十點了，從來沒看過街道這麼空蕩。彷彿在我離開時，伊波拉病毒來襲了，當然沒那麼可怕；大家都熱到躲在室內。那些不幸得出門的人都慢慢走，保留體力，襯衫都汗濕了，手上拿著超級市場買來的瓶裝水，不過基督城的自來水品質可謂世界之冠。我走上橫跨艾文河的橋梁。水位比平常低，兩岸的樹木低低垂下，好像要潛進水裡。亞麻叢的陰影裡躲了兩隻鴨，另一隻鴨則兩腳朝天浮在水上，頭向後扭，圓呼呼的黑色蒼蠅成群停在牠身上。紅綠燈旁有台四輪傳動車並排亂停，後面的車子不得不轉到對向車道才能繞過去。車子蓋滿了灰塵，有人用手指在後方的玻璃上寫了我希望我女兒也這麼髒幾個字。我走到中心公車站，空調迎面襲來。公車站菸味很重，列出班車時間的電子告示板被人用磚頭砸破了。我跟其他十個人一起等車，有人幫一對迷路的遊客指路。二十年來，這還是我第一次在居住的城市裡搭公車。後座有兩個學生在捲香菸，聊著上個週末喝得有多醉，這個週末要喝多醉，爛醉如泥的體驗就是他們的榮譽勳章。「幹」是他們的動詞名詞和形容詞，對話中「幹」聲不絕。

公車駕駛員幾乎塞不進方向盤後的空間，手臂和手腕之間也沒有明顯的界線，他的頭似乎直接從肩膀上冒出來，脖子被一圈圈肥厚的脂肪吞沒了。路上有一大群剃光頭的青少年，都穿著黑色連帽外套和牛仔褲，看似剛從法庭出來，又準備要幹些會把他們送上庭的壞事。看著這座城，沒看到什麼戲劇性的變化；幾棟新建築，交叉路口變了，但絕大部分都跟以前一樣；未顯露出挫敗神色的，正是那些擊敗他人的勝利者。剛入獄的時候，四個月感覺好長，似乎外面的時光飛快流逝，牢裡的時間卻停滯了。現在看起來，我沒錯過什麼。

公車後方噴出了煙霧，已經很髒的後車窗變得更髒了。每過幾分鐘，車子就停下來，車上的人變多或變少。到了郊區，除了駕駛，車上只剩我跟另外兩個人。一個是修女，另一個則打扮成貓王的模樣，穿了貓王在賭城登台的亮片裝，我覺得我好像進了一場鬧劇。施羅德給我的資料夾一直放在我腿上——一直沒打開。綠色的資料夾用兩條橡皮筋固定住，我不時會伸手去撥弄。到最靠近我家的公車站約莫花了三十分鐘，然後再走五分鐘就到家了，不過天氣太熱，我走了八分鐘。

通常在這個時節，走不到五十公尺就會看到有人在剪草或種花，不過這個天氣逼得大家都要等到暑氣漸消天色已晚時才出來，所以走回家的路上還算安靜。附近看起來百分之九十九沒變。剩下那百分之一則是最近分割出售後的土地跟上面蓋的新房子。太陽把一切都烤熱了，包括我在內，看到我家的時候，施羅德的錢都要融化了。

到家了。我從來沒這麼高興能回到家。我想過我可能再也見不到自己的家了，被砍死後我只能被裝在屍袋裡離開監獄。我家有三間臥房，屋頂上鋪了黑色的水泥磚，花園比以往整潔許多。這段期間我爸媽來幫我整理過。我找到他們藏在房子旁邊的鑰匙。進了家門，真的很有回家的感覺。雖然只有一個人，但四面不是水泥牆的房間感覺真好。冰箱裝滿了新鮮的食物，桌上擺了一瓶鮮花，上面靠著一張「歡迎回家」的卡片。我叫了幾聲貓咪的名字。牠沒現身，但地上的食物盤空了一半，爸媽應該早上餵過牠了。我把花瓶放到外面，免得花粉熱發作。坐牢的時候家裡來了竊賊，不過什麼也沒被偷走，被打破的窗戶也修好了。我把資料夾放在桌上，慢慢洗了個澡，但不管再怎麼用力刷洗，監獄的感覺仍留在皮膚上。

出了浴室，我照了照鏡子。四個月沒照到鏡子了。我瘦了。我站上體重計，發現自己幾乎輕了十公斤。我的臉也瘦了，生平第一次長出了白色的鬍碴，正好搭配額角的白髮。很好——我愈來愈像我父親了。眼睛也略略泛出血絲。去年酗酒的時候我就是這個樣子。

穿上夏天的衣服，我覺得放鬆了一點。現在最想做的事情就是去看我妻子。布莉姬在療養院住了三年。她坐在椅子上，眼睛看著外面，不說話，幾乎也不動，沒有人知道她到底算不算還活著。有一點進展——或許至少希望能有進展。她差點死於意外，骨頭斷了，皮膚撕裂了，昏迷了八個禮拜，左肺刺穿，脊椎碎裂，大家都說她能活下來是不幸中的大幸。我女兒就沒那麼幸運。沒有人說我女兒不幸到就這麼死了。大家幾乎都不提她了。施羅德的錢只夠一半的路程。我得等爸媽過來。我沒有車——去年那場讓我入獄的車禍也毀掉了我的車。爸媽今天本來要來接我，但無法成行。他們每隔兩個星期就來探監，但我要出獄的日子反而沒有空，爸約好了要去醫院，治療他這個年紀的男人都會碰到的前列腺問題，希望到我六十歲的時候已經有人發明了可以治療這些問題的藥丸。

實在太熱了，眞出不了門，諷刺的是，這四個月來我一心想要回家，現在卻無聊得不得了。我站在廚房的水槽前看著窗外。後院雖然很乾淨，卻有種疲倦的感覺，熱力耗盡了植物的生命力。我的貓達克斯特進了屋裡，哀傷地看我一眼，過了一會兒又叼著一隻鳥進來。橘色毛皮的達克斯特已經過重了，只要給牠食物，牠就能當你最好的朋友。牠把小鳥放在我腳邊的地板上，往後退了一步，喵了一聲。我不知道該責罵牠還是該抱抱牠。我選擇了抱牠，然後把死鳥丟進花園裡的回收垃圾桶。

我已經料到了，施羅德也料到了，我的心思轉到了用橡皮筋固定住的綠色資料夾——裝滿了死亡的資料夾。看一看也沒關係。施羅德希望我能看到別人看不到的東西。不太可能吧，但我說不定能提供不同的看法。而且我還有貸款要付，工作也沒有著落。我從餐桌上拿起資料夾，走進了書房。

4

太熱了——沒有今天早上亞德里安放火燒母親的時候那麼熱，但也熱得難受。大家都在抱怨熱天。他母親就在抱怨。她又抱怨又尖叫，叫到顏色漂亮的火焰把她的舌頭跟上顎融在一起，就叫不出來了。大家都喜歡走來走去，抱怨太熱了，六個月前也是這些人到處亂走，抱怨太冷了，他知道有些人就是怎樣都不高興。亞德里安不喜歡酷熱，但他不會大驚小怪。他知道，只要夠小心，留在陰影裡，喝足夠的水，就不會有事。如果不照做，可能會得皮膚癌，不然皮膚會加速老化，長滿老人斑，他才不要。太熱的時候會流汗，衣服黏在身上很癢，他討厭發癢的感覺，因爲他一癢起來怎麼抓都抓不到，抓這裡癢那裡，他不得不用咬爛的指甲亂抓，害皮膚變得粗糙，有時候還會流血。

他不知道怎麼打開車裡的收音機，所以也不能聽新聞報告現在是幾度。他很愛聽音樂，什麼樣的音樂都好，但不要那種跟著唱就會撕裂喉嚨的重金屬，嘻哈就更討厭了。二十年來，他一首歌也沒聽過，沒有音樂的生活，只有幾個同住的人發出寂寞的嗡嗡聲，聽起來好慘。音樂回到了他的生命中，他卻聽不懂了。感覺所有的規則都改變了。就連唱片和錄音帶都被電腦上的歌曲取代，他根本不知道電腦是什麼，更不用說要用電腦了。他聽到了新的風格，也適應了，現在不聽就難過。他最喜歡古典音樂。小時候他不喜歡古典音樂。他以前送過報紙，賺的錢都存起來買錄音帶。他有收集的習慣。他喜歡樂團，也喜歡獨唱歌手，但他比較不喜歡女歌手。他每個星期都把薪水拿去買新的錄音帶，收集了很多。所有的樂團跟歌手都很有歷史了，也不會過時，但古典音樂永垂不朽，現在他睡前一定要聽錄音機。

車子裡除了音響，其他東西也壞了。沒有空調，只好把窗戶搖下來。他沒有駕照，不知道去考試的話能不能通過。光想到考試就覺得緊張了。他沒辦法記下所有的資訊，他知道那些紅色藍色的小圖代表車子要讓路，他知道輪距要多大，他知道血液中有多少酒精還能繼續開車，但要坐在考官前讓他看著自己做測驗，就會像魔術師出現，把他的答案都變走了。要通過路試更難，得讓人坐在旁邊看著他開車穿過城裡，裁定他的每個動作。他知道自己開不了幾百公尺，就會吐了滿身。不用了，只要沒有人把他攔下來，他就不需要駕照，反正也不會有人攔他。他開車很小心，行李廂裡的那個人也不會發出聲音。他只希望能把空調開起來。他不知道是自己做錯了，還是車子壞了。這台車至少十歲了——上面當然已經有壞掉的東西。收音機也是同樣的問題吧。

把車開到街上的時候，沒看到幾個人。每張臉看起來都一樣。房子大概能分成兩類——他想要住在裡面的好房子，跟他不想住的爛房子。他之前住的房子就是爛房子，不過他搬出來了，現在住在母親把他養大的地方，願上帝看顧她的靈魂。那地方不怎麼樣，不過總是家，反正家一定有些值得稱讚的地方。只是他不曉得有什麼值得稱讚。

通往那棟沒什麼可以稱讚的房子的車道一直沒有鋪上柏油。車道上只有牙齒大小的砂礫，這些年來已經被壓成塵土了。開車經過的時候，厚厚的塵土就在空氣中飛揚，把車停下來的時候，塵土就落在溫熱的車身上。他坐在車子裡對自己哼歌，等空氣變乾淨，不想要灰塵黏在汗濕的身體上，不然會更癢。很快地，又是一片寧靜。他很喜歡這個地方——與世隔絕，祥和平靜——在這裡，沒有人闖入民宅，沒有吵雜的車聲，也沒有粗魯的人。

他從庫柏家拿來的拇指放在副駕駛座上，玻璃罐裡的液體如果對著光照，會看到很多細小的灰色碎片。他搖了搖玻璃罐，碎片跟雪花球裡的東西一樣四處亂飄，但一點都不像雪花球那麼漂亮。拇指不太會動。上面的指甲比他自己留的長，他記得聽別人說過，人死後指甲還會繼續生長，但他不知道是不是真的。如果指甲的長度不變，手指和腳趾在身體變乾的時候都跟著縮小，也有道理。庫柏應該知道答案。庫柏是大學教授，人很聰明，什麼都知道，應該也知道為什麼指甲會變長。他無法判斷庫柏切掉的是男人還是女人的拇指。指甲上沒有指甲油，但那也不是理由。切面很平整，骨頭看起來也沒碎，不過用顯微鏡說不定就能看到碎片了。切的工具一定很利。他知道連續殺人犯喜歡收集時刻和……不對，不是時刻，也不是時機——他知道那個說法，看過幾百次了，現在就是想不起來。不論怎麼說，他知道連續殺人犯有收集癖，通常是首飾或衣物，會藏起來。庫柏切掉一整根拇指，太危險了，放在書架上展示更危險。亞德里安下了車，把罐子放在車頂上，在灰塵上留下了一個圈。蚱蜢和鳥兒的聲音洋洋盈耳。他走到車後，按開了行李廂蓋。

庫柏．萊利被電擊槍擊中後倒在地上，臉上留下了擦痕，在行李廂裡撞來撞去，看起來像被揍了一頓。他的臉龐浮腫，被綁在身後的手腕也腫得發青。亞德里安想下一次他要先在行李廂裡鋪好毛毯。他還有很多要學。庫柏會以他為傲。

庫柏的嘴角流出了一絲唾液。上面沾了一些灰塵。他幫他擦了臉，庫柏一定會很感激，又擦在庫柏的襯衫上，希望他不會在意。他知道這場磨難會是一大條學習曲線，馬上又證明了這一點，因爲把人拉出行李廂比把他放進去難多了。他把庫柏拉過框邊，無法順利拉出他鬆沓的身體，先是皮帶卡住了，然後是手臂，接下來是下巴，最後他的頭撞到了保險桿，發出好大的空隆聲。庫柏倒在地上，跟在車子裡一樣，看起來好像死了。亞德里安沒鬆開庫柏手腕和腳踝上的繩子，走到屋子裡拿出紅色的手推車，上輩子他本來以爲這東西會留在他房間裡，可是沒有，他看到上面綁了一個死掉的男孩。使用多年後，塗漆掉了一半，但輪子轉起來還算利索。輪胎少了一半的氣，把庫柏綁上去以後看起來更扁了。

越過通往室內的階梯則是最困難的一段路，他轉過身，把推車往後拖，就順利上去了。把庫柏送到地下室的難度也很高，不過他用了同樣的策略，只是反過來，推車放低，小心地一次下一階，要是放開手，庫柏就會撞到地上，撞斷鼻子跟牙齒。庫柏很安靜，只是每下一階，他的頭就會撞到推車框上發出聲音。

地下室分成兩個房間，中間隔著混凝土磚牆，靠近中間的地方有扇門，堵住裡面的那個房間。外面這間以前是儲藏室，現在沒放東西了。裡面的房間以前叫作尖叫室，很多年前裡面裝了火爐，等亞德里安搬來這裡不久，就拆了當成破爛賣掉。他還記得工人來搬走火爐的情景。那時候他很年輕，很好奇空出來的房間要拿來幹什麼。過了幾天答案就揭曉了。現在那間房裡很空，只有牆上突出的螺栓，以及沒有人願意花時間或資源來移掉的地板。房間裡有張舊床，床墊已經磨損，壓平的枕頭吸了幾千滴眼淚，有他流的，也有別人流的。有備用的毛毯，角落放了有蓋的水桶，另一個水桶則裝滿了清水，還有杯子、牙刷牙膏跟浴巾。他用水裝滿了很大的塑膠容器，要給庫柏喝的，應該有五公升吧。房門是鐵做的，跟頭差不多高的地方則鑲了一塊方形的強化玻璃。門前有滑塊鎖，不能從裡面拉開。門底有塊用鉸鍊固定的板子，可以像貓咪用的門一樣翻開，好把東西傳進傳出，可以讓水桶或個子很小的人通過。板子向外翻，鉸鍊裝在外側，螺栓也在外面，不能從裡面打開。地下室不管哪裡都看不到外面。以前天花板上吊了一個燈泡，但很久以前有個男孩把電線拉出足夠的長度來上吊，燈泡跟電線就移掉了。他叫作喬治，喬治的舌頭腫得跟嘴巴一樣大，皮膚變成灰色，喬治從此再也沒回來過。之後，屋子裡所有房間的電線都收短了。所以現在要打開地下室的門，才有一點光，不怎麼亮，也勉強可以看得見。

他把庫柏推到裡面那間房裡，解開了他的繩索，然後把他扶到床墊上。床墊有點濕冷，亞德里安覺得庫柏會很感激，尤其這星期的氣溫幾乎每天都高達四十三度。床的彈簧陷下去了，三年來都沒有人睡過這張床。他抬起庫柏的頭，把枕頭放到下面，然後走出牢房，也把推車跟繩子帶走了。他鎖上了門，把額頭靠在玻璃上看著庫柏，他依然一動也不動。他知道庫柏醒來的時候會很不高興，亞德里安早就準備好了。

回到外面，感覺更熱了。放了拇指的玻璃罐吸收了一些熱氣，差點燙傷了他的手指。他拿起罐子跟其他幾樣從庫柏家拿來的東西，又走進屋子裡。這些年來亞德里安也碰過其他的殺人犯。跟他同住的人有的殺了自己的家人，有的殺了陌生人，殺人不需要什麼現實的理由；奪人性命因爲有個聲音要他們殺人，或出自本能，或上帝在報紙上給他們一則祕密訊息。他的室友也有殺人兇手，只有幾個殺人不眨眼，其他的殺了人後都很震驚很難過，希望藥丸跟討論感覺可以讓他們好過一點。不多——他碰過的殺人兇手不到十個，但他相信這些人培養出了他的迷戀。如果沒在十幾歲時被送到這裡關起來，他會變得跟他們一樣。

他記得有一個人實在讓人無法親近，他在十六歲生日的前一天殺了他的父母親和兄姊。還沒有成人呢，只是個男孩，亞德里安認識他的時候年紀也比他大了。他名叫哈金森，亞德里安老覺得這個名字很怪，他們叫他哈金，他也覺得哈金在殺死家人前還是個男孩，動刀後立刻就變成男人了。哈金被送進尖叫室也不抱怨。他常被送下去，卻從來不提裡面發生了什麼事。亞德里安很好奇當那樣一個男人是什麼感覺。

哈金在這裡待了幾年，然後離開了，亞德里安不知道他怎麼了，是不是還活著，是不是又殺了人，是不是被埋進無人哀悼的墳墓裡。這些年來，他漸漸著了迷……不，母親說不要迷上任何東西……這些年來，他對殺人犯愈來愈有興趣。去年報上有好多基督城屠夫和墳場殺手的消息，他瘋狂迷戀上連續殺人犯。他不知道產生這種興趣算不算正常。他因此想搬回這個地方。他因此想學會開車，才能培養他的興趣。他把庫柏的東西堆在地下室的架子上，庫柏從小窗戶裡就可以看到，昨天亞德里安還特別把玻璃擦乾淨了。

「庫柏？」

庫柏沒答話，也沒有動。

「庫柏？」這次他提高了聲音。他知道要讓裡面的人聽到，你得大聲點，但不需要特別大聲，稍微響一點就好了。

庫柏還沒醒來，很好，他把地下室整理了一下。他可不希望庫柏醒來看到一團亂，立刻留下不好的印象。他把架子上的紀念物放好，擦乾淨放了幾十本連續殺人犯自傳的書架。地下室的家具很少，有張沙發和傷痕累累的咖啡桌。不論如何，今天才是第一天，等他學會了，他就會改進。

「庫柏？」

沒回應。

他回到樓上，打開了廣播。收音機很小，有個腰夾，可以掛在褲子上，除了播放錄音帶，也能拿來錄音。他覺得庫柏一定也跟他一樣喜歡古典音樂，便把收音機帶到地下室，但下樓的時候收訊變差了。他轉了轉旋鈕，什麼電台也聽不到，回到樓上的走廊裡才恢復正常。他換了電池，下樓時又聽不到了，他不知道為什麼。音樂無法穿過電台的混凝土牆嗎？他可以放錄音帶，但卡帶會讓電池消耗得比較快，他不想把電池用掉。他很失望。但願只有這一點不夠完美。

庫柏醒來的時候，一定會很疑惑，應該也餓了，亞德里安不想當個失禮的主人，他進了廚房，收音機又恢復正常，他把收音機夾在褲子上，聽他最近喜歡上的現代搖滾樂團，開始為新室友準備午餐。

5

他們叫她梅莉莎．X。不是羅馬數字——她不是第十個曾在基督城殺死警察的梅莉莎，也不是第十個能塡滿倉庫裡一箱又一箱證據的梅莉莎。X表示未知。媒體習慣了立刻幫罪案和殺手取個好記的名字，叫她制服殺手。警方在基督城屠夫——名叫喬．米德頓的連續殺人犯，去年落網——的財產裡找到一卷錄影帶，她在裡面把刀插進目前失蹤的一名警探胸口，因此聲名大噪。基督城屠夫被逮捕的那天，我正好殺了去年追捕的連續殺人犯，他的外號是墳場殺手。在我闖禍、被判刑、入獄的那個月，我在新聞上看到梅莉莎依然在逃，也牽涉到其他的殺人事件。那時候她可是大新聞，我猜現在更大了，因爲警方仍追查不到她在哪裡跟她的眞實身分。新的一天，新的連續殺人犯——一個想比一個厲害。過去幾年來，這座城不斷遭到基督城屠夫的襲擊，現在則要面對他的女朋友。

我打開書房的窗戶，讓外面的空氣擠進來；雖然熱，但起碼是新鮮的空氣。我從衣櫃裡拉出電扇，插上了電，厚厚的灰塵從扇葉上吹出來，在空氣中飄浮了十秒鐘，讓我連續打了一分鐘的噴嚏，不過空氣總算有點流動了。資料夾的內容有五、六公分厚，我分成幾堆放在桌上。電扇每隔二十秒轉過來的時候，就把紙張的角掀起來。有報告、供述、法庭證據的副本。照片上有瘀傷、刀傷和血跡；裡面的DVD錄到了梅莉莎．X殺死警探卡爾霍恩的經過。四具死屍和許許多多文件，而梅莉莎仍未落網。他們有DNA和指紋，連她的外型都錄到了，有這麼多資料，還是抓不到她。她的臉龐貼滿了報紙的頭條新聞。《紐西蘭頭號要犯》製作了三集節目來收集她的資料。連靈媒都跑出來了。沒有人知道她在哪裡，更奇怪的是沒有人出來指認她。家人、朋友、同事、同學、醫生、老師——過去或現在曾碰過的人都認不出她來。她的名字是不是梅莉莎，也尚待查證。在調查屠夫的時候，她曾在警察局現身，幫忙指認嫌疑犯——她給了假的資訊，好幫屠夫逃過追捕。她自稱梅莉莎．格雷夫斯[1]，那時候也沒有人有理由懷疑她。那當然是假名。從那時候起範圍就縮小成梅莉莎．X，很有可能梅莉莎也不是她眞正的名字。

屠夫被捕後，就沒有人看過梅莉莎。在屠夫落網後的那幾個星期，大家都以爲梅莉莎．X死了，死在他手裡。然後屍體一具具出現，從嫌疑犯變成受害人的梅莉莎．X又變回嫌疑犯。

五個月前屠夫被捕後，很多人試過要他吐露那女人的消息，每次他都堅決否認。梅莉莎．X兇殘無比，手上沾了至少四個人的鮮血。也難怪施羅德希望我能提供不一樣的看法。

報告中詳細描述了每一樁殺人事件，從卡爾霍恩開始。另外三個男人工作時也穿制服——不過屍體附近都沒有制服，身上頂多只剩下內衣。兩個警衛和一個警員。警員的屍體在公園裡出現，全身剝光。他被折磨得很慘。一名警衛死在家裡，什麼都沒被偷，除了他的制服以外。另一名警衛則死在他巡邏的高爾夫球場上，幾乎全裸，離第十四個果嶺大約十幾公尺，身上被折磨的痕跡跟另一個人一樣——一邊的睪丸完全被壓碎；梅莉莎也讓屠夫受了同樣的傷。受害者彼此之間沒有關聯，除了喉嚨用同樣的方法被刀劃開，還有他們的制服都不見了。他們跟屠夫也沒有關係。關於制服爲何不見，目前有兩種理論——可能是要僞裝成他們的樣子，可能要當成戰利品。爲什麼要折磨他們，也不知道——有兩種可能性——一是要問出訊息，二則是爲了好玩。在客廳裡看了DVD以後，我覺得梅莉莎折磨他們是為了好玩。卡爾霍恩警探被綁在椅子上。椅子在浴室裡，他嘴上綁了膠帶。他的襯衫沾了血漬，膠帶旁的皮膚很乾，也擦破了。他眼睛瞪得大大，充滿恐懼，滿臉是汗，看起來一個星期沒睡了。影片拍攝的日期是屠夫落網前兩天。

「喬，我不懂你在玩什麼，」梅莉莎說。沒有其他的背景聲音。她的聲音從攝影機旁邊傳出來。報告說影片中的角度和檢查公寓的結果指出攝影機藏在衣櫃裡。那表示梅莉莎不知道有人在拍她。很有可能喬想勒索她。報告中沒說。

「他就是我的目擊證人，證明妳究竟是誰。」屠夫喬說話了，他的聲音也從旁邊傳出來。影片中仍只有瞪大眼睛驚恐無比的卡爾霍恩。他全身上下每一吋都散發出恐懼。卡爾霍恩就算不是警探，也該知道他會變成什麼樣。我覺得胃很不舒服，緊緊抓住遙控器，想讓我的手別再抖了。

「噢？他對你有什麼好處？」梅莉莎問。

「夠多了。」

我不知道「夠多了」是什麼意思，疑惑的也應該不只我一個。卡爾霍恩死前幾天，他的指紋出現在一把殺死妓女的兇刀上，但應該是遭人設局。卡爾霍恩是無辜的。

「喬，你忘了一件事。」

「什麼事？」

「我不需要他。」

❶原文Graves為「墳墓」的複數。

梅莉莎走到鏡頭前，她個子很高，非常性感，但她的雙眼跟其他地方格格不入，她的身體和臉龐散發出的美麗就像在伸展台上展示最新時尚的女人，可她的眼睛傳達出不一樣的故事，光看她的眼睛，你會覺得她每天晚上都捉小貓咪來剝皮。她儀態萬千地走向卡爾霍恩，用力把刀插進他胸膛的時候脖子上的青筋都浮了起來。攝影機沒動。喬沒進到方框裡。我想把電視轉成靜音，因爲我不想聽到卡爾霍恩發出的聲音，看到他在她身下抽搐，配上聲音更糟糕。他一直發出漱口聲，好像水快從浴缸裡流光的聲音。結束後梅莉莎把頭髮掠到右耳後面，視線轉向攝影機，但沒有看著鏡頭。屠夫進了畫面。

「妳這個笨女人。妳怎麼可以殺他？」

她把銀色的膠帶從卡爾霍恩嘴巴上剝下來，鮮血從他口中流出，流到了胸口。「你以爲我不會殺他，才讓我想不到。」

我也沒想到。

她繼續說。「喬，我告訴你不要耍花樣。」

「沒有，妳沒說。」

「你應該早就想到了。我還是要拿回我的錢。」

之後影片更可怕了。我從來沒有看過像她這麼冷酷無情的人，就連她拔出刀子劃過死警探的喉嚨，也有一種冷酷的美麗。等她走開後不久，影片結束了。梅莉莎說不要耍花樣，但把她拍下來就是耍花樣。不知道她說的那筆錢是什麼錢。資料說警方問了喬這個問題，不過他沒有回答。

我關掉電視，慢慢穿過走廊走到書房，幫助施羅德的決心更堅定了。這就是爲什麼他在裡面放了DVD。梅莉莎和屠夫的關係很難懂。她折磨他，他們變成情人，他不肯透露跟她有關的資訊。沒道理。如果屠夫沒死，他們仍會在一起嗎？直到她殺死他或他殺死她？

看了一個小時後，桌上已經擺滿了資料，我得把電扇固定住，免得紙張被吹走。第二個小時過去了，地板上也擺滿了資料，有些照片貼上了書房裡的白板，電扇則放回衣櫃了。家裡所有的窗戶都打開了。我聽到附近有人把音響開得震耳欲聾，還跟著唱。我想要靜靜地思考，但我也打開了自己的音響，寧可聽自己的音樂，也不要聽別人的。我放了披頭四的專輯，想到那個時代日子比較容易，然後又想到生活總是充滿難題。這兩個小時我把資料堆得亂七八糟，還是不清楚這個女人是誰。

高爾夫球場警衛的屍體最後一個被發現，時間是三個星期前。不知道梅莉莎要他們的制服做什麼。頭都快想破了，我覺得好累，第三個小時結束前，我滿房子亂走，把自己跟證據的距離拉開。我停在廚房裡，做了一個三明治。我原本計畫到了家以後要出去看我妻子，結果過了三個小時我居然都沒想到她。我很想喝一杯。先來一瓶啤酒，再看看該怎麼辦，不過家裡沒有酒。最後我坐到餐桌前，帶著我的午餐跟一杯牛奶，感覺回到了小時候。

書房裡有另一個世界等著我回去，那個我已經逃離的世界。我吃掉了午餐，朝著那個世界走去，走到一半就聽到敲門聲。爸媽說他們會先打電話來，所以不是他們。透過門上的霧面玻璃，也只看到一個人的身影。我不太想應門。我只想叫門前的人走，但敲門聲沒停，我只好走過去。我開了門。是我的律師。一年前我的律師想殺我。他把我綁起來拖到樹林裡。他把我丟進土裡，逼我低頭看著槍管，而他則在思索要不要扣下扳機。我只有一個念頭，他要回來完成他當時沒結束的工作。

6

庫柏覺得地毯跟灰塵就在嘴邊，還有點金屬味，跟一種不知道是什麼的味道，讓他想起早期黑白電影中腐爛的棺材打開，棺蓋內面有抓痕，死人的指甲則撞爛了。他的眼睛好痠好重，張不開。眼前一片黑暗，注意力跟著渙散。他頭痛難當，不知道這是哪一種宿醉，肯定是最糟糕的那種，醒來後希望自己死了算了，醉的感覺太難受。他耳朵嗡嗡作響，胸口發燙。

記憶慢慢浮現，對了，熱浪。陽光包圍了整座城。或許那就是他開始喝酒的原因。可惡，誰都可以用這個理由來酗酒。喝吧喝吧，喝到醉倒在涼爽的地方，因為，不論他現在人在哪裡，還眞的挺涼爽。他猜他老婆也一定跟他一樣醉倒了，然後才想起來他已經恢復單身了，他們三年前分居，不過他不太記得為什麼，沒辦法馬上想起來，分居後他也沒找到新的伴侶，只有短暫情緣，現在眞的沒有女伴，或許他就這麼一個人喝了起來。不過，他已經戒酒了，還是他以為自己戒酒了。以前他曾因為喝太多而給自己找了麻煩。他翻過身，身下的床鋪吱嘎作響，但不是他的床，他不記得他的床會發出這種聲音。然後他想到了醫院。他出事了，不論什麼意外，應該都是因為濫飲蘇格蘭威士忌。他側耳傾聽，聽不到病人聊天和拖著腳走路的聲音，對講機乒乓有聲，喊出一〇幾號房需要急救或失火了。上次他進醫院是兩年前的事情了，他叔叔病了，被癌症從裡到外活活吞噬。他記得房裡有另一個老人，必須把屎拉在床邊椅子下掛著的塑膠容器裡，病房裡飄蕩的臭氣讓他幾乎奪門而出。這裡什麼也沒有，沒有那些聲音，也沒有那些味道。這裡不是醫院。

他用指尖按摩閉著的眼睛，摸到前額腫了一大塊，有高爾夫球大小，痛得齜牙咧嘴。他睜開了眼睛，眼前一片模糊，全都灰灰的。他用力眨眼，眨到視線變清楚了一點，但也沒什麼幫助。不論這是哪裡，光線太暗了。他的臉磨破了，一碰就刺痛。他記得關上車庫門後要走到車子旁邊。他拿著公事包，但他不記得爲什麼，不需要拿著公事包吧，然後……然後……怎麼了？

「噢老天啊，」他想站起來，身體卻不聽使喚，還好他在倒回去之前用手肘撐住了自己，但手臂一撞就滑下了床緣，指節敲在水泥地板上，擦破了皮。他把指節含進嘴裡，血嚐起來好甜。他得站起來。得離開這個不曉得是什麼的鬼地方。那個男人。那個問他時間的男人，然後……然後他就控制不了自己的身體。他躺在地上，陽光照著眼睛，男人過來遮住了太陽。他動不了，連話都不能說。臉旁邊的地方撒了紙花，怎麼會有紙花呢？男人蹲下來，把一塊布蓋在他臉上，他無力反擊。然後……然後他就在這裡了。

他用手撐住床。強迫自己起來，但這次要慢一點，要能控制住自己的身體，他很想趕快站起來，卻暈頭轉向到只能坐在床緣。他的眼睛適應了光線，能看清楚這個房間，但也沒什麼看頭。有點像防空洞。唯一的光源是門上的一小塊玻璃窗戶。整間房都是鋼筋混凝土。身體的感覺慢慢恢復了，先感到微微的痙攣和電流通過，然後擴散到全身。一開始時手腳發麻，然後沿著四肢進入核心。他站了起來。眼睛後方痛得不得了。他很累很害怕，不知道自己昏迷了多久。

原來，他被電擊了。電擊槍每次發射，都會吐出二三十塊帶了序號的碎紙。這是爲了識別誰用了電擊槍。然後他被下了藥。他記得臉上的那塊布，那個味道，然後一片黑暗。

他靠著牆，慢慢往門口移動。要走的距離不遠。這間房大概是牢房的兩倍大，往外看出去可以看到另一間牢房般的地方，沒有這間這麼暗，憑藉從門口射進來的光線，可以看到樓梯的底部。門上的窗戶很乾淨，但靠裡面的地方有些刮痕，就算打破了也不夠大，爬不出去。他的氣息在窗戶上留下了霧氣，他用手擦掉，用拇指撫過刮痕。那些曾被困在房間裡的人留下了這些刮痕，好可怕，他不敢想下去了。外面有個書櫃，不過他看不清楚裡面放了什麼書。沙發上的洞則大到很容易看見，彈簧都突出來了。他又看看書櫃。盯著書櫃看，形體愈來愈清楚……要是光線再亮一點就好了。在最上面那一層，應該是他競標買來的拇指吧，突然他明白了——競標原來是陷阱。把拇指賣給他的人根本不打算賣給他——事實上，從一開始賣家就想要收集更多拇指。在書櫃旁邊則是他的公事包，外皮擦壞了，扣鎖也擰壞了一個。

噁心的感覺突然爆發，就像肚子被打了一拳。他轉過身，什麼也看不見，因爲他擋住了窗戶。沒有水槽和馬桶，只有兩個水桶。有一個水杯跟一把牙刷，表示賣家並不想殺他，起碼不會馬上殺了他。他拿起空水桶，坐在床邊對著裡面嘔吐，吐完了用襯衫下襬擦嘴巴。他的頭痛到快爆了，瞇著眼睛更讓頭痛雪上加霜。他用手揉揉胸口，發現他被電擊的地方多了兩個小洞，也就是攻擊他的人拉出倒鉤的地方。

他閉上眼睛，開始回想第一次看到那人的時候，讓影像留在腦海中，不，他很確定他從來沒看過這個人。有多少人在收到這人寄出的手指後被綁架了？好驚人的做法。好可怕的慣技。要是能脫身，他一定要在課堂上教給學生。

他在牢房裡走了走，用手撫弄牆壁，牢房的後半部幾乎全陷在黑暗中。嘔吐物的臭氣無處可去，讓他又想吐了。地板和牆上有突出的螺栓，他踩到一個絆倒了，又跌在另一個上，才發現這些小東西。以前這間房裡應該裝了個很大的東西。通往天花板的水管都被封住了，天花板上還釘了一大塊很厚的鋼板，或許蓋住了一個洞。如果洞口跟鋼板差不多大，或許就可以擠過去。他站到床上，但碰不到天花板。他把床側立起來爬到上面，碰到天花板的時候，他看見鋼板這一側的螺帽都已經銼平了。就算他的力氣大到能用手指鬆開螺帽，卻根本沒有施力的地方。他用手指挖了挖鋼板的邊緣，沒用。他爬下來，把床放倒成原來的樣子。在另一面牆上有個觀察孔，焊接到另一個螺栓上，離天花板大約半公尺。牆上有兩個洞，已經用混凝土填滿了。這間房裡的東西被移走，就是要把它改造成牢房，而這間房也正是一座牢房。老天啊，這跟教科書上寫的一樣。他應該在課堂上分享。

有什麼用意嗎？那就是他在這裡的關係？

他摸了摸口袋。有一張錫箔紙，不是他放的，有兩個銅板，是他放進去的。他剝開錫箔紙，裡面有兩顆止痛藥。他又包了回去。他開始查看天花板上有沒有監視器，沒找到。他有兩個選擇：繼續等，或開始亂敲亂叫。

他捶了門幾下。「喂？喂？有人在嗎？喂？我到底在哪裡？」

沒有回應。他推了推玻璃，也不期待能推得動，當然推不動，玻璃沒破也沒裂。他握起拳頭，用掌根猛擊玻璃，每敲一下，他的頭就跟著震一下，結果頭更痛了。他脫下鞋子，用鞋跟敲，結果還是頭痛。他往外看著自己的公事包。愈專注凝視，頭就跟著愈痛，他發現斜著眼看，能辨認出一些東西，但正眼看的時候它們就沒入了黑暗。在東西消失前，他確定自己看到了武器繩子和衣物；他自己準備的東西。

他又開始敲玻璃。他閉上眼睛，想要忽略腦袋瓜深處那個抽動的地方。一直把鞋子對著門揮去，他覺得手痠了。他輪流用雙手敲，五分鐘後決定要放棄了，從樓上那扇門射進來的光線這時變暗了，他知道有人站在那裡。他停下敲玻璃的手，頭痛舒緩了一點。那人下來的時候，身旁有一圈冷冷的藍光。庫柏一次只看到一點點，先是雙腳，棕色的皮鞋已經穿舊了。褲腳磨損了，褲管上有兩個硬幣大小的洞——不是爲了流行而作舊或挖洞，而是穿到破了。然後褲子的頂部出現了，腰間繫了皮帶，又看到提燈，露營用的提燈，使用電池，不會亮到刺眼。拿著提燈的男人穿著短袖白色襯衫和很細的皮領帶，褲子還是那條燈心絨長褲。他走下了樓梯，轉身對著庫柏。提燈把他的皮膚照得更蒼白。他的頭髮側分，上面還有寬齒梳留下的痕跡，有一團落在前額上。褐色眼睛的眼角下垂，嘴唇乾得裂開了，臉上有幾十個痘疤。他走到房門前，提燈旁邊有一盤庫柏聞不到味道的食物。

他笑了。「歡迎成爲我的收藏。」

7

我的律師叫作唐納文．格林。他跟我一樣高，體格跟去年冬天的我差不多，就是那時候我喝醉了，一天下午撞到了他的女兒艾瑪．格林。我不知道他是誰，他就把我保出來，要幫我辯護。我接受了，因爲也沒有其他更好的辦法。會面後過了三十分鐘，才知道他幫我的方法就是在我失去意識的時候把我拖到樹林裡。他用槍指著我的頭，最後卻沒膽開槍。他把我丟下，說要是他女兒有什麼不測，他絕對會回來。我用手按著門，覺得有點想吐。如果他來殺我，那他女兒肯定傷重不治了。也就是說，我見不到妻子最後一面。也就是說，他想怎麼樣，我都得照做。我的人生別無選擇。去年我希望他扣下扳機。現在我可不希望。

「還記得我嗎？」他問。

跟上回見面時一樣，他很憔悴很疲憊，彷彿熱浪除了攻擊屋子外的樹木，也攻擊了他。他的頭髮亂糟糟的，衣服也皺了，幾天沒有刮鬍子，還散發出幾天沒洗澡的味道。我覺得口乾舌燥，說不出話來。他一定看得出來我記得他是誰。之前共度的時光不可能從記憶裡消失。我把手從門上放下來，往後退了一步。

「進來吧。」

「我知道你在想什麼，」他的聲音聽起來也很累。「我記得我說過的話。不過那不是我來這裡的原因。我來找你幫忙。」

他要找我幫忙，一定不是什麼好事。壞到他得來找全世界他最恨的人。我側過身子，他進了門。我帶他穿過房子。他沒有開口評論家具或裝潢。音響設成反覆播放，披頭四的專輯又從頭開始了。我把他帶到露台上，戶外家具有點生鏽了，過去四個月來也累積了不少蜘蛛網。我沒問他要不要喝東西。太陽熱辣辣照著我們，我猜他也不會待很久，如果給他看我剛才看的DVD，他應該會立刻離開。我們對坐在桌子兩側，很平衡，後院的風水也因此變好了。

「我有工作給你，」他說。

汗水開始流下，太陽照在我背上跟他臉上，所以他必須瞇著眼睛看我。他穿著T恤短褲，沒穿西裝，所以他已經卸下了律師的身分，我也不用拿房子去壓二胎才能付錢給他。看似最近幾天他都穿著那件T恤，沒脫下來過。

「我不需要工作，」我對他說。

「你需要。」

「難說。我丟了私家偵探的執照，幫不上忙。」

「沒關係，我不會付你錢。你得免費接下這份工作，所以跟專業無關。你不需要執照，因爲你必須免費幫我工作。你欠我的。」

「謝謝你，說得這麼好聽。是什麼事情糟糕到你要來找我？你應該明白我今天才出獄吧。」

「我知道。照我的意思，你應該被關久一點。你很有可能成爲殺死我女兒的兇手。」

我沒回嘴。我已經道過歉了，要是可以的話，我可以再說一千次對不起，他還是不會原諒我。我知道，因爲我也經歷過相同的處境。我把害死我女兒跟傷害我妻子的人拖到樹林裡，給了他一把鏟子。他想說的可多了。他不斷重述他有多抱歉他喝了這麼多酒，他很抱歉他以前那些酒醉駕車的紀錄。他很抱歉他不小心撞了我的妻子女兒，卻不想辦法彌補。挖洞時他哭了，臉跟襯衫都變得髒兮兮。他渾身狼狽。他滿臉鼻涕眼淚，一直哽咽著說他很抱歉，最後我不想再聽了。我不覺得那是意外。我覺得是謀殺。一個被定罪那麼多次的人，那麼多次警告，還繼續酒後開車，撞死人只是遲早的問題。跟拿著裝滿子彈的槍對著群衆掃射沒什麼兩樣。

我用槍打死了他，把他埋進他挖好的墳墓裡。

我的律師知道我是兇手。我告訴他了。他拿槍指著我，想要一槍射死我，我告訴他他會有什麼感覺。

「她不見了，」他說。「艾瑪不見了。」

「什麼？」

「已經兩天了，音訊全無。星期一晚上她去上班，然後下班回家，就再也沒看到人。」

「你報警了嗎？」

「什麼？」他好像從來沒聽過這麼笨的問題，氣得咬牙切齒。「老天啊，我們當然報警了。但是你知道，要等失蹤二十四小時後警方才會在意，所以他們昨天晚上才開始調查，他們還是不怎麼在意，因爲他們沒有派人出去找，就算他們眞的去找了，我知道有些事你可以做，但他們不行。」

「警方，你得信任他們。他們知道他們在做什麼。」

他開始在桌面上亂敲，然後停住了，凝望自己的手指，彷彿很失望它們彈不出什麼好曲調。

他又看著我，眼中的傷痛貨眞價實，我懂他的感覺，我也知道我會伸出援手。

「像艾瑪這樣的女孩不見的時候，」他深思熟慮，一個字一個字慢慢吐出來，他心裡一定很難過，因爲我知道他接下來要說什麼，「最終都只有一個結局。」我沒回答。他抬頭仰望太陽，我知道他在強忍淚水。

「跟她同年紀的人失蹤後還有好結果的，你聽說過嗎？」他問。

我仍沒回答。我不能對他說實話，我也不想說謊。像艾瑪這樣的女孩失蹤幾天後，通常會一絲不掛浮在河面上。

「我知道，她可能已經死了，」他的話一頓一頓，彷彿每個字都要很用力才能吐出來。

他又轉頭看著我。「我知道統計學的結果，」他補了一句。「我太太，她也明白。她吃了鎮定劑，因爲她差點就歇斯底里了。警察說碰到這種案件，他們眞不知道女孩子是自己逃家，還是找了新男友同居在一起。屁啦。跟我們亂扯這種說法的時候，他們知道自己在放屁。如果她還活著，等警察找到她，也已經死了，如果他們在找她的時候她還活著，我能行動卻什麼也不做……那……我不知道。我覺得你懂，對不對？」他說。「我覺得你能明白我的感受。所以我要盡所有的力量，所以我來找你。也就是說你也要使盡全力，因爲你欠我的，你也欠她。然後……要是她，你知道的，死了，警察找到了兇手又怎樣？判他十五年徒刑，然後過了十年就給他緩刑？」

「我懂，不應該這樣，相信我，我眞的明白，但現實就是這樣，」我說。

「我知道。天啊，你以爲我不懂嗎？但不該是那樣，也不一定要。我記得你在樹林裡跟我說過的話。我知道你殺了那個害死你女兒的人。誰給你權力去伸張正義，又不讓別人享有正義？」

「你不需要提醒我我女兒怎麼了。」

「那我需要提醒你你差點害死我女兒嗎？」他緩緩地搖頭。「你撞到她，改變了她的生命。她走上了另外一條路。你闖入了她的生命線，結果她沒轉向A，」他邊說邊比著兩隻手的食指，「轉到了B。另一群人進入她的生命。醫生和復健中心，新的朋友。她三個月不能上學，必須請私人家教。她去年還差點畢不了業。她今年差點進不了大學。她的環境改變了。如果你沒撞到她，她現在會在不一樣的地方，跟生命中不一樣的人在一起。如果其中一個人就是綁匪……」

「我懂你的意思，」我舉起手。如果生命中一個新來的人把她帶走了，那就是我的錯。正如他所說的——我把她送上了B，或許有個壞人在B的陰影裡等她。

「你懂嗎？如果你懂，你就會問我該怎麼幫忙。我知道你是怎樣的人，」他說。「你總是力求正確。找回艾瑪，那就對了。所以你會幫我。」

我看看他，卻看到了他女兒，趴在方向盤上，血從臉旁流下，車子旁邊都是碎玻璃，我自己的車一頭撞上了路燈，車頭全毀，廣告牌上把酒變成瓶裝水的耶穌低頭看著我，我的衣服和皮膚都泛出酒味。耳朵嗡嗡作響，口裡似乎有血，那天晚上冷到空氣中都是霧，我眞希望自己只是做了一場夢。我變成那個撞到我妻女的人了。那才是最糟糕的。我把半空的酒瓶撿起來，丟到外面，從此滴酒不沾。唐納文．格林的眼神充滿懇求，他知道他女兒死了，仍抱著一絲她還活著的希望。

「我需要開銷，」我眞討厭開口要錢，但我沒有錢。「我連車也沒有。也沒有手機。」

「我會準備你需要的東西。」

「我也不能向你保證什麼。」

「可以，你可以。你可以保證你會盡一切努力找到把她帶走的人，等你找到他……等你找到他，你先來找我，再去找警察。你爲我工作，他們不是你的老闆。你來找我，別找他們。」

我慢慢點頭，腦海中浮現了唐納文·格林帶著殺死女兒的兇手穿過樹林的樣子，而我走在旁邊，幫他滿足復仇的心願。這次我想他應該有膽子動手了。「我們不知道是不是綁架，」我說。「現在還不確定。」

「有人把她帶走了。我知道。我就是知道。」

「跟我說說艾瑪的事，」他開口後，我便明白，我絕對不能置身事外。

8

亞德里安把托盤放在咖啡桌上，走到門口。走下樓梯的時候庫柏一直看著他，他知道庫柏應該聽不到接下來會發生什麼事。他一整個早上都很緊張，十分鐘前他還趴在浴室的水槽上嘔吐。他的胃感覺好熱，喉嚨好痛，他希望能有更簡單的方法，可惜沒有。他必須推銷自己，說清楚自己的理由，要是做得好，庫柏就會答應留下來。他一定要留下來。過去十分鐘庫柏一直在敲門，亞德里安小時候也常常這樣敲門，不過過去幾年來，亞德里安已經放棄敲門了，因爲結果總是沒好事。從規劃他的收藏開始，他就知道庫柏只會有兩種反應——生氣憤怒，或絕望懇求。聽到他用力亂敲，亞德里安就明白他是哪種反應了。

庫柏的臉只離玻璃幾吋。亞德里安稍微側了側身子，讓提燈的光照進去。庫柏看起來不太好，不過他的表情平靜，亞德里安很高興。

「我在哪裡？」庫柏問。

「嗯……」開始了，他的舌頭突然變得好重，沒辦法動，心裡的話都不見了，跟用板擦擦過黑板一樣，他什麼也不記得。他知道這一刻很重要。他其實演練過了，甚至預備了一些聽起來很讚的字眼，才能給庫柏一個好印象。第一句*歡迎成爲我的收藏*一直沒變，現在他希望自己應該先寫好講稿。犯了最基本的錯誤，他想，然後笑得更燦爛了，知道他精心準備的用字會讓庫柏很驕傲，但很失望自己犯了錯。「嗯……」他又重來一次，現在舌頭鬆了一點，愈想加快思考的速度，腦袋裡反而愈混沌。

「你他媽的是誰啊？」庫柏問。

「連……連續殺人犯的第一個規則，」他很欣慰自己想到了這些用詞——天啊，他好緊張，又想吐了——「就是，就是……忘卻受害者的人性，」他低頭看著地板。

「所以我是你的受害者？」庫柏問。

「什麼？」

「那就是爲什麼我在籠子裡，對不對？」

亞德里安覺得很困惑。「籠子？不是，這裡是地下室，」他四處看看。庫柏看不到嗎？「有水泥塊，沒有鐵條，看得出是地下室吧。」

「那是一種隱喻。」

亞德里安皺起了眉頭。「什麼？」

「放我出去。」

「不行。」

「你想怎樣？拇指是你寄的嗎？」

「什麼？」

「拇指。你是賣拇指的嗎？」

「我……我不懂。什麼拇指？罐子裡那個？你從受害者身上切下來那個？」

「受害者？你他媽的到底在說什麼？」庫柏問。

「你在說什麼？」亞德里安問。

「我爲什麼在這裡？你要殺我嗎？」

「我……」

「放我出去，」庫柏又說了一次。「管你在幹嘛，都給我住手。你得放我出去。不管你有什麼計畫，都別想實踐了。我不知道你要什麼。我沒有什麼錢。我不能給你錢。拜託，你一定要放我走。」

「我……」他才開了口，喉嚨就哽住了，說不下去。

「你想要對我怎麼樣？」

「嗯……」

「你說歡迎成爲你的收藏。所以那就是重點嗎？就是你對我的定義嗎？一件收藏品？」庫柏的語氣沒有一絲懼怕，聽起來很憤怒。

「你一次問這麼多問題，」亞德里安覺得好混淆。他把雙手舉到臉上，用手掌推擠臉頰。

「我是收藏品嗎？」

「不是，不是，當然不是，」亞德里安回答，很難過庫柏居然有這種想法。「你不是一件收藏品。你是……你是一切。」

「一切？」

「你就是收藏。」

「所以這些，」庫柏說，亞德里安想他應該張開了手臂，但他不確定，因爲他只能看到庫柏的臉，「是什麼？動物園？」

「什麼？不是，這裡不是動物園，」他放下了雙手，指向對面的牆壁。「要是動物園，就會有動物，猴子啦企鵝啦，而且很臭，動物園有籠子，還有……你仍以爲這是籠子嗎？這是收藏，你是主要的……主要的賣點。」

「爲什麼？犯罪學教授？」

「那是一個原因，還有一個原因是你可以告訴我很多故事。而且你是連續殺人犯，就更珍貴了。」

庫柏的臉色發白。他皺起眉頭，深深的皺紋看起來像長長的疤痕。「什麼？你說什麼？」

「說故事。你講故事給我聽，說那些你知道的殺手。我對他們很有興趣。」

「你說我是連續殺人犯。講清楚一點。」

以前，對著他收藏的錄音帶或小時候收藏的漫畫，他從來不需要解釋什麼。好難啊。

「連續殺人犯會……」

「好，好，我知道連續殺人犯的意思，你個蠢材，但我不是殺人犯。」

亞德里安不懂蠢材的意思，不過他知道他不想被別人叫蠢材。「你不懂嗎？」他渾身發顫，他居然知道庫柏不知道的東西，因爲庫柏不是什麼都懂嗎？他母親叫這種人一無是處的萬事通，不過庫柏當然不是一無是處。「你研究殺人犯，你懂殺人犯，你自己也是殺人犯。光你一個人，就是整個收藏。」

庫柏深吸了一口氣，又慢慢吐了一口氣。他閉了幾秒眼睛，用手指按摩頭顱兩側。亞德里安覺得他可能想整理一下思緒，不然就是站著睡著了。他覺得第一個選項比較有可能，因爲現在還早，不可能想睡覺。然後他決定他也該整理思緒，就閉上了眼睛深呼吸幾下，有用呢，有一點點用。

「我不是連續殺人犯，」庫柏說。

亞德里安又睜開了眼睛。「你是，你就是。我知道你是。所以你才會在這裡。」

「不對，我在這裡是因爲你劫持我，因爲你有妄想症。」

「我才不是。」

「你叫什麼名字？」

「什麼？」

「你的名字。你應該有名字吧。」

「第一個規則……」

「管他去死的規則，」庫柏用力捶門。「告訴我你的王八蛋名字。」

「但是……」

「你的名字。你叫什麼名字，」他大吼。

「亞德里安，」他回答。他不想回答，他絕對不想讓別人知道他的名字，但他很討厭別人對他吼，一直都很討厭，還來不及阻止自己，名字就脫口而出。

「亞德里安沒有姓嗎？」

「不要再問了，」他生氣了。「不要再問，不要再問問題了。」他摀住耳朵，閉上眼睛，但他仍能聽到庫柏的問題。他退開了幾步。一分鐘後庫柏閉嘴了，亞德里安才把手放下來。

「我幫你煮了吃的。」

「我不要吃東西。我要你放我走。」

「你會習慣這個房間，」亞德里安說。頭旁邊突然癢了起來，他伸手去抓。「我會想辦法弄得更舒服一點。你看到了嗎？」他展開雙臂，包圍住眼前這塊小地方。「我從你家帶了這些東西來，你當連續殺人犯的紀念品，放在這裡，你就可以隨時看到自己的收藏，我知道對你來說一定很重要，因爲你對我也很重要。這些東西都還是你的，」他說，「我不要你的東西，我要你留著。好好想一想，我們其實沒那麼不一樣。你收集連續殺人犯的紀念品，我……」

「你收集連續殺人犯。我懂了。」

「我眞幸運，可以擁有你，」他根本沒聽見庫柏的話。

「你不擁有我，你個瘋子混帳東西，」庫柏的聲音帶著輕蔑，聽起來很刺耳。

「別這麼愛生氣，」亞德里安想起來了，他們兩個面對面的時候，他應該要保持平靜。畢竟他已經想了好多天，庫柏才想了幾分鐘。庫柏需要調適的地方應該不少。他不能期望他醒來就立刻接受。「你應該吃點東西，」他換了話題，加上他準備的食物，希望能讓他們更快變成好朋友。

「亞德里安，聽我說，亞德里安，我不能留在這裡。行不通的。你自己也會發現，然後你就會放我走，但到那時候就太遲了，警察會把你抓起來……」

「你得保持體力。」

「天啊，」庫柏嘶吼，用很像鞋子的東西重重敲在玻璃上。「你一句都聽不懂嗎？」

「不要再問了，」亞德里安大喊，他控制不住自己，一腳踢翻了咖啡桌，把準備好的三明治甩到牆上跟地板上。提燈掉到地上，閃爍了幾秒，最後沒有熄，只是在地上滾了幾圈，牆壁也蒙上了黑影。

「很好，很好，」他尖叫，「你看看你幹了什麼好事？沒了——沒了——今天沒有午餐可以吃了。你餓死吧，」他又踢了咖啡桌一腳，撿起提燈爬上樓梯。除了留下一個好印象，他沒有別的想法，一個久遠的好印象，結果失敗了，都是庫柏的錯。

「你不能把我關在這裡，」庫柏從地下室大喊。

亞德里安停在門口，看著下面的小房間。庫柏從窗口裡探頭看他。「我們可以做得到，」他說。「我們很快就會成為好友。我原諒你害我把這裡弄得一團糟。」

「你有妄想症。」

「我。沒。有。妄。想。症，」他很用力地說出每一個字。為什麼大家都覺得他瘋了？他一輩子都要面對這種看法，他厭倦了。他低頭看看自己的腳，看看擦亮的皮鞋。他特地擦了鞋子，也是為了留下好印象，現在他甚至不確定自己為什麼要費這番功夫。他擦得不夠乾淨嗎？問題是鞋子嗎？右腳的鞋子因為踢咖啡桌而磨損了。上星期在二手店花了十五塊錢買的襯衫和領帶現在感覺都白費了。他彈掉跑到眼睛裡的頭髮。他覺得淚水要湧上來了。整件事完全不符合他的預期。

他用力甩上地下室的門，不管庫柏的叫嚷，他又氣又窘，乾脆一把火燒了收藏，說不定比燒了母親更容易。

他匆匆跑過走廊，上了二樓，屁股撞到了牆壁，錄音機從皮帶上彈到地上。他不會把庫柏燒了，他只是太洩氣了才會這麼想，才想叫自己做傻事。他彎下腰撿起錄音機，發現沒壞後也鬆了一口氣。他把錄音帶倒轉了一點，聽到了庫柏的聲音，然後又轉回開頭，以便重錄。他不想再聽到剛才那段對話了。

可以的話，他就把禮物送給庫柏，粉飾太平，但他想明天給他一個驚喜。他很快地打開臥房門，擔心庫柏的禮物睡著了，她眞的睡著了。其他的房間或許比較適合她，但他寧可讓她舒服一點，可以睡在床上。她的手綁在床的圍欄上，跟兩天前一樣的位置。她的皮膚泛紅，嘴巴旁的皮膚很乾，都裂開了，嘴邊掛著一支塑膠吸管。床邊的地板上有一壺清水，他會餵她喝水，可惜這裡沒有浴室，他也不想每次讓她去上廁所的時候都要解開她的繩子，太危險了，所以房間裡她排泄的地方都發出臭味，那個味道讓他想起在學校的時候，忍不住微微一笑，但接著又想起他被打到昏迷的那天，微笑消失了。女孩不到二十歲吧；他不知道她叫什麼名字，應該在把她的嘴唇跟吸管黏在一起前先問，不過他得黏住她的嘴巴，她才沒有機會對他講難聽的話。她看起來就是那種可以隨心所欲亂發脾氣的女孩。現在她只是看起來有點不健康，他不認爲庫柏會喜歡自己的禮物沾滿了汗水跟尿水，他得想個辦法處理。或許他用水管沖一沖就好，讓她繼續光著身子。庫柏應該會很喜歡。

9

唐納文·格林把他開來的車留給我——租來的——搭計程車走了。租來的車子是白色的四門轎車，車齡約一年。看來格林料定我會接他的案子，知道我沒有車，從他女兒一失蹤，他就想到要來找我。如果他心裡存疑，可能也以爲這是命運或緣分造成的——他女兒失蹤三十六小時，我正好出獄——肯定有什麼關聯，也好險兩件事的順序沒有倒過來，不然他不會來找我幫忙，而是把她的失蹤怪在我頭上。他給了我一千元現金當作開銷，也承諾不夠的話會再給我錢。萬一碰到了什麼阻礙，這些錢就能派上用場。去年拿來威脅我的槍也給我了。看到槍，回憶也浮現了。我把槍藏在床墊下面，我妻子睡的那一邊。他給了我艾瑪十歲時在慶生會上拍的照片。他要求我在找到她之前一直帶著這張照片。他要那張照片放在我的口袋裡，熱燙燙的，隨時提醒我一定要找到艾瑪，我還需要提醒嗎？我把照片塞進皮夾裡。他也告訴我他覺得艾瑪會怎麼應對情況。他說，她很機警，她想去念心理學，因爲她覺得自己能看穿別人的想法。他說，不論碰到什麼情況，她都能適應，也能找到生存的方法。我只能頻頻點頭，希望他說得沒錯，但像艾瑪這樣的年輕女孩沒有幾個能靠口才脫離病態王八蛋設下的局。他還給了我一張艾瑪上個月拍的照片。她很漂亮。上次看到她的時候，她躺在病床上，身上插了好多管子。她醒著，不知道我是誰。我沒有進病房，只站在外面跟她父親爭論，告訴他我有多抱歉。她一頭黑髮垂在肩膀上，一臉平易近人的微笑，你會希望在漂亮女孩臉上看到那樣的笑容，不過很難見到。那樣的微笑一定會讓某些人心碎。她的眼睛因為陽光而略略瞇了起來，背景是個公園或誰家的後院吧。

律師離開後幾分鐘，我爸媽就來了。我聽到車子的聲音，又出去迎接他們。他們下了車，媽跑過來抱住我，這輩子從沒擁抱過男人的爸爸則握了我的手，我請他們到裡面坐下，邊喝冷飲邊回顧這段時間，不過他們每個星期都來探監兩次，同樣的事情早就說過了。我爸七十五、六歲，滿頭白髮，不過髮線仍留在原來的位置，他很驕傲。他留了落腮鬍，不過嘴巴上沒有鬍鬚，眞可惜。我告訴他我不需要借用車子，他鬆了一口氣。媽七十出頭，知道再過二十年她可能就不在了，所以在過世前只好喋喋不休地一直講。她戴著厚厚的眼鏡，平常都掛在脖子上，她在城裡的圖書館工作了好多年，所以視力不佳，深金色的頭髮是過去二十年來不斷染髮的成果。她說她要留久一點，好在家裡照顧我，不過我拒絕她了。我爸媽很可愛，但四個月來他們不能每天打電話給我或隨時來我家拜訪，就是坐牢的好處了。媽嘮叨個不停，不用擔心沒人講話會讓我們覺得不自在。她多半在聊親戚的事情。我沒有兄弟姊妹，但我希望有，媽就不會把全副關愛放在我身上了。我聽到了表兄弟姊妹的近況、叔伯姨舅、誰換了工作、誰生了小孩、誰病了。我差點要做筆記了，不然我記不得。

我很高興能見到他們，但看到他們離開我也很高興。他們走了以後，我開車去附近的購物中心。聽說基督城人均的購物中心面積爲南半球第一名。車子很安靜，一不小心就會開太快。冷氣吹起來很舒服，座椅也舒服到坐在裡面就要睡著了。停車場裡搭起了巨大的充氣城堡，幾十個小孩在裡面跟外面歡笑亂跳，兩個小丑用氣球折出動物，幾座烤肉爐不斷烹調出熱狗，但沒看到吃熱狗的人，停車場上方架起了帆布篷來遮住陽光。父母親站在旁邊，邊聊天邊看小孩，偶爾冒出一句安靜點，比利或茱蒂，不要坐在她身上。

我找到了車位，走進購物中心，花了兩分鐘看手機後，決定買一支便宜的，照我的運氣來說，手機能不摔得四分五裂就不錯了，不需要什麼額外的功能。櫃檯後的男人兩邊耳朵都戴了耳環，左邊鼻孔上也戴了小鼻環，說實在我不覺得好看。他努力推銷昂貴的資費方案，可以降低手機的價格，我拒絕了四次，他才放棄。他插入了新的SIM卡，告訴我要等一個小時才能連到網路上。我用掉了一些唐納文．格林給我的現金。不知怎麼搞的，我居然把皮夾留在櫃檯上，賣手機的人追到停車場把皮夾遞給我，看起來就像逆向搶劫。我想送他一點錢當作報酬，他揮揮手謝絕了，說他不是爲了錢才把皮夾還給我，該做的事就要做，而不是爲了從中取利。

從購物中心出來後，車流量並不大，愈靠近療養院車子愈少。上次來過以後，通往療養院的車道已經重鋪了。兩側的樹木在熱浪中垂下了頭。建築物用灰色的磚頭蓋成，有四十年的歷史了，一點吸引力也沒有，讓人看了也不想住在這裡。庭園裡的景色很美，據說有五公頃大，都可以拍成明信片了。進了門就是有空調的門廳，裡面的東西都沒變，我想應該也不會變，包括護士在內。漢彌頓護理師過來迎接我，輕輕抱了我一下，說很高興能看到我，我覺得她說的是眞心話。她已經照顧我妻子三年了，入獄前我盡量每天都來這裡。我已經跟漢彌頓護理師見過幾百次，對她一無所知，只知道她的性別跟職位，而且從來不噴香水，她是那種看不出年紀的人，五十歲、六十歲或七十歲，都有可能。她跟著我走到布莉姬的房間，告訴我最新的消息——不過也沒什麼好說的。布莉姬又增加了四個月的年紀，如此而已。她坐在椅子上看著外面的庭園，裡面有個光著上身的園丁開著剪草機，在草地上割出長條形的圖案。她有點曬黑了，所以在熱浪來襲前有人會每天推她去外面曬一下太陽。我握住布莉姬的手，跟上次握住的感覺一樣，很溫暖，我在她旁邊坐了一個小時。房間裡放了女兒的照片。

「我很想妳，」我對她說，事實上她不知道我離開了一陣子，甚至現在也不知道我在她旁邊，但我仍希望她也想念我。我的妻子就像一塊海綿，能吸收聽到的話，可是沒有反應。「還有，我很抱歉，」我補了一句。

回城裡的路上，我檢查手機，已經連上網路了。我撥了施羅德的號碼，聲音很清晰。

「你有什麼關於艾瑪・格林的消息嗎？」我問。

「出車禍的女孩？泰特，你爲什麼會問到她？」

「你沒告訴我她失蹤了。」

「不是我負責的案子，而且從警方看來，我們不知道她失蹤了。」

「你們早就知道了。她已經兩天不見人，所以她失蹤了，你們還以爲她跟男友去哪裡度假了嗎？」

「我說了，泰特，這不是我的案子。你爲什麼要問？」

「她父親來找我了。」

「噢，天啊，別告訴我他想雇用你去找她。」

「不是。」

「不是，他沒說你就自告奮勇？不是，他沒有雇用你，你免費服務？哪一個？」

「都有吧。」

「天啊，泰特，你連私家偵探的執照都沒了。」

「我說了，他沒雇用我。我不是以專業人士的身分幫他。」

「你什麼身分也沒有。」

「今天早上你倒要我幫你了。」

「那不一樣。」

「是嗎？你眞這麼認爲？」我問。

「聽著，泰特，我們在調查她爲什麼失蹤。眞的。我們已經問過她的老闆跟同事，現在開始搜查了。沒有人說她逃跑了。我們相信她碰到了壞人。大家都不知道是怎麼一回事。她就消失了。但基督城每天都有人失蹤。找不到的人已經累積了好幾箱的檔案，但我們會繼續找，眞的。」

「一點線索也沒有？」

「如果有線索，她父親也不會這時候就去找你了。」

「那你覺得呢？你覺得她死了嗎？」

「希望還活著。」

「卡爾，你沒有回答我的問題。」

「別查了，泰特。」

「我不能不管。」

「爲什麼？因爲你去年撞到她？你的債已經還清了，泰特，你不欠她，也不欠她父親。」

「你眞這麼以爲？」

「我眞這麼以爲，」他說。

「我不相信。如果你是我，你也會答應幫他。」

「聽我說，泰特，我懂你爲什麼有這種感覺，我眞的懂，但是我不贊同。」

「試試看也不會怎樣。」

「拜託，你怎麼能說這種話？」

「這次不一樣了。」

「是嗎？怎麼不一樣？你會找到壞人，留他一條小命？」

「上次是意外，」我說。他指的是去年我抓到的墳場殺手。我在墓地裡抓到他，我們打了一架。他正在挖棺材，把棺材裡的死人拖出來，換上被他殺害的人。原本的死屍就丟到附近的小湖裡。打架的時候，我們一起滾進了空墳墓，打鬥用的刀子最後插進了他的身體。如果要加個標籤，可以寫故意的意外。「拜託，你知道我一定會幫忙。給我檔案的副本。就這麼說吧——我一開始知道的多一點，整個過程中會惹到的人就少一點。這樣對大家都好，對不對，對你也好。」

「幹你媽的，泰特，」他說。「你的世界裡眞有一些奇怪的邏輯。」

「不過說得通吧。」

「聽著，我得掛了，」他說。

「檔案呢？」

「我想想看，」他掛了電話。

第一個要找的人是艾瑪．格林的男朋友。他們沒住在一起，還沒同居，不過她爸說，只是時間早晚的問題。唐納文．格林不怎麼喜歡那個男的，不過我女兒要是到了開始約會的年紀，我也不會喜歡她的第一個男朋友。她男友叫羅德尼，跟艾瑪同歲，仍跟父母住在一起。唐納文．格林給了我他的地址，我開車到他家，他沒出門，因為艾瑪失蹤所以他請假在家。他家是單層的A字形房屋，建造於七〇年代，屋頂陡到你可以滑下來，先撞壞噪音屏障，再撞斷你的脖子。前院的草皮是褐色，很多地方都禿了，一棵巨大的松樹站在院子中間，粗大的樹根從土裡冒了出來，吸乾了水分，一點也不留給旁邊的植物。前門的門鈴很響，木門的另一側傳來拖著腳走路的聲音，然後一個滿頭幾乎都是白髮的女人一把拉開了門。她穿著短褲和乳白色的襯衫，看起來就跟前院的大松樹一樣無精打采。她推了推眼鏡，對我微笑，我打了招呼，她一回話我就知道她聾了，說人家是聾子很沒禮貌，應該說聽障。她回了哈囉，說話的方法就是聽不見自己聲音的人那種說話方法。我放慢說話的速度，問她羅德尼在不在，她舉起手指敲敲手錶，告訴我她需要一分鐘，或一個小時，然後消失了。三十秒後，羅德尼來到門前。他很瘦，眼睛是啤酒的顏色，黑色頭髮，臉頰因為暑熱而發紅。他穿著牛仔褲，T恤則是鮭魚般的粉紅色，看起來飲食正常衣著乾淨，沒有嗑藥習慣，也沒有畫上深色的眼線，因此我沒有理由立刻就討厭他。除了T恤以外，看起來很刺眼。

「我是羅德尼，」他說。「你來找我，是因為艾瑪？」

「沒錯。」

「你幹什麼的？記者嗎？我恨死記者了。我對天發誓，如果你是記者，我就揍你一頓。」

突然之間，我更喜歡他了。「她爸雇了我。我是私家偵探。」

「他雇用你來找我談話？爲什麼？他以爲我跟她失蹤有關嗎？」他的聲音開始上揚。他的右手緊緊抓住門框，彷彿要制止自己不對著我衝過來。

「你確定嗎？她眞的失蹤了？不光是離開幾天？」

「艾瑪才不會那樣。我看過你，你知道嗎？」他說，「但我不記得在哪裡。」

「我就是大衆臉，」我說。「她爸爸不認爲你會故意傷害她。我是來幫忙的，要把她找回來。」

他放鬆了門框上的手。「她死了嗎？」他問，他問得很誠懇，眞讓人感覺他完全摸不著頭緒，但以前我也碰過裝出一臉悲傷來愚弄我的男朋友。

「我可以進去嗎？」

「你還沒回答我的問題。」

「我不知道答案。」

「但你覺得她死了。」

「我希望她還活著，」我引用了施羅德的說法。

「你叫什麼名字？」他問。

「泰奧。」

「泰奧多．泰特？」

「對，」我低下了頭。

「那個撞……」

「那就是爲什麼我在這裡，」我說。「那就是爲什麼她爸爸會來找我。他知道我會竭盡所能去找到她。你有兩個選擇。你可以站在那裡對我發脾氣，你有這個權利，然後把門關上，或者你可以回答我的問題，幫我找到艾瑪，不然就來不及了。你要選哪一個？」

他帶著我走進客廳裡，從裝潢風格看來，大家都有自己的意見。我坐在椅子上，整個人陷了進去。羅德尼的母親拿了一個托盤出來，上面有茶壺和三個茶杯。她坐到羅德尼旁邊，幫我倒了一杯茶，然後指指牛奶。我不能喝茶，便對牛奶點點頭，希望稀釋一點後會比較好。門上的牆壁有盞燈，我猜有人按門鈴的時候就會閃。母親對羅德尼打了手語，他也回了，我完全看不懂。

「媽媽也認出你來了，」他說。

他的音調裡沒有控訴，他母親的手語看起來也很平和。我沒有道歉，因爲我並不是爲了道歉而來。母親點點頭，沒聽見可是卻知道我們說了什麼。我看著她。「我來，是爲了找到艾瑪，」我說，她點點頭，微微一笑。

我轉向羅德尼。「你跟艾瑪在一起多久了？」

「大概四個月。」

「你們怎麼認識的？」

「在學校裡。我認識她好多年了。去年她一個月沒來上學——嗯，你也知道爲什麼，她回來的時候，我們聊起來了。我小時候出過車禍，媽媽傷得很重，爸爸就這麼過去了，我們聊到她的車禍跟我的車禍，又發現我們兩個今年都要去念大學，還發現我們都想念心理系。我們在同一班上心理學。很妙。我是說，我常常在學校看到她，只是從來沒想過，沒想過她是我喜歡的那型。」

「你喜歡的型？」

「對。會跟我講話的就是我的型，基本上除了艾瑪也沒有別人了。」

「你跟她一起上的課很多嗎？」

「只有心理學。」

「大學裡有人欺負她嗎？有人讓她覺得討厭嗎？」

「沒聽她說過，有的話她應該會講。我們在一起的時間還不久——我是說，學期才進入第二個禮拜。而且有很多課都取消了，因爲有些學生熱到昏倒了。」

「你確定沒有人讓她不自在嗎？」我問。

「我確定。」

「她失蹤那天你見過她嗎？」

他搖搖頭。他母親幫他倒了一杯茶，放在他前面的咖啡桌上，他瞪著茶杯看，沒有拿起來喝，彷彿深怕喝了就能從杯底看出艾瑪的命運，看到壞消息。「星期天晚上我去她住的地方，混了幾個小時。」

「混？」

「對啊，」他終於拿起了茶杯。他把杯子湊近嘴邊，依然沒喝，不過杯子遮住了他的嘴唇，他媽媽就看不到他在說什麼了。「混，」他說。「在她的臥室裡。」他喝了一口茶，把杯子放下。他母親轉頭看著我，微笑著轉轉眼珠。我也報以一笑。「我回到家大概十一點了，」他說，

「然後第二天早上去上課，才發現因爲熱浪被取消了。那天我們互相傳了幾通簡訊，她去上班了，就這樣。我們根本沒計畫星期一晚上要碰面。昨天她沒回我電話，我找到她室友，她以爲艾瑪跟我在一起。她老闆也打電話來找她。我知道不太對，也很擔心，但沒有擔心到要去報警，因爲那樣的壞事只會發生在別人身上，不是嗎？」

「要是那樣就好了，」我說。

「對，不過我當時不知道。所以我打電話給她爸媽。然後他們問遍了認識的人，也報警了，警察居然覺得不可能有事。」

我沒告訴他事實並非如此。

「她喜歡她的工作嗎？」我問。

「誰會喜歡自己的工作呢？」

「以前的男朋友呢？」

「我是她第一個男朋友，」他說。

爲了禮貌之故，我喝了一口茶。味道就跟我想像的一模一樣。母親對我微笑，我們沉靜了十秒，沒有人說話也沒有人打手語，我想趁這十秒鐘來了解羅德尼，但我也知道我過去看人總是看走了眼。這孩子有沒有可能殺了艾瑪，棄屍在某個地方？

「她還是有可能沒事吧？」他問。「我是說，要是出了意外，有人傷害她，她還是有可能好好的。她還是有可能活著。」

「那當然，」我沒辦法告訴他我跟施羅德的懷疑——艾瑪．格林已經死了，羅德尼已經這麼難過，應該承受不住。

10

牢房現在黑到伸手不見五指。用鞋子敲門敲了幾分鐘，鞋子都感覺發熱了。亞德里安不會回來了。他不應該對他吼，他在吼的時候就知道會有這種結果，可是他克制不住，熱血全往頭上衝，動物的本能叫他用力發洩，忽略內心要他閉嘴、保持平靜、聰明行事的那個聲音。或許因爲頭太痛了，根本聽不到那個聲音。如果他想要有機會活著出去，就得控制情緒。他必須要專心聽那個聲音。

黑暗中的牢房感覺比較冷，他的呼吸聲更響了，急促的呼吸讓他覺得天旋地轉。他靠著門，把鞋子穿回腳上，然後扶著牆走回床邊，混凝土感覺好冷，他的腳在地上一拖一拉。他坐下來，等眼睛適應黑暗，可是適應不了。唯一進入地下室的光線來自樓上的門縫裡，沒辦法爬太遠，只夠看到最上面那階，其他都看不到。床發出嘎吱聲，他把枕頭放在背部和牆壁中間，靠了上去，雙腿在身體前面勾起，手腕則掛到膝蓋上，開始思索亞德里安這個人。

來吧，每次城裡有人被謀殺，你就會做殺手的側寫，等他被抓了，再跟報紙上的比較。這很像一場遊戲，基督城也給你很多練習的機會。現在也一樣——如果你要逃出去，你必須開始建立側寫。

他得玩這個遊戲。

多年來，他的側寫幫助警方找到嫌疑犯，縮小了殺人兇手的範圍。現在，他要找出嫌疑犯要什麼，怎麼讓他覺得他能達成目的，怎麼逃脫這個該死的牢房。如果有筆記本在手，他會在最上面寫下完全是個瘋子，然後圈起來，圈很多次，圈到筆尖都劃破了紙張。事實上，好好想一想，亞德里安眞的很瘋，如果有筆記本，庫柏也會寫下精神病患/前精神病患，然後在下面畫線，對吧？

精神病也不是什麼壞事。要是能有選擇，他寧可被亞德里安這種人囚禁，也不希望對方是一個冷血懂算計的殺手。瘋狂的亞德里安不知道下一步會怎樣，也很危險，但從另一面來看，庫柏更有玩弄他的空間，贏得他的信任，說服他把自己放出牢房。如果問題很簡單，就是要比亞德里安更聰明，那他早就出去了。這表示他也需要一點運氣，不幸的是庫柏向來沒什麼好運。今天就是最完美的例子。以前他也碰過腦袋很有問題的人，不論他們或他有多聰明，一定要去掉公式中的常識，用運氣取代，運氣不好，他就要死在這裡了——更糟糕的是他得在這裡住上二十年。他想，亞德里安每天送食物跟水下來的時候一定很興奮，又想到亞德里安可能會厭倦，送下來的補給愈來愈少，因爲擁有連續殺人犯的新鮮感慢慢磨光了。好吧，被餓死的新鮮感應該也會很快就消散了。肚子痛、脫水——別再想了，多想無益。

他應該專心想著亞德里安——那才是他能逃脫的方法——他又開始繞圈圈了，因爲他立刻想到亞德里安有天出門就被逮捕，或被卡車撞死，或者心臟病發，也有可能買牛奶的時候被槍殺了，那就沒有人知道庫柏在這個黑暗濕冷滯悶的地方活活餓死在自己製造出來的惡臭裡。綁架案通常要在二十四小時之內破案——不然就只能找到屍體了。他不知道這個理論適不適合用在自己身上。

「天啊，」他低聲說。「收藏，」他說，「我變成他媽的收藏品了。」

如果筆記本在手，他會立刻撕爛。他讀過的書，多年來學過和教過的東西，都變成一片模糊，文字和參考資料都被腦子裡的龍捲風襲擊，所有相關的資料四處亂飛，快到無法抓住，就算抓得住，他也不覺得有任何幫助。他站起來走到門口。他舉起拳頭，準備好要敲門，用力亂打，想要發洩挫敗，但不知道爲什麼，不知怎地，他按捺住了。他覺得他聞到了隔壁傳來的三明治味道，但他知道不可能。他偏偏選了今天沒吃早餐。就算食物沒撒在地上，就算能拿得到，他也不確定自己會不會吃。二十四小時不吃東西應該還撐得過去。很多人都這樣。其他國家的人常常好幾天沒東西吃。遊民似乎都還活得下去。

他的胃開始翻騰。他必須要了解環境，更重要的是摸透那個把他鎖在這裡的人。地下室。一棟房子的地下室。當成展示品。在虛幻的地方。

問題開始從龍捲風中出現。他開始一條一條列出來。只有亞德里安看得到收藏嗎？還是他比較像管理員，會有其他人來看？警察開始追查他的行蹤了嗎？有沒有人知道他失蹤了？亞德里安是誰？他以前幹過什麼？這房間裡死過人嗎？其他人呢？他們是否承認自己是連續殺人犯，好贏得亞德里安的信任，還是全盤否認？

他開始覺得恐慌了。他推推門和牆壁，踢了踢煤渣磚，一點用也沒有。他從口袋裡拿出硬幣，在兩塊煤渣磚間的石灰上劃了幾下，感覺到水泥散開了，硬幣的邊緣也變鈍了。要是口袋裡有上千元的硬幣，再努力兩年，應該就能弄出缺口。

他把頭靠到窗戶上，問自己一個很重要的問題——接下來該怎麼辦？就他看來，選擇太多了。他可以扮演教授的角色，想辦法戳破亞德里安的現實，或者附和他。如果證明亞德里安的荒謬之處，他不覺得他會欣然採納。最好的做法就是先附和他，得到他的信任。這個瘋子想聽什麼，他就說什麼。先採取這個策略，試試看，看看感覺怎麼樣。

如果他要下注，他會給自己三比一的賠率，打賭自己能活著離開。亞德里安的智商只有他的一半。庫柏知道自己在說什麼，亞德里安不知道。他必須讓亞德里安信任他。恭維亞德里安。一步一步慢慢來。有機會就叫他的名字，建立關係。跟他說故事，告訴他殺人的感覺有多棒。然後開始要求特權。一開始不要太明顯，比方說要求某種食物。要求有衣服可以換。慢慢提出要求，直到能說服亞德里安讓他出去曬太陽。

他可以在二十四小時內做到嗎？他不覺得。四十八小時吧。

他躺在床上，等頭痛消失，等亞德里安回來。他現在只能用耐心面對。一步一步來。他會盡快執行上面的步驟。計畫好了，他也覺得更平靜了。他覺得生還的賠率不止三比一，快到二比一了。不錯的機率。賭徒的機率。

11

男朋友跟家人發現我是誰後，反應可說冷淡，但咖啡店的人則冷若冰霜，在這麼熱的天氣裡我倒希望穿上冬天的外套和披上圍巾。我知道只是早晚的問題。大家已經聽說艾瑪不見了，警方正在調查，他們更不想跟去年害這名失蹤少女進醫院的人交談。在她男朋友家，起碼氣氛變得有點熱絡。跟咖啡店老闆才講了兩個字，能解凍的大概只有廚房裡那半打雞胸肉吧。咖啡店走家庭風格，花瓣形狀的玻璃在牆壁的橡木膠合板上貼出螺旋的圖案，餐點有包了肉蛋和沙拉的可頌跟三明治、雞肉或絞肉派、手掌大小的蛋糕和卡士達甜點，看起來香濃味美，總之蹲了四個月苦牢，什麼都好好吃的樣子。咖啡看起來也很好喝，不過我覺得如果我點了咖啡，就得配點抗生素，咖啡師轉過身的時候不知道會在裡面加什麼料。咖啡店的地址在梅理韋爾，離主北路一個街口——主北路是條通往城外的主要道路。位於郊區的梅理韋爾有自己的房屋市場，花大錢買不到好房子，如果你沒有四輪驅動車和昂貴的衣服，鄰居會要求你搬走。每個人襯衫和外套的領子都豎得高高，很多人走路的姿態就像他們住在鄉村俱樂部裡。咖啡店後面有個停車場，沒看到艾瑪的車子。我到了以後在停車場走了走，看到窗戶上有一張徵人啓事，希望他們不是找人來頂替艾瑪。失蹤還不到兩天，世界就變了。

咖啡店老闆名叫贊恩．瑞福斯，頭上的假髮應該賣八杯咖啡就可以買到了，他有個習慣，講話時一定要靠著東西，用櫃檯撐住自己，拳頭抵著腰，肚子突出來。他擺出了笑容，不到五秒，聽到我說出自己是誰後，發覺我沒有意思要消費，微笑就消失了。咖啡店裡瀰漫著溫暖的食物味和咖啡味，坐滿了二十歲左右的年輕人，在熱得要死的時候從小杯子裡啜飲熱咖啡，輕聲說話的聲音充滿了室內，喇叭中還傳出古典民謠吉他音樂的混合樂曲，我感到昏昏欲睡。瑞福斯的笑容轉成厭惡，他帶我進了廚房。

「我已經跟條子講過話了，」他說。

「那你一定還記得說了什麼。」

「去找他們吧。如果他們想告訴你，就會告訴你。」

「她有沒有提過奇怪的顧客？一直盯著她看，給人奇怪的感覺？」

「我們都希望艾瑪能回來，老兄，你的紀錄很不好，誰碰到你誰倒楣。你不來幫忙，艾瑪可能更有希望。」

「她父親可不是這麼想。」

「人在悲傷的時候都會做出很爛的決定。」

「悲傷？怎麼樣？你以爲她死了？」

「老兄，你不認爲嗎？我眞的很不希望她出事，她很乖，工作也很努力，但我跟別人一樣愛看新聞。我不是白痴。」

「那你爲什麼已經在窗戶上貼了徵人啓事？」

「去死吧，混蛋，」他用手指指著我。「我有店要經營。我不能留著她的職缺。看到外面那些人了嗎？只要有人服務，他們才不在乎誰來服務。很討厭，但這就是現實。你白來一趟了。你已經害過她一次，我才不會幫你害她家人。」

「她平常把車子停在哪裡？後面？」

「我們都把車子停在那裡。」

「監視器呢？」

「你以爲這裡是銀行嗎？快滾吧。」

我注視其他員工，希望能得到他們的注意，希望有人願意跟我交談，但他們都避開了我的眼神。我再度走進停車場。之前的搜查結束後，留下了一段犯罪現場警戒帶，卡在垃圾箱旁邊，在微風中飄揚。周圍沒有人，這裡也沒有車子。很有可能艾瑪就從這裡被綁走，晚上一定很黑，一個人也沒有，只蓋滿了陰影。艾瑪可能走到車子旁邊就被攻擊了，綁匪把她丟進她車子的行李廂，然後加速逃逸。我走到垃圾箱旁打開了蓋子，警察老早就搜過這個地方了，但我突然有個不祥的感覺，認爲艾瑪・格林就在垃圾箱裡。裡面沒有人，只有一袋袋垃圾。垃圾箱前方凹了一塊，擦上了車子的紅漆。有人開車出去時撞過垃圾箱。

我趴到地上，查看有沒有什麼異樣，或許在掙扎時有東西落下了。我只看到一塊塊油漬以及從裂開的路面上冒出頭來的雜草，幾塊陳年油污，許久以前的狗屎。太陽毒辣辣照在我背上。站起來的時候我的背有點痛。要有什麼蛛絲馬跡，警察早就找到了。

我回到車上，覺得自己的做法不對。等我拿到警方的資料，才能一展身手，不要再找艾瑪的朋友談話了，我想他們應該都不想對我說什麼。唐納文・格林選了一個最沒有用的人來幫忙。就像贊恩・瑞福斯說的，人在悲傷的時候很容易做出錯誤的決定。

時間慢慢過去，溫度也稍微下降了幾度。我還是需要去找她室友，不過可以等到今天晚上。我打算回家，路上買了一些中國菜來吃。施羅德來的時候差不多六點了。從我開始辦案已經過了六個小時，艾瑪．格林不是多死了六個小時，就是跟死亡的距離又拉近了六個小時。我的餐桌上都是吃完剩下的塑膠盒，空氣中瀰漫著食物的味道。

「眞是個餿主意，」施羅德舉起艾瑪．格林的資料夾。「有啤酒嗎？」

「你在開玩笑嗎？」

「今天眞累。你看過燒得一塌糊塗要從地上剝起來的屍體嗎？」問題才出口，他就想起來我看過。我們兩個都看過。不止一次。

「要聊一聊嗎？」

「不用了。」

「你看過裡面的東西了？」我對著資料夾點點下巴。

「看過了，」他說，「但這不是我的案子。我要負責找出今天放火殺人的兇手。你看過我給你的資料了嗎？」

「我很忙。有什麼不在裡面的資訊嗎？」

「當然有，不過你不肯聽。我說破了嘴，就是要你放棄，爲了私人的緣故更應該放棄。泰特，拜託你，你知道一牽涉到私人，就會一團糟。」

「謝謝你的勸告。」

「好，對了，我知道我早上才問過，但坐牢到底是什麼滋味？」

「就像你去度假，總是不太確定飯店會是什麼樣子，還有餐廳、俱樂部跟海灘，總是跟你期待的不太一樣，對不對？說起來監獄就不一樣了。坐牢完全符合你心目中的想像。」

「對不起，」他說，可是這不是他的錯，道歉也於事無補。他把資料夾啪一聲放在餐桌上，然後用手按著。「你欠我一份情，」他說。「這件事結束後，我要你幫忙處理我今天早上給你的資料。你把這件事忘了，然後你全心全意幫我查出來那個叫梅莉莎的女人是誰。成交？」

「那就要看你有沒有什麼瞞著我，還是會隨時提供消息給我，」我說。「卡爾，你來找我是有理由的，你來找我，因爲你要我做你不能做的事情。」

「不是。」

「放屁。你是好人，卡爾，所以你不能爲所欲爲。我不知道你給自己什麼理由，但你今天早上給我資料的時候，不光要我看看而已，有些事情你需要我動手。」

「你想太多了，」他說。

「你現在也想很多。」

他拿起了資料夾。「你要我現在就走，證明你錯得有多離譜？」

「你本來就知道我會越界，我只希望萬一我越界了，你最好不要抱怨。」我伸手去拿資料夾。「卡爾，我們站在同一陣線。讓我找到這個女孩，我承諾我會幫你找到梅莉莎。」

他放開了資料夾。「我心裡覺得不太對。」

「你的感覺不重要，」我告訴他。「重點在於救回艾瑪。她爸爸認爲她能說服綁匪平安脫身。似乎她很懂得人性，有機會的話，她一定能生存。」

「父親說的話都一樣。」

我點頭。他說得沒錯。「她念心理系，」我想提醒他。

「是啊，還念不到兩個禮拜。我不太確定她學到了什麼，可以說服想對她先姦後殺的瘋子放走自己。」

我頻頻點頭。這也有道理。

「別忘了，泰特，找到什麼線索的話，就來告訴我，好嗎？你現在要幫我，不是幫唐納文・格林。先來找我。先得到我的許可。」

「當然了，」我告訴他。

他不相信我，不過他什麼也沒說。他站起來，我跟著他走到前門。

「聽我說，泰特，裡面有些新進來的資料。今天下午警查搜索過了那家咖啡店後面的停車場。」

「我知道。我剛才去過了。」

「好，我眞希望她父親說對了，她能照顧好自己，因爲現在情勢看起來不太樂觀。」

「有樂觀過嗎？」

「祝你好運了，泰特，」他說。「這次也要幫我一個忙。」

「喔？什麼忙？」

「別殺人。」

12

亞德里安小時候就發覺快樂難尋。音樂和漫畫帶給他快樂，他也收集了很多玩具車，每台都是他的摯愛。都是縮小的金屬車，零件可以挪動，每次拿到新車，他就會夢想等他長大了，就能買得起眞的車子。不論學校生活過得怎麼樣，回到家就可以看到他的小汽車，還有他的錄音帶跟漫畫，沒有人可以奪走他的寶貝。他把車子在臥房裡的架子上一台一台排好，用心測量，每台車之間的距離都一樣，每個禮拜會擦一次。他收集的錄音帶則按顏色排列，卡帶盒的側面融入同樣的色塊。他的漫畫封面從來不會留下折痕。這些寶貝讓他好快樂。

還有凱蒂也能讓他很開心。十三歲的時候，他愛上了這名新轉來的學生，綠色的眼睛配上綁成馬尾的紅色長髮，髮尾有點毛毛的。她比他高一點也重一點，不過只有一點點，要數完她臉頰上的雀斑可能要一天的時間吧，每一顆雀斑他都想收集起來。凱蒂跟家人本來住在南邊的但尼丁，跟基督城比起來算是小城市。第一次看到她的時候，他覺得胃抽緊了，胸口變暖了，口裡發乾。她的笑容帶著緊張，卻深印在他的腦海中，他夢想有一天能牽著她的手送她回家。她被分到他們班上，坐在教室的另一邊，比他的座位更靠近黑板，所以他一整天都能偷看她。如果她轉頭發現他在偷看，他不知道該怎麼辦，不過她從來不轉頭。轉學生都會碰到兩種情況，一是其他的學生對她很有興趣，跟她交朋友；二是捉弄她。凱蒂呢，則變成被捉弄的對象。偶爾在午餐時間或下課時，其他人會推她，想把她弄哭，有時候她眞的哭出來了。

亞德里安很想站出來保護她，因爲他就是這麼喜歡她，但是他很儒弱，他自己也知道。女生都比他厲害多了。男生則會把他揍扁。學校裡可怕的事情很多，其中一件就是演講。他討厭演講。他得站到教室前面，一身二手制服，短褲太寬鬆了，襯出他樹枝般的四肢。不論喝多少水，他總覺得口乾。每次他都聽到別人在偷笑，令他面紅耳赤，每次他都想從教室裡逃走，逃得愈遠愈好。新學年開始幾個月後，太陽的高度降低了，早晨更加涼爽，大家進教室前都會踏過落葉。演講的題目是最讓自己感到激勵的人。他選了阿姆斯壯，因爲從十歲開始，亞德里安就一心一意想要逃到月球上去。他深信他能做到，演講時沒說出來，他也幻想能開著自己的星船去探索銀河。他想要成爲第一個登上火星的人。他在演講時提到了雙子星計畫和阿波羅計畫，還有阿姆斯壯進行試航的時候，講得結結巴巴，緊張到手抖個不停，抖到小抄撒了滿地，順序也亂了，然後麻煩了，因爲他沒有編號，講成阿姆斯壯長大後先飛到月球，然後才加入NASA。最後大家都幫他拍手，眼睛在玳瑁邊眼鏡後變成兩倍大的拜倫太太要他回座位，然後才告訴凱蒂接下來換她上台了。

亞德里安心愛的女孩站到台上，講起了貝多芬。亞德里安對貝多芬所知不多，只知道他把自己的耳朵切掉了，不過凱蒂沒提到這件事，他也不確定爲什麼，但是她確實講到這位作曲家聾了，把耳朵切掉一定會聾。她講到一半的時候，有些人笑了起來。拜倫太太罵了他們。拜倫太太是那種很愛罵人的老師，也是那種看起來一生下來就四十歲的女人。凱蒂放慢了速度，但沒停下來，然後又有人笑了，她哭了。她從教室裡跑了出去。亞德里安想要追上去。大家一定想不到他會追出去，她也會因此回報他的愛。但他心裡的儒夫困住了他。他痛恨儒夫。他想殺死儒夫，但他沒有勇氣。那時候還沒有勇氣——不過那一刻他決定了，起碼要裝出個樣子。

午餐時間到了，他走到開始發笑的那個男生面前。

「你不要再欺負凱蒂了，」亞德里安說。

「你說什麼？幹你媽的，你在開玩笑吧？」

「我說眞的。」

那男生叫瑞德蒙，但大家都叫他瑞仔，手上拿著一顆橄欖球，他本來要去跟朋友玩丟球的。瑞德蒙的身形肥胖，臉頰鼓鼓的，等他長大就會說自己其實只是骨架大。「你說眞的？」瑞仔說，然後用肥胖的手指戳在亞德里安的胸口。「小安安，」這是他們給亞德里安的外號，「叫我們不要欺負他女朋友。」

「她不是我女朋友。」

瑞仔又推了他一下，不過這次瑞仔的一個朋友在亞德里安身後跪下，所以當他後退的時候，翻了個四腳朝天，重重跌在地上後，他的鬥志幾乎都被敲掉了，稍後瑞仔跳到他身上，在他肚子上猛擊兩拳，又把他的臉摜在地上，剩餘的鬥志也煙消雲散。沒有人幫他。其他的學生都在旁邊圍觀。凱蒂也是。兩個個子比較大的女生把她帶過來。亞德里安抬頭看看她，想要對她笑一笑，可是笑不出來。他快痛死了，用盡全身力氣克制自己別拉在褲子裡。

「他不是妳的朋友吧？」一個大個子女生問，她發育得早，下巴寬闊，眼神邪惡，一頭捲髮。如果在學校裡，你發育得比大多數人快，你就會變成眞正的壞蛋。

凱蒂沒說話。

「因為，如果他是妳的男朋友，妳就去跟他一起躺下，」女生補了一句。「那就是妳的未來。」十三歲女生說這種話，也太深奧了。

大家安靜了下來，凱蒂思索著她的未來。「他……他不是我的男朋友，」凱蒂說。

「那他是誰？」

「我不知道。就是……就是我們班上的無聊人吧，」凱蒂說——她雙眼含淚，可是沒流出來。

「什麼人？」女生問。

「無聊人。無聊人。」凱蒂說。

每一個字亞德里安都記得很清楚。在那之前的回憶都很清楚，之後發展出來的就不太清楚了。那天他失戀了，就跟一見鍾情一樣快，或至少那時候他覺得自己失戀了。學校裡的日子更加不好過。女生跟男生一樣愛嘲弄他。凱蒂變得大受歡迎。不過她還算有良心，從不當面嘲諷他。有時候他鼻子流著血回到家，手肘和膝蓋都擦破了，母親會打電話到學校申訴，第二天他就被欺負得更慘。霸凌就是那樣，你愈抱怨，問題愈嚴重，老師向來束手無策。一有建立自信心的機會，就被同學打擊殆盡。離凱蒂叫他無聊人幾個月後，他才發覺想要快樂，就必須去剝奪別人的快樂。

他也知道該怎麼做。

早上當母親在準備早餐時，他就進了浴室，尿在容量半公升的塑膠瓶裡。然後把瓶蓋用力鎖緊。放進早餐袋時瓶子還溫溫的，但到了學校已經變冷了。如果沒人罵他打他，也不會有人理他，他就趁這個時候去更衣室，轉開塑膠瓶，誰揍了他，他就把裡面的尿倒在那個人的袋子裡。一個禮拜後，有一次他得把尿灑在自己的背包上，別人才不會懷疑是他幹的好事，不過他加了很多水稀釋，所以沒那麼糟糕，他也先把不想弄髒的東西拿出來了。要是不能倒在別人的背包裡，他就找機會倒在他們的桌子上，或趁體育課的時候倒在他們的制服上。他倒了一整個月的尿，然後失去了繼續搗鬼的勇氣。那時很多人都開始注意撒尿鬼的行蹤，校長也允諾要把撒尿鬼趕走。沒關係，因爲那時候已經快要放耶誕節假期了。假期結束後，他又持續了七個禮拜，但降低了頻率，一學期只動手幾次。他從來不對凱蒂下手，但他弄濕過其他女生的書包。機會變少了。一個月一次變成三個月一次。然後一年兩次而已。

三年後，他十六歲，一切都結束了。他不知道抓到他的那個男生叫什麼名字，他正把尿潑進另一個人的置物櫃裡，那個人前一天在走廊上無緣無故打了他一巴掌。被抓到的時候眼前閃過了他的未來，一開始是母親聽到消息，他被退學，不論去哪裡都有人叫他撒尿鬼。他年紀已經到了，知道他永遠不可能成爲幻想中的太空人，卻又稚嫩到不知道要怎麼規劃未來，另一方面也成熟到能夠明白，不論有什麼夢想，現在都結束了。男生瞪著亞德里安，一語不發，然後走開了。

那天下午最慘。什麼課他都無法專心。他覺得老師看他的眼神很詭異。他一直在等人送口信給老師，要他們把亞德里安送去校長室。放學鐘聲響了，該回家了，依然平安無事。回到家以後，每次電話一響，他就知道是學校打來給母親的，然後就要被退學了，可是沒人打來。

如果第一天算糟，第二天更是糟透了。他沒吃早餐。一整天都想吐。下課時間和午餐時間他都坐在廁所裡，肚子裡彷彿裝了一大桶水。

第三天，那個男生來找他了。不是一個人。放學後，他們把亞德里安拖進公園裡，合力把他按在地上綁起來。一開始時他們沒動手也沒動腳，等他被綁牢了，他們圍成一圈，一起尿在他身上，總共有八個人。尿水灑在他身上，流得到處都是。他背後和屁股下積了一大灘尿，衣服也濕了。他們在他嘴上綁了棍子，讓他沒辦法閉緊嘴巴。大家都瞄準他的臉，尿水流進了眼睛，很刺痛，噴進了他的喉嚨，喉嚨深處就像被強酸灼燒。他又嗆又咳，尿水黏在他的喉嚨裡，他覺得自己要淹死了。感覺他們一直尿不完。完事了，他們哄堂大笑，有人在他頭上踢了一下。這一踢，彷彿引發了風潮，另一個人也踢了一下，然後第三個人也來了，馬上演變成所有人一起踢他，等他終於暈了過去，他們的笑聲還跟著他進入了黑暗。他夢見了凱蒂，夢見了更快樂的時光。

等他醒過來的時候，繩子不見了。他站不起來，平衡消失了。路人發現他躺在地上，叫了救護車。他在醫院住了六個星期。他的頭腫得很厲害，必須在顱骨上鑽洞來紓解壓力。醫生用藥讓他昏迷了兩個星期。他斷了六根肋骨，右臂也斷了。等他醒過來，他說不出誰攻擊了他。他告訴警察他不記得那些人是誰。其實他沒忘。

一個月後他恢復了平衡感，再過幾天才能走直線。學校裡學的都忘光了。最簡單的東西也不再那麼簡單。他再也不想聽音樂，聽了就討厭。漫畫不能帶來歡笑，他恨死了裡面的故事，那些人都有他沒有的神奇力量。他乾脆開始自己畫漫畫。他美術不強，但也夠了，他畫出那些欺負他的人，畫出自己站在這些人身上，畫出不同類型的武器和各種使用方法。有時候他會放下畫筆，坐在房間裡，把模型車的門和輪子折斷。他聽見母親告訴阿姨說他變了，他的腦子裡有什麼壞掉了。他不知道是什麼。母親知道，也跟他解釋過，不過他聽不懂。他還是他自己，他覺得他沒有變——但他知道他改變了。有時候他記不住一些事，被攻擊前的事情都被永久鎖在記憶裡，但有些新的事情卻深深留在記憶裡。他老是忘東忘西，他記不住別人的名字。但他從來沒忘了那八個人的姓名。警察仍來問問題，只是問題變少了。他們開始辦其他的案子。大家慢慢忘了亞德里安的慘劇。

他恢復了力氣跟平衡感，頭腦也開始復原。沒辦法像以前一樣，但他很努力的話，還是能記住新的東西。不過，他現在的想法不一樣了。頭部受到重踢後造成腦部腫起來，改變了他對人生的看法。

他不能去上學了。就算可以回去，他也不想回去。他要怎麼辦，努力讀書好當太空人？最糟糕的是他不能把尿倒在那些人的置物櫃裡。

往好的方面想，他現在有更多時間思考要拿這些人怎麼辦。從那時候起，他就很難交到朋友。現在感覺庫柏也一樣。被打前他不怎麼受歡迎，不過也有兩三個同樣不受歡迎的人偶爾會跟他講話。如果母親還在，起碼有人在乎他生不生氣，會安慰他，要他平靜下來。起碼在他想像中有這樣的母親。他母親才不會對他好。很久很久以前，她對他很好，後來他到學校外面等，等那些攻擊他的人出來後跟著他們回家，母親就變了。不久他的第一個母親就把他送去格丘，斷絕了母子關係。

不公平，但公平從來不存在。收藏庫柏應該是這輩子最興奮刺激的事情，這些想法和庫柏的行爲卻讓他很洩氣。一定有方法可以讓庫柏喜歡他。庫柏喜歡別人，也應該會喜歡他。他應該下樓去問庫柏有誰曾向他表達如此的敬意，居然要收藏他！還有誰會這麼看重庫柏的工作！沒有人吧！

他想告訴自己，庫柏只是需要時間來調整，又記起來他第一次被帶來這裡的時候是什麼樣子，感覺像到了異地，只是他的際遇更悲慘，他跟其他幾十個病患一起被鎖在這裡，有些人瘋了，有些人很壞，有些人又瘋又壞，三年前格羅弗丘關閉了，所有人都被放走。他提醒自己，他早就知道庫柏會發脾氣了。

明天，送上禮物，一定有助於解決他們兩個之間的問題。現在，他就先去休息了，明天再來解決問題吧。就像他母親——不是拋棄他的親生母親，而是照顧他跟其他人的第二個母親——常說：「好好休息，問題便能迎刃而解。」他不太確定母親的話有沒有道理。

他在臥房裡踱步，邊走邊數，熟悉的感覺讓他覺得安心。從青少年時期到成人，他常在這間房裡踱步。有時候房間裡只有他一個，有時候要跟別人共用，步伐能涵蓋的空間也變小了。步數愈多，他愈平靜。他喜歡偶數勝過奇數，也會讓最終結果是十的倍數，要走大步或小步一點來達成目標。他心裡什麼都不想，直到他走了一千步。一千是個好數字，比五百好兩倍，有兩千的一半好。很好很牢靠的數字，是十也是一百的倍數，而一百本身也是十的倍數。他坐下來，思索著第二印象。他思考要做什麼才能討好庫柏，給這連續殺人犯幾本書看看應該不錯。太好了。

興奮來得快去得也快，覺得自己很沒用的感受取而代之，成年後他就很熟悉這種感受。給庫柏書看，很值得驕傲的想法，但他居然想了這麼久，就不值得驕傲了。他早就應該知道像庫柏這種人需要保持頭腦的積極活躍，不然就會變遲鈍。收藏家的品項當然不能變無聊。

「庫柏一定會很高興，」他知道等他告訴庫柏這個想法，兩人的友誼就會萌芽。過去三年來，他一直在收集連續殺人犯的書。他很喜歡這些書，太棒了。他從臥房裡拿了幾本，帶到地下室。庫柏看著他走下樓梯，框在小窗戶的他動也不動。他看起來面色青白，整個被挖空了，就像沒有靈魂的軀殼。

「我拿書來給你看，」亞德里安舉起了手上的書。

「謝謝，我很感激你的好意，」庫柏說，亞德里安很高興他這麼有禮貌。「你會把燈留給我嗎？」

「我只有這盞燈，」亞德里安說，「等天黑了我也要用。」

「那我要怎麼讀書？」

亞德里安擺正了咖啡桌，把書放在上面，很尷尬，不知道怎麼回答。牆上地上桌面上都有破碎的三明治，麵包已經變硬了。他明天再清理吧。

「你在生我的氣嗎？」亞德里安低頭避開了他的眼神。「你不覺得自己很特別嗎？」

「我覺得被困住了，」庫柏回答。「你似乎很聰明，這些應該都是你一個人做到的。你一定有很多可以聊天的朋友，爲什麼要把我關在這裡？」

「我沒有朋友，」亞德里安撥弄著桌上的書，把它們排得很整齊。「以前有，但他們都走了。」

「拜託，怎麼可能，」庫柏說，「像你這樣的人一定有很多朋友。」

「你在取笑我嗎？」他抬眼看著他。

「我不會取笑別人。」

「你應該要覺得很特別，」亞德里安說。「我是說，你現在是基督城最特別的人。你是連續殺人犯，要是這樣還不算特別，我想不到其他的東西了。」

「你為什麼認為我是連續殺人犯？我做了什麼會讓你覺得我殺了很多人？」

「第一，你有放在罐子裡的拇指。連續殺人犯會從他們殺的人身上收集東西。」

庫柏微微一笑。「你以為我殺了人之後割下他的拇指？」

亞德里安很開心他笑了，也報以一笑。「不是嗎？」

庫柏點點頭，依然帶著微笑。「OK，」他說。「謊話到此為止。你說對了。我當然先殺了人再割下他的拇指。」

「你為什麼要問我是不是賣拇指給你的人？」

「不知道。我醒過來後覺得很累，昏頭轉向。你用了電擊槍嗎？」

「對。」

「然後你把一個東西放到我臉上，是什麼？」

亞德里安不知道。上星期拿到電擊槍後也拿到了那個東西。他聳聳肩。「會讓人睡覺的東西，」他說。「你切了誰的拇指？」

「被我殺掉的男人。」

「你會殺男人？我以為你只殺過女人。」

「都有，」庫柏說。

「你為什麼要殺他？」

「我就是想殺他。亞德里安，你怎麼發現我是連續殺人犯？講給我聽。警察都不知道我殺過人，你一定比警察還聰明。」

亞德里安笑了。他很久沒感到心中這麼溫暖，感覺好棒。這就是爲什麼他一定要把庫柏納入收藏的緣故。他們會變成知交。庫柏可以告訴他當連續殺人犯是什麼感覺，也可以告訴他其他殺人犯的故事。他很高興他把錄音帶捲回去，現在重錄了一次，蓋過先前的對話。他希望能錄得很清楚——他用襯衫蓋住錄音機，庫柏看不到。

「我開始觀察你，因爲我記得你在寫一本書，」他說。「幾年前，你常來這裡問我們問題，但你從來沒問過我。」

「這裡？這裡是哪裡？廢棄的精神病院？」

「格羅弗丘，」亞德里安說，「沒被廢棄，因爲我們還在這裡。也不是精神病院，是療養院。你在寫一本關於我們的書，我找過，但是沒找到。」

「還沒寫完，」庫柏說。

「我想看。」

「當然，我也想給你看。我很希望你能給我一點意見。亞德里安，我要怎麼給你書稿呢？檔案在我的電腦上，我們可以去我家拿，然後給你看。」

「或許吧，」亞德里安知道庫柏想騙他，「但今天不行。你從來沒問過我問題。你眞的不記得我嗎？」

「不記得了，對不起。」

「你只找殺人犯問話，那就是原因，」亞德里安說。「他們是我的朋友。」

「現在他們都走了，」庫柏說。

「對，但是我回來了，既然不能有他們當朋友，我還是有你，你知道他們的事情，你可以告訴我他們的故事，而且你跟他們一樣也是殺人犯。」

「每天都有人失蹤，但不是用這種方法失蹤，」庫柏環顧牢房。「你在這裡做的事情……太優秀了。」

「喔，」他楞了一下才明白。「噢！太好了，」他覺得自己的臉漲紅了。

「你知道的，亞德里安，你給人一種很酷的感覺。我眞希望你帶我來之前先跟我聊一聊。我覺得我們一定能安排得更好。更……順利一點點。」

亞德里安想要信他的話，不過他覺得自己做不到。時候未到。

「我可以問你幾個問題嗎？」

「當然，當然可以嘍，亞德里安。要問什麼都可以，如果我也可以問你問題，那就太好了。可以嗎？我眞的很想聽聽看你的答案。」

「眞的？」

「當然。」

亞德里安不太確定。以前從來沒有人想聽他講話。連續殺人犯都很聰明，他們……怎麼說呢？「ㄕㄢˋ ㄩˊ ㄘㄠ ㄎㄨㄥˋ❷」。他們一定很懂，他突然不太敢相信庫柏眞認爲他很酷。他得小心一點。

「你爲什麼對連續殺人犯有興趣？你怎麼會變成連續殺人犯？」他坐在燈光籠罩的沙發上，等著聽庫柏的故事。

❷「善於操控」，亞德里安不知道怎麼寫。

13

艾瑪．格林的住所就是衆人心目中的典型大學生租屋；草坪上野草叢生，窗戶上蓋滿厚厚的灰塵，資源回收筒在前門站崗，裡面的空啤酒罐和葡萄酒瓶已經滿出來了。這區住的幾乎都是學生，社會地位取決於你的酒精消耗量，喝得愈多愈受歡迎，也愈容易交到朋友。唐納文．格林先幫我跟艾瑪的室友說好了，讓我去找她，她男朋友也在，客廳裡還有兩名男友的朋友，一群人正在喝酒，而不是讀書，他們都希望艾瑪平安無事，卻又擔心她已經碰到了最壞的結局。家具都好像從路邊撿來的，就是有人丟出來，還在上面貼了免費。我沒坐下。公寓裡的菸味很重。男生在咖啡桌上堆剛喝完的啤酒瓶，堆成紙牌屋的樣子。室友是位漂亮的女孩，彈性十足的金髮採用最新肥皀劇中的造型。她一直在剝手指，從指甲邊摳下一片片硬皮，丟在破爛的地毯上。

她邊說話邊抹眼淚，睫毛膏沾到了眼睛下緣，我妻子說那是熊貓眼，如果我們吵架，有時候她也會眼圈發黑，還好我們不常吵。她的說法跟艾瑪的父親很像，艾瑪很聰明，可以靠口才幫自己解圍。

「上禮拜，她光靠一張嘴，就少了張超速罰單，」她說。「她告訴交通警察她要趕去醫院，因爲她母親正在治療癌症。」

「我倒沒聽說。」

她搖搖頭。「那就是重點了。她媽媽沒得癌症。艾瑪覺得，每個人認識的人都會得癌症或死於癌症，可以拿來當作藉口，因爲大家都有同情心，都能體諒。去年一整年她都在研究心理學，不過她才上了幾個禮拜的課。她能看穿人心，你懂嗎？」

可以問話的人都問過了，得到的資訊卻沒什麼增加。男生正忙著在電視上彼此射殺，拇指在遊戲手把上飛舞，眼睛死盯著大螢幕上的動作。他們降低了一點音量，好讓我們談話。兩個星期前，艾瑪．格林起床了，去上學了。上完了課，跟兩個朋友吃午餐，然後去上班，在咖啡店打四個小時的工。下班後被擄走了。

在施羅德給我的資料裡，有些唐納文．格林不知道的事。警方搜過了咖啡店後面的停車場，找到一盒粉餅跟一小塊新鮮的血跡，上面沾了皮膚和毛髮。室友認出粉餅是艾瑪的。毛髮符合艾瑪的髮色，血跡也符合艾瑪的血型。DNA測試要等幾個星期才有結果，但想必應該符合。可以合理猜測她掙扎過。艾瑪的提袋掉了，粉盒滾出來。她的頭撞到地上，或者有人抓著她的頭去撞地。

我注意到那個被撞過的垃圾箱，警方也注意到了，採集了油漆的碎片。油漆是紅色，而艾瑪的車是黃色。如果有人把艾瑪塞進行李廂後加速逃逸，爲何稍後又回來開走她的車？不對，很有可能撞到垃圾箱的人跟艾瑪失蹤沒有關係。或許是昨天撞到，也有可能是三天前。不太有用。咖啡店的收據也成爲物證，一個個列出那天到過咖啡店的人，不過問題是會花五塊十塊買咖啡跟鬆餅的人多半不會用信用卡。如果嫌犯開走了艾瑪的車，他怎麼來的？搭公車還是計程車？難道他住得很近，走路就到？

她們住的地方沒有不尋常的訪客，沒有維修工人或園丁或令人討厭的房東，沒有奇怪的電話，沒有人在外面逗留。室友讓我到艾瑪的房間看看，警察在十二個小時前已經搜過了，所有的東西都不在原來的位置上，有關的物證也被帶走了。我在那裡待了一個小時問問題，到訪的時候就很氣餒，離開的時候更氣餒。

我到家的時候快九點了。好漫長的一天，早上醒來時我還在監獄裡呢。小孩在街上比賽溜滑板，有人在踢足球，有人在玩鬼捉人的遊戲。太陽再過幾分鐘就要滑下地平線，現在則燦爛地照在窗戶上，像顆要融化玻璃的高溫橘色火球。四個月來，這是我第一次看到日落，從來不覺得這景象有如此絢麗。四個月來，日夜都由電燈開關控制。真難想像明天早上我會在自己的床上醒來。真難想像艾瑪．格林能不能看見日落。今晚太適合來瓶啤酒了，不過我已經承諾這輩子不會再碰啤酒。

我在外逗留到太陽完全下山，也聽不到街上有小孩子玩的聲音。溫度下降到比較適合人活著的二十一度。我看了夜間新聞，沒提到艾瑪．格林，沒提到梅莉莎，不過新聞內容跟我坐牢前差不多——城裡、全國、全世界，到處都有壞人在欺負好人。我的眼皮愈來愈沉重，新聞畫面變得好模糊。主播短暫提到了施羅德今天去處理的火災。從地板上剝起來的受害人是護士，名叫潘蜜拉．丁斯。電視上出現了潘蜜拉身穿護士制服的照片。我突然想到了梅莉莎，但她殺的都是男人，火災也不是她的做案手法。照片應該是幾年前拍的，她看起來大概五十歲，黑白相間的頭髮紮成整齊的髮髻，她的微笑伴隨著下垂的嘴角，應該是雙下巴把嘴唇往下拉的緣故。

我煮了咖啡，再看一次施羅德給我的資料。我撥了他的電話，卻直接進了語音信箱。我留了訊息。艾瑪的資料夾裡有些事情在我去年闖入她的生活時就知道了。我撞到她的第二天就是她的生日。今年她要滿十八歲，她哥哥傑生住在澳洲。她的頭髮是金色，眼睛是淡褐色，臉上的神情走到哪裡都能吸引男人的目光。或許就是那副神情害她被綁架了。

我的手機響了，本希望是施羅德打來，結果是唐納文．格林。他要知道最新的消息。我說我去找過了男友、老闆和室友，明天早上會去找她同學問話。我告訴他，很多人會不想跟我講話，他要我告訴他們我來的目的——幫忙找回艾瑪。他的口氣充滿懇求，提醒我他為什麼會來找我。我沒告訴他血跡和頭髮的事情。掛了電話後，再過一分鐘施羅德打來了。

「我們找到了線索，」他說。「報告指出，艾瑪下班後有台車從咖啡店快速開走。另一名駕駛人必須緊急煞車，不然就撞上了。」

「看到車牌了嗎？」

「看到頭兩個字母。說要是全記下來了，昨天就會投訴那人魯莽駕駛。他說他忘記了，看到今晚新聞報了艾瑪的案子，才想到可能有關係。他說是一台紅色的四門轎車，大概五年的車子。他能提供的細節也只有這些。你看過垃圾箱了嗎？」

「看過了。紅色烤漆。但如果他從現場逃走，那艾瑪的車子呢？」

「那就是關鍵的問題。你今天看了梅莉莎的資料嗎？」

「還沒。我打算要去找艾瑪的同學，」我告訴他。

「是啊，我也想到了你會去。你仍覺得你比較厲害。」

「不是……」

「我知道，我知道，」他說。「我沒有惡意。可惡，說不定你眞的比較厲害。或許跟你之前說過的話有關係吧。」

「是嗎？」

「就是。或許我只是太沮喪太累了，沒有別的。你看事情的角度不一樣，也會救人一命，」

他說完就掛了，我希望他說得沒錯，我希望我們能找回還活跳跳的艾瑪．格林，均衡一下這座城的形勢。

14

庫柏得小心回答亞德里安的問題：你為什麼對連續殺人犯有興趣？你怎麼會變成連續殺人犯？按著本能他想回答他不是連續殺人犯，不過他得順著他講下去。規則不是他訂的，但他可以遵守規則。到目前為止，他的假設都錯了。他以為亞德里安是拇指的賣家，顯然想錯了。一天下來千奇百怪的麻煩層出不窮，拇指只是巧合。地下室變涼了。伸手不見五指，也看不到壁癌，但能感覺得到，在混凝土塊內外滋長，慢慢搾取他的體溫。他寧可凍死，也不要用床墊上那塊布包住自己。他深深呼吸，衝進了妄想世界，用自己的問題來回答問題。「你知道我殺了幾個女人嗎？」

亞德里安臉上掛著微笑，因為他已經陷入了兩人的對話中，因為他想要的都到手了，他舉起兩根手指，說「兩個」，確認他的答案。「還有拇指的主人。那我知道的總共就有三個了。還有別人嗎？」

小心，小心。讓他可以相信你。一開始要說幾個好呢？

天啊，這就像在拍賣會中出價。十個太多了，不過他覺得應該要超過三個，才能讓亞德里安感覺他知道了他的祕密。他決定選五個。

「六個，」最後一刻他又改變了心意。「四個男人，兩個女人。」

只希望他別追問他們叫什麼名字。

捏造幾個名字不難，問題在於要記下來。每次碰到其他人的時候，他都很難記住別人的姓名。他可以選幾個學生的名字。亞德里安當然沒聽過。他繼續說下去，希望能跳過名字這一步。「宰掉那兩個女人很爽，」他說，「不過那些男的不殺不行。」

「為什麼？」

「有一個是其中一個女人的男朋友，妨礙我的計畫，」庫柏停了下來。他自己聽了都不相信，更不用說亞德里安了，他等著亞德里安罵他是騙子，不過他沒開口，庫柏又繼續說了。「另一個欠我的錢。」

「拇指是其中一個人的？」

「對，那個欠我錢的人，」回答的時候他希望自己說了四個。或亞德里安一開始說的兩個。等等——三個——還有罐子裡的拇指。這比他想像的更難。他可以感覺到二對一的賠率被拉往錯誤的方向。

「你怎麼把拇指切下來的？」亞德里安邊問邊走近了窗戶。「他是誰？他為什麼欠你錢？」

混蛋。庫柏發現自己快要編不下去了。「他是一個朋友，」他說，「幾年前我借了點錢給他，但他不肯還我，」之前他借過錢給朋友，每個人都還清了，不需要把拇指切下來。「所以我把他勒死了，又用把刀切掉他的拇指，然後把他埋了。」

「埋在哪裡？」

「樹林裡。」

「哪邊的樹林？」

「不重要了，」庫柏的肩膀垮了下來。「重要的是，現在已經結束了，」他轉過頭，但只轉了一點點，因爲他需要亞德里安看到他臉上假裝出來的傷心神情。

亞德里安又向前走了一步。「什麼結束了？」

「殺人。」他把額頭抵在窗上。「你對我有興趣的原因，我已經無法繼續下去了。」除非你放我走，庫柏只在心裡想，沒有說出來。時候未到。一步一步慢慢來。不小心超過了，他就搞砸了。

「我想過這件事。」

「你想過了？」他抬起眼睛，好奇心眞的被勾起了。

「是啊。我也可以幫忙。」

「什麼？」

「我要給你一個驚喜。明天再說吧。」

一步一步慢慢來。他握緊了拳頭，但亞德里安看不見。他只能想像勒死某人的感覺，想像中的朋友沒有掙扎，但等他出去了，他倒想感受亞德里安的心情。

「OK，亞德里安。謝謝你，」他用力克制自己，不問是什麼驚喜。「你知道的，我早就知道總有一天我會停止殺人。」

「應該吧，」亞德里安抓了抓臉頰上的紅色痘疤。「不過也不用放棄。」

「怎麼說？你不會帶人來給我殺吧，也沒有……」

看到亞德里安的微笑，他說不下去了。噢，老天啊，那就是他的計畫！亞德里安要給他的驚喜就是讓他殺人。想著想著，他的胃都拉緊了。

「明天就知道了，」亞德里安的表情幾乎證實了他的想法。「你還沒回答——你爲什麼要一直殺人？」

他要殺的人來了嗎？男人還是女人？是他認識的人嗎？

「庫柏？」

等等，說不定是好事。說不定那人可以幫他。他們可以互相幫助。

「喂，庫柏？」

「什麼事？」他看看亞德里安，後者一臉關切。

「你沒事吧？」

「我沒事。」

「你爲什麼會變成連續殺人犯？」

「什麼？」

「你在聽我講話嗎？」

「什麼？我聽到了，當然聽到了。只是說，嗯，很難回答，」庫柏想要專心一點，想要回想起這幾年來學到的跟教過的。「就那樣啊。第一次殺人算是意外。我闖入別人家裡，」他說。「我想偷錢，這女人就，你知道的，就選錯時間回家了。」標準答案。在這個世界上，每天都會有人回到家，發現家裡有陌生人，就因此被殺了。竊賊進去偷錢，卻碰上了改行的機會，常常聽到，竊賊從小偷升級成強暴犯，又升級成殺人犯。

「常常就這麼開始了，」亞德里安點點頭。「書上有寫。」

「事情都會接二連三發生。」

亞德里安停住了搔臉上的疙瘩，看看自己的指頭。「你強暴她了嗎？」

「我說了，接二連三。」

「你小時候宰過動物嗎？」亞德里安又開始搔臉。

「你呢？」

「唔……」

「亞德里安，記得我們講好的嗎？你回答我的問題，我才回答你的問題。」

「我記得。」

「狗？貓？」庫柏問。

「你怎麼知道？」

「但除了貓狗之外就沒有了吧？你從沒殺過人，對嗎？」

「沒有，沒殺過，」亞德里安垂下了眼瞼，庫柏看得出他在說謊。亞德里安殺過人。逃出去的機率又下滑了一點點。希望亞德里安殺掉的其他人不是他放在這裡的收藏品。

「告訴我殺動物的事情，」庫柏說。

「很久以前的事了，」亞德里安說。「在學校的時候，我常被人欺負。」

「我也是，」庫柏說，事實不然。他從來沒被欺負過，他也不會欺負人。他比較像個鬼魂——別人對他視而不見。

「我一天到晚被欺負。不會每天被打，但每天都有人嘲笑我，一個禮拜至少被揍一次，或者被推。我恨死學校了。」

「是很困難，」庫柏說，「但你通過了考驗。」

「有一天，那些人把我揍慘了。我得進醫院。住院住了一陣子。他們一直踢我，害我昏迷不醒。昏迷還好，但後來的問題很多。」

「聽起來眞可怕，」庫柏倒希望那些人把他踢死算了。

「眞的很可怕。我想要報復，但他們都比我壯，我沒辦法。我想殺了他們。我可以跟在他們後面回家，但是，但是……我說過了，他們都比我壯。」

「所以你就開始殺動物？」

「寵物。我殺了他們的寵物。揍我的有八個男生，他們都有寵物。有人養貓，有人養狗。晚上我從家裡偷溜出去，在他們家附近埋伏。只要幾天就知道他們養什麼寵物。我本來以爲只有其中幾個人有，沒想到大家都有。」亞德里安回到咖啡桌旁。他又開始整理書本。「八隻貓和兩隻狗，有人的寵物不止一隻。我先對貓下手，因爲貓比較好抓。我帶了一包貓食，抓到貓後我按住牠，包在毛毯裡，因爲我不想看到牠，然後在上面亂跳。牠們會滾來滾去，好像被注射了一千伏特的電力，然後就不動了。打開毛毯後，貓摸起來一定軟軟的，熱熱的，好像睡得很熟。然後我把寵物丟在他們家前面的院子裡。因爲我不去上學了，一整天都可以躲在他們家外面。我會觀察他們把寵物埋在哪裡，晚上再回去埋葬的地方。」

庫柏一語不發。他可以感覺到自己張大了嘴巴。房間裡仍有嘔吐物的味道，他覺得他又要吐了。他深吸一口氣，想了想剛才聽到的東西。「你爲什麼要回去？幸災樂禍？」他知道連續殺人犯常常回去造訪受害者的墳墓，頻率高得不得了。原本的理論認爲，殺人犯懷有歉意或自責，但也發現連續殺人犯是爲了釋放興奮的感覺，在一旁得意洋洋。不過被殺的對象並不是動物。

「不，不是爲了幸災樂禍，」亞德里安說。

「你覺得難過？」

「不是。」

庫柏不懂了。不是這兩個原因，還有其他的嗎？「那是爲什麼？」

「我習慣把牠們挖出來。」

「什麼？」

「一下子就挖出來了，因爲土一定很鬆。我把牠們挖出來，掛在前門。第二天早上從門口出來的人一定會尖叫，我就站在隔幾棟房子的地方看。總是要等很久，但是代價……總是很值得。我好喜歡看到他們的表情。我想殺死他們所有的寵物。在第五隻貓身上跳的時候，我被抓到了。警察來了，大家都覺得最好把我送走，除了保障貓狗的安全，也爲了我的安全。所以我被送來了，送到格丘。」

「格丘？」

「我們以前都這麼說。」

庫柏從來沒聽過這樣的事，也沒在書上看過，他這一生口才便給，很少有說不出話來的時候，現在就碰上了。他感覺到，明天他還會碰到不少次類似的情形。亞德里安當時的行爲絕對沒出現在教科書上。

就算碰到了現在這種情況，他還是想到了，應該寫篇相關的文章。乾脆寫一本書好了。不過他要先逃出去。

「亞德里安，我可以再問你一件事嗎？」

「該我問你了，」亞德里安回答。「殺人的時候，你有什麼感覺？」

好像你不知道答案。

他可以告訴亞德里安他沒有感覺，不會樂翻天，也不會悔恨，不過他選了另一條路。「我喜歡聽他們為了活命苦苦哀求。這是為什麼我被關在這裡的緣故嗎？」他問。「因為你想變得跟我一樣？」

「你不會想變得跟我一樣，」亞德里安說。「我太普通了，沒有人想跟我一樣。」

亞德里安說對了。庫伯絕對不想變成他這種人。「我不覺得你很普通，亞德里安。這一切都稱不上普通。」

亞德里安沒回答。只聳了聳肩，正是一個普通人無法下定決心時會有的反應。

「你是做什麼的？你有工作嗎？」他真希望能做筆記。

「你以為你已經知道了，對不對，」亞德里安把書移來移去，弄得亂七八糟。「你已經幫我建檔了。」

真的，庫柏想到亞德里安能做的工作就是按顏色分釘子，或者掃地，或者有殘障津貼。他會開車嗎？會，因為他把庫柏帶來了。他有朋友嗎？沒有。他一個人住在這裡嗎？對。

「不，我才沒有建檔，」庫柏回答。「我只想到一件事，我的家人朋友都會很想念我。亞德里安，我還有母親要照顧。」

「你恨你媽媽。」

「你爲什麼要這麼說？」

「因爲所有的連續殺人犯都恨他們的母親。」

沒錯。大多數連續殺人犯確實對母親懷恨在心。庫柏跟母親的感情很好。「你說得對，亞德里安，我恨我母親，」這幾個字令他頗不自在。想到母親發現他不見了，他覺得難以承受。「不過她仍要靠我照顧，萬一我不能幫她忙，我很擔心她的反應。我很怕她。」

「沒事。我向你保證。」

「警察呢？他們會開始找我。你想過要怎麼辦了嗎？」

亞德里安微笑，庫柏知道他想過了。「我已經處理好了。爲了你。你不希望他們發現你是連續殺人犯吧，我是說，你不想讓他們知道，對不對？」

「你怎麼處理？」

「我累了，」亞德里安說。「我不習慣晚睡。可以的話，明天繼續聊吧。我知道我還想聊。我也希望你願意跟我講話。」

「當然嘍，老兄，」亞德里安臉上的肌肉抽搐，庫柏知道自己越界了。

「我不是你的老兄，」亞德里安說。「你想騙我。」

可惡。現在怎麼辦？爽快承認？繼續編下去？「你說得對，」他說。「我不知道是什麼，但我們已經建立起友誼了。拜託，亞德里安，你一定也有感覺，對不對？」

「你以爲我是傻瓜，」亞德里安說完後轉身就跑上了樓梯，讓庫柏獨自待在黑暗裡，對自己既生氣又失望。

15

恢復自由的第一天。我把手機充飽電，吃了碗早餐穀片幫自己充飽電，再出門進入燠熱的空氣裡，要把艾瑪．格林平安無事地帶回來。那是目標。那是我要保持的心態。昨天很熱，今天更熱了。天上沒有雲朵，要有的話也已經燒起來了。大自然屏住了呼吸，因爲空氣中一絲風也沒有。南邊港口山上方的煙霧繚繞不去，當地的天空因爲熾烈的灌木叢大火變成了灰色。昨天晚上我把租來的車子留在車道上，現在可慘了，方向盤摸起來好燙，留在儀表板上的太陽眼鏡燙傷了我的鼻梁。我打開車門，先讓車子降點溫度，然後才上路。已經快十點了，路上的車比一個小時前少了許多。大家看起來都很累。大家看起來都想休息，什麼事也不做，躲在家裡睡覺。到了坎特伯雷大學，情況也差不多。停車場還有四分之三的車位，周圍的白樺樹快起火了，一點沒有遮蔭的效果。每個人下了車都一臉茫然。

坎特伯雷大學裡的建築物混搭了新舊風格——有很多棟看起來會讓你想到冷戰高峰時位於蘇聯的大學，其餘的則會讓你想到在月球上蓋起來的大學就該是這個樣子。比較老的哥德式建築物大概跟開膛手傑克同一個時期，灰色的石頭蓋滿了西北風帶來的煤煙鳥糞跟灰塵。參雜其中的現代建築則有巨大的鋼梁和玻璃帷幕，上面都是清潔工留下來的指紋跟污跡。沒有一棟建築物帶有曲線，不是方形的形狀都不在大學的預算範圍內。大多數學生都穿著T恤短褲，也有人仍穿著二手商店買來的黑色風衣，裡面穿黑色或白色的襯衫，配上牛仔褲，外套上釘著徽章，男女都畫了眼線，向熱力挑戰，展現他們的憂慮。起碼有一半的學生低著頭走路，眼睛盯著手機，大拇指在鍵盤上舞動，送出簡訊，只會偶爾抬起頭來，免得撞到牆壁或另一個拿著手機的人。他們幾乎耳朵上都有連到口袋或其他地方的白色耳機線。我找人問教室該怎麼走，他們感覺自己在幫助老人。

我到了艾瑪．格林下一堂課的演講廳。外面有尊漆得很亮的雕塑，用木條組合而成，比較像做壞的木工，而不是漂亮的藝術品。我不懂要表現什麼意思，或許是超人來了，把所有能找到的公車站長凳都揉在一起。有一群學生留在外面的樹蔭下，往草地上一坐。他們說講師還沒來。我問艾瑪的事情，大多數人都記得在課堂上看過她，但不認識她。有些人已經被警察問過話了，有些對艾瑪略知一二的人則很熱心地重述跟警察講過的事情。我跟他們等了一個小時，收穫不錯；他們的心理學教授一直沒來。原來這位教授也教犯罪學，但只收已經上過三年心理學的學生。因爲這是心理學課程，表示大家對艾瑪的失蹤都頗有見解，有些似乎還希望正確評估情勢後就能拿到A。我猜這很正常吧。我想讀了兩個星期心理學後，你就會開始診斷自己，然後診斷所有人。雖然大家都很願意幫忙，我卻也爲了他們而感到難過，他們幾乎有點興奮了，知道他們其中一員快要因爲最壞的消息而上新聞頭條，又有種鬆了一口氣的感覺，因爲失蹤的不是自己。

「講師今天沒出現，」我對一名左耳戴了十多個耳環的女生說，她的頭髮不比她的指甲長多少。她穿著緊身T恤，上面寫著未成年精子銀行。「我也想找他聊一聊。他叫什麼名字？」

「他是教授，」她說，「他其實不喜歡別人把他當成講師，」一句話道盡這個人的性格。

「有菸嗎？可以給我一根嗎？」

「我不吸菸。教授叫什麼名字？」我又問了一次，她顯然忘了我的問題。

「噢，對了，庫柏・萊利，」她答，「但我不能告訴你要去哪裡找他。這是他第二天缺席了。感覺就是很任性，你知道嗎？看看他，你會覺得他這輩子從來不會遲到。說不定他熱到生病了。」

「或許吧，」我想到了時間點，艾瑪失蹤了兩天半，庫柏・萊利兩天不見人影。資料裡沒有提到萊利——沒有理由要去盤問他，因爲艾瑪正式失蹤要從昨天算起。我問到了教職員休息室的位置，謝過那些學生。路上就撥了施羅德的電話。

「庫柏・萊利，你知道這個人嗎？」我問。

「不知道，我連他是誰都不知道。」

「艾瑪選了他的課。」

「拜託，泰特。我說了，這不是我的案子。」

「他昨天跟今天都沒來上課。」

「可惡，現在你太快下結論了，對不對？」

「我覺得他應該知道什麼東西。」

「泰特，他可能病了，或者有人病了，叫他去照顧。」

「不論如何，我都要找他談一談。」

「你要怎樣都沒關係。我們會找他談話。」

「幹，卡爾，我發現的都告訴你了，因爲你要我通知你，記得嗎？我沒有隱瞞什麼。別把我踢出局。」

「我再打給你，」他掛了電話。

心理系有獨立的教職員休息室。事實上，心理系是這所大學裡最大的科系，我覺得那就說明了基督城的現況。所有的走廊都有醫院的風格，塑料地板和柔和的顏色。我從另一名教授那兒聽到了跟學生告訴我一樣的事情——庫柏．萊利兩天沒來學校了。我問可否看看萊利的辦公室，對方告訴我我得取得庫柏的許可。

「我要怎麼找到他？」

「打電話吧，」她說，「試試看。他的電話關機了。」

她給了我他的手機和家裡的號碼，我在走回車上的時候先撥了手機，訊息說手機已經關機，或者不在收訊範圍內。家裡的電話則直接接到答錄機上，他的留言說他一定會回覆。

我又打了一次施羅德的電話，佔占線中。我借了一本電話簿，剛拿到的電話號碼對上了萊利的名字，找到了他的住址，難道庫柏．萊利是最後一個看到艾瑪．格林的人？

16

嶄新的一天。第二個母親常告訴他，在嶄新的一天，什麼都有可能，每天都是嶄新的一天，你有機會解救自己，脫離前一天讓你覺得生氣的事情。被鎖在尖叫室裡的時候，這個說法沒什麼幫助，也沒有機會證明自己，但現在當然有用了。

他注意到庫柏一有機會就叫他的名字。他還挺喜歡的，他喜歡他們兩人建立起來的情誼，聽到自己的名字讓他眞心希望他們眞的變成朋友。母親很少叫他的名字，從母親口裡聽到自己的名字，表示他有麻煩了，麻煩到會被鎖進地下室。

說到底，他不太確定庫柏眞的有心跟他結交，還是想愚弄他。讀了一堆相關的東西後，他學到要是被連續殺人犯攻擊，你應該盡量用名字來稱呼他。那就是爲什麼庫柏一直叫他的名字。他不太確定——他也不喜歡不確定帶來的困惑感。事實上他覺得怒火中燒。他絞盡腦汁，思索母親會說出什麼格言，結果只想到了「不悅之色有害無益，一定得擺脫」。庫柏希望讓自己更像個人，好讓亞德里安不要傷害他——但他當然不會對他怎麼樣。他費盡力氣，才不是爲了傷害他最珍惜的東西。

今天他要給庫柏禮物，從今以後他們之間的情誼絕對不假。禮物會修復昨天犯下的錯誤。禮物是他的救贖。幾年前他就學到了，施比受更有福。今天就是這樣。他很有信心。幾年前他也學到了，取物後他覺得很快樂。就像取走那些貓咪的性命。

正往北邊移動的太陽從東邊的窗戶灑進陽光。昨晚他聽了自己跟庫柏的對話，又聽了古典音樂，就睡著了。收音機還開著，正在播放新聞，播報員在談論氣溫。有人熱死了，亞德里安不太明白為什麼。很熱的時候留在室內就好了，多喝一點水。他關掉了收音機，幾分鐘後他坐在外面喝柳橙汁。他喜歡熱。他被鎖在冰冷的房間裡太多次了，他喜歡待在室外的樹蔭下。樹木隔開了他跟鄰近的土地，路上寂靜無聲，沒有風或鳥兒帶來的動作。一公里外的小丘上有座森林，樹木很老很密，長滿瘤的樹枝彼此纏繞。空氣黏黏的。一隻固執的蒼蠅一直想停在他身上，他一直趕，趕到蒼蠅掉進了柳橙汁。他開始納悶如果庫柏不喜歡禮物的話會怎麼樣，想到就覺得難過。「難過的人以憂鬱為樂，」母親說過這句話。她對他說過好多次，不過他還是不明白其中的意義。他挑出了蒼蠅，研究了幾秒，然後輕輕地放在門廊上。他把蒼蠅放在陰影裡，免得被曬傷了。

他走到裡面比較不熱的地方。牆上和天花板上都有蒼蠅，他從來不明白牠們怎麼不會掉下來。可以降落的家具倒不多。他到廚房洗了杯子，上樓走進了他臥房隔壁的房間。女孩醒著。他帶著水壺進去，幫她往前傾，她用吸管貪婪地吸吮。他給她十秒鐘，然後移開了水壺。她的嘴巴裡發出聲音；他覺得她想講話，可是他不知道她說了什麼，也不想知道。他又送上了水壺，再給她喝十秒，然後她垂下了頭。她全身發紅，四肢最明顯，然後是臉龐跟肚子，他不知道她對庫柏要有多強的吸引力才能讓庫柏使出渾身解數。等把她弄乾淨了，他可以幫她化妝，不過他不知道怎麼化。應該不難吧。

等他走進地下室，庫柏站在房門口，從小窗戶裡看著亞德里安走下階梯。太陽尚未高升，從窗戶射進來，照在地下室的門上，接下來的一個小時內，只要開著門，這裡就跟以前有電的時候一樣明亮。

「早啊，亞德里安，」庫柏說。「你睡得好嗎？」

「不怎麼好，」庫柏友善的口氣勾起了亞德里安的疑心。懷疑……也覺得快樂。

「眞可惜。今天我們要幹什麼？」

「今天你會得到驚喜。事實上我準備了兩份驚喜。一個要等到今天晚上。算是晚上的驚喜。」

「另一個呢？」

「你還沒上新聞，」亞德里安說。「等警察開始找你，他們就會發現你做了很多壞事。」

「沒錯，」庫柏說。「亞德里安，太棒了，你的想法太好了。我們得想辦法應對，因爲他們會來找我，最後總會找到這裡。」

亞德里安皺起眉頭。「他們爲什麼會來？」

「因爲他們是警察。他們會來找我。他們會調查誰把我帶走了，也會查到你把我關在什麼地方。」

「不會的，」亞德里安很有自信警察不會來。「這是一個驚喜。瞧，我不希望他們發現你是連續殺人犯，不然他們就會費更多力氣找你。所以我要去把它燒掉。」

「燒掉什麼？」

「等你家燒掉了，警察就找不出什麼東西了。」

「等等，等一下，亞德里安，」庫柏把手放上了玻璃。「聽我說。不需要放火。我很小心。他們找不到什麼線索的。」

「但是，燒掉了最好！你不需要家了，這樣也比較安全。我爲了你才這麼做！一定要小心，」他說。「過一兩個小時我就回來，我會帶午餐給你，」他說完就上樓了，邊走邊搖頭，庫柏一直喊他，亞德里安心想——誰知道當收藏家這麼麻煩啊？

17

庫柏．萊利住在基督城北邊的諾斯伍德，二十世紀結束後，此處出現許多新的分區，諾斯伍德就是其中之一。在這裡，五十萬可以買一棟外強中乾的房子，但五十年前，土地和生活費用都比較便宜的時候，蓋的房子可結實多了。搬到諾斯伍德的人希望能住在安全的社區裡，沒有毒品，沒有謀殺，但跟所有的地方一樣，暴力早已散播到這裡。今天，不論你住在基督城的哪裡，每個地方都受到熱浪侵害，絕無例外。信箱和鑄鐵圍籬上的油漆剝落了，只有躲在濃重陰影中的草還沒被曬乾。每一棟房子前都有修剪整齊的花園，看不到一根野草。每棟房子的設計都差不多。在這樣的社區裡，每個人的獨特性都遵照集體的共識。如果有人在家門前築起圍籬，或把房子漆成黃褐色以外的顏色，就會被處以私刑。每隔幾個街口就有車庫大小的雕塑，本來要當涼亭，看起來卻像沒蓋完的車庫。庫柏住在溫星頓街上，這一帶的街名都很做作，聽起來出自一九四〇年代的高爾夫服飾型錄，溫星頓外套結合了流行和高雅，到會所享用午餐時是您的絕配。庫柏家這條街上的屋齡還不到五年，柏油碎石路在烈陽下曬起了泡，地上的坑洞熱到融化了，車子開過去就黏到胎面上。我開得很慢，因為你不知道其他駕駛人要往哪裡去，諾斯伍德的居民似乎很討厭打方向燈。

房子愈大，價格也愈高，兩層樓的房子，前門豎起的柱子直通二樓，要是在另一個時代或另一個國家，這些柱子應該是大理石材質。不過在這裡，屋子的材料百分之九十是灰泥，上面塗了厚厚的聚苯乙烯，一開始看起來不錯，等到小孩用足球在牆上撞出了洞，濕氣進入了木頭框架，壁癌會愈來愈猖狂。這個問題修起來要花不少錢，紐西蘭各處都很常見。此地的居民付錢買地段，買外觀，買虛幻的品質。庫柏家隔壁的街上有台拖車，上面停了巨大的噴射快艇，快把巷子堵住了。看起來很貴，我猜光是漂亮的房子還不夠屋主向左鄰右舍證明他的財富。我穿過拖車，另一邊停了兩台車，應該不是警探的車子。停在前面的小車是黃色，有種格格不入的感覺，因爲不是歐洲品牌。如果已經停了超過二十四個小時，應該會被環境衛生管理處拖走。另一台則是BMW，停在車道上。我把車停到黃色小車前面。我看過這台車。艾瑪．格林的資料在我的副駕駛座上。我打開一看，有張她跟車子合影的照片，四個月前拍的。我看看資料上的車牌，再看看眼前的車牌，一模一樣。星期二晚上警方便發出報告要找這台車，但問題是城裡的車子比警察多，除非它出現在巡邏車的行進軌道內，不然報告也沒有意義。我撞爛了她的另一台車後，保險公司賠給她這台。照片裡的艾瑪咧嘴而笑。她不知道她會接連碰到兩次災禍，第一次差點讓她沒命，第二次或許也要取她性命。我闔上資料夾，下車走進陽光裡，她的微笑留在我心中，推著我前進，讓我拚了命也要找到奪走那一臉燦笑的男人。

我很小心地走近庫柏家，太陽眼鏡的鏡片快從鏡框裡融化滴出來了。施羅德應該已經打了電話，會有人來找庫柏．萊利談話。所以過不了多久，就會有警車出現，上面坐著警探。不過有點不對勁。房子的前門半開。鑰匙還掛在門上。BMW的車門關上了，但沒有關好。裡面的燈也熄了，如果沒人把燈關掉，燈泡可能燒壞了，有可能車門一整晚沒關，電池沒電了。BMW是深藍色，車齡約十年，不可能是撞到咖啡廳後面垃圾箱的車子。

我深吸了一口氣，打開行李廂，看到艾瑪．格林不在裡面，又慢慢吐氣。要是她本來被關在裡面，現在也看不出來。如果庫柏貞把她抓走了，可能會把她包起來。我繞著車子走了一圈，輪胎旁的地上有個塑膠的東西。我彎下腰一看。是一台照相機。顯示螢幕後面有條裂縫，電池蓋也斷開了。我打開記憶卡的蓋子，把記憶卡彈出來，再把照相機放回地上，看了看車底。底下有兩張紙、教學時間表、包在保鮮膜裡的三明治和已經發皺變軟的蘋果。輪胎邊夾了幾張小紙片，圓盤狀，上面寫了序號。車底也有幾張，等我站起來，看到草地邊緣也有。電擊槍的紙。我把記憶卡塞進口袋，走到車子後面，從行李廂裡取出撬胎棒。

我沒敲門，反而拿下了鑰匙放進口袋，再用腳把門完全推開。汽油的臭味飄出來。走了幾步，我已經熏得兩眼含淚。門內有兩個汽油空罐。我擦擦眼睛，屏住呼吸。玄關的地磚又濕又滑。左側的雙開門打開了，通往鋪了地毯的客廳，地毯上灑了汽油的地方，有好幾大塊暗色的污漬。前面又出現了雙開門、另一個客廳、餐廳和廚房。右側的樓梯通往二樓，在一半的地方折了九十度，樓梯上裝了鍛鐵欄杆和白色的木質扶手。

我退到外面。我吸了一大口新鮮空氣。有人被電擊槍攻擊，有人正要放火燒房子。那麼多汽油——一燒就不可收拾，隨時要點燃了。如果艾瑪．格林在裡面，她馬上就要跟房子一起燒成灰燼。

我沒有選擇，只好再進了屋子。我上了樓梯，迅速穿過牆上掛著的海報跟照片，踩在地毯上的時候，汽油都滲出來了。動作快的話，我可以在火舌竄出前離開，也有可能阻止縱火。我檢查了樓上的房間。最左邊是書房，一間客房，兩間廁所，和另外兩間臥房。我覺得呼吸困難，胸口疼痛，腿也痛起來了，幾個月沒運動的結果顯而易見。這裡的汽油味更濃厚。不對啊——放火燒自己家不太像是犯罪學和心理學教授處理屍體的方法。像庫柏這樣的人不會把受害者帶回家，然後情急之下燒了自己的房子來隱藏證據。他也不會笨到把她的車停在自己家門外。庫柏・萊利立刻從嫌疑犯滑到受害者那一頭。他一定出事了，不然等這裡燒起來，他應該也要完蛋了，我想艾瑪・格林或許也碰上了同樣的厄運。

我查了所有的房間。沒有血跡。沒有艾瑪・格林。沒有庫柏・萊利。除了外面被摔壞的照相機和有人用過電擊槍的跡象，沒有其他掙扎的痕跡。我覺得樓下隨時會爆出烈焰燃燒的聲音。我回頭走向樓梯。或許一樓比較有可能找到什麼。

樓下傳來沖馬桶的聲音，我急促的動作立刻變得小心翼翼。我走到樓梯旁，緊緊抓著撬胎棒，往下窺看玄關，走廊上有個我不認識的人。他手裡拿著一盒火柴，有一根已經點燃了。他沒看見我，邊走邊把火柴丟到汽油裡，到了門口的時候順手拿起空汽油罐。我還沒動，還沒開口喊叫，轟的一聲，火焰從地磚上冒出來，穿過了對開門，爬上了地毯和窗簾。縱火犯消失在一層熱氣和濃煙後。火焰到了樓梯旁分開了，一支留在一樓，一支爬上了樓梯，對著我衝過來，底部是藍色，頂端是黃色，中心則是濃濃的橘色，玄關和客廳的家具都燒起來了，空氣覆滿了濃煙和有毒的氣體，也才過了幾秒而已。

沒有通往前門的路。整個玄關早被烈火吞噬。我朝下走了幾階。我得想辦法穿過火焰，找到艾瑪・格林。

只是我沒有辦法。衝向烈焰等於自殺。中間沒有路了。我只能向上走。

煙塵滾滾，如洪水般衝上了天花板。汽油從地毯濺上了我的雙腿。刺鼻的黑色空氣灌進我的肺，我開始猛咳。我從樓上長廊的這頭跑到那頭的臥房去，那裡的地上沒有汽油。我用力甩上門，希望能當成屏障，多一點逃生時間。樓下的火焰發出如同貨運列車的聲音。我覺得地板愈來愈燙了，但我不確定是眞的發燙還是我的想像。我試了試窗戶。沒關，但爬出去也無濟於事。艾瑪．格林的車正在迴轉。技術很差。跳上了對向的路邊，撞到了信箱，抖了抖之後就熄火了。停了幾秒，又開始向前衝，引擎咯咯作響，前輪把信箱壓扁了。屋子的骨架搖搖欲墜，發出吱嘎聲，樓下準備要跟樓上合而爲一。原木架構邊燒邊發出細碎的爆裂聲，聚苯乙烯的牆面也融化了。再過不了幾秒，這間臥房也會被捲入熔爐。

我用撬胎棒打在窗戶上，擊碎了玻璃後也化解了一些沮喪，但我很氣，艾瑪可能在樓下，可能被燒死了。我要儘快出去，才能儘快回到樓下找她。玻璃碎片大多數如雨般落到外面，但有些被撬胎棒的彎鉤拉進來。有幾片滑到我手上，留下了很深的切口。我丟下撬胎棒，把床墊從床上拉過來，從窗台上丟出去，銳利的牙齒——窗框上殘餘的玻璃片卡住了床墊，一時也推不出去。我用力往外推，推得夠多後便放手，讓重力把床墊拉下去。床墊消失在煙霧中，看不太清楚掉到地上以後的樣子。跳到床墊上簡直是卡通裡的情節，但我別無選擇。樓下那間臥室的窗戶炸裂了，火焰飛湧而出，熱氣也衝上了我的臉。沒辦法了，我必須穿過火焰。路的另一邊人多了起來。他們站在那兒看著我，不知道該怎麼辦，有些人用手掩住了口，有些人對我指指點點，有些人拿起手機打電話，有些人拿起手機對著我照相或拍影片，有些人甚至一臉不爽，要是我被活活燒死，會影響這一區的房價。沒有人敢靠近或對我說些鼓勵的話，要我活下去。我用毛毯蓋住窗框，免得被玻璃割傷。臥房的門著火了。煙霧從房門下鑽進來，慢慢靠近打破的窗戶。我用另一條毛毯包住自己，包住全身，再用牙齒咬住，才能蓋著臉。我出了窗戶，盡量放低身體來減少衝擊力。火舌碰到了我的腳。我放開手，稍微向後推了一下，看不見床墊，但我記得掉落的方向。我看著房子從我眼前快速閃過。穿過火焰時我拉緊了毛毯蓋在臉上。我稍微縮起了膝蓋，然後腳和屁股一起撞到了床墊，左膝蓋發出了啵的一聲。我滾了幾圈，逃離火場，滾出了毛毯。褲腳燒起來了。我用手拍熄了餘燼，膝蓋已經腫起來，我要往前拉長了身子才碰得到褲腳。我開始往外爬，這時兩個人出現了。他們抓住我，把我拖離火場，問我裡面還有沒有其他人。

我看看庫柏的房子。所有的窗戶都冒出了火舌，蓋住所有的平面。我告訴他們我不知道，但可能有人還在裡面——我覺得庫柏．萊利可能被烈火包圍了，艾瑪．格林也一樣，但我不能讓他們進去。

「放開我，」我對他們說，開始掙脫。

「老兄，你不能進去，」其中一個人說。

「我一定要進去。有個女孩在裡面。」

「就算有也沒有了，」另一個人說，「應該都死了。」

「放開我，」我又說了一次，但他們不肯放開，反而把我往外拉，我讓他們拉著我，因爲他們說得沒錯，我一直抗議，但就算他們放開我，我也不知道要不要再次衝進火場，現在我不確定了。如果艾瑪．格林在裡面，已經太遲了。沒有人可以進去後又活著出來。

我們看著房子敗給了火焰，厚厚的煙霧蓋住了房子，也蓋住了車子跟花園，熱氣逼得我們往後退。

18

亞德里安開了兩條街。他把車子停下來，鎖上了門，再慢慢走回火場。大家的眼睛都盯著那副景象。聚集的人愈來愈多，在人群中不會有人注意到他。他應該繼續開車，但不知怎地火災召喚他回去，他也就回去了。還小的時候，在變成撒尿鬼之前，他就很喜歡點火。不是放火。就是小小的一堆火，很好控制，通常在路邊的垃圾桶裡，有時候他會把火柴丟到一堆等著回收的紙箱或報紙上。總共還不到十次，鄰居就看到他想在信箱上點火，向他母親告狀，斷絕了他的癮頭。被揍後他只放過兩次火。一次在昨天，燒了母親，一次就在今天。兩次規模都很大，實在無法駕車馬上離開，一定要在旁邊觀賞。看母親燒起來，實在比燒掉木質信箱來得好玩多了，看庫柏的房子燒起來更令人滿意。巨大的橘色和黃色火焰爬上了房子，黑煙在空氣中翻騰，愈升愈高，他製造的熔爐充滿了原始的力量。太美了。

看熱鬧的人大概有二十個。他不知道這些人從哪裡來。大多數是女人，有些一定是家庭主婦。沒有小孩，太好了，因爲他不喜歡小孩。他們看起來多半超過四十歲，他想那是因爲年輕人也住不起這一區。他沒想到會有人願意站在太陽下，而且周圍的空氣因爲火焰也變得愈來愈熱。街上停滿了車子，還有更多車過來了。庫柏家隔壁有艘噴射快艇，側面的漆熱得要融化，下面拖車的輪胎也完全漏氣了。警車或消防車還沒來，不過他聽到遠方傳來的警笛聲。他走進人群，但沒問其他人發生了什麼事。庫柏家前面的草坪上有三個男人，一張床墊和一條毛毯。之前床墊不在那裡，看似剛從樓上的臥室丟出來。其中一個人被另外兩個人扶著。他走路一跛一跛。他的衣服有燒焦的痕跡，手上有血。那人剛才在裡面嗎？他是誰？鄰居？警察？

是了。警察。感覺很像。但他來幹什麼？因爲庫柏不見來找他？還是因爲庫柏殺了六個人來找他？他認得這個人，他看過他，知道他是誰，但想不起來。

第一台消防車到了。鮮紅色，許多金屬，大個子男人穿著沾染了煙塵的黃色制服，從車上跳下來，雖然體型巨大卻行動迅速，扣起了粗大的水管，立刻就定位，他們來得及時，但什麼都救不回來了。房子倒了下來，轟隆的響聲讓他耳朵發疼，一陣火星落在花園裡，乾燥的樹叢和植物開始燻燒。庫柏的車也燒起來了。另一台消防車來了。更多黃色的制服。然後來了巡邏車，先來了兩台，他聽見第三台的警笛從幾個街口外傳來。聚集的人愈來愈多。現在至少有四十個。更多消防隊員擠到街上。警察開始把看熱鬧的人往後推，但不很成功。燃燒的聲音更響了，火焰更加宏偉華麗。亞德里安的目光離不開火焰，也離不開那個人。他的腦筋轉了又轉，一直想他是誰。

消防水管鼓脹起來，繃得很緊，壓力讓水管在地上亂動，皺褶都拉緊成直線。水從噴嘴劃出一條弧線，落入原本是房子的火堆裡，消防隊員努力跟壓力對抗。一片嘈雜中，衆人彼此喊叫。警笛聲響起，來了更多車子。群衆超過了五十人，他們拉開了嗓門，想要壓過噪音。新來的人一直往前推，想看得更清楚，亞德里安就這麼被推到後面了。如果倒在地上，一定會被踩死。不公平——火是他放的，別人卻搶走了觀賞的好位置。他走到街的另一頭，好讓自己看得更清楚，雖然一切都縮小了，但在這麼遠的地方他的臉頰依然能感受到熱氣。他的心思逐漸移到那個男人身上。幫他逃離火場的兩個男人走了。那人靠在車上，跟另一個人爭執。那是警探施羅德。亞德里安在新聞上看過他。他常常上新聞。事實上，他想到了，那就是他看過另一個男人的地方。就他所知，施羅德從沒殺過人。施羅德不值得收藏。

群眾來來去去，人一下多一下少。亞德里安走回停車的地方。有一度他很擔心車子不見了，等他上了車，他突然擔心可能上了當，警察在旁邊看，結果沒事，他就把車開走了。

亞德里安會看新聞，但他不迷新聞，也只愛看連續殺人犯，不過相關報導不多，離開中途之家後，他就沒看過新聞了；自從精神病院關閉，他被強迫在中途之家住了三年。開車的時候，他想到草坪上的男人，不得不停了車。他發覺有時候很難同時專心做兩件事情，尤其當其中一件是開車的時候。他把臉埋進手裡，閉上眼睛，思索這座城裡的連續殺人犯，他在腦海中描繪他們的新聞，沒過多久就想起來那張剛才看到的臉龐叫什麼名字。泰奧多．泰特。他記起來了。泰奧多．泰特以前是警察，後來變成私家偵探，去年他上了新聞，因為他抓到了連續殺人犯，還殺了他。整件案子讓亞德里安深深著迷。他記得他一直期望他能在警方之前找出殺人犯是誰，才有機會認識他。

難道這表示泰奧多．泰特發現庫柏．萊利是連續殺人犯？亞德里安依舊把臉埋在手裡，決定答案是肯定的。泰奧多．泰特正在追捕庫柏．萊利。他不知道泰特怎麼發現的，他只知道泰特要找到庫柏。

泰奧多．泰特除了要毀掉庫柏．萊利的人生，還想奪走亞德里安的收藏。不公平。拿開雙手後，陽光照痛了他的眼睛，他又閉上了眼睛，一次只睜開一秒，好讓自己習慣光線。他把車子開到加油站。一個小時前裝滿了汽油的罐子已經空了，他再次裝滿了油，也幫車子加滿了油。

他付了現金。他問櫃檯後的女人可否借用電話簿，她說好，讓他立刻喜歡她了。女人通常會避免跟他講話。他借了筆寫下泰特的地址。他把地圖攤在副駕駛座上，花了五分鐘擬定到泰特家的最佳路線，他沒去過那區，一條街也不認識。他用手畫了一條線，邊哼歌邊想該怎麼去。

19

總共來了五輛消防車、四台巡邏車和一台救護車。消防車只有三輛派上用場，另外兩輛停在後面，沒事幹的消防隊員站在一旁觀看火景，有一個跟群衆中的年輕金髮女郎聊了起來，逗她笑得很開心。我坐在救護車後面，看不到焚燒中房屋的全景，但仍能清楚看見一團又一團的黑煙。車子停得算遠，感覺不到熱氣，但還不夠遠，我們仍得拉高了嗓門，才能壓過木頭爆裂的聲音。從火場被拉出來後，我喝了快一公升的水，胸口覺得好痛，咳嗽已經停止了，但雙手抖個不停。我應該能回去房子裡。我知道我做得到。要不是只有一條腿能走路，我就能進去裡面找到艾瑪，然後逃出來。但我反而讓那兩個人拉我出來，我不該順從他們。

我開始想光明面。在今天的情況下，光明面就是我沒看到艾瑪，那表示她或許不在裡面。光明面就是我還活著。

只有一名醫務員來幫我檢查，另一個跟其他人一樣，站在外面。我的膝蓋落地後就腫成原來的兩倍大，幾乎動彈不得。醫務員三十五、六歲，頭完全禿了，頭皮上擦了好多防曬霜，亮到都能反射出救護車的壁板。他給我消炎藥和止痛藥，沒那麼痛了，但依然很緊繃。他用針刺在我手上，注入局部麻醉劑，挖出幾片玻璃，然後才清理傷口。

「你需要縫針，」他說。

「你不能縫嗎？」

他搖搖頭。「你得去醫院縫。」

換我搖頭了。「我沒時間。你不能幫我包起來就好嗎？」

「你們條子都一樣，」他把紗布敷料固定在我手上，然後包上繃帶和膠布。「還是得縫，除非你想要傷口惡化，不然最好今天就縫。」

「我試試看。」

「很好，不管做什麼，都不要碰到水，」他對我說，「最好什麼都不要做。」

「連游泳也不行嗎？」

「你在開玩笑嗎？」他問。

「我是想開個玩笑，」但大火狂燒下，什麼笑話說出來都不好笑。

「要是感染了，你就笑不出來了，」他說，「尤其是我們得把你的手切掉的時候。」

「你在開玩笑嗎？」

「不是。」

「我保證，我會想辦法保持清潔和乾燥。」

我的腳輕微燒傷，他在上面塗了藥膏，用紗布和繃帶蓋住，沒有手上的繃帶那麼厚。接受治療時，施羅德在外面等，他一來我們就開始爭執，但救護車到了以後便打斷了我們。拍掉褲腳上的火焰時，我的手燙起了水泡。只要兩三天，傷口都會好，但手上的割傷起碼要一個星期，而且我一定得去醫院縫針。傷口都包紮好後，他們扶我下了救護車，我靠著車子，讓受傷的腿不必承受體重。我從救護車的地板上抓起我的鞋子。皮革燒黑了，鞋帶的末端和鞋底融掉了。包上繃帶後，鞋子變得好緊。

施羅德走過來，把手放到我的肩膀上。「很抱歉，」他說，「而且，我們不知道她在不在裡面，聽了也比較安慰吧。」

「我本來可以救她的，」我告訴他。

「說到這裡，」他收回了手，「現在換我講法律了。泰特，你搞砸了，」施羅德說。「遲早會有人放火把你燒死。」

「大家看到我都會變得很熱情，」我說。

「天啊，泰特，今天還不夠糟嗎？本來會更糟糕的。」

「嗯，我很感激你這麼關心我。」

「別自抬身價了。我是說，很有可能會有人受傷，泰特。你本來就不該在那裡，如果有人趕去救你，他們也很危險。」

「我告訴過你為什麼我要進去了。你拿到萊利的照片了嗎？」他給了我一張照片，跟屋內幾張照片裡的庫柏一樣，庫柏跟朋友，庫柏跟家人，庫柏去度假，庫柏沒有被活活燒死或在自家車道上被人攻擊。這張照片看起來很像學校裡的證件照。庫柏留著短短的白鬍子，頭頂已經禿了，周圍還有頭髮。

我搖搖頭。「我看到的不是這個人。那個人大概年輕十到十五歲。」

「那會是誰？」

「我說過了，我沒看清楚，我只從樓上看到他，但絕對不是這個人，」我對著相片點點頭。

「OK。跟素描師合作吧。看看能不能畫出什麼東西。」

「我盡量，」我對他說。我看看房子餘燼未熄的殘骸。「就算艾瑪不在裡面，我覺得你們過兩天又要從地上把第二具屍體刮起來。」

「是啊，我也這麼覺得。」

「他一個人住嗎？」

「對，他三年前離婚了。根據我們問過的人，他目前單身。」

「你覺得有關聯嗎？」我問。「兩天兩場火。」

「有可能。兩次都是蓄意縱火，」他說，「不過誰也猜不到潘蜜拉．丁斯和庫柏．萊利有什麼關聯。」

「她是護士，對不對？」

「泰特，去你的，有沒有開關可以把你關掉啊？」他拍拍我的前額。「別查了。對，我說過，我願意讓你去找艾瑪．格林，但現在一發不可收拾了。你也明白吧，對不對？你看你一插手，就把我們搞得一塌糊塗。」

「我不會插手了，」我不確定這是不是我的真心話。

「聽起來很肯定，」他說。

「我說真的，」我仍不確定。

「不，這不是真心話。」

我聳聳肩。「對不起，」但我一絲歉意也沒有，我不知道還可以說什麼。

「不，你也不覺得抱歉。你才出獄二十四個小時，就跟他媽的牛仔一樣跑來跑去。我早就應該知道會這樣。如果一看到艾瑪．格林的車，就用他媽的手機打電話給我，結果就不一樣了。你會看到縱火犯跑出來。你原本可以跟著他。我們原本可以拘留他。泰特，你有點耐心就好了。」

「卡爾，拜託，我聞到汽油味，還有其他選擇嗎？一定得進去。我一進去就知道房子隨時會燒起來，塌在我頭上，但要是艾瑪在裡面活生生被烤熟了怎麼辦？我不能冒險。要是我在外面等，她死在裡面呢？你他媽的也會跟我一樣，所以不要再對我發脾氣了。」

他滿臉怒容，接著嘆了口氣，慢慢搖搖頭。「OK，泰特，算你有理，」他說。「你確定你不認得縱火犯？我認爲你認出他是誰了，但是不告訴我，因爲你要自己去抓他。」

「卡爾，去死吧。」

「喂，我只是說出心裡的想法罷了，」他舉起雙手。「別裝出那副生氣的嘴臉。那種蠢事就是你會幹。」

「這次不會。」

「你確定嗎？」

「確定。」

我們同時朝火場看去。車子上的火滅了，房子變成一堆悶燒的殘骸。「幸運的話，」施羅德說，「電擊槍的小紙片還沒被燒光。」

我們同時看向車道和車子，看起來不怎麼幸運。

「不是那台從咖啡店後面快速開走的車子，」施羅德說。

「我知道。你有線索了嗎？」

「還沒。咖啡店沒有監視器，老闆說他們幾乎都用現金交易。我們還在等測試結果，看烤漆是否符合特定的車種，不過要等幾天才知道。」

「艾瑪沒有幾天的時間了。庫柏也沒有，」我說。「如果他不在裡面，」我瞪著房子，「那他也被帶走了。要是計畫馬上就要殺他，幹嘛電擊他？」

「或許那人只有電擊槍。」

「那他電擊了庫柏，捅死他，把他留在走廊上。我不覺得他在裡面。如果計畫要殺他，沒有理由把他一路拖回房子裡。」

「一定有理由，」施羅德說。

說得好；不過我認爲庫柏不在裡面。我希望那表示艾瑪也不在裡面。

「OK，泰特。聽我說，回家去吧。過半個小時我叫人去錄口供。我們得做正式紀錄。或許有人認得他。休息一下，照顧好那條腿。」

我帶著那條腿和其餘的身體回到車上。車子停得離房子不夠遠，還是受到高溫影響，引擎蓋和副駕駛座車門上的烤漆都起泡了。走路的時候我得把腿旋到一邊，因爲膝蓋沒辦法彎。我開了門，小心翼翼地把自己塞進去，有人從人群中向我走來。

「嘿，老兄，好狗運啊，逃出來了，」他說。他留著長長的金髮，扭成大概有一公尺長的雷鬼頭，聞起來跟濕透的小狗一樣。他穿著綠色的工作褲，T恤上寫著天才老爹，你已經離開瓜地馬拉了。他的臉曬得很黑，嘴唇也被太陽曬破皮了；一隻手插在褲子口袋裡，另一隻手拿著還沒點燃的香菸。「你是條子，對不對？」

「你看到是誰放的火嗎？」我往後退了一步，膝蓋在抗議了。除了雷鬼頭的味道，還有大麻的菸味。他的眼睛充滿血絲。

「沒啊，抱歉啦兄弟。教授沒事吧？」

「你是他的學生嗎？」我問。

「老兄，不是啦，他的鄰居。」

「你覺得他出事了嗎？」我問。

他聳聳肩。「應該吧。我先說喔，老兄，你不能逮捕我。我身上沒有草。」

「喔，老兄，」我說。

「成交？」

「好。我答應你，我不會逮捕你。」

「昨天我看到了。我坐在外面，你知道啦，就是坐著，對吧，坐著抽菸，很放鬆，你知道我的意思嗎？然後我看到這傢伙走到那教授旁邊，教授倒下去了還是怎麼樣，那個傢伙扶他起來，我以爲我發昏了還是怎樣。你知道的，抽到昏了。」

「你家是哪一棟？」

「那棟啊，老兄，」他指向庫柏家對面的房子。只有一層樓，牢固小巧的房屋，跟街上其他屋子一樣，漆成同樣的顏色，他家跟鄰居唯一的不同點在於他的草皮大概去年冬天就沒看到剪草機了。

「你爲什麼不報警？」

「因爲我……你知道的，不太確定我看到了什麼，最後警察也只會逮捕我。我後來全忘了，看到他房子燒個精光才想起來，哇操，太壯觀了，眞的。反正我覺得我應該告訴你。」

我有股衝動，想要出拳，我手上的繃帶不知道可不可以當成拳擊手套。「你昨天就該報警的！」

「我不想惹麻煩。你知道啦，我得抽掉我手上那根。天啊，我餓死了，」他補了一句。

「王八蛋。」

「哎呀，老兄，別那麼生氣，」他舉起了雙手。「單邊教授應該不會有事吧？」

「什麼？」

「你認爲他不會有事吧？」

「你叫他什麼？」

「萊利教授。」

「不對。你剛才叫他別的名字。」

「喔，對啊，」他咧嘴而笑。「不要告訴他喔，但是有些鄰居喜歡叫他單邊教授，你知道的，因爲他出過意外。」

「什麼意外？」

他笑起來了。「噢，老兄啊，我不該笑，不過他碰到一次……我想想看啊，三、四年前吧。對啦，四年前，不對，還是三年前。我來這裡五年了。老兄，我好喜歡這裡喔。猜猜看我怎麼買到這棟房子的？來嘛，猜猜看。」

「你說的是什麼意外？」

「我贏了樂透啊，老兄。是不是很讚啊？」

現在我想踹他一腳了。「什麼意外？」我提醒他我們的話題。

「噢，對了。嗯哼，其實我不知道怎麼了，但我有個朋友，對吧，他女朋友在醫院當護士，對吧，她告訴他她認出了庫柏，因爲不知道多久以前她上過他的課，」他說，「然後……然後我說到哪裡了？喔，對了，反正教授自己跑到醫院去，因爲他的蛋蛋掉了一個。」

「什麼？」

「對啊，她說像葡萄一樣被壓爛了。醫生得把它切掉。」

「有人攻擊他？」

「他說被門夾到了，但怎麼可能有人把自己的蛋蛋夾在門裡？」他張開腿，把腰往前推，想要扭過身子。「你得，你知道的，一條腿這樣伸出去，」他說，「可能門突然關上了，你就……」

「你說的護士，我到哪裡可以找到她？」

「噢，老兄啊，那就沒望啦。」

「怎麼啦？」

「找不到嘍。她偷了醫療用品跟處方藥物賣給病人，結果那人快死了。她被抓到後就自殺，因爲她不想坐牢。老兄啊，眞讓人難過，難過死了。她的咪咪很讚呢，」他把手舉到胸前，一臉哀傷。

「所以是哪一年——哪一年出了意外？三年前，還是四年前？」

「那又怎樣？」

有關係，因爲施羅德說庫柏三年前離婚了，所以可能有關聯。「你看到那個人了嗎？」我指向施羅德。

「也是條子？」

「去跟他說你剛才告訴我的事情。很有用。」

「好哇，老兄，當然好，」他朝著反方向走去，離施羅德愈來愈遠。

我把腿彎到可以坐到方向盤後面。還好我開的是自排車。我把車開離了路邊，煙霧仍從燒毀的房子冒向空中。我想到那個偷了藥被抓到然後自殺的護士，不知道剛才聽到的故事是否純屬虛構。我的腿一陣陣抽痛，但現在吃醫務員給我的止痛藥還太早。去年我喝酒喝上了癮；出獄還不夠久，不足以立刻染上藥癮。火場周圍幾個街區的車流量很大，也有很多車子停在路邊，不過等我過了這一帶，交通就很順暢。我開過了一個加油站，前方有個服務員爬上了梯子，換掉招牌上的價格，每公升汽油又漲了五分。我用手機打電話給施羅德。

「你查過萊利有沒有前科，對吧？」

「對。」

「你查過了他的報案紀錄嗎？」

「什麼？」

「他是罪案的受害人嗎？」

「什麼樣的案子？」

「查查看。有紀錄的話，你就知道發生了什麼事。沒有的話，再打給我，我會告訴你。還有一件事。萊利家被倒滿了汽油。或許你該調查一下加油站。或許加油站的人曾幫某人裝滿過汽油罐。」

時間還早，還沒到尖峰時間，路上大多是接小孩放學回家的爸媽。一群群小孩把背包吊在背後，騎腳踏車回家，他們的襯衫拉出了褲腰，邊喊叫邊罵髒話，彼此嘻笑。有些人走在人行道上，拖著腳慢慢走，點起了香菸，裝出一副很酷的樣子。我回到家，把車停在車道上，用沒受傷的腿撐住自己，還沒走到前門我就看到了達克斯特。牠倒在門前的台階上。

「嗨，達克斯特，」達克斯特沒反應。「達克斯特？」

牠動也不動，我慢慢走近，心往下一沉，腳步也變慢了。

「大傢伙，你沒事吧？」我知道牠出事了。

達克斯特側躺在地上，拉直身體的姿勢很奇怪，牠從來不會這樣。我掙扎了一下，好不容易才蹲下去，把彎不起來的腿伸到旁邊。我把手放在達克斯特身上，牠失去了往常的溫度。我搖了搖牠，沒有反應。牠的頭往旁邊一倒。我攏住牠的臉，讓牠面向我，牠的眼睛半閉，臉旁邊有血。我把牠抱起來，感覺比平常重，牠的身體往下垂，重力拉住牠的四隻腳，牠的肋骨斷了幾根，體型也改變了。我靠在家門旁邊，把達克斯特抱在懷裡，輕輕撫摸牠，搓揉牠的下巴和搔抓牠的頭頂。眼中湧上了淚水，克制不住地流下來。過了一分鐘才發現我的腿濕濕的，舉起達克斯特的時候，尿液和水從牠身上流出來。我再度把牠抱緊，把臉靠上去，我知道我抱著一隻死貓，我看起來一定跟個瘋子沒兩樣，但我沒辦法，一定要抱著牠。五年前，我們買了達克斯特送給艾蜜莉，牠是她的貓咪，不是我跟布莉姬的寵物。艾蜜莉死後，達克斯特也變了。牠一直睡在她的房間裡，只有肚子餓了或很需要關愛時，才會到家裡的其他地方探險。達克斯特現在跟我女兒在一起了，眞的只留下我一個人。

我抱著牠穿過房子進了後院。我換上乾淨的褲子，把沾了尿的丟掉，反正也燒焦了。我到車庫裡找出鏟子，努力挖洞，很痛，但我需要感到疼痛，埋葬所愛向來都很困難。我一年多沒有挖墳墓了，這絕對比我從前挖過的都小。我選了一個靠近後方圍籬的地點，遠離露台，在一棵小樹下，樹根很細，不會妨礙我挖洞。挖得愈深，土也愈硬。草地上出現了土堆，天色也暗下來了。等挖到夠深，我到裡面找了一件我再也不想穿的襯衫。我把達克斯特包起來，小心翼翼地把牠弄成還在睡覺的樣子，小心地讓牠側躺，背部稍彎，前腳掌越過臉蓋住眼睛，就跟牠平常的習慣一樣。我捏皺了襯衫，好把牠抬起來，再次覺得牠比平常重多了。我把牠放進地裡，眼淚又撲簌簌掉下來。我把土鏟回洞裡，壓平了以後坐在露台上，我想如果達克斯特可以選埋葬自己的地方，應該會選這裡吧。

我凝視著墳墓，心中五味雜陳。眼淚掉得更快了。從買來第一天，達克斯特就變成家中的一員，現在我又失去了一名家人。

20

亞德里安累死了。去泰奧多．泰特家一趟，又多花了一個小時的路程。他家在死巷裡的最後一間，後方的籬笆對著另一條街。他從隙縫裡偷看後院，看到泰特用鏟子挖洞，但之後就進去了。既然如此，他就再碰碰運氣吧。他把車停在幾條街外的小巷子裡，他認真覺得泰特不會經過這條巷子，等待的時候他在路上走了幾趟消磨時間，也盡量不引起別人注意。他覺得大家都熱翻了，不會管他的閒事。他們眞的忙到沒時間注意到他，他也成功哄得那貓跟著他走。亞德里安對貓很有一套。他向來如此。他覺得貓狗應該能感覺到他會拿牠們怎麼樣，但牠們似乎沒感覺。他不確定那隻貓是不是泰特的。牠躺在泰特的院子裡，不過貓咪總愛隨處亂躺。他決定賭一把，從泰特的反應看來，他贏了。

回到家的時候，比他預定的晚了很多。庫柏等了這麼久，一定會生氣，但亞德里安知道可以用禮物補償。太陽高掛空中，空氣中泛著灰塵，西北方吹來一股愈來愈強的熱風。吹到這種暖風的時候，他的發癢就更嚴重。他倒了一杯水，開始準備三明治。這裡沒有電，他只能把三明治肉片放在保冷箱裡保鮮。兩三天就吃掉的話，酸臭得不會太厲害。等下開車回去泰特家的時候，他要記得補貨。

心裡一直想著泰特，就忍不住思索把他加入收藏的話會怎麼樣。這樣警察和殺人犯都有了。該好好考慮一下。

他開了門，臥房裡的女孩醒來了。頭兩天眼中的懼色已然消失，強烈的恨意取而代之。他猜，她或許希望自己已經死了，不過，他當然不會殺她。他避開她的目光，看著她身上的曲線，有時候他很想摸摸看，用指尖去感覺，有時候他半夜不睡覺，躺在床上想像學校裡那個女孩，凱蒂，會有什麼樣的曲線，還好從來沒被他母親發現。她眞的讓他想起凱蒂了，髮色跟眼睛都很像，不知道她還記不記得幾個月前他曾出現在她眼前。他知道自己滿身汽油味，不過她比較臭。他覺得自己好笨，居然一身汽油味地站在人群裡，眞笨，好險沒人注意到。

「我拿衣服來給妳穿，」他把衣服攤在床尾。她自己的衣服不適合他的目的，所以他把衣服剪掉了，丟在垃圾桶裡。「我要幫妳洗一下，」他把一條濕毛巾放在她腿上。

她縮了一下，沒有回答，因爲她不能張口，只發出了一些雜音，在吸管的阻礙下，無法構成語言。

「妳記得我嗎？」他問。

她搖搖頭。眼中的恨意消失了，恐懼再度浮現。

「我想找妳講話，」他說。「耶誕節前的那個星期一晚上。妳在工作。我說妳很像我以前認識的一個女孩。要跟妳講話對我來說好難，」他說，「跟誰講話都很難。完全違反了所有的本能，但我鼓起勇氣向妳開口，妳拒絕我了。眞不應該，」他說。「妳不應該對我那麼壞。」

她眼中的嚴厲蕩然無存，哭了起來。

「不會有事，」他說，「但不要搞花樣，」他補了一句，舉起刀子。「妳在這裡快三天了，沒有力氣跟我鬥。相信我，我也碰過同樣的情況，」他的話不完全誠實，但跟事實相去不遠。他靠過去，割斷了繩子。她動也不動。來到這裡後她瘦了，不太好看。她的臉更……凹了，他想不出更好的說法。也很蒼白，而且除了白，還汗濕了。

「我保證，我不會害妳，」他說眞的。他不會害她。但她不應該傷害他的感情。「妳不能對別人這麼壞，」他邊說邊用毛巾擦她，她的皮膚濕了，雞皮疙瘩也冒出來。「妳讓我覺得好難過。」

他往後退，避開她的巴掌，雖然沒打到，但她的指甲刺痛了他的臉。他抓住她的腳踝，把她從床上拖下來。她對著他揮舞手臂，可是打不到他。她撞到了地板，頭重重敲在地板上，眼睛往上一翻，全身癱軟。

他對她好失望。他把她從她的屎尿中拖走，留下油膩的痕跡。他把她抱到浴室裡，放進浴缸，沖洗後擦乾了她的身體。兩天前幫她脫衣服的時候，還是他有生以來第一次。他以前沒幫女人脫過衣服，感覺有點，怎麼說，有點不錯。有點像他以前幻想跟凱蒂在一起的樣子。等這一切都結束，他或許會找更多女人來脫她們的衣服。幫她穿衣服可難多了。不能用刀。她掙扎了半天，拉衣服的時候讓她在地上滾來滾去，何必呢，反正庫柏也會脫掉她的衣服，不過還是得穿，因爲庫柏一定要把她剝光。儀式要這麼進行。雖然他很想再找些女人來脫光，他絕對不要再幫她們穿衣服了。洋裝穿在她身上有點大，降低了一點點困難度。他的臉有點痛，伸手一摸被她抓傷的地方，手指上有血。他到鏡子前看看抓痕，擦掉了血跡。傷痕不長，只有幾公分，但現在知道有傷痕，就覺得臉更痛了。

「妳抓傷我了，」他說，但她沒有回答。他很想去掉她嘴巴上的膠。他可以用去光水擦擦看，但他得等等，因爲庫柏應該會比較喜歡她不能張嘴的樣子。她的胸口穩定起伏，喉頭傳出輕微刺耳的喘氣聲，很像中途之家的老冰箱以前會發出的聲音。

他把她抱到地下室的門口。她比庫柏輕多了，應該也比剛來的時候輕，所以不需要用手推車。他先敲了敲地下室的門，然後才打開，庫柏應該比較喜歡他先敲門，而不是直接闖進去。很簡單地表達敬意，每次雙胞胎把他鎖在這裡的時候，從來沒想過要尊重他。雙胞胎是一對以前在這裡工作的勤務員，他們會爲了好玩把病患鎖在地下室，讓他們痛苦無比。太陽照在房子的其他地方，能照進樓下的陽光很少，所以下樓前他先用指頭勾住了提燈。

「給你的禮物，」他說。他把女孩放在地上，小心翼翼地不讓她的四肢壓在身體底下，然後才開了燈。庫柏站在房門口看著他，他的表情亞德里安在其他人臉上也看到過，尤其是昨天早上他用汽油淋濕母親時她的表情就是這樣。

「什麼……」庫柏才說了兩個字就說不下去了。

亞德里安希望庫柏不要因爲那件洋裝而倒胃口。他本來想幫她穿更性感的衣服，但他也只有這件從母親家拿來的洋裝。那天早上他當然也拿了其他的東西。大部分是食物。還有錢。「我在城裡找到她的，」他說。「她不是很完美嗎？」

庫柏的臉壓在玻璃上。「天啊，亞德里安，天啊，太瘋狂了。眞的瘋了。」

「星期一晚上找到，」他說。「她不是很完美嗎？」

「我……」庫柏說不下去了。

「你不知道該說什麼，」亞德里安說。「我知道那種感覺。看，我說我可以照顧你。我處理好你的房子了。我把它燒了。」

「噢，天啊，我的房子，」庫柏說。「還有這個女孩。亞德里安，亞德里安……」

「我想要幫你，」他說。「我知道你喜歡女人，我想你會喜歡這個女人，我就自己去找了。我想幫你，庫柏。我喜歡幫朋友忙，」他加了最後一句，希望庫柏相信他還有其他的朋友。

庫柏一語不發。沉默令亞德里安覺得緊張。他在這裡度過了許許多多沉默的白天和黑夜，那時候他已經習慣了。現在則覺得痛苦。「你說過我最喜歡你的地方就是你被鎖在這裡卻做不到的事情。庫柏，但是你錯了。瞧？我可以把他們帶來。要多少有多少，」他希望庫柏別要求太多個，要是庫柏眞要很多個，也希望能更輕鬆抓到更多像這樣的女孩。

「我……我不知道該說什麼，」庫柏說。「她是我的禮物？」

「是。」

「OK，OK，很好，太好了，」庫柏說。「所以……所以我愛拿她怎樣就怎樣？」

「當然，」亞德里安臉上浮現了微笑。他很高興庫柏一點就通。「你要跟她做愛嗎？」

「我跟其他女人做過嗎？」

「我以爲有。」

「有啊，當然有。我很想跟她做愛。只是，嗯……啊，不重要了。」

亞德里安不明白。「什麼不重要？」

庫柏嘆了口氣。「我得拒絕你，亞德里安。你把她帶回去吧，或自己殺了她。我很抱歉。」

「爲什麼？」他問話的聲調拉高了。

「不為什麼。但是我很感激，我真的很感激。只是……啊，算了。」

「只是什麼？拜託，告訴我，」他真的很想知道。

「太蠢了，」庫柏說。「只是，如果我要跟她做愛，我不能在其他人面前做。不能有人在旁邊看。我需要隱私。」

「隱私？」

「你看，我說過了，很蠢，現在你要生我的氣了，覺得我不懂得感激，不是好朋友。」庫柏轉過了身子。

亞德里安走向門口。「我不會生你的氣，」他很希望庫柏能夠相信他。「我覺得我懂，」他說。「你不認為你可以……」他不知道該用哪個說法，決定用表現。「我在看的話，你不認為你可以表現得很好。」

「就是。」

「如果我不看的話，你就可以跟她做？」

「然後殺了她，亞德里安，如果你要我殺她。」

「你想殺她嗎？」

「當然。」

「那我也希望你殺她，」亞德里安微微一笑。

「還有一件事。」

「什麼事？」

「啊，現在我真的覺得很蠢，你也會拒絕我。」

「來嘛，說嘛，」亞德里安說。他瞪大了眼睛看著庫柏，眼睛連眨都不眨一下，仔細聽他說的每一個字。這是他要庫柏在這裡的原因。聽他的故事。感受刺激。把他納入收藏。

「我在想，如果我跟她做愛，然後你幫我把她殺了，一定很棒。」

「你要我殺了她？」

「幫我就行了。你以前沒殺過人，對不對？」

「對，」不過他說謊了。

「所以，我想，你對我這麼好，把她帶來，以後還要讓你帶來更多人，我希望你也能加入。幫我殺人就好，其他的不用了。」

「我不知道。」

「我真的很想殺她，亞德里安，真的。我覺得內心有股強烈的慾望。還有……還有一件事。我需要一把刀。」

「一把刀？」

「沒錯！亞德里安，我很感激你，真的，」庫柏說著雙手一拍，然後開始搓手。「你知道嗎？做愛的時候拿刀子割，感覺就不一樣了。不需要很大的刀子，但是要利。你去拿吧，我在這裡等你。」

「我不知道……」

「相信我，亞德里安，一定會很棒。她是第一個，以後還有很多個。她什麼時候會醒來？你把她怎麼了？」

「我把她敲昏了，」他說。「我不知道她什麼時候會醒來。你眞的要殺她嗎？」

「當然。」

「我怎麼知道你是不是那麼說好想辦法逃跑呢？」

「我可以去哪裡？你把我的房子燒掉了。我現在也只有這樣了，我已經接受了，我不要下半輩子都坐在這裡胡思亂想。我要好好利用。」

亞德里安發覺他又犯了一個錯誤。就算他相信庫柏，要把女孩送進牢房，就有可能被他攻擊。他爲什麼不想得更透徹一點呢？他還在學習，那就是爲什麼，下次會更好。有兩個可能——庫柏殺了她，他們變成好朋友。或者庫柏想辦法拿刀子傷他。一定還有其他的辦法。一定有。他母親就知道該怎麼辦。他開始覺得他太早殺死母親了。他可以聽見她的聲音。「賜福只是半個奇蹟。」他不需要奇蹟，他只需要聰明點。

「我要想一想，」亞德里安說，「再做決定，」他補了一句，然後他想到了。有另一個辦法，也很完美。庫柏會拿到禮物，亞德里安就知道庫柏是不是在說眞話，還是又在說謊。

「我過半個小時就回來，」他說。他把提燈留在咖啡桌上，走上樓，關上了門。

21

太陽朝著西方前進，似乎每前進一度，氣溫也升高一度。籬笆投下的陰影變細了。太陽繞過了樹後，達克斯特的墳墓灑滿陽光，我手上和腳上的繃帶都沾了泥土。我覺得好氣好沮喪，除了埋葬牠，我什麼也沒辦法給牠。爲達克斯特感到難過，也讓我覺得很蠢，唐納文．格林跟他的太太不見了女兒，比我更可憐。我瞪著墳墓，思緒紛亂雜陳，大多很蠢，很多病態的想法，但沒有一個念頭能鼓勵我。挖土後膝蓋更腫了。醫務員如果在這裡，一定會對我大發脾氣。

我終於從桌邊站起來，回到室內。我吞了兩粒消炎藥和幾顆止痛藥，然後去浴室裡找繃帶。我打電話給施羅德，他沒接。一分鐘後唐納文．格林打來，我沒接。生命的循環。我該跟他說什麼？很有可能我剛看到他女兒被活活燒死了？我進了屋子，不先搜樓下，反而跑到樓上，不知道爲什麼？我下次會先在樓下搜搜看？就因我選錯了一半一半的機率，他女兒就被燒死了？

我跳到外面，上了車。我可以伸直左腿，用右腿操控油門和煞車。昨天曬了太久，我的臉感覺有點曬傷了，抓鼻子上覺得癢的地方，感覺好像把一吋長的指甲插進肉裡。快到城裡的時候塞車了，有台休旅車在單行道上轉錯了方向。沒撞到什麼，但來向的駕駛都不肯讓路，給休旅車空間轉回正確的方向，咒罵和勸告齊聲從四面八方傳來，更多車子開始倒退。我開了廣播，有兩個主持人在聊死刑的問題。他們提到艾瑪．格林失蹤，表示紐西蘭應該恢復執行死刑。他們代表其他的人發言——綁走艾瑪的人之前也害過其他女孩子，嚴刑峻法可以讓其他人不至於受害。都是老生常談。殺死大壞蛋，讓他們不能欺負好人，誰能反駁這一點？只有眞正的大壞蛋了。主持人說應該從基督城屠夫開始。他們說起了處決他的方法，一開始很老套，比方說絞刑或先注射劇毒藥物，然後又鑽研出（或退化成）更千奇百怪的方法，讓我認眞懷疑這兩個主持人有毛病。然後他們開放聽衆打電話，來自薩姆納的史蒂夫認爲他們應該先對這些人放火，萊德伍德的詹姆斯認爲我們應該回歸老派，在美式足球場裡聚集了美式足球比賽那麼多的觀衆，然後用石頭打死這些王八蛋，來自雪利的布洛克則說把那人倒吊起來，好讓血液流到腦子裡，慢慢從身體中間割開時他就不會那麼快失去知覺。我關掉了收音機，向上帝祈禱我絕對不要惹毛史蒂夫、詹姆斯和布洛克。

通過了擋路的休旅車，車流量就變小了。又有兩通來自唐納文．格林的未接來電。我開進大學的停車場，停在殘障車位裡。有個學生坐在超市的推車裡，另一個學生推著他走在人行道上，兩人都笑得很開心。

我一跛一跛走到心理系，要有拐杖就好了。爬樓梯眞要老命，我一直靠在扶手上。從我前面走過的兩個人盯著我看，同時還假裝沒看到，我看得出來他們想幫忙，卻又猶豫不決。就像幫坐輪椅的人開門，不知道他會說謝謝還是滾開。我到了二樓，整排都是辦公室。牆上貼了許多教職員的照片，就是那種懷念逝者的地方，手掌大小的肖像排成格子狀。我在中間找放火的人，有一半的人被我排除在外。庫柏．萊利也是其中之一，照片中他的頭髮還沒有那麼白，也比較多。我朝著走廊另一頭走去。這裡的東西看起來都老到比心理學還要老。辦公室的門漆成藍色，貼了名牌，庫柏的辦公室也一樣，但門上交叉貼了兩道罪案現場的膠帶，就跟其他辦公室非常不一樣了。兩間辦公室中間貼了一張大海報，上面寫了人格研究，配上流程圖和艱難的術語，看了頭好痛。旁邊一個人也沒有。我轉了轉門把。門鎖了。我拿出在庫柏家前門上找到的鑰匙。有一支可以開門。我拉下膠帶丟在地上，有人要怪就推到學生頭上。

辦公室裡的空氣很悶熱。松木書桌上有不少凹洞跟刮痕，上面的東西擺得亂七八糟。書桌抽屜開了，檔案櫃開了，電腦開了，平面上到處都是指紋粉。警察來過這裡搜尋線索，想知道庫柏・萊利怎麼了。我可以想像庫柏就是那種什麼都排得整整齊齊的人，如果他現在進到辦公室，一定會很生氣。我的手機響了，是施羅德。

「你在哪裡？」他問。「素描師剛去你家找你了。」

「可惡。我忘光光了。跟他說我立刻回去。」

「聽我說，庫柏・萊利從來沒有報過案，」他說。「你爲什麼要問？」

「所以這案子歸你了嗎？」

「兩天兩場火。可能有關係，所以對啦，案子歸我了。等一下，消防隊應該就可以查出原因。」

我告訴他鄰居說了什麼。

「你覺得是梅莉莎・X幹的？」

「我覺得是。」

「他爲什麼不報案？」

「問題就在這裡。受害者爲什麼不通報他是受害者？」

「常有的事，泰特，」他說。「你知道的。七件強暴案中只有一件會報到警察局。假設鄰居沒說謊，萊利雖然受害，或許也有同樣的心理。」

「你可以找到他的病歷嗎？」

「我去申請搜查令。」

「在萊利的辦公室找到了什麼嗎？」

「什麼也沒有。等火完全熄滅，我們希望鑑識小組能在萊利家裡或車上找到線索，不過看起來希望不大。」

「我正在想要不要去他的辦公室看一看，」我靠在桌子邊。「看看能不能找到你們沒發現的東西。」

「你故意要惹我嗎？」他問。

「不是。你說過了，我看東西的眼光特別準。那麼，你沒問題吧？」

「要看情況了，泰特。你已經到他辦公室了嗎？」

「要是我人真的在呢？」

「那你就進入了罪案現場，我們好不容易搜集的證據就被你毀了。」

「技術上來說，這不是罪案現場，」我告訴他。「好啦，卡爾，我到處看看有什麼關係？」

「我二十分鐘後到，」他說。「我真的很不希望你把事情搞砸了。」

他掛了電話。我開始翻弄庫柏書桌上今天稍早已經被警察翻過的資料。他們翻遍了所有的學生跟教職員檔案，因為到目前為止庫柏．萊利和艾瑪．格林只有這裡扯得上關係。或許修過精神病學的學生被當掉了，很生氣，想要報復。或許他不知道爲什麼把這件事怪在艾瑪·格林頭上。

我檢查了檔案櫃，檔案都往同一個方向倒，顯然有人撥過，檔案涵蓋了今年的學生和去年的學生，再之前的就沒有了。我想到梅莉莎，難道是她讓庫柏·萊利成爲鄰居口中的單邊教授？如果就是她，她很有可能也是這裡的學生。他應該認識她。

我出了辦公室，走到下一間辦公室。門上的名牌說這間辦公室屬於柯林斯教授。門開了一條縫，我敲敲門，把門打開了。坐在書桌後的男人抬頭看著我。他一頭粗硬的白髮，眼睛大到超乎比例，還有一對招風耳。辦公室的布局跟風景都跟庫柏的一樣，不過沒那麼凌亂。

「有事嗎？」他問。

「柯林斯教授？」

「就跟門上寫的一樣，」他微微一笑，靠在椅子上。「你不是學生，」他說，「那你不是記者就是警察。我猜是警察，對不對？你想問有關庫柏·萊利的事情？聽說他家下午被燒光了，你們一個小時前才搜過他的辦公室。」

「幹得好，教授，」我走了進去。

「請坐，」我在他對面坐下，腿伸直了放在前面。「庫柏有消息了嗎？」

「還沒。你在這裡工作多久了？」

「快十五年了，」他說。

「你跟庫柏熟嗎？」

「你覺得他怎麼了？你認爲他會沒事嗎？」

「我們正在調查，」我告訴他。「想到什麼都告訴我，說不定能幫上忙。」

「當然，我跟他很熟。我們兩個的辦公室就在隔壁。我們在這裡工作的資歷差不多。我們參加過彼此的婚禮，有時候也會一起吃晚飯。」

「他離婚多久了？」我知道這些事情早就在施羅德的資料裡。

「唔，我想想看。三年前吧。你知道的，他老婆開始新生活了。認識了新伴侶。我聽說他們在網路上認識的。現在常聽說。其實是一種很有趣的心理現象，在網路上認識的人在現實生活中也能找到關聯。事實上，我想寫一篇相關的文章。」

「能找到她嗎？」

他搖搖頭。「她去澳洲了，這是我最後聽到的消息，但庫柏從不談她。感覺有一天她還在他的生命裡，第二天就不在了。眞可惜。他們兩個人都很好，但是處不來。有時候就是這樣，」不過他沒接著說他想寫一篇相關的文章。「庫柏很難過。」

「你能不能告訴我他什麼時候出了意外？」

他滿臉困惑。「意外？什麼，車禍意外嗎？」

「不算。」

「什麼才算？」

「你記不記得有一陣子他沒來上班，大約請了一個月的假？事先都沒說？大概三年前吧，就是他離婚的時候。」

他努力思索，眼神飄向左邊，然後他搖了搖頭，嘴角向下一撇。「我不記得。」

「他沒有突然請病假，不能來上班？」

「一定有。每個人都會碰到這種情況。探長，生活總會妨礙工作。怎麼了？以前請過病假跟現在他失蹤有關係嗎？」

「我不確定，」我告訴他。

「問問管理處吧，」他說。「他們有各式各樣的紀錄。」

我按著柯林斯給的方向，找到一棟最摩登的建築，鑲著大片的染色玻璃，前方有座混凝土噴泉，目前是十幾隻鴿子的住宅跟廁所。門廳很像診所的等候室，學生坐在椅子上看教科書或雜誌，等著找職員講話。辦公桌後的女人快五十歲了，頭髮綁成很緊的髮髻，眼鏡用條細鍊子掛在脖子上。她的香水味很刺鼻，我覺得要發花粉熱了。她的襯衫釦子上卡了貓毛。

「有什麼事嗎？」她抬起頭來對我一笑。

「你知道我們剛才搜過了庫柏．萊利的辦公室嗎？」我希望她跟柯林斯教授一樣，犯下同樣的錯誤，果然。

「知道，當然知道，大家都知道。」

「有件事或許妳可以幫忙，」我告訴她。「有一陣子萊利請了大約一個月的假。大概在三年前。妳可以幫我查一下嗎？」

她沒有回答，卻戴上了眼鏡，調整好鏡片跟眼睛的距離，看著電腦螢幕，手指在鍵盤上飛舞。

「可能要一分鐘，」過了十秒她就找到了。「有了，你說對了，」她說。「快要三年前。四月到五月。總共五個星期。」

「我需要看看那一年他的學生有誰，長什麼樣子。」

「爲什麼？」

「拜託，這很重要。我們要救庫柏的命，」我對她說。

「他的房子眞的被燒光了嗎？」

「眞的。」

「三年前有幾百個學生呢，」她說。

我需要查所有的人，看看縱火犯在不在裡面，不過可以等施羅德來再說。「只看女生就好。」

「我想我印出來好了，」她說。「要印一個小時，除非你有更具體的目標。」

「那年退學的學生呢？跟萊利教授請假的時間差不多？」

「爲什麼？你覺得那有關係嗎？」

「拜託，」我告訴她，「我們得快點開始找。」

「嗯……我看看，」她說。她又開始敲鍵盤。

「那時候有四個女生退學。」

「有人叫梅莉莎嗎？」

「梅莉莎？沒有。」

「我可以看看照片嗎？」

她轉過電腦螢幕，我得越過桌子才能看清楚，更靠近她的香水了。她把照片一張張給我看。到了第三張，我要她停下來好看清楚一點。那雙眼睛看起來很熟悉。

「我記得她，」接待員說。

「你記得？」

「不是她本人，她爸媽。他們來這裡探消息。」

「什麼消息？」

「他們想找到她在哪裡。她失蹤了。噢，眞可怕，」她想到了。「你覺得艾瑪．格林跟她有同樣的遭遇嗎？」她敲敲螢幕。

我不認爲。我覺得這兩個女孩的命運大不相同。我覺得螢幕上的女孩可能就是那個攻擊基督城屠夫和殺死卡爾霍恩探員的女人。三年前萊利教授入院或許也是她幹的。她的面孔出現在報章新聞上，影像來自昨天我看過的DVD，但那張臉跟我現在看到的不一樣。很像，但不一樣，不同的髮型，不同的髮色，臉上少了點肉——但那雙眼睛。兩雙眼睛一模一樣，我很肯定。

庫柏．萊利應該也知道了。他應該看過新聞，也知道她其實是誰，但他一直沒去報警。

爲什麼呢？他還是很怕她？

還是想要隱瞞什麼？

22

庫柏的頭痛好多了，但仍有點抽痛，他很想吃掉昨天在口袋裡找到的藥丸。胸口上的傷開始發癢了，用手指碰過，手上就沾了血跟其他的東西，看起來有點黃黃的。要是再不吃東西，他覺得他要發瘋了。

他認出那個女孩了。及肩紅髮亂糟糟披著。蒼白的皮膚泛紅。應該不到二十歲吧。是他的學生嗎？可能以前修過他的課。或許就是今年的學生——班上總有很多人。也有可能在超級市場碰到過，收銀員吧，她結算他買的東西時兩人隨口聊聊，然後他刷了他的信用卡。或許是購物中心裡的髮型設計師，早上來敲過門的耶和華見證人，家庭醫生的接待員。他看過她，但不記得在哪裡了。她穿的洋裝太大了，上面的花朵在燈光下看起來是淡藍色。像他母親在夏天會穿的衣服。

天啊，他母親……她會嚇壞了。七月母親就滿八十歲了，全家人正在規劃一場隆重的派對。姊姊會從英國回來——不知道她現在是不是已經上飛機了，假設大家都發現他失蹤了，一定都知道了吧，因為亞德里安說已經把他家燒了。他希望母親能撐得住。她很強悍。庫柏十二歲時父親離家出走，母親就自立自強。他再也沒見過父親。不知道那人是不是還活著，也不關心了。但母親……一切都要歸功於母親。如果母親軟弱些，他就會走上不同的人生道路。十四歲的時候，他偷了一台車。他跟朋友喝醉了，撞爛了車子。他們都沒有受傷，母親到警察局接他回家，路上不發一語，第二天早上幫他做早餐的時候，依然保持沉默。

他道過歉了，她說，他不該向她道歉，他應該向未來的自己道歉，因爲他害的是未來的自己。他不在乎。那時候他什麼都不在乎，只在乎父親離家出走，還有半夜偷溜出去找好友時啤酒有多好喝。她要他寫了一封信給未來的自己，信中他自承很抱歉，自己實在太愚昧了。她要他寫下他對母親的傷害有多深。他也寫了。然後她進了自己的房間，哭了起來。等她出來的時候，她坐下來陪他吃早餐，告訴他十年後她會把這封信給他，而她覺得很對不起未來的他。她從沒給他那封信。但情況改變了。每天她都會對他說，他的行爲讓未來的他有多高興或多失望。他開始在意未來的自己。他不想長大後變成跟老爸一樣的人。他開始用功讀書，拿到很好的成績。

二十歲的時候，他戀上了隔壁的鄰居。她比他大十五歲。他覺得自己很愛她。有天她丈夫帶著獵槍回來，給了她一槍，然後在自己身上也打了一槍。沒有人預料到會有這種結局。庫柏不太確定那丈夫知不知道妻子偷人，他懷疑如果他知道對象是誰，是不是也會幫他留一顆子彈。丈夫非常平凡，沉默寡言，庫柏不明白他怎麼沒看出來他會行兇。他著迷了。每個人都不一樣，爆發點也不一樣，他想了解所有的人。他很難過失去了愛人，但他不覺得內疚，這種反應也引起了他的興趣。

現在，他必須摸清楚亞德里安的個性，要是能讓女孩醒來就好了，讓她明白發生了什麼事。

「喂，」別人應該聽得見他的聲音，只有她聽不見。他開始捶門，她還是不醒。亞德里安說他半小時後會回來。時間一分一秒過去。他還是抓個二十分鐘比較保險。庫柏捶窗戶。他需要她醒來，現在就醒。

她醒了。

慢慢醒來。

她的眼睛仍閉著，把手移到臉上摸索。感覺她沉睡了好久，可能以爲自己在做惡夢。她的皮膚泛紅脫皮，臉也紅了，但眼睛下面黑黑灰灰的。她的手摸到了插在嘴裡的吸管。她輕拉了一下，但拉不出來。這時候他才發覺她的嘴唇被黏住了。他又叫了幾聲，但她沒有反應。事實上，她似乎又昏了過去。她的手指不動了，手也癱軟在地。感覺又等了一小時，才看到她又動了一下，事實上只過了兩分鐘。她慢慢揉揉眼睛，然後睜開了雙眼。他看得到她在四處亂看，卻什麼都看不到。他敲敲玻璃，她抬頭看他，可是卻看不到他。還有十八分鐘。

「小姐，喂，小姐，醒醒啊，快醒醒。拜託，快醒來吧。」

她想講話，他看到她下巴動了。然後他看到她恢復意識了，想起的事情讓她情緒紛亂。她繃緊了臉，瞪大眼睛，手在臉上移動的速度愈來愈快，多半在摸索嘴唇周圍，然後她哭了。她坐起來，環顧四周，然後拉起裙邊看了幾秒。最後她終於把目光移到他身上。她的下巴又動了，他覺得她想尖叫。她轉過身背對著他，看到書架的時候頭也停止了轉動，提燈把她的身影打在書本和紀念品上，他很肯定她又想尖叫了。

「沒事，沒事，」他舉起雙手，不過她也看不見。「妳不會有事。我會幫妳。」

她用手掌撐住地板，把自己的身子往後挪。從牢房的窗戶看出去，加上她黏住的嘴唇，簡直像場無聲表演。

「拜託，拜託，我不想害妳，」他說。「我是妳的朋友。我跟妳的處境一模一樣。」

十六分鐘。或許不止。

她跪了起來。兩個膝蓋都擦傷了，在她掙扎站起來的時候，應該擦傷得更厲害。她失去平衡往前倒，他聽見她的手腕喀啦響了一聲，臉龐忍不住抽搐。她又開始哭了。又損失了一分鐘。

「拜託，妳可以開門嗎？」他問。「有沒有門閂？還是鎖上了？」

她沒看他。她攏住了自己的手臂，蜷成胎兒的模樣。她在浪費時間，他覺得愈來愈沮喪了。甚至有點發火。他想要離開牢房，搖搖她的肩膀。她要害兩個人都錯過機會，她會死，他也會死，如果她用點心，如果她能控制自己……天啊，他要能打她一巴掌就好了！

「如果妳不幫我，我們就會死在這裡了，」他說，可是她不聽。情急之下，他本能地回頭在牢房裡找可以用的東西，當然什麼也找不到，只有破爛的床墊和彈簧床，還有四分之一滿的水桶，裡面是他的尿跟嘔吐物，味道比昨天更難聞。他回頭看看窗戶，她沒動。

保持冷靜。一步一步慢慢來。

他深吸了一口氣。「我叫庫柏，」他放下握緊的拳頭，放在她看不到的地方。他想對她微笑，表情卻十分猙獰。他必須回到原點，他必須運用心理學的基本原理。「我想，妳家人一定很擔心妳，」他說。「我的家人也很擔心我。幫我，我就可以幫妳再見到家人。妳能把門打開嗎？拜託妳，求求妳看一下門。」

她抬頭看他。她似乎懂了，如果她被關在這裡，他也被關在這裡，他們應該站在同一邊。她的下巴緊繃，眼神清澈，從剛才醒來後，她終於明白了自己的處境。

剩下十二分鐘。

「我們得快一點，」他說，「不然綁匪就要回來了。妳得幫我，然後我就可以幫妳。我保證，我們能逃出去。」她四處看看，庫柏覺得她終於看得見了。她轉了一圈，然後停下來，跟庫柏面對面。

「門，」他說。「可以打開嗎？」

她點點頭，卻不採取行動。

「我們得快一點，」他說，「也要小聲一點。」

她朝他走了一步，再一步，終於到了玻璃的另一側。他覺得她又會往後退，蜷成一顆球，可是她沒有。她透過窗戶看著他，又看了看牢房裡面，他側過身子，好讓她看得更清楚，可惜燈光能照到的地方不多。靠近一看，她的臉頰凹陷，滿臉倦容，似乎沒有吃飽，嘴巴旁邊也長出了小水泡。應該是水泡吧。

「我可以找東西弄掉妳嘴上的膠，」他低聲說，語氣很平靜，沒有一絲恐慌，不讓人發覺他快急死了，他媽的她也太慢了。「不會很難，我保證。」

她又點點頭，然後低頭看著門。她一直把受傷的手腕夾在另一邊腋下，用沒受傷的手在門上撥弄。金屬上下絞動發出了嘎吱聲，他猜是滑塊鎖。很緊，她試了好幾次，然後砰一聲，滑開了，卡進洞裡。門開了一條縫。他把門一推，心想太容易了，然後又覺得應該很容易，因為綁架你的人心智等同兒童。

剩下十分鐘。

門開了。他走進地下室。這一邊的空氣也一樣涼爽。他用手環住她，把她抱緊，她縮了一下。「感謝老天爺，」他輕聲說，差點要把頭埋進她的脖子裡，好好哭一場。他站直了身子。

「我不會傷害妳，」他攬住她的肩膀，但她似乎不相信他。

「我們得找個東西來當成武器，」他走到書架前。從牢房窗戶看不清楚，但書架上的故事可精采了，有兩把刀是從他家拿來的。他拿起最大的那把，刀鋒已經變鈍了，四十年前，有人拿這把刀捅死了雙親，他從拍賣上買來這把鈍刀，價格還不到兩百塊。現在這把刀太貴重了。拿在手裡，他覺得就跟之前的主人一樣充滿力量。他的公事包在地上。他跪了下去，按下沒摔壞的扣鎖，打開了蓋子。裡面的東西變得亂七八糟。他用手翻了翻內容物。

照相機不見了。

如果公事包壞掉的時候，相機掉了出來，如果相機不在亞德里安手上……

那情況就不一樣了。

他闔上公事包，拿起提燈，準備上樓。雖然幾分鐘前才捶過門，現在他絕對要愈小聲愈好。在另一個遙遠的世界，他的房子被燒成灰燼，他的生活毀了，但總比被關在這裡一輩子好。地下室的門可能鎖了，但跟牢房比起來，能在地下室裡活動就感覺很自由。如果門鎖了，他就在這邊等，等亞德里安回來。看來除了殺死綁匪外，沒有其他的出路了。他得殺他。要不殺他，風險太大了。他會殺了亞德里安，警方會找他碴。他知道不論情況怎麼樣，警察都很想給人定罪。他早就知道了。他看過警察把無辜的人關起來，也看過他們栽贓給人好冠上罪名。

他要殺了亞德里安，救這個女孩一命，最後卻要坐牢。

他在樓梯上停了下來。

警察可不好處理。

不見的相機還是更嚴重的問題。

他繼續往上爬。他蹲下來，用頭靠著門，可是聽不到外面的聲音。什麼情況都有可能出現。女孩跟在他後面，隔了兩階。她似乎很不確定接下來會怎麼樣。

最後，相機讓他下定了決心。如果相機在公事包裡，情況就不一樣了。眞可惜，他眞的很感激女孩願意幫忙。

還有八分鐘，很充裕。

「開門前，有件事我要先告訴妳，」他說，「因爲我還沒把實話全說出來。」

23

我站在庫柏的辦公室外面，翻閱梅莉莎的資料，等施羅德過來。只是現在不該說梅莉莎·X了。她本名叫娜塔莉·福勞爾斯。十九歲的時候進入坎特伯雷大學就讀。她在這裡讀了兩年，然後準備要攻讀心理學。她念了三年心理學，然後選了犯罪心理學，進了庫柏·萊利的班上。一個半月後，她退學了。同時庫柏·萊利請了五個星期的假。我算了一算。影片中看到的梅莉莎·X應該是二十六歲。她看起來年紀比較大，或許因爲她的靈魂已經老了。

在走廊上等得好累，走了這麼久，膝蓋痛死了，最後我覺得在庫柏的辦公室裡等應該沒關係。我坐到辦公桌後，開始基本的搜查，打開抽屜，翻遍了我能找到的東西。我一直往外看。窗外可以清楚看到通往心理系的那條路。施羅德來的時候，我就有時間先跑出去。我動了動滑鼠，電腦螢幕亮了起來。桌面上的照片是清澈海水間的島嶼，可能是庫柏的夢想度假勝地。我查了所有的檔案，沒看到什麼值得追究的東西。電腦上沒有私人檔案，都和工作有關。我隨意瀏覽了幾個庫柏教的主題，都很陰暗，好人看了會做惡夢，壞人看了會做美夢。我找了找娜塔莉·福勞爾斯的名字，沒有相關資料。

我看著娜塔莉註冊那天拍的照片，猜想她那時候有什麼想法。不知道她知不知道自己會變成什麼樣的人，或者當時的娜塔莉跟現在很不一樣。我想像她坐在照相機前，就跟一年後的艾瑪·格林一樣，兩人臉上都帶著微笑，按下快門，閃光燈一亮，攝影師發號施令，說七，然後換下一位，影像儲存到……

記憶卡！

天啊，我居然忘了！

我把手伸進口袋，還在裡面，我從庫柏家車道上的照相機裡拿出來的卡片。我插進電腦，電腦咕噥了幾秒，讀出裡面的內容。幸運的話，綁架他的人就在照片裡。或許有地點，起碼有能追蹤他行跡的線索。新圖示出現了，我按了圖示打開檔案，打開的速度很慢。我按了第一張，花了十秒才打開，電腦從最上面開始顯示影像，其餘的部分一吋一吋出現。第二張開起來快多了，看來電腦習慣了開照片的節奏。只有兩張影像，我來回看了幾次，一直看到門開了，施羅德進來。

「天啊，泰特，你怎麼進來的？」

「艾瑪．格林，」我把椅子往後一推。雖然辦公室裡很熱，我還是出了一身冷汗，脊椎都涼了。「天啊，卡爾，」我嘴巴發乾。「我覺得艾瑪．格林還活著。」

「聽我說，泰特，你不能……」

「卡爾，就這一次，請你閉嘴，」我說，他也照做了。「你看，」我用下巴指指電腦。他走到辦公桌後，我看著他查看照片，辦公室裡只有電腦風扇轉動的聲音，偶爾傳出按滑鼠的聲音。外面傳來一陣學生的笑聲跟叫喊聲。施羅德捲起了袖子，雙手撐著桌子往前傾，我看到他手臂上出現了雞皮疙瘩。他慢慢搖了搖頭，我也跟著慢慢搖了搖頭。我站起來，施羅德坐進了椅子。我走到窗戶旁邊，看著陽光下的學生，他們都是二十歲左右，有好多東西要學，但我希望現實生活中有些東西他們永遠不需要碰到。有人說一張照片勝過千言萬語。看看這兩張，再對也不過了。

不過，它們沒告訴我們結局是什麼。

「我們需要再搜一遍這間辦公室，」我仍看著窗外。樹下有兩個學生在陰影裡親熱，大家都看到了。他們發現別人在看，表演得更起勁。我眞想往他們身上潑一桶冷水。

「我們已經搜過了，」施羅德說。

「對，但你們想查出庫柏怎麼了。你們覺得他是受害者。」

「不是嫌疑犯，」他說。「你怎麼拿到這些照片的？」他問。

「它們在記憶卡裡。我在庫柏家找到的。」

「我的老天啊，泰特。你沒想到要早點告訴我嗎？」

「卡爾，其實沒有，我沒想到。我忘了口袋裡有這東西，」我怒火上衝。「你他媽的爲什麼總要往壞處想？」

他不答腔。

「對不起，」我對他說，然後我告訴他記憶卡在哪裡找到。「要不是我及時趕到，就會跟其他東西一樣毀了，你們也拿不到照片，」我對著電腦點點頭，照片上是艾瑪．格林躺在地上，雙手反綁在背後。在一張照片裡她身上是失蹤時穿的衣服，另一張照片則身無寸縷。她眼睛上蒙了萬用膠帶，嘴巴上沒有。「你們也不會發現有關聯。」

「我們不知道她是不是還活著，」他說。

「我們沒有理由懷疑她死了。要是庫柏被打斷了呢？萬一他計畫要回去？」

「回去？你不認爲照片是在他家拍的？」

我搖搖頭。「我不認爲。她嘴巴沒蒙上。拍照的地點應該是沒有人聽得到她尖叫的地方。」

「我們馬上就知道火場裡有沒有屍體了。」

「聽我說，卡爾，還有另一個關聯。」

「跟誰？」他問。我把資料遞給他。「娜塔莉．福勞爾斯，」他看著照片。「她是誰？另一個萊利的學生？」

「以前是。」

「以前是？怎麼了，也失蹤了嗎？」

「也算是。」

「你可以說得具體一點嗎？」

「再仔細看看照片。」

他看了，但還是看不出來。「到底要看什麼？你覺得她也被萊利綁架了？」

「我覺得是。只是她的遭遇跟艾瑪．格林不太一樣。你認不出她是誰嗎？」

「我應該要認得她嗎？」

「對。」

「好啦，別賣關子了，」他說，「告訴我你葫蘆裡賣什麼藥。」

我告訴他我的發現。看過艾瑪的照片後，他臉色發白，好不容易恢復，現在又白了。他仔細看看照片，緩緩點頭。我解釋了鄰居爲什麼叫萊利單邊教授，三年前離婚的同時也請了病假，同一時間娜塔莉．福勞爾斯也失蹤了。我解釋了這一連串錯綜複雜的事件。

「天啊，」他只說得出這兩個字。「你覺得梅莉莎·X可能也插了一腳嗎？你認為她綁架了庫柏？」

「我不覺得。她不用電擊槍攻擊受害者，在庫柏家縱火的也不是她。」

施羅德動作俐落地戴上乳膠手套。他打開了抽屜，開始翻查裡面的東西。然後他把所有的抽屜都拉出來，放在桌面上。他檢查抽屜背面跟下面有沒有貼東西。很多人都以為他們很聰明，把東西藏在這種地方就安全了，比方說抽屜下面、地毯下面、書本後面、天花班夾層上或馬桶水箱裡。警察不會找這些地方，因為他們本來認為庫柏·萊利失蹤了。他不認識梅莉莎·X，也沒有把艾瑪·格林綁起來拍照。

「車子呢？」他問。「垃圾箱上的油漆。目擊證人說那台車匆匆忙忙開到街上，時間點也正好是艾瑪下班以後。」

「我不知道，」我說。

「或許沒有關聯，」他說。

「對，有可能，但你說了，時間點差不多。」

我用右腿支撐身體，站到辦公桌上，推了推天花板上的磁磚。

「泰特，搞什麼？我來吧，」施羅德說。

我把手伸到天花板裡面，希望不要有老鼠來咬我。我摸索了一下，沒找到東西。施羅德扶我下來的時候，我的膝蓋發出軋軋的響聲。他繼續檢查抽屜下面。我把檔案櫃從牆邊搬開，後面有個隨身碟，用膠帶黏住。我還以為庫柏會不一樣，因為我本來覺得他應該知道哪裡不能藏東西，但他或許以爲絕對不會有人來搜他的辦公室，或以爲藏在這裡就夠了。我拿起隨身碟，施羅德停了手。我把隨身碟交給他，我們並肩坐著瞪著它看。似乎我們不打開的話，就可以避免裡面存的壞消息，但我們已經認定是壞消息了——我們當警察都很久了，能感覺到接下來會看見什麼。看見的東西倒不恐怖，恐怖的是居然有那麼多。庫柏到底殺了幾個人？

施羅德把隨身碟插進電腦，我們重複了一次剛才打開記憶卡的流程。第一張影像出現了，他按箭頭開了第二張，然後第三張。總共有三十張，都是同一個女孩，說感恩或許很糟糕，但我們覺得還好只有一個人。一開始她很害怕，還穿著衣服，到最後則全身赤裸，死了。根據檔案的時間戳記，照片逐張秀出她生命中的最後一個星期。她躺的地方跟艾瑪．格林一樣。照片按次序排列，依序看下去好像在讀一個故事。女孩一天比一天蒼白，她愈來愈瘦，臉上出現了水泡和紅疹，身上則有令人痛心的鞭痕。地獄裡的七天。知道自己七天後就會死，仍期待能出現逆轉。在所有的照片裡，她眼睛都蓋著萬用膠帶，除了最後一張以外。庫柏不讓受害人看到他，但仍要保持對話。我猜那個王八蛋一定很喜歡聽她們哭叫哀求。

「她還活著，」我告訴他。

「什麼？」他陷入了沉思。

「我說，她還活著。艾瑪．格林。如果他對待她的方法跟對待這個女孩一樣，那……」

「珍．帝隆，」他說。

「什麼？」

「她的名字，」他敲敲螢幕。「她失蹤快五個月了。她在那家耶誕節前被搶劫的銀行當出納員。那次有個女人被射殺了。」

「你認爲她跟搶案有關？」

他搖搖頭。「不，搶案發生前三個月她就失蹤了。她的車被丟在城裡的停車大樓裡，鑰匙在行李廂裡面，還發現了血跡。不論她怎麼了，都從那時候開始。」他轉頭看著窗戶，凝視我剛才看到的景象。「他禁錮她一個星期，」他說。「一整個星期她都期待我們能找到她，但我們失敗了。」

「艾瑪．格林也有同樣的期待，」我告訴他。「拜託，卡爾，她一定還活著。我們從他的相機找到了她的兩張相片。他還沒來得及複製到隨身碟上。他還沒把她弄死。」

「那梅莉莎．X呢？」

「我猜三年前她是萊利第一個加害的對象，但出了差錯，反而變成她攻擊他。他不敢張揚，因爲他能怎麼說，他想姦殺的女人反過來襲擊他？」

「你覺得她是因爲這件事才變成殺手嗎？」

「我不知道，」我說。「她可能因此喜歡上做壞事的感覺，一失足成千古恨，這裡沒有她的照片，我覺得因爲她是第一個，沒有事先規劃。然後庫柏就怕了，不敢再動手。很有可能等了三年才有膽再試一次。」

「那他到底怎麼了？誰綁走了庫柏，又燒了他家？」

「或許是以前被庫柏傷害過的人。還有一件事不合理，爲什麼綁架庫柏後要等一天才燒掉他的房子？爲什麼要開艾瑪．格林的車？」

「難道是庫柏燒了自己家來掩埋證據，自導自演綁架，然後逃了？」

「沒理由啊，」我說。「沒有人會調查他。他變成嫌疑犯，只因爲他沒來上班。爲什麼要燒了房子卻把這些留在辦公室裡？」我用下巴指了指照片。

「沒有明目張膽擺出來。」

「儘管如此，他不該放火湮滅證據，卻忘了把隨身碟丟掉。」

「可以的話，他想在家殺了那個女孩，」他猜測。

「他不會把照相機丟在車道上，我們也有目擊證人看到他被帶走了。我看到的也絕對是電擊槍的紙片。」

「OK，有可能是唐納文・格林嗎？他有犯案的動機。」

「可能吧，」我回答，「那爲什麼要來找我幫忙？」

「因爲他需要不在場證明。他要表現出他不知道女兒發生了什麼事的樣子。你覺得他是那種人嗎？」

「我不知道，」我回想起去年他想殺我的時候。唐納文絕對有可能做得到，但他也在等我給他人名。我猜，如果他先拿到了名字，很有可能就殺了庫柏・萊利，驚慌之下跑來找我，開始捏造一個讓他脫罪的故事。我想到他臉上的表情，冷酷絕情地要做掉傷害艾瑪的人。不，他不知道誰綁走了他女兒。我很確定。「唐納文・格林不會殺掉唯一知道艾瑪所在的人。」

「或許在他逼供下說出來了。」

「放火的不是他。」

「他可能找人放火。」

「那為什麼要開著艾瑪的車到處跑？」

他不知道該怎麼回答。

「你找到了兩次火災的關聯嗎？」我問。

「庫柏．萊利和潘蜜拉．丁斯可能有某種關係，不過純屬臆測。」

「要說來聽聽嗎？」

「聽著，泰特，先說到這裡吧。你該走了。要是別的警探來了，看到你在這裡，會害我被開除。」

「你等一下會打電話給我？」

他點點頭。「我等一下再通知你最新的消息。泰特，幹得好，找到了梅莉莎．X的眞實姓名，」他說。「要是你提供的線索讓我們可以逮捕她，別擔心——獎金很有可能還是你的。」

我看看照片。「我不是為了錢，」我告訴他。

「我知道，但你需要錢。」

我走到外面的走廊上，關上了門。我想到其他在這些走廊上閒晃的女孩，她們好險啊，也有可能成為庫柏的下一個受害者。

還沒走到停車場，唐納文．格林又打來了。藍色的天空已經消失。北方有白色毛茸茸的雲朵，東邊則布滿烏雲，海洋上的雲層和海平線一樣長。溫度一定也下降了幾度。我接起電話，告訴格林最新的消息。我沒有告訴他我看到了他女兒被綁起來的裸照。我不想告訴他我假設他女兒還活著。我不想讓他充滿虛假的希望，然後明天又報告最壞的消息給他。我告訴他我有了進展，找到了新的線索，希望能有更多的消息可以報告。

我開車回家。尖峰時間已到，開了很久才回到家。一進門我就煮了很濃的咖啡，打開電腦上網。雨水開始濺在窗戶上，每幾秒只有兩三滴。我起身關了窗戶，吹進來的微風很暖，感覺很沉重。書房窗外的樹木被風吹得倒向一邊。秋天還沒到就落下的樹葉在草地上逃竄。藍天白雲不見了，全被黑暗取代。大雨落下時，我走進雨中，不只我一個這麼做。鄰居也站在街上，抬頭對著天空，張開雙臂，滿臉微笑。這座城熱到感覺要燒起來了，現在一切都安好。孩子在笑，大家跳起舞來。很純粹的快樂，感染力好強。我也笑了。我讓雨水浸濕我的衣服，四個月來第一次碰到雨，就跟昨晚的日落一樣。我從來沒看過這麼棒的一場雨。閃電出現時，我回到屋子裡，然後雷聲震動了基督城，響到牆壁上的照片都跟著咯咯作響。閃電劃破了夜晚，房子亮了起來，跟照相機的閃光燈一樣。我擦乾了身體，換掉手腳上的繃帶，然後坐到電腦前。

我搜尋跟娜塔莉·福勞爾斯有關的文章。她被報失蹤快滿三年了，但是警方沒有展開調查。根據網路上說，娜塔莉清空了銀行帳戶，打包所有的衣服，搬出了公寓，她告訴室友她要去別的地方。沒有可疑的情境。報案的是她爸媽，他們在媒體上懇求女兒回家。

再回推八年，娜塔莉的妹妹梅莉莎·福勞爾斯被警察姦殺。梅莉莎·福勞爾斯那時十三歲，有人認爲十三不祥，對她來說確實如此。我還記得那個案子。我不認識那名警官，但事件發生後我對他瞭若指掌。不需要調查，因爲犯案後一個小時他就認罪了，他寫了認罪的字條後，開槍自殺，就死在那名年輕女孩的赤裸身體旁邊。字條上寫了他很抱歉，他敘述了事情的經過，但沒說理由。立刻變成全國的大新聞。我想到庫柏・萊利那天晚上的經歷，娜塔莉・福勞爾斯死了，梅莉莎・X出現。她離開舊有的生活，展開全新的生活。有可能她氣壞了，也有可能她心中的興奮之情熊熊燃起，她需要更多的刺激。三年後她會謀殺卡爾霍恩，過程還被基督城屠夫拍下來，她也會繼續殺人。或許當庫柏襲擊娜塔莉的時候，在她妹妹死後便瀕臨瓦解的東西終於炸裂了。她再也不是娜塔莉。她變成了梅莉莎，梅莉莎要報復那名警官做過的事情。娜塔莉殺的人除了都穿著制服，還有什麼共同點？這些人是否讓她想起謀殺妹妹的那個人？

我讀完了跟兩人有關的文章，找不到答案。所以我就開始尋找庫柏・萊利和丁斯護士之間有什麼關係，什麼也沒找到，就聽到敲門聲。素描師來了。我們坐在餐桌旁，他開始畫畫，我一直想著庫柏・萊利和潘蜜拉・丁斯。兩人究竟會有什麼關聯？但我一直想不到。

24

不像他告訴亞德里安的話，庫柏·萊利其實沒殺掉六個人，不過和實際數字比起來，六個比較好聽——事實上只有一個，但重點不是事實，而是要逃離一個完全活在想像中的人。技術上來說，只殺了一個人並不能給他連續殺人犯的頭銜，不過第二個已經綁好等他下刀了，所以從這個角度來說，一開始告訴亞德里安他不是連續殺人犯時並沒有說謊。他想現在他可以冠上這個頭銜了，因爲他的殺人紀錄要多添一筆。

他眞的很想幫那個救了他的女孩，但照相機不見了，可能在警方手中，他們可能已經看到了艾瑪·格林的照片，可能搜過了他的辦公室，也找到了珍·帝隆的照片。他得先明白發生了什麼事才能去報警，如果他帶著女孩離開這裡，要先查出警察知不知道他殺了人，接著要怎麼才能讓她閉嘴呢？他們一逃走，她就會找人幫忙。很可惜，但他不能把她帶走，太危險了。

刀刃深深插入女孩的腹部。她睜大了眼睛，他從她的眼睛裡看到形形色色的思緒，第一個就是後悔，後悔幫他開門。她不再掙扎了。血從刀上滾滾流下，流在手上暖暖的，把刀插進去的時候他也割傷了自己，他的手一滑，刀鋒就在虎口上割了一道。他放開刀子，改了個角度。刀柄滑滑的。

還有七分鐘。

他用全身的力氣壓住她，把她壓在牆上。她雙眼含淚，臉孔發紅。她輸了這場她再也沒有力氣奮鬥的仗。他用另一隻手捏住她的鼻子，同時把吸管壓進了手掌裡。她的眼睛瞪得更大，臉更紅了，脖子和額頭上都冒出了青筋。他眞覺得她的眼球快要蹦出來了。他很想看看眼球跳出來的樣子，但同時他也很怕會嚇到自己。她鼻子裡發出響亮的卡噠聲，然後她的嘴巴開了，撕裂了嘴唇，浮著膠的皮膚跟小樹葉一樣掛在嘴唇上，吸管像根菸吊在下唇，血液濺滿了她的下巴。她大聲吸氣，但是空氣還沒進到肺裡，他就轉動了刀子，吸進去的空氣立刻噴洩而出。

他希望能趕快完事，卻拖了半天。她不能說話，眼神卻在責問他。

「因爲我就是這種人，」他說，然後他覺得，還需要繼續說下去。「我很抱歉，」他補了一句，覺得這句是眞心話。

她的眼睛往後翻，倒在地上。跟另外一個女孩的死法不一樣。這種比較有樂趣，他也期待好久了。沒有肉慾的感覺，他挺想念性愛，但他依然樂在其中。他離開後，之前那個女孩死了。她放棄了。他忍不住想，不知道同行會說什麼，除了殺人犯外，還有那些一起研究的人。他的需求強烈到讓他殺死了放走他，還有可能幫他逃走的女人，他們會怎麼說？他應該因此比其他殺人犯更高一級了吧。他太優秀了。如果可以說出去，他會說不只是需求，也跟語意有關。他不能把她帶走。他必須殺了亞德里安。撇開照相機不談，他個人的生活必須保持私密——有人提到他是連續殺人犯的話，警方就會深入調查，他就完蛋了，他或許留在地下室還比較好，起碼比眞正的監獄安全。

他低頭看看女孩。她的手臂內側有刺青，手肘內側有針孔。他覺得她看起來像個妓女，她的身體已經被幾百個男人的慾求和怒氣污染了。她的血濺了幾滴到他臉上。他把血漬擦在手臂上。

他的襯衫上布滿了深紅色的血塊。惱怒之下他扯開了濕濕的衣服，一放手又黏回肚子上。血已經變冷了。他看看手上的傷口。天啊，那麼多血跑到傷口裡——幹，他得洗個澡。按著目前的進展，他會逃出去，回到原來的生活，卻發現自己變成愛滋病毒或肝炎帶原者，或許他中了大獎，已經得了愛滋病。

他走到樓梯最上面，把虎口塞進嘴裡，用牙齒輕輕咬下，嚐了嚐血的味道。他把血吸出來，然後吐在地上。他把耳朵壓在門上，聽到了古典音樂的聲音。門框上有點自然光，但依然很暗。他把手放在門把上。沒鎖。還有四分鐘。或許不止四分鐘。他慢慢開了門，音樂聲更清楚了。

走廊跟三年前他來過的時候一樣，那時候他想寫一本暢銷大作。有人來了。從一扇門的陰影中走出來。他知道接下來會怎麼樣，也知道自己被騙了，被一個笨蛋愚弄，還沒來得及採取行動，一股劇痛讓他全身動彈不得，跟石頭一樣掉在地上，他還想動動手腳，但四肢間的迴路都關閉了。他看著亞德里安過來，蹲下來把一塊破布摀在他臉上，他無力抵抗。甜甜的化學味傳來，然後一片黑暗。

25

星期五的早晨，雨還沒下完。冰箱裡有母親準備的新鮮培根和雞蛋，我把培根煎焦了，但雞蛋還好。我覺得好累，昨天晚上素描師走後，我花了三個小時調查潘蜜拉．丁斯和庫柏．萊利的過去，最後只找到一絲很薄弱的連結，一所廢棄的精神病院。我打開手機，檢查訊息。有三通，兩通來自唐納文．格林，一通來自施羅德。施羅德說火場沒有屍體，消防隊認為兩場火的手法都一樣。施羅德也說，他拿不到搜查令去調閱庫柏．萊利三年前的病歷，因為病歷向來是最難到手的資料。

從外面的雲層看來，大概很難想像熱浪剛襲擊過我們。雨水從屋簷落到花園裡，路上積滿了水，湧向被樹葉堵塞的排水口。我想先去探望我的妻子，我想握著她的手，遠離這世界一個小時，但是不可能，很奇怪地我也覺得OK。不去探望妻子，我也不覺得內疚，但不覺得難過就讓我感到內疚了。

我打開電視，在客廳裡邊吃早餐邊看晨間新聞。艾瑪．格林失蹤案終於有新聞價值了。她的報導延續了十分鐘，也提到了在記憶卡上出現的珍．帝隆，失蹤了五個月，恰好是基督城屠夫被逮捕的時候。昨晚我也在網上搜尋她，讀了她失蹤時的相關文章。她的新聞報了兩個星期後沒有下文，現在才再度被提起。

素描師畫出成像了。問題是收集太多人的意見了，並非所有的細節都來自我的描述，還有其他的目擊證人；吸大麻的傢伙，跟附近加油站的女人，那個人去那裡裝了兩罐汽油。縱火犯畫像的明暗和皺眉讓他看起來像殺人犯，但這名殺人犯看起來很像我家隔壁的鄰居，跟其他人隔壁的鄰居。給觀眾看過素描後，他們播了加油站提供的畫面，有個人從艾瑪．格林的車上下來，付錢買汽油。但加油站的畫面太模糊了，就跟拍到大腳怪的影片一樣，不過從畫面上可以看出把庫柏．萊利帶走的人應該有多高多重。

我洗了盤子，又回到客廳。新聞結束了，開始播早餐節目。一名四十多歲的女人穿成二十幾歲的樣子，坐在鮮紅色的沙發上，姿態輕鬆，一隻手放在沙發背上，她對面另一張鮮紅色的沙發則坐了一個穿條紋西裝的男人，擦了髮蠟的頭髮全往後梳，牙齒白到一定用了什麼超自然的元素。男人叫強納斯．瓊斯，我還在警隊的時候常常碰到他。他是個靈媒，常到警察局打探消息，捏造出他所謂的合調心靈解讀。你知道這個國家有問題了，爲強納斯．瓊斯打造的節目居然也能得到核准——這是一個靈媒實境節目，像瓊斯這樣的靈媒會上電視解決罪案。他們的洞察從來沒幫警方逮捕犯人。他們喜歡拿著受害者的衣物或小狗，他們喜歡坐在點了幾根蠟燭的幽暗房間裡，閉上眼睛，頭稍稍歪著，皺起眉頭，連結另一個層次的意識，然後滔滔不絕地說出預言，賣力表演，從不管他們會傷害誰，每個人都跟磚頭一樣能通靈。強納斯．瓊斯這樣搞，也賺了不少錢。他寫了一本書，然後又出了一本，不知道爲什麼還挺暢銷的，讀者都不在乎他剝削了眞正的受害者和他們的傷痛，利用死於惡人手中的可憐人來獲利。作者自傳裡可沒提到十年前強納斯．瓊斯是個二手車商，被控性騷擾兩次後他宣告破產。

我放大了音量。

「……警方的能力有限，所以像我這樣具有技能的人才需要出面，」他說。

「我先說，我很喜歡這個節目，看到你的能力，我都起雞皮疙瘩了，」她說，「我特別喜歡你的新書，」她補了一句，身體往前傾，又把頭髮往後撥，看他的眼神就像一個餓鬼看到了披薩。

「謝謝妳，蘿拉，妳的評語讓我聽了眞高興，」他的牙齒對她閃了閃。「書已經出版了，從我的網站購買，可以打九折，買兩本的話可以打八折。蘿拉，妳應該早就知道了，拿來送人也不錯。」

「眞的，強納斯。如果我有男朋友或老公的話，我一定會買一本送他，」不需要是靈媒，也看得出她在對他放電。「眞的很值得一讀，」我翻翻白眼，要拿遙控器換台，還是拿個嘔吐袋？搖擺不定間，她又對強納斯起了另一個話題，很有趣。「好，在節目開始前，你告訴我，你知道艾瑪．格林怎麼了，那個剛在基督城失蹤的年輕女孩。」

「是的，是的，我不得不說，很令人難過呢。」

好吧，只有這一點算他沒說錯。

「基督城現在因爲這種事情而愈來愈有名了，」她告訴他。「事實上，警方都說基督城現在是『罪惡城』。」

「這麼說當然有理，」他說，看來他又說對了一件事。連續兩分，看來我該聽聽他的高見。

「艾瑪失蹤一案，你有什麼想法嗎？」

艾瑪．格林的影像出現在背景的大螢幕上。她臉上帶著微笑，兩側有其他人的手臂和肩膀，照片裡的家人朋友都被剪掉了。照片看起來很新。她後面綠綠的，不知道是樹木還是小樹叢。

「不是失蹤，」他說，「她被綁架了。」

「你覺得她還活著嗎？」

強納斯神色憂鬱，卻還能露出牙齒。還在賣二手車的時候，他一定在鏡子前練習過這個表情，告訴顧客車子剛買來幫浦就壞了，他也無能為力。他跟主持人中間的小咖啡桌上站了一排他的新書，後面有一束花，安排得眞好。

「很可惜，答案是否定的。」他在玩弄百分比，靈媒都這樣。讀了相關資料後，決定遵循統計數字。年輕女孩在基督城失蹤了，統計數字說她被綁架了。死了。強納斯．瓊斯之類的混帳就出來用這些數字促銷新書。另一個層次的意識跟這些合調的解讀都跟他的銀行存款數字有關係。不等他再說一個字，我就關了電視。

我又坐到電腦前，重讀我昨天找到的資料。潘蜜拉．丁斯五十八歲，過去三年來都在基督城公共醫院工作。在那之前，她在格羅弗丘工作了二十五年，這座精神病院位於基督城的郊外，於第一次大戰期間成立。生意人約書亞．格羅弗靠進口挖礦設備賺了一大筆錢，當時有很多人到南島淘金。格羅弗有三個兒子，老大在十九歲的時候殺了一名男同學。問題在於格羅弗的兒子只有五歲男孩的智商。當時的司法系統沒有同情的餘地，格羅弗奮鬥了很久，想讓兒子活命，卻還是失敗了，變成有錢人以來，格羅弗第一次發現有些東西用錢也買不到。他只能想辦法改變。兒子上了絞刑台，過了幾個月，他發起請願，終於贏得建造精神病院的權利，可以收容像他兒子那樣的人。他得到權利的條件是精神病院必須蓋在城外，把精神有問題的人都藏在那裡。過了幾年，愈來愈多的精神病院成立了，生意都很好，不過到了近幾年開始一間一間關閉，成本太高，營運的資金被市議會挪作他用，拿去種樹鋪路和資源回收，用來解決青少年的飲酒問題，而不是把危險的精神病患者關起來。患者被丟到路邊，要他們想辦法照顧自己，很多人無處可去，他們都收到了指示，不論如何一定要繼續吃藥。他們回到了人群中，再殺人的話就有可能入獄，不過當然太遲了，已經有人死了。

潘蜜拉．丁斯奉獻了二十五年來照顧這些人，三年前格羅弗丘關閉了，掛上了停止營業的牌子。

庫柏．萊利研究連續殺人犯和謀殺犯快三十年了。除了心理學，他在坎特伯雷大學教導犯罪學也有十五年的歷史。他提到的一些案件就在基督城。他研究過瘋掉的人，而潘蜜拉．丁斯負責照顧瘋子。

今天早上的關聯跟昨晚一樣薄弱——不過也只有這麼一點點。我打電話給艾瑪．格林的男朋友，告訴他我沒有艾瑪的消息，然後問他是否聽過格羅弗丘的事情。

「比方說？」

「你知道這個地方嗎？」

「知道，幾年前倒了，對不對？」

「對。萊利教授提過這個地方嗎？」

「不太確定。我覺得如果你讀完心理學要繼續上犯罪學，才會聽他提到。」

「去年的班級去過校外教學嗎？類似的活動呢？」

「我覺得沒有，」他說，我也不確定。誰會去精神病院校外教學？「他失蹤了，對不對？萊利教授？有人把他帶走了，還燒了他的房子。」

「對。」

「跟艾瑪有關係嗎？」

「有。」

「他殺了艾瑪？」

我想到了照片，赤裸裸的艾瑪．格林被綁在椅子上，可是還活著。「你確定他沒提過格羅弗丘？」

「我才剛開始上他的課，只上了兩個星期，我們只有上心理學入門，不是犯罪學。你應該問其他的講師或以前的學生，不然看他的書好了。」

「他的書？」

「是啊。聽說萊利教授要把基督城的殺人犯寫成書。你知道的，很瘋狂的那種，心理變態和連續殺人犯。他是那方面的專家。要是真的，他應該會寫那些最後被送去格羅弗丘的人。」

「哪裡可以買到？」

「你是說眞有這本書嗎？問題就在這裡了。他一直沒出版，有些學生會開他的玩笑。萊利教授總裝成一副萬事通的樣子，卻找不到願意簽約的出版商。我們覺得那表示他也有不知道的東西。」

「你知道有誰看過那本書嗎？」

「不知道，但是我也不知道他是不是眞的寫出來了。或許就像都會傳說一樣，其實沒有。不過如果他寫了，應該會在他的電腦上吧，對不對？」

「對，」我想到他家的電腦已經變成一團塑膠了。

掛了電話後，我打給施羅德。響了五、六聲後他才接起來。

「聽我說，泰特，我很高興你打來了，」他說。「我想了很久，看目前的情況，你最好讓我來處理。我知道你想找回艾瑪・格林，但也要幫壞人定罪。你在外面跑來跑去，可能會壞了我們的計畫。」

「我以爲你會把我當成自己人。」

「沒那麼簡單，泰特。」

「娜塔莉・福勞爾斯呢？你找過她爸媽了嗎？」

他嘆口氣，我覺得他要掛電話了，沒想到他繼續說下去。「我們跟她母親談過了。娜塔莉失蹤後一個月，她父親就死了。母親說他是心碎而死。她說如果娜塔莉沒有發生不測，她一定會去父親的喪禮，但她沒出現。你記得梅莉莎・福勞爾斯的案子嗎？」

「記得很清楚。」

「就是啊。那個家就這麼毀了，娜塔莉不見了以後，你也猜得出來吧。我們給她看了梅莉莎・X的照片。她說很像她女兒，但不是同一個人。去年她在報紙上看到照片後就有同樣的想法。我覺得她一時無法接受女兒會做壞事的消息，所以她看到照片也只覺得自己看到了一個陌生人。泰特，聽我說，如果我們用你的方法，或許我們會找到那個人，會找到庫柏，但他們卻無罪開釋，因爲辯護律師會指出前科犯污染了犯罪現場。讓你放手去幹，我也要失業了，那我就幫不到其他失蹤的人了。」

「我查到的關聯……」

「天啊，泰特，別管了。」

「我想幫你。」

「你才不想幫我。你只想到自己。你覺得要對艾瑪．格林負責，可是她不是你的責任。」

「我……」

「我要掛了，泰特。這是爲你好。」

我開始在書房裡踱步，放鬆一下膝蓋。還是很腫，但沒有昨天那麼緊。雨慢慢停了，路邊的水溝也不再氾濫成災。遠處出現了幾片藍天。我明白施羅德的意思，但我想救艾瑪．格林的性命，管不了他了。我只看眼前，他還要看未來。我只想救回一個女孩，他想要救回未來所有會被綁架的女孩。

庫柏．萊利的書應該有副本。如果他用家裡的電腦寫，現在也已經毀了，但萊利應該會存備份。或許藏在貼在檔案櫃背後的隨身碟裡。更有可能就在辦公室的電腦上。

我站到外面，一陣暖風夾雜著雨滴，從樹上吹到我臉上。等我到了大學，天上的烏雲都消失了，東方的天空有點灰，但西方的天空卻很藍，太陽照亮了一半的城市。停車場裡的車子比昨天多，學校裡的人也變多了。大家似乎都比前幾天更清醒。不過他們可能維持不了多久，因爲天氣愈來愈悶熱了。我這輩子記得基督城超過三十八度的日子不到十次。在正常的夏天，大概有十天會到三十二度，氣候異常的話也就出現一次。上星期都超過四十度了，我覺得今天也不會有明顯的不同。

我把車子停在白樺樹的樹蔭下，窗戶留了一條小縫，免得高溫造成的壓力在車頂上打出洞來。心理系外停了一台巡邏車。我穿過雙開門，前面的牌子寫著心理系卸貨區。或許他們把瘋子在這裡卸貨到演講廳裡給學生做練習。我上了樓，經過庫柏的辦公室卻沒停下腳步，對外面駐守的兩名警員點點頭。離開了走廊後，我打電話給唐納文．格林。屋頂上鴿子的聲音從通風孔傳過來，很吵，我得用手指堵住另一個耳朵。

「我聽說照片的事了，」他說。「但警方不肯給我看。」

「不要看比較好。」

「是你找到的嗎？」

「是。」

「但你沒打電話告訴我。」

「我現在打了。」

「我們說好了，記得嗎？你要先報告給我，而不是報給警察。」

「那只會讓艾瑪的處境更危險。」

「起碼她還活著。我說過了，她會活下去。」

「我覺得庫柏．萊利被綁了，或許救了她一命，」我告訴他，「不過情況還不明朗。」

我在心理系來回走了幾趟，找到伺服器機房。裡面有很多電腦，都連在一起。我聽到風扇跟空調運作的聲音，要讓機房保持涼爽。裡面有個人，蒼白到一定不知道外面有熱浪，因爲他大概十三歲後就沒曬過太陽了。他現在應該二十歲了吧，頭髮亂糟糟，鬢腳很長，我看著他，盤算著我們需要多少錢。我猜我身上的錢應該不夠。

「現在該怎麼辦？」格林問。

「我有個線索，不過我需要現金。」

「多少錢？」

「五千塊。希望能便宜點。」

「拿來做什麼？」

「你來了我再解釋，」我告訴他我的所在，掛了電話等他來。

26

亞德里安養成了固定的習慣。離開格丘的那三年，他很想念這個地方，但他眞的不明白，因爲待在這裡的二十年間，他痛恨每一分每一秒。跟其他人一起被驅離的時候，他們去了中途之家，學習融入社會，有些人很成功，有些人不怎麼成功，有些人自殺，有些人無家可歸在街上等死。他們拿到了銀行帳號和傷病給付，政府每個星期付一個人兩百元，但不關心他們最後會怎麼樣。住進了中途之家後，亞德里安第一次體驗到夢魘，那個地方跟他家很像，但是破破爛爛，是木頭造的，負責經營的人自稱傳教士。中途之家不到格羅弗丘的四分之一大，只有一間廚房和兩間所有人一起用的廁所，他的室友跟他同齡，但坐著輪椅，他原本住的機構也關閉了。住在一起的時候，那個人一個字也沒對他說過，亞德里安恨死他了，但當他知道他的舌頭被咬斷了，才會如此沉默，恨意也消失了。亞德里安不知道那人咬掉了自己的舌頭，還是被人咬斷了，不論如何，一想到他就覺得頸背上的肌肉收緊，胃也往下一沉。那人最吵的時候大概是五個月前，他被雞骨頭噎死了，臉上的血色消失，在眼睛下留下了黑眼圈。中途之家總有食物的臭味，地毯濕濕的，公用的臥室比他在這裡的房間還小。浴室裡的窗台已經腐朽，天花板也快要掉下來，如果你用臉靠著牆，會被一片片的乾油漆割破。他很討厭那個地方。他母親雖然說了會來看他，卻從來不來探訪。

二十三年前亞德里安離家後，親生母親就再也沒來看過他，自從他殺了那些貓以後。他有兩個母親，一個在他十六歲的時候拋棄他，一個則在三年前失去家園時拋棄他。兩個都是冷酷無情的女人。兩人都丟下他，讓他獨立謀生。兩個母親都讓他十分不齒，卻又全心深愛。親生母親八年前過世了。沒有人告訴他，等他離開精神病院後才知道。他不知道她死前是否仍跟他童年回憶中的母親一樣。他甚至不知道自己的記憶是否屬實，呈現了眞實的母子關係，還是已經褪色，隨著時間過去也變得扭曲。知道她不在了，他覺得很難過。他都計畫好了——回家一趟，敲敲門，母親會擁抱他，一切恢復正常。只是家已經不在了，但敲門的時候仍有家的感覺，可是開門的卻是陌生人。陌生人是五十多歲的男人，他幾年前買了這棟房子，對亞德里安和他的母親一無所知，但隔壁的鄰居還在。所以他從鄰居那兒得知母親過世的消息，他崩潰大哭，老太太盡其所能安慰他。母親死於腦部栓塞。他不知道那是什麼，也不知道是什麼引起的，但聽說栓塞基本上就是腦袋裡的定時炸彈，隨時可能引爆。母親在超市排隊的時候突然發病。最後看到的東西便是結帳走道。這一秒還活著，下一秒就死了。

他去墓地看她。他花了一個多小時從城裡走到墓地。朱立安神父幫他找到了墳墓，陪他站在墓前，回答有關上帝的問題，也承諾如果他還有其他問題可以隨時回去問。亞德里安對上帝沒有什麼看法。經營中途之家的傳教士想說服亞德里安相信，最好能有上帝長伴左右，但亞德里安早知道上帝不是他這一國的，不然那些年前他就不會在醫院裡昏迷不醒。幾個月前，亞德里安又去掃墓，才發現上帝也沒有站在朱立安神父身旁，雖然盡心禱告侍奉，朱立安神父還是被謀殺了。亞德里安向來不了解諷刺的意思，但他想那就是諷刺吧。新的神父來接班，就像新的母親接替了親生母親的位置。

第二個母親的名字叫潘蜜拉，他第一天住進這裡的時候就認識她了。他不知道她什麼時候脫離了護士的角色，變得更像他的母親，但他猜測那是因爲他還很年輕，庫柏也會有同樣的猜測吧。她堅持他要叫她丁斯護士，絕對不能叫她潘蜜拉，有幾次他不小心叫了聲媽，就被鎖進了地下室，每次都關一天一夜。這些年來她對他一點也不殘酷，只是很嚴格，有時候她不得不揍他，等兩人年紀大了，揍他或約束他的人就換成勤務員，他知道那是爲他好。他不喜歡受罰，但只有虐待才能解決他的問題，讓他改進，他們花在要他改進上的時間可少不了。她從沒把他當成兒子，他也無法原諒她從不到中途之家看他。過了這麼多年，她還是裝出她一點也不在乎的樣子。

他恨死了中途之家和住在那裡的三年……三年太長了。他想要回來。問題是回不來。他不能去醫院等潘蜜拉．丁斯，他躲在對面的停車大樓裡，有時候躲在對面公園的樹蔭裡，偷看她，一直想找機會靠近，卻又緊張到不敢行動。

有一天，一切都改變了。

亞德里安學會了開車。

第一次坐在方向盤後，他目瞪口呆，但很快地驚恐就轉成緊張，然後變成興奮。他的教練李奇開車的經驗也不算豐富，但他知道的當然比亞德里安多。李奇比他年長二十歲，在格丘關閉前五年就搬出去了。李奇做的事有很多亞德里安從來沒體驗過——他結過婚，有小孩，同一份工作做了十五年，一直在教人彈吉他。他也想過要教亞德里安，但吉他有五條弦，太難分清楚了。不過他還是教會他開車了。說到底，開車是他這輩子最有趣的體驗。學的時候他們笑聲連連，幾叢灌木跟信箱也慘死輪底，但他從來沒有如此平靜的感受，好友教他踩煞車和轉方向盤，教他換檔的藝術，一開始時一定要很精確，犯錯的話車子就會熄火。他甚至也學了怎麼加油和怎麼幫輪胎打氣。

學會開車後，他自由多了。有了自由，愛做什麼都可以，想去哪裡就去哪裡，開展了全新的世界。他可以去格羅弗丘，去找欺負過他的人，進入全新的生活，他最想要的新生活就跟他原來的生活一樣——但要去掉雙胞胎。

所以計畫就是這樣。他可以回去格丘住，丁斯護士會照顧他。他只要確定雙胞胎不在那裡整他就好。

格丘關閉前幾年，雙胞胎離開了。要找出他們住在哪裡並不難。上星期他在他們家門口現身，好讚喔，也是他第一次動手殺人。哇，他有夠緊張的。緊張到差點把鎚子掉在地上。他做到了，把他們兩人活活打死，然後開走他們的車。反正他們也不需要車子了。

他想住在這裡，既然雙胞胎死了，他希望格羅弗丘能回到從前的模樣，他也要丁斯護士來跟他住在一起。

可是她不肯。

他把他的東西都搬來了，但一下子就覺得好寂寞。他最好的朋友有了女朋友，他們的友誼被他的戀愛推到冷板凳上。亞德里安好嫉妒，同時也很爲他們高興，但還沒有高興到要他們搬來。他希望情況能不一樣就好了。回到這裡後，他可以清楚回想起快樂的時光，好多快樂的時光。他記得一些住進來的殺人犯，年輕男女，不太明白自己幹了什麼，或假裝自己不知道，但有時候，他們會在半夜把經過一五一十告訴他，他們的故事就這麼活了起來，他透過他們的眼睛看到所有的細節，讓他覺得既噁心又興奮。有些故事太生動了，生動到他都想把那些回憶佔爲己有。

聽完故事後，他會回房間畫漫畫。他愈畫愈好了。不論他聽到的故事是什麼，他都會畫出場景。他會假想自己是殺人犯，想像自己揮著斧頭或握著刀子，他筆下的受害者一定是多年前傷害他的那八個男生。畫他們的時候，他可以感覺到自己要把他們殺了，眞棒。但後來勤務員跟護士發現了他收集的漫畫，每次一發現就毀掉，同時把他送進尖叫室。他再也拿不到紙筆，不過總有方法拿到手，然後他就重畫出新的故事，被發現後又要從頭來過。

離開格丘進入中途之家後，給他靈感的人都不在了。再也畫不出來。他發現形狀都畫錯了，陰影不對，臉孔的細節消失了。那些人物自己都不想出現。努力了六個月後，他放棄了。逐漸淡忘，就跟那些說故事的人一樣從他的生命中消失。

他有漫畫書，但書不一樣。多年來那些人來來去去，也聽過他的故事，他們讓格丘給他家的感覺。故事，就是要講給人聽。

庫柏以前常來這裡問問題，他記得所有跟庫柏．萊利有關的事情。一開始他有點嫉妒，因爲庫柏偷走了原本屬於他的故事，但那種想法當然很蠢，後來他也明白了。格丘還在的最後一年，庫柏每個星期來一次，訪問幾個因殺人而入院的病患。亞德里安被他的做法迷住了，迫不及待想讀庫柏的書，也希望裡面附了圖片。格丘關閉後，亞德里安去找過那本書，但沒找到。書店的人都沒聽過這本書，表示庫柏還沒寫完。

上星期他去查了庫柏．萊利的資料。他是坎特伯雷大學的教授，除了教心理學，也教犯罪學。亞德里安開始跟蹤他。他心想——那些說故事的人都離開了，再也不能當他的朋友，那他可以擁有那個把故事記錄下來的人，那個人除了保管故事，也可以說故事。

不過庫柏還有其他的身分。

幾天前，他發現庫柏也有故事，跟蹤他的時候，亞德里安看到庫柏在咖啡廳後面打倒了那個女人。庫柏把她裝進行李廂裡，然後把車開走。

亞德里安跟了上去。

結束後，亞德里安開車回到停車場。他想要那女人的車。他不知道爲什麼，但他想要擁有那台車。他想要收藏。此外，他要收藏庫柏。他本來開的車子屬於雙胞胎的其中一人。他把車停在幾個街口外，走路回咖啡廳。他很幸運——車鑰匙就在地上。一開始只是想想，現在卻一定要擁有了。他會把庫柏帶回格羅弗丘。他要把他放在尖叫室裡，過了一陣子以後庫柏會信任他，跟他當朋友，告訴他一個又一個故事。

他知道留著庫柏可不簡單。他存了一點錢，也繼續領傷病補助。政府會給他錢，他不用工作，只需要每六個月去看一次醫生，告訴醫生他依然持續服藥就好了，就算他沒吃藥也一樣。他知道進了尖叫室，教授會覺得很無聊，要克服無聊，就送人給他殺。所以他從咖啡廳開著新車進城，幾個月前，城裡還滿是耶誕燈飾的時候，那個女人在這個街角拒絕了他。那時候再一個星期就耶誕節了，他幾個月前就想好要什麼，他想要花一點錢，跟街角那個女人在一起，因爲她讓他想起改變他一生的那個女孩。去年他看過她很多次，每次她都比上一次更像凱蒂，最後他相信了，那就是凱蒂。他應該知道她不是凱蒂——畢竟，凱蒂跟他同齡，街角的女孩不會超過二十歲。想起從前的事，他仍覺得很難過，難堪到無法吐露實情。他走過去，問她每次收費多少，她講了各種收費標準，他全都聽不懂。

他們走進一條巷子，還不到二十秒。她上下打量他，要他先付錢，他也給了。然後她拉開了他的褲鍊。他從來沒碰過女人，不知道該怎麼辦，不過她看起來懂得很多。

「別害羞，」她說，但他很害羞，心臟咚咚亂跳，緊張到要吐了都來不及警告她，他張開了嘴巴，嘔吐物傾瀉而出，打在她的胸口中央。

「啊，可惡，你該死的變態，」她尖叫起來，從他前面跳開。

「凱蒂，對不起。」

蹲在地上用手掃開胸前穢物的她抬起頭來。「你說什麼？」

「我說對不起。」

「你叫我凱蒂。」

「我不是故意的。」

「你身上有多少錢？」

「沒錢了。」

她往前踏了一步，戳戳他的胸口。他怕了。「多少？」

「我……我不知道，」他已經給了她六十塊。他拉出皮夾，立刻被她一把拿走。她拿出裡面所有的現金，把皮夾丟回給他。

「乾洗費，」她說，「不要再讓我看到你。」

但他又去看她了，有時候連續幾個晚上，但他不敢再靠近她。

一直到這個星期。她沒把他認出來。不知道該怎麼形容，她似乎溫柔多了，他懷疑她嗑了藥。而且他有車——上次還沒有。她心甘情願上了車，他用電擊槍弄昏她，把車開到半條街外的小巷裡。或許該用布摀住她的臉就好，但擊昏她就不怕她掙扎了。電擊槍就是用在庫柏身上那支，她也一樣軟趴趴倒下，不過她倒在副駕駛座上。

電擊槍是從雙胞胎那裡拿來的，還有補充卡匣，一共十二個，表示他可以電擊十二個人，如果一個人要電一次以上，可以電昏的人就變少了。他也找到他們有時候用在他身上的化學物。他們會浸濕了布，摀住他的臉，讓他睡著。他應該收集雙胞胎，聽他們的故事，不過他實在恨死他們了。他想把女人關進有軟墊的房間裡，最後決定把她用繩子綁在床上。臥房比較通風，他覺得會比較舒適。他用了繩子跟膠水，她幾乎沒醒過來。

之後他又出門了。會開車實在太棒了。有車後生活也改變了。他開車去醫院，在外面等。跟著第二個母親回家。他需要她幫忙照顧他收藏的這些人。她說他是變態，就跟街上那女孩的話一樣，只是這次她沒有勤務員撐腰了。他對著她撲上去。她說她要叫警察，把他抓去坐牢，她以前做過的事跟監獄裡一比都不算什麼。他又猛撲上去，他把她揍了一頓以後綁在床上，然後出去買了一罐汽油。

那天晚上他睡在她家的沙發上，早上五點起來，把所有找到的食物都裝到車上。他拿了幾件她的洋裝，準備給要送給庫柏的女孩，向母親道別，然後放火燒死她。

這表示，他什麼都得自己來了。他可以做得到。畢竟，在中途之家住了三年，證明他有能力，看看他學到了什麼——他學會了開車、烹飪、把自己弄乾淨、去城裡買食物跟衣服。回到格丘一個星期了，每天早上他都坐在前面的木頭平台上曬太陽，有時候只曬幾分鐘，有時候曬一整天。今天早上不太一樣，因爲下雨了，但雨已經下完了。他喝著柳橙汁，想著庫柏，想到昨晚說到要殺那女人時兩人建立的情感。暴力跟……跟ㄑㄧㄥˊㄐㄧㄥˋ（情境）有關，書上都這麼說。那就是爲什麼罪犯進了監獄會變成模範受刑人——沒有女人可以強姦，沒有人可以殺。他知道情境改變了，庫柏的態度也會改變。他在書上看到的。

亞德里安也覺得受背叛了。他知道女人會把庫柏放出來，接下來庫柏的做法就會衝擊他們的關係。如果他想逃，表示他其實一點也不喜歡亞德里安，他說的一切都是謊話。殺人讓他們更親近，但背叛讓他們更疏遠。他猜，那表示他跟一開始一樣，毫無進展。

他吃完了早餐，但不想下樓。他收拾了昨晚的殘局。他把屍體包在舊毛毯裡，把她帶到後面跟其他人埋在一起。他現在不想面對庫柏。惱怒的感覺還在。不論如何，今天早上他計畫好要做其他的事情——要挖土，或許也要擴充收藏。

27

從上次見到他，唐納文．格林似乎就沒睡過覺，也沒有換衣服。頭髮亂七八糟，雙眼發紅，一直左顧右盼，好像有人在跟蹤他。看起來他躲在酒吧裡狂喝了十二個小時，現在才爬出來。

「錢給你，」他遞給我一個信封。想找回女兒，要花多少錢都無所謂。「有什麼線索？」

「庫柏．萊利寫了一本書，」我告訴他。「裡面寫的東西或許有用。」

「一本書要五千塊？」

「這本要。我等一下再打電話給你。」

他似乎聽不進去，想要在旁邊監督我，最後還是緩緩點了點頭。他已經傷心欲絕，如果情況不如他所願，他緊緊抓住的希望就會害死他。

「素描已經上新聞了，」我說，「看過那個人嗎？」

「看起來像首相。」

「警察給艾瑪的室友和朋友看過素描了嗎？」

「有一個人覺得像他堂兄賴瑞。我說過了，她還活著，相片就是證明，」他說。「我知道，你覺得在那兩張相片拍完後，情況可能又變了，但沒有變化。她還活著，我能感覺到，」我真心希望他能感覺得到。「她很堅強，」他告訴我。「你也知道。你撞到她，她也挺過來了，現在這個難關她也能度過。她可以說服壞人放走她。」

希望可以。希望她能開口就好了。

「我太太希拉蕊，」他說，「總是比我堅強。去年你撞傷艾瑪，她不屈不撓。我倒承受不住。但是天啊，這次她崩潰了。她只能坐在艾瑪以前住的房間裡，握著艾瑪搬出去時沒帶走的衣服。希拉蕊是我認識最堅強的女人，但這次……要是艾瑪不能活著回來，」他說，「她……她……我不知道。我眞的不知道，」他搖搖頭。「只要……只要把她找回來，好嗎？找回還活著的艾瑪。求求你，我求你，把我女兒好好帶回來。」

我想告訴他，那就是我的目標。我想告訴他，他可以告訴他妻子不會有事，因爲或許今天，最晚明天，他們的女兒就會回來了。在他疲憊的臉龐和五官上，我看得出來他要我給他保證，聽我說出口，他就會感覺好多了。

我也差點說出口了。

我點點頭，他明白了我點頭的意思，因爲他也對我點了個頭，轉身離開，我看著他的背影，或許他會回家，或許他會去醫院，或許會去找靈媒強納斯．瓊斯，或許去找神父，因爲他已經絕望到無計可施。

我走回走廊上。嘴巴上提到錢，不如拿錢出來，所以我對著電腦機房門上的窗口秀出兩千塊，敲敲門。我也可以只拿五十塊，結果說不定一樣，但百元鈔票愈多，他愈不可能報警。門鎖著，那人走過來瞪著錢，然後瞪著我，接著目光又回到錢上。他目不轉睛看著鈔票，問：「你想怎麼樣？」

「問幾個問題，」我回答。「跟庫柏．萊利有關。」

「你是記者嗎？」

「拜託，我手上拿的是現金，可不是芭樂票。」

「你到底做什麼的？」

「我想找到庫柏．萊利在哪裡，你感覺很需要多幾塊錢在口袋裡。」

「那是多少錢？」

「兩千塊，」我開始不耐煩了。「只要兩分鐘。你以前在一分鐘內賺過一千塊嗎？」

他打開門。自從出獄後，我還沒進過這麼冷的房間。除了電扇，還有非常冷的冷氣，面板上繫著飄搖的小緞帶。所有的平面上都有LED燈，十幾台開著的電腦螢幕跟頭上嗡嗡作響的日光燈射出強烈的光線。再加上幾百個發出噠噠聲的硬碟，簡直是場科技交響樂。門在我身後關上了。

他仍瞪著鈔票看。

「OK，你要我做什麼？」他問完又說，「你不應該進來，」口氣很不自然，好像在唸手上的提詞卡。

「我在找資料。」

「我不能隨意給……給……這裡是兩千塊？」

「沒錯。我也不想做違法的事，」我信口胡扯。「聽我說，我只需要你幫我找屬於庫柏．萊利的檔案。」

「我以為你只要我回答幾個問題。」

「沒那麼簡單，」我告訴他。

「警察已經要我拿出來了。」

「所以這對你來說也不難。」

「我……我不知道。」

「我想找某個檔案。我要知道他有沒有備份。你看一眼，就給你這疊，」我揮了揮鈔票。

「光看而已？」

「光看而已。」

「OK。OK，感覺不算違法，」他幫自己找了理由，伸出手來。我把錢給他。

他走到一台終端機前，反正昨天已經找過，今天只花了三十秒就叫出需要的資訊。螢幕上出現了一串檔案和資料夾。

「他在寫一本書，」我告訴他。

「什麼樣的書？」

「跟罪犯有關。」

「等等，」他開始捲動檔案。「對，有個文書處理檔案，挺大的，昨天條子已經拷一份去了。我看看，」他按了兩下圖示。原稿的第一頁出現了。「看起來好像是，」他轉過身的時候，我綁了繃帶的手裡已經出現了一千塊。

「幫我印出來，」我說。

「我不知道……」

「沒有人會知道。」

「要是有人追查回來到我頭上……」

「不會的。相信我。不可能有人抓到我印了這本書，庫柏・萊利也不可能抱怨有人把他的書印出來——就算他發現了，反正警方也有一版，遲早都會公開。我只需要比別人先拿到。」

「我不知……」他還是盯著錢看。

「印出來，我就走。」

「不會有人知道？」

「我不會告訴別人。」

他回到電腦前，把手伸進口袋，拿出隨身碟插進去。「印的話就有紀錄，」他說，「而且要印很久。大概三百頁，可能要印十五分鐘。」

他複製了檔案，只花了兩秒，然後把隨身碟給我。我剛要踏出門，又轉身對著他。「還有一件事，」我問。「他上次開這個檔案是什麼時候？」

「我只能告訴你他上次備份這個檔案的時間。他可能在家裡開過，或者在別的地方存了一版。這版上次儲存已經是三年前了。」

三年前。娜塔莉失蹤的時候。庫柏離婚的時候。

車子的儀表板告訴我快十一點了，氣溫是四十一度。北邊有棟房子失火，車流開始回堵。街上幾乎沒有人走來走去。幾條野狗在排水溝裡覓食，水溝都乾了，塞滿了剛丟下去的垃圾。我通過了火場，過幾個路口又堵在車陣中，有兩台計程車撞在一起，司機都沒受傷，各用不同的外語對著彼此吼叫，誰也聽不懂對方在吼什麼。塞了十分鐘，好不容易通過了，路上撒滿了如鑽石般的碎玻璃。

到家後，我開著前門，把書房的窗戶都打開，讓空氣流通。我開了電扇，把隨身碟插進我的電腦裡。我的電腦開機就開了好幾分鐘，比上次更慢，下次還要更慢，內部的元件才十八個月，就變成古董了。我坐到電腦前按摩我的膝蓋，感覺好多了，彎起來也沒早上那麼痛。三百頁要看很久，我只要快速掃掃潘蜜拉．丁斯和庫柏．萊利跟格羅弗丘有什麼關係。我開始列印，前幾頁印出來的時候我就拿起來看。紙張還沒冷下來，我就看出關係了，就在庫柏．萊利的引言裡。萊利去過格羅弗丘。他訪問了那邊的一些罪犯，收集寫書的材料。丁斯護士幫過他。他要做一項研究跟寫這本書，我猜時候到了他會去找出版社，或者找過但被拒絕了。他每個星期都去，丁斯護士負責幫他聯絡患者。印表機吐出更多溫熱的紙張。我撿了起來。看似萊利訪問了至少十多名患者。我想到了兩件事。第一，萊利綁架了娜塔莉．福勞爾斯、殺死珍．帝隆和擄走艾瑪．格林的時間點和訪問罪犯的時間點有什麼關係？第二，之前他從未想過自己會冒出虐殺年輕女性的念頭嗎？還是早就躍躍欲試呢？進行訪問加深了他的慾望，還是有壓抑之效，那就無從得知了。

印了快一百頁。我把紙張在桌上立起來弄整齊，然後拿進客廳。家裡這一頭很悶熱，碳粉匣的味道跟著我穿過走廊，讓房子裡更悶了。我打開對開門，走到露台上。

紙張嘩然落地。達克斯特掛在簷槽上，眼睛半開半闔，昨天牠看起來睡著了，今天牠看起來就是死貓的模樣，有人用鐵絲彎成吊索，把牠勾在屋頂上。

28

他的表情眞値回票價。上次看到同樣的表情，也是二十多年前的事情了。回憶湧上心頭，他心裡暖暖的，好懷念那個時候。他告訴自己，還有更多貓要處理，因爲還有更多對他不好的人。他從籬笆的隙縫中看到泰特把紙張掉在地上，撞到了露台，像副紙牌般滑開了，最上面幾張飛了起來，落在褐色的草地上。泰特對著貓伸出手，亞德里安沒留下來看，反而跑到街上停車的地方，任務差不多完成了，他把車開到街角，向左轉，再左轉，從平行的巷子裡開進了死巷，然後停在泰特家外面。

房子的前門開著，那就簡單多了。他要去敲門，等泰特來應門就電擊他，不過這麼做總是很危險，現在他溜了進去。房子裡只有左邊第一間房間不斷傳出的機械聲，呼——咚，呼——咚。他從口袋裡取出電擊槍。手上的汗讓他差點抓不住槍托。他用電擊槍指著前方，但不敢拿太遠，免得被搶走。藥布在身後的口袋裡，那一小塑膠瓶能讓人睡著的液體也在裡面。

如果情況夠理想，他想從背後電擊泰特。那就容易多了，不過也不必要。不論如何，等泰特昏倒，亞德里安可以把車子倒進車道，再把他弄上車。他倒車的技術不怎麼樣，但也試過很多次，有信心可以再倒一次。他可以把車停在泰特的車子旁邊，因爲車道很寬，然後按開行李廂，把泰特裝進去，開車回格丘。他會把他關進有軟墊牆的房間裡，雖然舒適度不如臥房，但對付泰特這種人還是安全爲上。

事。

泰奧多．泰特——殺人犯和殺人犯獵人——完美的收藏品。他也有故事可以說——好聽的故事。

發出聲音的地方是書房。印表機正在吐出紙張，像要寄出的信封一樣穿過狹縫。已經有不少紙了，地面和書桌上還有更多紙張和照片。他拿起從印表機出來的下一張紙，匆匆看了一下，又從紙盤中拿出其他張來看。

噢，天啊，這不就是庫柏正在寫的書嗎？他認出了幾個名字。就是！眞的！他不敢相信自己的眼睛，興奮到手抖得更厲害了。印表機吐出更多紙張，他一把抓起。泰特怎麼拿到的？為什麼？他掃視書房，彷彿答案就在眼前，但沒看見，這兒的一大堆紙張和照片跟另一個案子有關，他也是最近才看到。泰特除了要找庫柏，也要找殺死制服男的那個女人。

他眞不敢相信他居然運氣這麼好，會來到這裡。臉上的微笑應該好幾個小時都不會消失！

他進了走廊，聽見泰特在講話，心臟在胸膛裡亂撞，笑容也消失了。有兩個人！他退回書房，抱起原稿跟地上散落的紙張，塞進空的資料夾裡。沒辦法全部拿走，也不能等剩下的印完了。庫柏一定會很高興能拿到梅莉莎．X的資料。怎麼能有這種方法逗他開心啊！他覺得他在劫掠藏寶箱。泰特跟另一個人隨時會衝進書房來抓他，讓他既興奮又焦慮。

他出了泰特的房子，往車上跑。猛烈的心跳慢了下來，但全身仍汗淋淋。他發動了車子，正要開走的時候，他發覺泰特家或許沒有其他人，他在講電話。他覺得自己好蠢。他認為應該是電話，泰特剛打電話給別人了。可能是警察。他還有時間進去裡面收藏他。

不過他很緊張，太緊張了，運氣早上就用完了，進出泰特家都沒被看到，拿到那麼多資料，也把死貓挖了出來。他隨時都可以回來。他可以今天晚上再來，明天或下星期也可以。他換了排檔，把車開到街上。緊張轉化爲興奮。回家路上他興奮到在路邊停了五分鐘翻閱那本書。看到那些熟悉的人名，就像揭開了記憶的痂，好令人開心，想到那個時候他就會微笑。他開車到了一家便利商店，買了報紙，等回到家後，他衝進了前門，把庫柏的書放在地下室門旁邊的地上，直接進了地下室。

29

「我有東西給你，」亞德里安說。

庫柏站在門的另一邊。他睡了很久——兩天內被電擊兩次，他累壞了。黑暗中的早晨好漫長，黑暗中的夜晚也好漫長。想到時間，地下室就跟黑洞一樣。說到臭味，地下室的通風也太糟了。嘔吐物跟尿水的臭氣讓人受不了，而且他剛才起床後，才過了幾分鐘就忍不住拉了個屎，空氣變得更混濁。他的手也覺得很痛。他的虎口有條工整的切口，似乎輕輕一碰皮膚就要剝落。他沒有東西可以包紮。他只能盡量保持樂觀，希望能避免感染。

「我也有東西要給你，」庫柏說。「我要跟你道歉。我知道你以爲昨天晚上我想逃跑，我很抱歉你誤會了，但我不想逃，眞的沒打算逃跑。我只是想去樓上找你。」

「眞的嗎？」

「當然是眞的，」他看得出來亞德里安不怎麼相信他。「我不會騙你，亞德里安。畢竟，我現在只有你了。」

「我也只有你了，」亞德里安說。「所以我有東西給你。其實有兩樣。」

「更多可以殺的女人嗎？」他希望是。下次他不會搞砸了。上次他太笨了，太自大了，才會壞事。他應該留下女孩一命。起碼等到他對付了亞德里安以後。亞德里安沒給答案，反而舉起了兩隻手。一隻手拿著報紙，另一隻拿著資料夾。如果這兩樣就是禮物，庫柏覺得有點失望。陽光穿過地下室的門照進來，報紙上的字很清楚。他看到頭版有幅素描，很像以前學校裡的老師，那個會在教室裡抽菸斗的梅納德老師，那時候大家都覺得在教室裡抽菸斗很正常。亞德里安把資料夾放在咖啡桌上，然後把頭版折到最後一張報紙後面，再把報紙對半折起。

「退後點，」亞德里安說。

「爲什麼？」

「我想從門下塞進去。」

「好。」

他往後退。外面傳來門閂滑開的聲音，不像昨晚門打開時那麼響。他竭力克制，不讓自己衝過去抓住亞德里安的手臂，他動也不動站在那裡。就算他能及時抓住亞德里安，那又怎麼樣？啃他的手指頭到他願意伸手把門打開？

事實上，對啊，何不試試看呢？不過已經來不及了。門板開了一小條縫，報紙滑了進來，然後門又門上了，亞德里安的臉再度出現在窗戶裡。庫柏走過去撿起了報紙。

「資料夾裡面是什麼？」他探頭看著咖啡桌。

「等一下再說，」亞德里安說。「警察在找你，」他說。「你眞的殺了六個人？」

「我的相機呢？」

「什麼相機？」

「我的公事包裡有台相機，現在不見了。」

「喔，我把它燒了，」亞德里安說。「燒房子的時候。我不希望警察拿到你的相機。」

「你確定燒掉了？」

「我倒了汽油。你看，」他開始抓脖子，庫柏想相信他，可是他不太確定。「報紙上寫了，有火災的照片。」

庫柏打開了報紙，小心翼翼就怕割開了手上的傷口。太黑了，什麼都看不到。亞德里安發覺了，站到一旁讓樓上的光線照進地牢裡。報上有他家的照片，不過那不是他的房子，同樣的地址，卻是一團火球。

「噢，老天啊，」他快吐了。他很喜歡他的房子。他心愛的房子。「我的房子，全被你毀了。」

「對啊，很讚吧？警察就找不到你是連續殺人犯的證據了。今天你說不定可以告訴我以前有哪些人住過你家。」

「我的房子，」他說，「你他媽的燒了我的房子！」他看看亞德里安，而後者滿臉疑惑。等他出去了，他也要燒掉這個地方，亞德里安可以舒舒服服地待在這見鬼的牢房裡看著房子燒光。

他握緊了拳頭，虎口上的傷口冒出了幾滴血。還好相機已經燒掉了。一定燒了。他可以清楚看到自己的車子。公事包就掉在那裡，就算亞德里安騙他，相機也一定早就燒毀了。

一定燒了。

也有可能還在。

「我都是爲了你，」亞德里安的聲音平靜多了。「爲了幫你。」

庫柏放下了報紙。他把報紙折起來，丟在床上。一步一步慢慢來。別忘了，你要對付的是一個低能兒。

把他的未來握在手中的低能兒。

「沒錯，」他說，「你都是爲了我。我本來很喜歡那棟房子，」感謝老天爺他保了險。「不過你說得對，燒了最好，我很感激你這麼幫忙。」

「這裡就是你的家了，」亞德里安說，「那棟房子代表你以前的生活。還有，我拿到你的書了。」

「什麼？」

「看起來不錯，」亞德里安說。

「當然很不錯，」庫柏說。「你怎麼拿到的？從我家印出來的嗎？」

「不是，我從別人那裡拿來的。」

「什麼？怎麼回事？那個人是誰？」

「泰奧多．泰特。他在找你。」

「我聽過這個名字，」過了一刻，他想起來在哪裡聽過了。過去幾年，泰奧多．泰特上過幾次報紙。以前有好幾樁案子，他跟其他人合作去找殺了妓女或持槍挾持加油站的人，他的女兒死於意外那次，他就上報了。害死她的人失蹤了，專家認爲他不想坐牢，所以逃到國外。然後泰特去年又上了報，他找到一名連續殺人犯，還殺了他。

「他是條子，」亞德里安說。「不論如何，他什麼也找不到了，因爲沒什麼好找了。」

「他爲什麼有我的原稿？」庫柏一問，就想到了更重要的問題。「你怎麼從他那裡拿來的？」

「我不知道他怎麼有你的書，」亞德里安回答，「不過我從他家拿來的。」

「你殺了他？」

「我不是殺人犯，你忘了嗎？我一根手指也沒碰他。」

「你爲什麼要去他家？」

「我不想說，」亞德里安說。

「一定有原因。他也牽扯進來了。告訴我爲什麼？」

「我不知道他有什麼關係，」亞德里安說。

「那你爲什麼要去他家？」

「爲了這個，」亞德里安拿起了資料夾。

「那是什麼？」

「泰特正在辦的案子。」

「什麼案子？」

「梅利莎．X。」

庫柏覺得整條背脊都發涼了，一直涼到鼠蹊。他輕輕攏住自己僅存的睪丸。

「泰特在辦那件案子？」庫柏問。

「看起來是，」亞德里安說。

「我可以看看嗎？」

「所以我才拿來啦。如果你對我好，等一下我就給你看。」

「OK，亞德里安，當然。沒問題。不過別忘了，你要小心。萬一他抓到你怎麼辦？然後我會怎麼樣？」

「我不知道，」亞德里安回答，「我沒想過。我保證，我不會告訴警察你在這裡。他們不會來抓你。」

「那我就要餓死在這裡了，」他想到鎖在另一間廢棄精神病院地牢裡的艾瑪．格林。他留了一點水，可是沒有食物。他留了多少水？應該是兩瓶吧。或許總共有兩公升。遠超過一天所需的量。他本來計畫第二天晚上就再去一趟。不過不止一天了，已經過了三天半。如果她省著點喝，應該沒事。如果星期一晚上他走了她就把水喝光，現在應該已經死了。等他離開這裡，艾瑪．格林就沒那麼好玩了。

「亞德里安，你在這裡住了多久？」庫柏問。

「十九年八個月又四天，」亞德里安的口氣很自豪。「我數過了。」

「你數過了？」

「有時候住在這裡很無聊。」

「你爲什麼會在這裡？」

「因爲我母親，我眞正的母親，不得不把我送過來。」

「你眞正的母親？」庫柏重複亞德里安的話。撇開瘋癲不談，他的興趣又被勾起來了。如果相機找不到，等他逃離後又能回到原來的生活，亞德里安倒是很好的題材，出版商應該會很有興趣。

他把虎口放進嘴裡，輕輕吸了吸，嚐到了傷口的味道，感受到輕微的刺痛，其實感覺還不錯。

「我有兩個母親。眞正的母親，跟在這裡的母親。」

「你在這裡的母親──是護士嗎？」

「丁斯護士，」亞德里安說。「我看過你跟她講話。」

他以前常開上一大段路來這裡，爲了能跟某些患者談話，一開始他每個禮拜會偷偷塞兩百塊給丁斯護士，後來他眞的上癮了，會塞兩百五十塊。她讓他用空著的辦公室，還可以隨意選擇談話的對象，不過旁邊一定要有勤務員，而且也不能告訴別人他塞錢的事情。他在寫一本跟殺人犯有關的書。如果題材都是精神崩潰或吃蒼蠅度日的人，應該沒有人要看。

但亞德里安就是很好的題材。尤其在經歷過這一切以後。等他逃出去，一定要殺了這個王八蛋，照他的意來捏造故事，他會變成大英雄，出版商就不會再拒絕他了。

「你眞正的母親爲什麼要帶你來？因爲你殺了貓？」

「對，」亞德里安說。「因爲那些貓。」

「昨天晚上，我上樓眞的是想去找你，」庫柏說。

「我相信你。有一點吧。你要不要看看報紙？」

他轉頭看看。報紙在床上，不過他一個字也看不見。「看個兩分鐘吧。」

「然後我們可以聊聊我的朋友，」亞德里安說，「你可以告訴我你碰過的其他殺人犯。等我看完你的書，我們可以拿來跟你自己的殺人故事比較。」

「你真的很喜歡聽故事，對不對？」

「對，」亞德里安說。

「OK，亞德里安。先讓我看看報紙，整理一下思緒。」

「那就太好了。」

「但是要跟以前一樣，禮尚往來。」

「我……我不懂古文，」亞德里安說。

「只是成語。」

「成語不就是古文嗎？」亞德里安說。

亞德里安這種人也能把他囚禁起來，到底怎麼了？就像被六歲孩童在棋賽中擊敗。「還有，我餓了，我想吃東西。」

「OK。」

「你還得幫我清清水桶。這裡好臭。」

「等等吧，」亞德里安說，「我一定會幫你清。」

「我先看報紙，然後我們再聊。等下拿點三明治來。上面的門不要關，我才能看報紙。」

亞德里安衝上了樓，讓庫柏安安靜靜地看報。

30

昨天我感受到一股需要，要把達克斯特的屍體擁入懷中，彷彿仍能給牠一點憐憫，彷彿把牠抱在懷裡就能讓牠知道我很愛牠。今天我連看都不忍看牠一眼。

我舉起拳頭，速速轉過身，突然之間，我確定犯人就在我背後，但背後只有我剛才穿過的門跟客廳。我覺得被侵犯了。我覺得我需要洗個澡，燒掉我自己的房子，乾脆用水管沖洗我的死貓。很黑暗很詭異的東西侵入了我的生活。墓旁被挖鬆的土上到處都是腳印，我盡量保持原樣。挖出達克斯特的人也是害死牠的人嗎？當然是同一個人。牠並非死於意外車禍。牠被殺了，只是爲了之後被挖起來，只是爲了告訴我某件事。我不知道到底是什麼事。別去找庫柏．萊利？別去找艾瑪．格林？別去找娜塔莉．福勞爾斯？還是來自過去的訊息，多年前被我逮捕的人？

還有另一個更合理的可能性。我撥了施羅德的電話。

「我的貓被殺了，」說這句話的時候我發現我也快把電話捏碎了。我現在只想捏碎那個害死達克斯特的人。

「你昨天就告訴我了。」

「我的意思是有人謀殺牠，」我告訴他達克斯特被吊在屋頂上的事。

「天啊，」他說。「你覺得對方要警告你還是怎樣嗎？」

「我想可能是格羅弗丘的人。」

他沒答腔。我幾乎能聽到他思緒翻騰的聲音。幾乎能聽到他抓緊手機時手中骨頭的咯吱聲。

他重重呼了幾口氣，然後說：「你怎麼知道？」

「查Google就知道。」

「只有這個方法嗎？」

「不對嗎？卡爾，難道我從小在那裡長大？」

「要真的是，你那些不合理的行爲就很合理了。」

「聽我說，卡爾，很有可能三年前被放出來的精神病患纏上了庫柏．萊利和潘蜜拉．丁斯，現在輪到我了。」

「原因就是你的貓。」

「對，就是因爲我的貓。正常人才不會這樣搞，」我說。「正常人不會把你他媽死掉的寵物挖出來！」

「泰特，控制一下自己。」

「我很平靜，」我來回踱步的速度加快了。「我要你派巡邏車跟鑑識人員過來，」我說。「派警員一家一家問。一定有人看到了什麼。一定也留下了很多證據，墳墓旁邊就有一大堆腳印。」

「泰特，兇手還不知道是誰。不一定是精神失常的人。你把別人激怒了，氣得不得了，對方就有可能來報復。」

「不對，我眞的認爲是個瘋子，卡爾。如果只是看我不爽的人，那你就是頭號嫌疑犯。」

「算你有理，」他說，「但很有可能只是討厭你又有前科的人。」眞的。多年來我逮捕了不少人。施羅德仍不放棄。「我知道你會想，怎麼他媽的就這麼巧，」他說，「但如果要報復你，不可能選你還在坐牢的時候——那有什麼意義。」

「爲什麼不趁我坐牢前先動手？」

「不知道。或許他們也在牢裡。」

「你給以前在格羅弗丘工作的人看過素描了嗎？或許那裡的人能認出來是誰。」

「泰特，在辦了。我會派人去你家看看，把你的貓帶回來。」

他掛了電話。我拿起紙張回到屋內。從前門到書房的路上，可以看到平滑的小土塊，從某人的鞋底落下。我放下紙張，低下身子跑回臥室，從床墊底下拉出唐納文·格林的槍。我拿著槍走進書房。電腦仍在運轉。書房裡沒有人。原稿幾乎都不見了，只有最後十幾張留在印表機裡。施羅德給我的梅莉莎·X資料也不見了。那人想用達克斯特引開我，還是警告我？——不論如何，他不想要我查出庫柏·萊利怎麼了。

31

損害控制。

報導很糟，但有可能更糟。很有可能出現巨大的頭條，連續殺人犯的家毀於火災幾個漂亮的深色大字。十年前有規定，十年前如果不是事實，報社就不太想印出來。現在不一樣了。大多數的媒體都有網站，新聞頻道二十四小時播放，業務競賽愈演愈烈，新聞記者再也沒有時間去追究實情。新聞不是爲了報告現況，而是爲了塑造話題和賺錢，賺錢比對錯更重要。謠言已經變成事實了。警察局外賣熱狗的人已證實是眼線。道德界限移動了，然後移得更遠，最後蕩然無存。要是有人懷疑庫柏殺過人，應該也會印出來。

新聞內容跟他的失蹤有關。庫柏·萊利，五十二歲，坎特伯雷大學的教授，從自己家裡被擄走，車子留在車道上，尚無線索指出他被綁去哪裡，第二天他家被燒成廢墟。有張火災的照片，也有一張庫柏站在全班同學前面指著螢幕的照片。那張照片很多年了，收在大學的宣傳雜誌裡。那時候他兩側的頭髮比較多，也比較黑，頭頂還有一點頭髮。他也還沒經歷過離婚的壓力。過了五年，他增加了十公斤體重，被關在這該死的地下室裡。

警方查到了什麼？

如果他們還有其他的懷疑，會有人洩露給媒體。那場熊熊大火後，什麼也沒留下。照片從街上拍攝，他可以看到愛車被火焰吞噬，就連前院都有一半燒起來了。照相機只要在附近，應該就熔了，記憶卡失去效用。所以他應該可以安心了。兩名受害人都曾進過他的行李廂，每次他都墊了防水布。他知道車子裡未留下蛛絲馬跡，就算有，也燒光了。

他的房子。

他很愛他的房子。

他也愛他的收藏。

老天啊——如果出得去，他絕對再也不要收集任何東西了。不然他就跟亞德里安有同樣的興趣，一想到他們都需要呼吸，他就覺得噁心——不過要不了多久，他會保證他們其中有一個人不需要呼吸了。

他坐在床緣，把報紙放在腿上。他用手輕撫房子的照片，指腹上沾的油墨更厚了。他想到他殺的第一個女孩。去年的時候。他加重了撫摸報紙的力道。她叫作珍・帝隆，二十四歲，不到他一半的歲數，那時他想，世界上再沒有比二十四歲女孩更好的東西了。五個月後他發現自己錯了——十七歲的感覺才無可比擬。

不過，她當然不是第一個。第一個是三年前，另一名學生。娜塔莉・福勞爾斯。那時候她還叫這個名字。他不怎麼喜歡想到她，亞德里安的資料夾喚回了許多可怕的回憶。他不知道裡面是否提到了她的眞實姓名，他覺得沒有。警方不知道她是誰。如果他們查到了，就會告訴媒體。他很想看看資料。事實上他應該要看一下——裡面或許有跟他有關的東西。

娜塔莉・福勞爾斯。

她進入他的生命，帶來了他難以容納的變化。他的婚姻要完蛋了。已經不和一段時間了，他太投入工作和寫書，無暇注意。然後他的妻子離開了。她說要走，他求她留下來。她告訴他，她有男朋友了。不，他不認識她的男朋友，不，她不會告訴庫柏他是誰，只說了她很愛她的男朋友，跟他在一起很快樂，庫柏要給她一半的房子跟一半的財產。那天他買了一瓶威士忌，喝掉了一半，然後開始喝她的那一半。工作結束後，他在辦公室喝酒。他不想回家，不想面對空蕩蕩的房子。他只想喝酒，只想躲在他的檔案跟工作裡，那天的課都上完了，學生也回家了。

他一直在想，如果下一個決定不一樣，他現在的生活會是什麼樣子。他喝到覺得自己還可以開車。那就是酒精的影響——清醒的時候，你可以做出上千個正確的決定，清醒的時候，你知道絕對不能酒駕，但一喝酒你就變了樣。酒精侵入你的血液，告訴你怎麼樣都沒關係。所以他走到了停車場。裡面只有六輛車，一輛是他的，還有空位可以停幾百台車。晚上很冷，地上蓋滿了落葉，日光節約時間結束，才七點半天就黑了，每天都比前一天更黑一點，直到春天來臨。

他的鑰匙在地上，他還不知道發生了什麼事。他的手仍在車門上，正準備要用鑰匙打開車門。幾秒後他才發現鑰匙不見了，又過了幾秒才蹲下去撿。他應該叫計程車。他應該更努力，妻子才不會離開他。他應該發覺到發生了什麼事。天啊，他覺得自己好笨，居然那樣戴了綠帽子，自己還不知道。

女孩不知道從哪裡冒出來。有時候做起惡夢來，他會想像她是從幾公尺外的地獄爬出來，或漂浮在地面上，美麗的魔鬼，改變了他的一生。

「教授，你沒事吧？」她問，他一點也不OK，他老婆是個偷人的婊子，要搶走他一半的財產，這些年都去哪裡了？二十幾歲跟三十幾歲就這麼無足輕重地飄走了，光陰似箭日月如梭，他明年就要五十歲了，眞討厭，討厭死了。

「我沒事，」他說。

「眞的？」

「肯定，」說著鑰匙又掉了。

「我是你的學生，」天啊，她好正。

「嗯，不好意思耽擱你的時間，」他不知道自己想說什麼。車門終於開了。

「聽我說，」她說，「我送你回家好嗎？」

「我不知道，」事實上他知道。他想跟她回家。他們可以喝點小酒……然後，屁啦，她才不是那個意思。她是說要送他回到他家。「我一定得開車回家，明天一早我就有事情要處理，」他說。「我沒事。」

「沒問題啊，」她說。「我們開你的車回家，你再幫我付回來的計程車費。」

事情的經過就是這樣，路上他很安靜，想著他老婆、想著工作、想著那些要什麼就拿什麼的男人，誠實爲上策，他想要這個女孩，想要到不行，想要她讓他再度感受到青春。

「要不要進來喝點東西？」他問，她把車子停進了他的車庫。

「我該回去了。」

「一杯就好，我保證不會耽誤多少時間。我是犯罪學教授，」他說，「我可以告訴妳，讓男人獨自喝酒度過五十歲生日，也算犯罪。」

她不得不說好，三年後他仍不確定她爲什麼同意，也不知道究竟爲什麼他會挑逗她。她拒絕了，他好難過，事實上他難過到想讓她一起難過。就這麼開始了，想讓她不好受的念頭，讓他的妻子傷心，不過這女孩不是他妻子，只是她的替身。教科書說，這些因素加起來，就變成了觸發。他早就知道了。從搭便車回家，到他把她拖進臥室，撕爛了她的衣服，硬壓在她身上，他的手一直緊緊按著她的臉，蓋住她的眼睛，不讓她看著他，事後他仍壓著她，趴在她身上喘氣，突然深刻體認到自己做了什麼壞事。

「對不起，」他從她身上下來。他的頭因爲酒精而嗡嗡作響，他想吐了。

她不發一語，凝視著天花板，天啊，她居然能那麼久都不眨一下眼睛。眼淚從臉龐旁邊汨汨流下。

「我……我不知道我怎麼了，」他說。「拜託，求求妳，我……我很抱歉。」

他碰碰她的肩膀。她沒有退縮，動也不動。

「妳……妳沒事吧？」

她沒回答，不看他，也不動。

他開始驚慌了。她會告訴警察發生了什麼事。他會丟了工作，他要去坐牢了。沒有人會出版他的書。他老婆也絕對不會回頭。等他出獄後又該怎麼辦？沒有人會尊重他。沒有人會給他工作。他沒有未來了。

最簡單的方法就是殺了她。他能跨過那條線嗎？他已經越線了，可以再跨越一條。他想把她包起來裝到車子裡，隨便丟到某個地方。棄屍不難。勒死或捅死她呢？不，他做不到。

「我有錢，」他對她說，事實上他沒什麼錢。房子是夫妻共有，貸款很少，但現在她走了，他必須把她那一半買下來。她依然不動，他坐在床邊穿上了褲子。「都是妳的，都給妳，」他說的倒是真心話。他可以把房子賣掉，如果有剩下的錢就給她。他覺得胸口好沉重，呼吸也好困難，只得彎下腰吐在地板上。他立刻覺得好多了，連嗡嗡聲都少了一半。

「我開車送妳回去，」他拉起襯衫擦了擦嘴，但他當然不適合開車。「我幫妳穿衣服吧，」他幫她穿上衣服，她依然躺著一動也不動，任由他擺弄，衣服被撕爛，都穿不上去了。「明天我們可以去銀行，」他說。「多少錢？噢，老天啊，告訴我妳要多少錢好嗎？」

她仍不開口，他很想再喝一杯，喝一杯他就能思考，他走進了客廳，踩過她掉在走廊上的一團團頭髮，他把她拖進臥室時扯掉了好幾綹頭髮。他靠著餐桌，一口喝下一小杯威士忌，然後又倒了一杯慢慢喝。他雙手發抖，手掌上沾了血滴。酒杯一直打到牙齒。

到了今天，他仍不知道她用什麼打中他。這一刻他還靠在桌子旁邊，下一刻客廳的地板就衝上來了。他的臉重重打在地上，等他醒過來，他已經被綁住了。他攤成大字形，兩條腿綁在沙發腿上。他的手臂高舉過頭，綁在電視櫃上。嘴巴裡有個東西，眼睛模模糊糊看不清楚。

「你想知道那是什麼感覺嗎？」她問。「你想知道我剛才的感覺嗎？」

她的問題很平靜。每個字都心平氣和，好像在問他她能不能幫他拿杯酒。

他不能回答。她舉起手裡的一把鉗子，他的鉗子。應該是從車庫裡拿來的，後來他就不知道鉗子去哪裡了。她什麼也沒說，用鉗子夾住了他的睪丸，用力一擠。她一點也不猶豫。他聽到爆開的聲音，感覺到體內每一條神經都著火了。他含著嘴裡的破布尖叫，叫到自己昏了過去，等他醒來，她不見了，他已經被鬆綁，倒在地毯上流血。他自己去了醫院。他一直等警察來抓他，可是警察沒來。

過了一個月。據說那學生不見了。大家都不知道她在哪裡。他知道是他害她失蹤了。他想她可能找個地方自殺了。他覺得很內疚，又覺得鬆了一口氣，但他也很氣自己少了顆睪丸，而且沒有機會下手殺她。之後那一年內，他只要醒著就想到她。然後慢慢沒那麼想了。攻擊事件過了兩年，他依然恨她，但怒氣逐漸緩和，他也不會一直想到她。過了三年，他幾乎不會想到她，然後去年她上了報。她叫作梅莉莎。她的新聞在頭版，他確定是同一個人。外觀不一樣了，當然，想要的話，一個人三年內可以做很多生理上的改變，但那就是她，她做了很多壞事。他不明白那是什麼心理。除了被他強暴，應該還有其他的遭遇。他想知道。他需要明白。他想殺了她。她加諸別人身上的一切都是他的錯。他知道。他把她變成怪獸了。他希望自己能覺得難過，可是他並不難過。

都是意外。是他老婆害的。如果她沒有紅杏出牆，也不會有這麼多壞事發生。

他很想找出她的行蹤，但不知道怎麼進行。他不知如何調查。在報紙上看到她，怒氣又再度滋長。他又開始沉迷了。他三年沒喝酒了，卻又重拾飲酒習慣。他想要報仇。他想要回到那天晚上，他會採取不同的做法。一開始還是一樣，但最後他的手會掐住她的喉嚨。

那天晚上回不去了。他坐在客廳裡，看著一瓶威士忌在眼前消失。他會夢想找到她的時候要拿她怎麼樣。第二天他去上班的時候會掩飾宿醉，沒有人知道他腦袋裡在想什麼。

然後他遇見了珍・帝隆。

她會讓他想起娜塔莉・福勞爾斯。同樣的髮色，年輕美麗，同樣的笑容。她在他存款的銀行工作。他去存支票。她盡責地對他燦爛一笑。他希望她的職責也包括秀出她的裸體。他克制不了慾念，在下班後跟著她進了城裡的停車大樓。是衝動了點，但也很簡單。時機對了就對了，只要旁邊沒有人就好，而旁邊也眞的沒有人。她在開車門的時候，他朝她走過去。他對她一笑，她也報以笑容，沒認出他是誰。然後他伸手到她背後，把她的頭撞在車頂上，一次，又一次，爲了幸運還是來個第三次吧。她昏了過去。他把她裝進她的行李廂裡，等他開車過來，已經過了十五分鐘。他的車子停在下面幾層的地方，然後他看報紙消磨了五分鐘，等旁邊的人都走掉，才把她換進自己的行李廂。

他讓她活了一個星期。計畫本來不是這樣，他根本沒計畫。那天早上他起床的時候，並不想害人，最後卻去了精神病院，把她鎖在有軟墊的牢房裡。他想她可以用一陣子，然後就丟掉，三年前他也該把那個賤女人處理掉。

情況變了。他發現自己愈來愈喜歡她，說老實話，他也有點希望她能喜歡他。有時候，在她身上盡了興以後，他會向她道歉，告訴她一切都不會有問題。一開始他覺得是眞心話，最後才知道只是說說而已。

他沒立刻殺死她，一再用她滿足自己，每次他都覺得自己對她的關心程度又下降了一點點。他不知道還要留她多久，但是過了七天，她放棄了，死在他眼前。沒關係，因爲過了七天，她已經完全喪失了吸引力，他能想到的花樣都玩了幾十次，再也想不出能讓自己興致勃勃的玩法。也該是時候邁出下一步了。兩個人都該走下去。本來就該如此。他們已經漸行漸遠。

大家都知道，殺人犯喜歡留紀念品，他也一樣。他的公事包裡有台數位相機，每天都拍她。

他拍了一張又一張，發現自己很喜歡拍照。也好，因爲他喜歡看照片消磨時間。整整一個星期的樂趣壓進了比指甲還小的微晶片。諷刺的是他眞想到要把她帶去格羅弗丘。他需要一棟廢棄的建築，這棟剛剛好符合他的需要。不過另外還有兩棟也一樣，他以前也常去那兩間精神病院探訪，找患者聊天收集寫書的資料，這間關閉後，那兩間不到幾個月也關了。最後他選了日景庇護所來關這些女孩。

如果能活著出去，他原本的生活還留下幾成？相機毀了，但檔案櫃後隨身碟裡的相片呢？還有另一個隨身碟藏在家裡的辦公室裡，應該跟其他東西一樣，都燒毀了。他知道藏在辦公室很蠢，但他想看的時候就可以看到。

擄走艾瑪．格林那天不怎麼順利。前一個週六的報紙上出現了梅莉莎．X的報導，或許該叫她娜塔莉．福勞爾斯吧。那篇專題涵蓋三頁，包括從警方手中的影片翻拍的相片。一整個週末他把報導讀了又讀，喝的酒也愈來愈多。星期一他去上班。宿醉難耐，簡直掩飾不住，還好因爲熱浪，有好幾堂課都取消了。班上有個女孩讓他想起娜塔莉。他有時候會去咖啡店，她就在那兒打工。他去咖啡店只是爲了看她，如此而已，看看她，幻想凌虐她是什麼感覺，然後那個老頭子在停車場攻擊她。他本來要上前去幫她，眞的，因爲他不會再次加害自己的學生，因爲警察可能會問他問題。所以他走過去想幫忙，卻改變了主意。就那樣。他的思緒不到一秒就從幫忙變成加害，眞是大錯特錯。他原本就知道錯了，可是克制不了自己。

他想留她七天，就跟珍．帝隆一樣。他喜歡對稱。其他人會稱之爲犯案特徵。拍照實在很蠢。他也知道，但他還是拍了。完全違反他學過的東西。如果不想被抓，就要遵守規則。他打破了規則。殺人犯最後總變得很驕傲很自大，覺得不會被抓到，就冒更大的險，他知道，他絕對知道他可以超越驕傲自大。那些沾沾自喜的王八蛋都不能跟他比。警方不太可能找到了照片。他們根本沒理由搜查。這時候他還是受害者，僅此而已。艾瑪．格林是他的學生，似乎不利於他，但起碼銀行出納員就是徹底的陌生人。

他繼續撫摸報紙，指尖沾滿油墨，都變成黑色了。他翻過報紙看第二頁。護士潘蜜拉．丁斯從手掌大小的黑白方塊裡瞪著他。她一絲溫情也沒有，每次跟她講話，他都覺得她費盡了力氣才能保持友好的態度。不過做研究的時候她眞是好幫手，也非常有效率。他總會想像她住的房子裡面都是筆直的線條和漿挺的床單，或許有隻貓、一台小電視跟定在古典音樂頻道的收音機。現在她死了，跟他的房子一樣被燒了。

毫無疑問，是亞德里安燒的。

太糟了。眞的很糟。如果警方發現兩場火的關聯，有沒有可能找到格羅弗丘來？昨天他很希望警察現身，把他救出去。但如果今天來，他們就會發現幫過他的那個女孩，幫他反而慘遭殺身之禍的女孩。

他又要笨了。他這麼了解殺人犯，知道他們會犯什麼錯誤，爲什麼他行動前不能先停住呢？

他身上仍有血。他的衣服沾了血，沾了指紋的兇刀在門的另一邊。他開始在牢房裡踱步。警方會查到關聯。遲早會有人開車過來看一看。他們會找到女孩的屍體，也會問他不知道該怎麼回答的問題。他必須逃出去。他必須殺了亞德里安。他必須安排成亞德里安殺了那女孩的樣子。他需要把衣服銷毀。如果逃出去，他就可以換衣服，可以把場景弄成他想要的樣子。只要沒人找到相機跟辦公室裡的照片，警察就沒有理由懷疑他。

他翻過報紙，看剛才亞德里安拿著報紙時頭版上的素描。近看很像他小舅子，不過應該是亞德里安，只是看起來一點都不像亞德里安。

天啊。

他得逃走。

他得說服亞德里安讓他出去。

該試試看不同的戰略了。

32

書房比之前整潔多了。所有的檔案都被一掃而空。我走進玄關，往房子前面一看。沒有人。再回到書房，留在印表機裡的紙不久就要熱到捲起來了。隨身碟仍掛在電腦前面。我拔出隨身碟，塞進口袋裡。我先把家裡的房間都巡了一遍，然後才到外面搜查。我到處都看過了，才回到屋子裡。

我還在想有可能是格羅弗丘的人殺了達克斯特，但現在梅莉莎．X的資料不見了，我也覺得很有可能是梅莉莎。我不確定這兩個猜測哪個比較嚇人。但我知道我是世界第一大白痴，居然把前門開著，可是全城的人都開著前門，渴望有風吹進來。我鎖上了前門，把隨身碟塞進電腦，開始印剩下的文件。

我打電話給施羅德報告最新的情況。

「天啊，泰特，你怎麼會這麼不小心？那是機密資料！他們把DVD也拿走了嗎？」

「沒有，DVD還在，」我告訴他，真的還在——還在播放器裡。

「嗯，還好留下了一點東西。要是那段鏡頭公開了……天啊，那就大糟特糟了。不過，丟了資料已經夠糟了。」

「你本來就不該給我。」

「啊，是喔，是我的錯就對了。」

「我不是那個意思，」我告訴他。

「你就是那個意思，」他說得沒錯。

「你再印一份給我。」

「我考慮看看，」他說。「所以嘍，現在你認爲可能是娜塔莉・福勞爾斯闖進你家偷了東西跟殺了你的貓？」

「我想過，有可能。」

「聽我說，有新的消息。那台撞過咖啡店垃圾箱的車子已經找到了。」

「什麼時候？」

「兩三個小時前。」

「你現在才告訴我？」

「對不起，老闆，你說得對——我應該第一個告訴你。天啊，泰特。」

「算你有理，」我說。

「是啊，別忘了我才有道理。昨天，我們把資料送去城裡所有的鈑金加工廠。我們覺得機會渺茫。我是說，不太可能有人綁架了女孩兩天後就把車子送修，不過程序就是這樣，因爲油漆也不太可能來自帶走艾瑪的那台車。有家工廠今天早上打來，說他們找到了符合的顏色，還有疑似來自垃圾箱的金屬，受損的地方也符合垃圾箱上的油漆高度。我們就去查了，結果還眞的是我們要找的車子。」

「然後呢？」

「然後兩名警探去找車主。他七十六歲，叫阿諾．史威特曼，他們馬上就知道他跟艾瑪的失蹤無關。他每個星期至少會去咖啡店一次。他說，他坐在車子裡準備要離開，一個女孩卻想偷他的皮夾。他們給他看了艾瑪．格林的照片，他說就是她。」

「什麼？」

「那就是他說的。他說他坐在車裡，她開了車門，想偷走他口袋裡的皮夾。」

「你沒說笑吧？」

「我懂。沒道理啊。所以警探把他帶回局裡盤問。他的答案都沒變。他確實認為艾瑪．格林想偷錢。所以我們檢查了他車子旁邊有沒有指紋，還眞的在門把上找到了兩枚她的指紋。」

「她開他的車門，一定有理由，」我說。「我的意思是，她不會走到裡面有人的車子，開車門搶錢，而且又在下班後，大家都認得出她是誰。」

「有理由，」施羅德說。「過了一個小時，史威特曼要求找律師來，警探只好先放棄盤問。他的律師來了，他們進訪談室的時候史威特曼睡著了，看起來就跟死了一樣。律師便把手放到史威特曼的肩膀上，想輕輕叫醒他，他醒來的時候就對著律師鬼叫，控訴他在騷擾他。過程只有五秒，但很有可能那天的經過也是這樣。咖啡店老闆記得史威特曼去過，也記得他比艾瑪早一個小時離開。他或許坐在車裡睡著了，艾瑪走過去看到覺得很擔心。她或許開了門，而他的反應就跟律師在場時一樣。」

「然後史威特曼加速把車開走，」我接下去說，「艾瑪從停車場被庫柏．萊利擄走，或者在回家的路上。」

「看起來情況是這樣，但我們還是沒有線索，不知道她在哪裡，」他掛了電話。

我看庫柏的原稿看到三十頁的時候，外面來了一台巡邏車和一台休旅車。我把槍放回床墊下藏好。三個人進了門，施羅德沒來。兩名警官和一名犯罪現場技師。我帶他們去看達克斯特。一名警官轉過頭，一名發出呻吟聲。犯罪現場技師看著我的貓，彷彿看著一個謎題。脖子旁的鐵絲還在，是個鬆開的衣架。一端繞著達克斯特的脖子，另一端勾在屋頂的排水管上。我也給他們看了墳墓。

「天啊，好變態，」一名警官做了評論。

我同意。兩名警官在後院做了例行檢查。我告訴他們有人闖進來的事。他們一直默默交換眼神，彷彿確認了他們之前對我的懷疑，也有可能他們深受彼此吸引。一名警官走到街上，另一名則在屋子裡繞了幾分鐘，然後跟第一名警官去鄰居家問話，留下我跟鑑識員。他叫布洛迪，我以前跟他合作過，但他似乎把相關的記憶都掃出了系統。他的前臂曬得發紅，鼻子脫皮了，頭頂上禿了巴掌大小的地方，現在也曬得發燙，他一直吸鼻子，可能對貓過敏吧。他對我不理不睬，一下子出去一下子進來，做了鞋印的石膏模，然後在鏟子上採指紋。

「有兩組指紋，」他說，「我們得跟你的比較。」

「可能也要比對我爸媽的，」我說。「他們幫我照顧過花園。」

「嗯，有好幾組，希望能找到符合的。看到了嗎？」他指著籬笆底部。「泥巴不太一樣。殺貓的人從那裡出去，我猜他也從那裡進來。我覺得他看到你在埋貓，繞了一圈開到你家前門。鞋印很多，也可以比對，不過結果大概有上千筆。鞋子磨損得很嚴重，如果你找得到的話，我可以幫你比。」

「還有呢？」

「裡面也找到了指紋。電腦桌上到處都是指紋，或許都是你的，不過我們會查。說不定我們運氣還不錯。先比對書房和鏟子，如果那人有前科，就可以找到。」

「什麼也沒有，」警官走了進來。「我們在街上到處都問過了——大家都沒看到可疑人物。」

「是啊，也沒什麼好大驚小怪了，」除了庫柏．萊利對面那個嗑藥鬼，上次紐西蘭有人願意出來當罪案目擊證人大概是一九五〇年代吧。

「我們會核對指紋，幫你的貓驗屍。你應該把洞填起來，保持警覺，說不定他今晚會再來，」布洛迪說。

他們把東西收好了。達克斯特被裝進厚厚的黑色塑膠袋裡。我跟著他們走到街上。

「你們弄完了，把牠送回來吧，」我對著袋子點點頭。

「我會看著，」布洛迪說。

我確定門都關好了，又把槍拿出來。我的膝蓋又開始痛了。我把墳墓填好，有種強烈的似曾相識感。我希望他們能找到符合的指紋。要是那人來自格羅弗丘，或許是犯罪後才被判刑要住進精神病院。不到一個小時就知道是誰了。今天還沒過完，艾瑪．格林就可以回家。或許那是梅莉莎的指紋，她殺死卡爾霍恩警探時，留下了不少的指紋，都被建檔了。如果眞是她，她怎麼知道我有那份資料？知情的只有施羅德。不，不可能是她。

我坐在陰影裡，又讀了一段庫柏的原稿。我看過類似的東西，作者是英國還是美國的側寫員，我猜庫柏的目的也一樣。庫柏的讀起來很像教科書。沒有才華，字裡行間沒有情感，不像我讀過的其他書籍，作者敘述這些案件時眞的很憎惡也很氣憤，你會覺得他詳細描述受害者的時候都會對著鍵盤痛哭。裡面有些名字我記得我在警隊時看過，有一個人還是我逮捕的，他叫傑斯·卡特曼，他強姦殺害自己的妹妹，還吃了她的肉——先姦後殺再吃？我們不確定順序怎麼樣。庫柏想要解釋罪犯的心理。他想要探索他們的想法。警方側寫員能做得到，因爲他們面對的人多半沒有精神病。除了格羅弗丘，庫柏也去過其他類似的機構，但關在那裡的人很多都有妄想症，扭曲了庫柏的資料。他研究的不是犯罪心理，而是在研究爲什麼二加二等於十九。他很想在兩名患者之間找到關聯。有人背景不好，有人出自不錯的家庭，有人滿口胡言。他會強調某一點，然後在下一章又提出矛盾的理論。或許這就是爲什麼只有一本原稿，沒有機會出版。也有可能他放棄了。我從大學拿來的版本三年沒動了。庫柏被攻擊後就放棄寫作了嗎？

我把看到的名字都寫下來，每個都看成嫌疑犯。我列出了他們之前住的精神病院，重點放在格羅弗丘上。最後，我列出了四十一個名字。很有可能其中一個人綁架了庫柏．萊利和殺了潘蜜拉．丁斯，也同樣有可能他們都不是兇手。或許這兩樁事沒有關係，或許其中的關係我還沒想到。

四十一個名字。我開始上網查，透過搜尋引擎查線上新聞網站。六個人自殺了，可以劃掉。另外六個目前在坐牢，罪名從闖入民宅到強姦都有，有一個人則是因爲他在購物中心中間拉了好幾次屎，有一個人殺了自己的母親。有些人的資訊很少，有些人什麼都找不到。十二年前吃掉妹妹的傑斯・卡特曼跟其他人一起放出去了，他服刑的期限跟坐牢差不多，在他記得吃藥的時候，就在植物園擔任工友。

除了潘蜜拉・丁斯，庫柏沒提過其他的員工，線上也找不到其他醫生護士和勤務員的名字。想找病歷更不可能。施羅德應該已經給在格羅弗丘工作過的醫生和護士看過素描。或許已經有個名字了。

格羅弗丘。

一切都繞著格羅弗丘轉，我連這地方長什麼樣子都不知道。

庫柏現在有可能在那邊嗎？建築物已經廢棄，最適合藏匿。

有沒有可能之前的患者回去了，把格羅弗丘當成自己的家？

我在電腦上叫出基督城的地圖，寫下前往廢棄精神病院的路線，抓起我的槍跳上了車。

33

「他們要來了，」庫柏說。

「什麼？你在說誰？」

「警察，他們要來了。你得放我出去，我們要躲起來，」庫柏說。

「我們已經躲起來了，」亞德里安回答，對庫柏非常失望。他不想再玩這些遊戲了。爲什麼庫柏就不能喜歡他呢？如果他喜歡他，就不會那麼麻煩了。老實說，他開始覺得有點洩氣。到目前爲止，今天過得還不錯——他把泰奧多．泰特的貓挖出來，帶了報紙給庫柏，吃了一頓好早餐，等一下他要去外面坐在陰影裡看庫柏的書。爲什麼庫柏又要說謊，破壞這美好的一天？

庫柏舉起了報紙。他的臉出現在玻璃的另一邊，很像在看一台小電視。事實上，更像看新聞，壞事一件接一件出現。

「警察不會來，」亞德里安說。「沒理由要來。」

「很有理由要來，」庫柏來回揮動著報紙。「你給了他們理由。」

「你騙我。」

「沒有，亞德里安，混蛋，我才沒騙你。我不能渾身是血在這裡被抓到，你也一樣。」

「但是……」

「聽我說。報紙，」他又揮了揮報紙。「你上了頭版。」

亞德里安搖搖頭。才沒有，如果他上了頭版，他早就看到了。

「你看看，」他把報紙貼在玻璃上。

亞德里安看了一眼。稍早看到的素描回看他，但跟他不像，不怎麼像。或許就一點點像吧。

「還有呢，」庫柏拿開了報紙。

「沒事啦，不會有人——」

「你他媽的給我閉嘴，」庫柏一掌打在門上，亞德里安嚇了一跳。「你給我聽好，」庫柏繼續說，「我們快沒時間了。」

「我——」

庫柏又在門上猛打了一記。「我命令你好好聽我說。」

亞德里安覺得怕了。以前常有人像這樣命令他，他以前不喜歡，現在也不喜歡，不過他乖乖照做了。

「很簡單，你想想看。把點一個一個連起來，」庫柏說。

「什麼點？」亞德里安問，除了害怕，還覺得困惑。

「你留下的點。」

「我沒有留下點，」他搖搖頭。

「你拐走我。你燒了我的房子。有人看到你，以前待過格羅弗丘的人會認出你。你還燒了丁斯護士的房子。」

「你怎麼知道？」

「他媽的第二版就寫了！」庫柏翻過報紙，又貼到玻璃上。「我猜猜看，你燒她房子的方法跟燒我家一樣。」

「第一次眞的很順利，」亞德里安開始細看報紙，「喔，對了，但我燒的順序不一樣，而且……」

「警方已經想到了，」庫柏把報紙拿開折了起來。

「我不懂怎麼會。」

「他們遲早會想到，」庫柏說。「你殺了丁斯護士，對不對？」

「她說我是變態，」他握緊了拳頭，可惡，他不想向庫柏承認，時候未到。

「你還做了什麼？」

「沒有了，」他想到了泰奧多．泰特。他殺了泰特的貓，今晚他要再去他家一趟，敲敲門，電擊泰特。他開始覺得泰特要收藏起來應該比較簡單。

「警方可能已經知道你是誰了，」庫柏說。

「不，不，不可能。」

「他們會派人來這裡調查。」

「爲什麼？」

「他們做事的方法就是這樣。因爲他們知道我被以前住在這裡的患者抓走，他們也知道那個患者把我帶到某個地方去了，他們知道這個地方最適合了。」

不合理。「他們怎麼知道我以前住在這裡？」

「你從泰奧多．泰特那裡拿走我的書。警方知道了。他們會把點連起來。」

「噢，」亞德里安明白點是什麼意思了。「眞的會照你說的那樣？」

「他們已經出發了，亞德里安。或許不到五分鐘就到了。或許要五個小時。但他們會來。今天就會來。相信我。如果你完全不信任我，你就坐在那裡等著瞧吧。然後他們會拿走你的收藏。」

「我不要，」亞德里安回答。

「我們兩個都會去坐牢。」

「我寧可殺了你，也不要你離開。」

庫柏安靜了幾秒。「最好不要走到那一步。第一，我們要想想看，可以去哪裡。」

「哪裡？」

「亞德里安，我們不能留在這裡。」

「但這裡是我的家。」

「再也不是了。」

他又不懂了。「但是……」

「聽我說，亞德里安，留在這裡，我們兩個都要坐牢。我們只需要找個地方待幾天。警察來了也什麼都找不到，他們就會去別的地方，也不會再回來。我們就離開兩天，頂多三天，然後就回來。你的家還是在這裡。」

他覺得他懂了，他當然很想讓庫柏覺得他什麼都懂。他搖擺不定，相信庫柏沒錯，警察快來了，但他也覺得庫柏可能想騙他。太危險了。依著本能，他想躲起來看著警察來，但如果他們來了，就會把庫柏帶走，他剛才不是說笑，他寧可殺了庫柏，也不要失去他。

「我們去哪裡？」他問。

「我知道有個地方，」庫柏說。「其實有兩個。東湖療養院和……」

「日景庇護所，」亞德里安接著說。「你把艾瑪．格林帶去那裡了。」

「你怎麼……」

「我才沒有你想的那麼笨，」亞德里安說，享受著這種感覺……什麼感覺啊？他不知道該怎麼說，因爲他以前沒有體驗過。超什麼的，後面忘記了。裡面還有一個特的音。

「你在那裡？所以你才知道我是誰？」

「不用管了，」亞德里安不想告訴庫柏在收藏他以前他已經跟蹤他幾天了。「如果我同意帶你去，我怎麼知道你不會想辦法逃跑？」

「隨便你要怎樣都可以，」庫柏說。「一定要的話，你可以把我綁起來，但是亞德里安，拜託，我們一定要走了。我不能在這裡被抓。」

「因爲你殺了那個女孩。」

「對。」

「就兩天，」亞德里安說。

「兩天。」

「然後我們回來。」

「然後我們就回來，」庫柏說。

「我去打包，然後把東西都藏起來，」亞德里安說。「不會有人知道我們來過這裡。」

34

出了城後往西開，到格羅弗丘的路程要二十分鐘，我經過了機場和監獄，又走了一段路，進入坎特伯雷平原，到處都是用帶刺鐵絲網跟電力圍欄隔起來的農場，圍住裡面的家畜跟小麥田。離開城市愈遠，天氣也愈發炎熱，好像愈往西走愈靠近太陽。

我轉彎下了高速公路，開過一條又一條荒蕪的道路。一走上這些路，不像城裡有那麼多路牌，其實不太容易找到精神病院。或許議會不在乎這塊地方，或許當地居民拆掉了路牌，希望陌生人在這裡迷路迷得夠久，只好留下來進入他們的基因庫。柏油路變成了石板路，又變回了柏油路，每個十字路口都不一樣，每過幾分鐘就得慢下來，讓路給從這塊地趕牛或趕羊到那塊地的農夫，農夫高高坐在牽引機上，牧羊犬吠個不停跑來跑去，舌頭懸在外面，好渴望能喝水，好渴望主人會關心牠。幾天前出獄的時候，我們也看過類似的景色，想當農夫在地裡工作的念頭自那時候起便未曾滋長。

迷路了，我把車開到路邊，短短的草叢裡有牽引機輪胎留下的深深胎痕，車子上下跳了幾下。我仍關著車窗，把空調開到最大，看地圖看了五分鐘。我向來不太會看地圖。我用指頭劃過路線，希望我的妻子就在旁邊，因爲她會找農夫問路。每次去沒去過的地方，我開車，她負責看地圖，艾蜜莉則睡在後座，我們都很滿意這樣的安排。我根據經驗，找出我在地圖上可能的位置，但說不定丟個銅板來決定會比較好。我繼續開車，在沒鋪柏油的路上又開了十五分鐘，才找到目的地。我猜，法院或醫生判決你要進格羅弗丘的時候，就算你沒瘋，開完這段路也差不多了。

車道這頭的兩棵大橡樹像哨兵一樣，兩側則有幾十棵白樺樹，細瘦的樹枝纏繞在一起，在靜默的空氣中動也不動。我把車停在前面，下了車，塵土在我身後落地，也落在車子上。走向建築物的時候，身後依然塵土飛揚。格羅弗丘年久失修，快要與自然合爲一體。枯萎的青草和蔓生的灌木有如巨人的雜草，高及膝蓋，把地面都蓋住了。上個世紀剛蓋好的時候還是白色，或許其間粉刷過一兩次，但自從人類登陸月球後應該就沒漆過了。建築物十分巨大，在植被間頗爲融合，牆上有許多護牆板和小窗戶，看來房間很多。有些護牆板已經扭曲了，有些爛掉了，不過整體來說狀態似乎還不錯。毫無疑問，已經遭到廢棄，但絕對還能住人。建築物有一面蓋滿了常春藤，藤蔓爬上了牆壁，跟屋頂的泥瓦纏結在一起。到處都看不到蓄意破壞的跡象，令人稱奇。我的同胞有個習慣，不論多隱密多難找的地方他們都能找到，然後打破窗戶，在牆壁上踢出洞來，再用油漆畫滿巨大的老二。

在這裡，發出聲音的只有我的車子。沒有風，沒有鳥，只有慢慢冷卻時發出砰砰聲的汽車引擎。好詭異。就像我走離了地圖，進入不同的世界，路上還穿越了星際爭霸戰隔起另類時空的屏障。在監獄裡一刻不得安寧。日光燈的嗡嗡聲。沖馬桶的聲音。打鼾、咳嗽、喊叫、嘻笑、腳步聲和打架聲、空調的聲音。就像白噪音，聽到一個就聽不見另一個。但這裡什麼也沒有。我向前走了幾步，期望自己的腳不會發出聲音，那當然不可能，雙腳踏在地上，發出的音量就跟在其他地方一模一樣，被傳送到另一個世界的魔咒也被打破了。我開始繞著房子走，手裡緊握著槍。前面是塊石頭地，有些土，有些地方則有沙子；什麼也沒有，不過每隔幾公尺就有雜草冒出來，有條小路，已經被自然跟時間破壞了，裂成三角形的混凝土片向上推起，就像要接合的地質板塊。昨晚下過雨的痕跡蕩然無存。離開了小路，我小心翼翼地前進，不想踏進兔子洞裡消失，也不想跌斷腳踝。草愈來愈密，刮著我的腿。我繞到房子後面，這裡的野草比前面還要茂盛。牆上蓋滿了黴斑，土也比較軟。我再回到前面，沒看到什麼值得注意的東西。沒有人，沒有車，沒有墳墓，只有車道上兩條壓實的石子和塵土，表示有車來過又開走了，不知道最後一次有車來是什麼時候。大約一百公尺外有一叢樹，再過去就是森林。

走路的時候，我的槍一直指著地面。格羅弗丘感覺空無一人。我有那種感覺，去敲別人門的時候，知道沒有人會來應門。不過我還是拿槍準備好。前門是一對很寬的雙開門。我踏上了木頭門廊，試了試門扇。左邊的開了，吱吱嘎嘎很吵，鉸鍊聲就像被挖出來的棺木慢慢打開了。太陽高掛天空，但被陽台擋住，沒辦法照進門裡。裡面很黑，不像晚上那麼黑，但像窗戶都被木板擋住的教堂裡那麼黑。裡面的空氣很乾燥，往裡面走去，溫度也稍微降低了一點點。感覺沒有人在，但這棟建築物卻沒有已經廢棄的感覺。裡面似乎有什麼東西，但沒有人。

這棟房子不像典型的精神病院。沒有每隔十五公尺就有門鎖住的白色長廊。反而看起來像棟大農舍，用了大量木頭裝潢，充滿紐西蘭的風格，當時的人或許覺得精神病院就該長這樣。窗戶上有鐵條。房間很多，我看到每一間門上都有鎖。有道樓梯通往二樓。最近爬樓梯的運氣不好，所以我先從一樓看起。我沿著走廊往下走，打開好多扇門，探頭進所有的房間，最後到了很大的公共區域，以前可能放了電視跟乒乓球桌。沙發還在，看起來都很蹩腳，有些對著窗外，坐在上面就可以看到田野。有扇門通往廚房。找不到人跡，卻覺得有人在監看我。感覺很毛骨悚然。我甩不掉那種感覺，以前被鎖在這裡的病患發出了陰暗的思維，集結成充滿惡意的東西，魘住了這棟房子的靈魂，如果那東西出現，用槍也無濟於事。廚房裡的大冰箱看起來有百年歷史了。我打開冰箱門，裡面空空如也，只有一層層黴菌，也沒有光。我撥了撥廚房裡的電燈開關，沒有反應。這裡沒有電。廚房裡還有長長的不鏽鋼流理台，配了兩個水槽，灰塵上有痕跡，圓的直的都有，有人把東西放在這裡，最近才拿走。

我打開了所有的櫥櫃和抽屜，除了一隻死老鼠外什麼也沒有。我回頭走向樓梯，上面沒倒滿汽油，我安心地上了樓。到了樓上，看起來跟樓下差不多，同樣的配置，同樣的公共區域，但沒有廚房。每個角落裡都布滿了蜘蛛網，沒看到被綁住的人。牆邊看得到不少老鼠屎。太陽從窗戶裡照進來，照亮了我腳跟後揚起的塵土。大多數的房間裡面還留了一些家具，單人床跟老舊的床墊，五斗櫃上看得到抓痕和污漬。浴室裡的琺瑯器具看起來很冷硬，水管都露在牆面上。有一間臥房特別乾淨，五斗櫃上沒有灰塵。四處遊走過後，總覺得這裡沒發生過什麼好事。來到這裡的人也不知道是否都能得到需要的協助。

建築物北邊的臥房很熱，充足的陽光從窄窄的窗戶裡射進來，曬熱了每一間房，外面雖然有四十三度，南側的臥房卻很冷。還有其他房間，有兩間的門閂裝在外面。我拉開了房門，牆面、天花板和地板都裝了軟墊。

我下了樓，走上另一條走廊。更多房間。更多浴室。我開了一扇門，通往地下室。樓梯很黑，習慣使然，我伸手按了磚牆上的電燈開關，並不期待會亮，果然也沒亮。樓梯似乎連到一個坑，能照進去的光線就在我背後，我的身體留下了陰影。我開始往下走，覺得我的腳會沒入黑暗中，不過眼睛卻慢慢習慣了陰暗。

走下樓梯後，踩到了混凝土地板。前面又有一個房間，被鐵門封住了。感覺像個牢房。門上有個小窗戶，我探頭看看，但看不到什麼。我用指節敲敲門，回聲充滿了房間。外面的門閂已經拉開了。我一把開了門，裡面比外面更黑。牆邊有個黑影，原來是張床，還有一股臭味，可能是年代久遠的體液。我從門邊站開，讓更多光線進來。床上的彈簧墊很老舊，枕頭看起來應該包了上千種不同的細菌。除此之外，沒有別的東西了。我又退回外面的房間。牢房這一側有座空的書架，很舊的沙發，和很舊的咖啡桌。我在心裡模擬有人被帶下來，鎖在這個房間裡，與黑暗為伴。這些房間的歷史是否比樓上有軟墊的房間更悠久？還是最糟糕的病患才會被帶進地下室？為什麼有沙發？有人被關起來的時候還有人坐在這裡休息嗎？被關起來的話要關多久，有多少人知道？這是標準程序嗎？我實在無法想像。居然會需要設置這樣的房間。把妹妹身上的肉咬下來的傑斯．卡特曼或許就常在地下室消磨時間。或許只有這個方法才能保障其他人的安全。這間牢房雖然糟糕，但如果樓上的軟墊房間都滿了，這時候這些人也無處可去。只是說，果眞如此，這間牢房爲什麼不裝軟墊？

殺死潘蜜拉．丁斯的兇手——他在這裡度過多少時光？

被人監看的感覺更加強烈了。

回到樓上的時候，我注意到一些深色的污漬，樓梯上沾了一塊一塊黑黑的，看起來像油漬。我彎下腰用指頭按了按，不論是什麼，已經乾了，但拿起手指，卻看到上面蓋了一層紅色的粉。

可能是血。可能是番茄汁。到處都是。

我又出了門，熱辣辣的太陽讓我滿懷感恩。我靠著車子，看著精神病院。沒看到庫柏。沒看到艾瑪．格林。沒看到達克斯特的兇手。只有家具長凳和灰塵中的空隙，以及地下室樓梯上像血的東西，可能是昨天留下，也有可能是五年前留下的。

在回到城裡的路上，我穿過了一條荒僻的小路，看到施羅德的車子。他把車停在路邊，跟另一名警探站在車外，地圖攤開放在引擎蓋上，後面跟了兩台巡邏車。這表示他要去格羅弗丘，覺得他會在那裡找到庫柏．萊利。我把車開過去，他抬起頭來，看到是我後便緩緩搖頭。我稍稍舉起手示意。他轉了轉眼珠，咧嘴笑了兩秒，眉頭又回到深鎖狀態。他低頭看著地圖，我找到上高速公路的地方，輪胎後拉起了一條條塵土，空氣中滿是沙塵，在他跟我的後視鏡之間築起了一道牆。

路上我經過了同樣的農地。同樣的人開著同樣的牽引機，在同樣的田裡耕作，來回趕動同一群動物。我經過了監獄，一點渴望的感覺也沒有。過了大大的基督城路標，再過一百公尺，路邊有隻死牛，身上蓋滿了蒼蠅。我開下紀念大道，路邊的大房子看起來好冷，前方的樹木更加高大，這一區住的都是家世顯赫的有錢人，戴滿珠寶的女人坐在前方的門廊上對著園丁頤指氣使。路上的車子很多，車裡的空調讓我保持頭腦清醒。進了城以後，我在博物館對面找到了停車位，博物館前大約有四十名亞洲遊客站在巴士旁邊幫彼此拍照，笑容滿面不斷揮手，渾然不覺過幾天警察可能需要細看他們的相片，調查失蹤的團員發生了什麼事。我把錢投進計時器，三塊錢只能停一個小時，說明了議會的貪婪程度跟罪犯不相上下。我走了三十公尺，來到植物園的入口，前方的綠色鐵條圍籬固定在岩石和柏油裡，也沾了不少鳥糞。我還順手買了報紙，撕下頭版後把其餘的都丟進了回收桶。

在基督城，只有植物園裡的植物一定會有人好好澆水，因為這裡可是觀光勝地。園地面積達三十公頃，蜿蜒穿越其中的艾文河像條大黑蛇。不管你對基督城有什麼看法，這裡絕對是紐西蘭數一數二漂亮的地方。往哪裡看去，入目皆是色彩繽紛盛開的花朵，小徑旁種滿了鬱金香或常青灌木叢；到處都是樹木花卉灌木和鴨子，很融洽的大自然。

植物園裡有不少人，大多坐在樹蔭下。草地上有好多對情侶，男人躺在柔軟的草地上，女人跨坐在他們身上，飛舞的裙襬蓋不住下面的撞擊和搓摩。小孩乘上了獨木舟，在艾文河上划船，對著朋友潑水，玩得很開心。我找到了遊客中心。櫃檯後的女人臃腫無比，看來她不知道她身上的緊身背心嚴重侵害了別人的人性，她告訴我要去哪裡找傑斯・卡特曼。我按著她的指點，走到植物園中間的巨大溫室，裡面種了大約兩千種蕨類，延伸出去的溫室則種了幾十種仙人掌。蕨類溫室裡的空氣悶濕溫暖，在裡面吸了幾口氣，我就昏昏欲睡。植物旁邊的圍欄間有條混凝土鋪成的長方形小徑，二樓也有同樣的配置。

傑斯從比我高二十公分的地方低頭看我，不過他很瘦，瘦到可以從門下的縫裡溜出去。跟上次看到他比起來，有些地方依然沒變，不過整體說來變了很多。十七歲的時候，他被診斷出患了憂鬱症，十九歲時則診斷出妄想型精神分裂症，二十歲的時候他爸媽撥了緊急電話向警方求助。我們到他們家的時候，發現他父親把傑斯按在門上，母親則把死掉的妹妹抱在懷裡。他現在三十五歲了，這些年來他一直服藥，應該有了療效，因為現在他把鬍子刮得很乾淨，頭髮也梳理整齊，就我所知，他出院後也沒有試過要吃人。他的服裝整潔，袖子捲起，露出曬黑的手臂。他應該感覺到有人瞪著他看，因爲他關掉了水管，轉身對著我。

「我見過你，」他說，「你不是醫生就是警察。」

「我不是醫生，」我對他說。

「我被捕的時候你也在，」他的記憶力頗令我讚許。「什麼警官，對不對？」他微微一笑，就在那一刻我覺得毛骨悚然，以爲他要伸手跟我相握，那隻手曾插入他妹妹的身體，挖出柔軟的人肉。還好他沒伸手。

「現在是警探了，」我想既然要說謊，不如趁機幫自己升官吧。「傑斯，你還好嗎？」我問。

「不錯，我過得很不錯，」看起來是還不錯。遭到逮捕時，他眼中原有一抹陰暗，現在已經消失，取而代之的是神奇藥丸帶來的光亮。「你知道的，吃藥很有用。問題是吃藥後我覺得好多了，就更難過我居然那樣對我妹妹，然後我就不想吃藥了。」

我還沒開口，他就舉起手，上面滿是老繭，掌紋間鑲滿了塵土。「別擔心，我知道我不該說這種話，我也該吃藥，才不會辜負她。我做的事情讓全家人都很傷心，我應該要繼續服藥。那時候情況很不一樣。有好多聲音，我一直睡不著，因爲那些聲音一直吵醒我，多到我聽不清楚。現在我只聽得到我自己的聲音。所以，你爲什麼來找我？治療師要你來看看我的情況嗎？我沒去治療，因爲那是我妹妹的生日，你知道，我得去墓園看她。」

「我來找你，是想聊聊格羅弗丘。」

「為什麼？」他的語氣突然充滿了防衛之意。

「你認得這個人嗎？」我給他看報紙上的素描。

他點點頭。「那是我爸，」他說。「他幾年前去世了。你怎麼有他的畫像？」

「這不是你爸，」我告訴他。「我在找這個人。」

「不對，那就是我爸。我認得出來。」

我折起素描，放回口袋裡。「傑斯，我要你告訴我到底在格羅弗丘發生了什麼事。」

「我被送去的時候生病了。醫生把我治好了。」

「地下室呢？」

他又打開了水龍頭，開始對著植物澆水。打到蕨類上的水又濺回他身上。水滲入了植物和土壤，一道水流從水管流回了他的手上，又流下了他的手臂。卡特曼想吹口哨，但是吹不出來，只能從噘起的嘴唇間用力吹出空氣。我拿起水管，彎成兩半，停止了水流。他轉向我，一臉挫敗，垂下了雙眼。

「傑斯，地下室。」

「什麼……什麼地下室？」他問。「我不記得有地下室。」

「裡面有間牢房。」

「我不想聊這件事，」他仍不肯看著我。

「你控制不住自己的時候，是不是就被關在那裡？」

「那……那不是地下室的用途。」

「那要怎麼用？」

「我不想說。」

「你記得庫柏．萊利嗎？你跟他談過。」

他點點頭。「他跟我談過我妹妹，問我爲什麼要殺死她。他想知道我怎麼長大的。他問了很多問題，都跟我爸媽有關，那些問題讓我覺得他認爲我爸媽也是問題的來源。我不怎麼喜歡他。」

「你跟他講過地下室的事嗎？」

「當然沒有。任何人都不准提起地下室。反正也不會有人相信我，如果我告訴他，就會被送進去。」

我仍不放過他。「裡面到底怎麼樣？有人逼你睡在那裡，對不對？」

「有時候，不過我只去過兩三次。」他擦掉了掛在眼角的淚珠，用力吸了吸鼻子。

「地下室裡會有人打你嗎？」

「可以那麼說。」

「還有呢？」

「你覺得呢？」他問。「我覺得，有些人活該吧，我們都做過壞事。下面的事情，很像我們對付其他人的手段。」

「拜託，傑斯，你一定要一五一十告訴我。」

「我看了新聞，我知道你想幹嘛。你在找庫柏．萊利，他不知道尖叫室的事情，」他說，

「而且……」他停了下來，發覺自己說錯話了。「可惡，」他說。「拜託，求求你，不要告訴別人是我說的。」

「尖叫室？」

「我得回去工作了，」他說.

「傑斯，這件事情很重要。如果你看了新聞，你也該知道，我在找一名失蹤少女。」

「我知道，」他說。「那是我們給它的稱呼。那個房間。我們叫它尖叫室。」

「被送進去後，有人虐待你？」

「有時候我們被送下去，就是一種懲罰。那個房間是爲了要讓我們守規矩。不過有時候我們會被雙胞胎帶下去。」

「雙胞胎？」

「他們兩個都是勤務員，都很喜歡看到別人受苦，」他說。「那種地方的人很多，你知道吧？那間房也不是一開始就是尖叫室，像你說的，主要是爲了控制行爲。雙胞胎以前會收費。他們會找到受害人的親戚，提供他們復仇的機會。我們痛苦，他們賺錢。有時候他們把我們帶下去……我覺得就是爲了好玩。起碼他們覺得好玩。」

「常有這種事嗎？」我問。

「你不相信我。」

「我可沒說。」

「不用說。我看得出來。」

他說對了。我不相信他——但我確實認爲他相信自己的話。去找受害人的家屬向他們收費，讓他們享受報仇的快感，一點都不符合實際。這麼大的秘密，又有這麼多人，怎麼守得住？他說了這些，也不能幫我找到艾瑪．格林。

「你可以想辦法說服我，」我告訴他。「這種事常有嗎？」

他聳聳肩。「一直都有。下面死了不少人。患者被帶下去一個小時，然後死了，用擔架抬回來。」

「都沒有人知道？」

「當然有人知道，可是沒有人在乎。說起來也不奇怪，」他錯了——說起來眞的難以置信。「要是我殺了你妹妹，我也不知道要多少錢，說不定只要一百塊，你就有機會報復我，你不會馬上掏錢嗎？」

我不知道。要看那個人是不是裝病逃避謀殺罪的人，是不是眞的有病。這是我現在的看法。眞碰到那種情況，誰知道？其他人會叫警察或聯絡醫療機構。再怎麼想辦法，那種事情也不可能瞞天過海。一定會被媒體發現，一定是超級搶手的報導。一定會上全國所有的報紙，其他國家也會報導。一定是頭條新聞。

「一直都有是什麼意思？」我問他。

他又聳聳肩，水管開始滴水。「每幾個月吧。」

我算了算。每幾個月。算一年六個人，十年就六十個人。不太可能會有六十個人付錢去地下室用球棒或鐵鎚痛揍別人。我覺得不可能。

如果說有一兩次，我還能相信。或許他說的也有一點點眞話。果眞如此，復仇的人一定覺得很爽。不知道時間到了的時候他們會感覺多痛快。有多少人會回家嘔吐，又有多少人會想要再來一次。「你沒告訴過別人。」

「誰會信我？連你都不信。」

「我看過那個房間，」我說，但是看過還不夠。我相信有人在裡面受苦，睡過那張床，用過骯髒的毛毯跟枕頭，但沒有金錢交易，折磨他們的人也不是來報仇的親屬。

「嗯，對呀，我沒有跟別人說過。我們都不敢說。瘋子說的謠言沒有多少人會聽，從那裡出來的人一半現在已經死了，另一半還是瘋瘋癲癲。第一次有人死在下面後，雙胞胎開始帶別人下去。我們有時候被揍，有時候只被羞辱一番，他們會讓我們尖叫。外面的人聽不到尖叫聲。」

「那個……」

「我不想再說了。」

「傑斯……」

「我說眞的，」他直直盯著我，舉起手來，眼中閃耀著多年前我目擊的陰暗。「我全都記得，可是我不想要。你要我停止服藥好忘記一切嗎？」

「OK，傑斯，」我仍抓著水管。「我不會再問那個房間的事了。」

「我希望你馬上走。」

「我得找到艾瑪．格林。」

「她很漂亮，」他說。「讓我想起……」他的聲音愈來愈小，也低頭看著腳邊出現的那灘水。

「想起你妹妹？」

「我說了，你走吧，」他的口氣倉促。

「出院後你見過潘蜜拉．丁斯嗎？」

「沒見過。」

「你怎麼了？你去哪裡了？」

他丟下水管。「你找我到底幹什麼？」

「我要你幫我，」我說。「如果艾瑪像你妹妹，你就該幫她。傑斯，這是一次機會，你可以得到救贖。別錯過這次機會。」

他抬頭看看天花板，做出決定後，他仍仰著頭。再低頭看著我的時候，他的臉因爲憤怒而緊繃。「有幾個人被送去中途之家，」他說。「六個月前，我獲准離開。我現在自己租了房子，從不曠職，該看醫生的時候就去，也按時服藥。我沒問題了。我再也不會對社會大衆造成威脅，」這段話彷彿他排練過很多遍，彷彿在格羅弗丘關閉那天他被迫記下來，好在外面的世界裡保護自己。

「圖片裡的人，很像另一個也住過那裡的人。」

「哪裡？中途之家？」

「都有。格丘，」他說，「我們都那麼說。他在那裡，也在中途之家。我眞不記得他叫什麼名字了。」

「他會不會殺掉別人的寵物，然後把牠們吊起來？」

他嫌惡地退了一小步。「什麼？不會吧，我不知道。天啊，好可怕，」他說，我想到我們找到他的前一天，他的手也深深插進了他妹妹的體內。不知道沒吃藥前的傑斯．卡特曼會不會也有同樣的好可怕反應。

「雙胞胎叫什麼名字？」

他彎下腰撿起水管。「就是雙胞胎。雙胞胎一號跟雙胞胎二號。」

「中途之家在哪裡？」我問他。

「城裡，伍斯特街，」他給了我地址。

我謝過他，不太明白自己內心對傑斯．卡特曼的感受。初次看到他做了什麼事，我只想對著他兩眼中間開一槍。現在他變了一個人。就好像殺死妹妹的兇手消失了，新版本的他必須懷著罪惡感活下去。這是我頭一次體會，當初他也是受害者，被他無法控制的疾病所害，跟其他人一起溜過了縫隙的受害者，如果一開始就接受正確的用藥，就不需要傷害其他人了。

如果他是真正的罪犯，就要去坐牢。這兩年他被放了出來，很可能比以前更暴力。起碼，按現在的情況，他還有機會當個正常人。

「我真覺得好多了，」他似乎看得出我在想什麼。

「我真心希望你愈來愈好，」我告訴他，而我發覺，只靠幾顆他每天早上配著玉米片吃下去的小藥丸，他就失去了吃人的衝動，能夠過正常的生活。

35

庫柏醒來了，牆壁看起來模模糊糊，還搖晃了一下。他覺得嘴裡有股金屬味，用手指戳了一下。他咬到了舌頭側邊，咬出了傷口，舌頭也腫起來了。

房間裡沒有光線。他用手摸索，覺得自己在裝了軟墊的牢房裡。這裡不是日景就是東湖。很有可能是日景。那天晚上，亞德里安一定跟著他來了，因爲他知道艾瑪．格林的事情，也應該會想躲在他有些熟悉的地方。庫柏不記得自己怎麼來的。最後他讓步了，讓亞德里安電擊他，如果要換地方，也只有這種方法。警察可能已經到了格羅弗丘，要是他們看到他渾身都是那女孩的血那就糟了。他們會逮捕亞德里安，他會把他知道關於庫柏的事情都說出去，包括艾瑪．格林，然後事情就大條了。亞德里安會直接把警察帶來。警察會救出庫柏，再把他送上刑場。

他已經受夠一步一步慢慢來了，現在要全力出擊。計畫有三個階段：逃走。殺死亞德里安。捏造個故事幫自己脫罪。應該沒有問題。事實上，這一切結束後，他很有理由以英雄的身分出場，把他的書寫出來。如果他能拿到亞德里安手上那份文件，說不定也能把娜塔莉．福勞爾斯揪出來。

天啊，然後他受這幾天的苦也算值得了。

除非條子已經找到了照片。

等他一脫身，他就需要找出答案。他必須先去辦公室看照片還在不在。如果還在，三階段計畫就沒問題了。如果不見了，三階段計畫就有變動。逃走。殺死亞德里安。逃出紐西蘭。他不知道要怎麼潛逃國外，不過比他笨的人都能逃到國外，沒有理由他做不到。

他走了一圈，到處都有軟墊。不光牆壁而已，地板也有。他跳了一下，碰不到天花板，上面應該也有軟墊。也應該有電燈開關吧。他來回走了幾趟，發現房間裡除了他什麼也沒有。一面牆上有門，他在軟墊牆裡找到了接縫，但卻無法撥開軟墊碰到門框。門縫裡透出了光線。他拉拉牆壁，希望能把軟墊撕下來，但是撕不動。他在門上跟頭差不多高的地方找到信封大小的縫隙，不能從裡面打開。房間裡非常悶熱。這棟建築物應該沒有電，就算有，這個房間裡也沒有空調。這種房間絕對不會設計成很舒適的樣子——只是爲了避免瘋子撞牆撞到昏過去。

房間比之前的牢房大一點點，比較乾淨，但是熱多了。他必須找到亞德里安，問他能否解決悶熱的問題。這裡也沒有可以小便的水桶跟飲用的清水。

他把女孩子帶到這裡來的時候，只會在晚上過來，房間裡唯一的熱氣來自他帶來的手電筒。丟下艾瑪·格林前，他給她喝了一瓶水，不過那是……多久之前的事？他失去了時間概念。三天？還是四天？他留下了兩瓶水給她。他沒給她鬆綁，但瓶子已經開了，她想辦法滾過去，就能喝到水。他本來預計下一次回來的時候要帶更多的水跟食物給她。他需要她保持健康，才能好好享受她。第一天晚上，他覺得把她綁著就好，然後割開了她的衣服拍照。他在她眼睛上貼了封箱膠帶，免得她看到他。他喜歡控制的感覺。第二天晚上他本來計畫好了，計畫了很多活動。但膠帶不會拿下來。他不要她看見他。她的眼中一定會充滿嫌惡，他不喜歡。他用手撐住牆壁，感覺是帆布，下面是厚厚的泡沫材料。艾瑪·格林可能就在隔壁的房間。他又拉了拉軟墊，但固定得很緊，他只弄痛了指尖，什麼也沒破壞。他又敲起了牆壁，但發不出什麼聲音。他只能等了。他坐在角落，沒等很久，隙縫就開了。透進來的光線非常刺眼，他別過了頭，然後光線不見了，因為亞德里安擋住了縫。

「你覺得怎麼樣？」亞德里安問。

「好熱喔，亞德里安。眞的很熱。」

「我知道。我很抱歉。但就像你說的，暫時住幾天。不過……我有點喜歡這裡。一開始不喜歡，可是……我現在慢慢喜歡這裡了。」

「如果沒這麼熱，我也喜歡這裡，」庫柏說。

「抱歉。」

「這是哪裡？日景嗎？」

「大概吧。」

「東湖嗎？」

「不是，」亞德里安搖搖頭。

「那就是日景了。」

「或許吧，」亞德里安依然模稜兩可。

「好吧，亞德里安，你為什麼不讓我出去？我需要涼快一點的房間，這裡太熱了。」

「沒有其他房間了，」亞德里安說。

「好吧，那把縫開著。我需要水，很多很多水。」

「我猜，可以吧。還有，嗯，你知道的，我要感謝你告訴我警察會來的事情。你人眞的太好了……我也想知道，大家都說連續殺人犯想殺害親生母親，是眞的嗎？」

就像你殺了潘蜜拉．丁斯？難道，在格羅弗丘住了這麼多年後，亞德里安已經培養出一種觀念，把丁斯護士當作母親？他只想了幾秒就決定，很有可能。

「在大多數情況下，」他回答。「你爲什麼要問？」

「如果你殺了你母親，你就變成連續殺人犯了嗎？」亞德里安問。

「你覺得你是連續殺人犯？」

「不是，」亞德里安轉開了目光。「你知道的，我只是好奇。」

「我不知道，」庫柏說。「要看你是否殺了更多人。」

「那你母親呢？」亞德里安問。

「什麼？」

「我看了好多好多書，書上都說連續殺人犯從小就痛恨母親，還說連續殺人犯最想殺的人就是虐待他們的母親，結果他們只好殺其他的女人，當成ㄊㄧˋ ㄕㄣ，」亞德里安說。

「替身。」

「ㄊㄧˋ ㄕㄣ。那就是你殺了這麼多人的理由嗎？」

答案是否定的，也沒有這麼多人。只有兩個人。「我母親人很好，」庫柏沒撒謊。他愛他的母親。現在她應該坐在客廳裡，牆上掛著庫柏跟他姊姊的照片。他姊姊或許正在飛往紐西蘭的長程航班上，趕著回來陪伴母親。朋友和其他家庭成員都在安慰她，她腿上有條哭濕的手帕，一臉茫然瞪著前方，期盼兒子還活著，心裡卻相信他遇害了。紐西蘭的人失蹤後，通常找不回來。就算找回來也已經死了。

「你母親就是讓你變成現在這樣的人，」亞德里安說。「她讓你變成連續殺人犯。」

「才不是。」

「但書上說……」

「書本不一定對，亞德里安。那只是普遍化。」

「普什麼？」

「意思是說，書上寫的或許是大多數人的現象，但不能代表所有人。一定會有例外。」

「書上沒有提到例外。」

「就是有例外。你不是因爲你母親才迷上殺人犯吧？」

「那不一樣。你不是例外，表示你一定很恨你母親。」

「我不恨她，我愛她。」

「你覺得她值得收藏嗎？」

那一剎那間，庫柏沒聽懂，但他明白，他明白亞德里安的意思。「什麼？」

「如果你眞的愛她，把她帶到這裡來，就是我能給你最好的禮物。如果你恨她，想要她死，把她帶來也是最好的做法。」

「不要把她帶來，」他輕聲說。

「什麼？」

「我說，不要把她帶來，」他稍稍提高了嗓門。

「但她多適合收藏啊！」亞德里安有點上氣不接下氣了。「有連續殺人犯，也有讓他變成連續殺人犯的女人。」

「她才沒有讓我變成連續殺人犯。」

「等我帶她來再說吧。」

「等等，等等，」庫柏朝著隙縫走去，但亞德里安關上了隙縫，他又回到了黑暗中。「等等！」他大吼，但沒有用。他猛敲軟墊門，但發不出什麼聲音。「亞德里安！亞德里安！」

不過亞德里安已經走了。

36

我決定休息一下，回歸自己的生活。我一整天都沒吃什麼，快垮了。我穿過速食餐廳的得來速，買了漢堡薯條跟很像可樂的東西，裡面有糖漿，跟四顆碳酸氣泡。吃起來跟記憶中的味道一樣，眞令人失望。我把車停在幾棵大榆樹的樹蔭下，坐在車子裡吃漢堡，肉汁沿著指頭流下了手腕。外面有小孩在玩板球，表示已經過了放學時間，表示已經比我想像的晚了。邊吃漢堡邊想起女兒，我想到她學校裡的朋友，不知道還有多少人記得她。然後我想到格羅弗丘地下室樓梯上的血跡，就在此刻我覺得那個地方根本就是犯罪現場。可樂裡的冰塊融了，喝起來沒那麼難入口。我想到傑斯．卡特曼跟尖叫室。如果卡特曼說了眞話，那間房依然有人在用，我還是一個失去愛女的條子，我會不會對著那個房間跟裡面發生過的壞事大吹哨子？我吃完了漢堡。我會跟其他人一樣，想要報仇，但看看傑斯．卡特曼，他不能爲自己的過去負責，那我還要報仇嗎？我不知道。我覺得我應該會放棄報復的念頭。我寧可認爲，情況改變了，我就不會失去理智到付錢給一對勤務員好去地下室用球棒復仇。

我把包裝紙揉成一團，丟進了垃圾桶。

如果傑斯．卡特曼所言屬實，雙胞胎對基督城的貢獻就是處理掉了一些人渣——那些裝病逃罪的人渣。但他們毆打那些眞正的病患，傷害不能自我防禦的人，也算幫了倒忙。沒什麼託辭可說。等找到艾瑪．格林，我也要把雙胞胎揪出來。

中途之家開車不到十分鐘就到了。這一區宜人的老式建築都已拆毀，新房子取而代之，不過有一棟老房子還是舊有的樣子，高大粗劣的尖頂別墅，院子很髒亂，前面的草地上停了報廢的車子，護牆板都變形了，籬笆歪七扭八，一不小心就會踩到狗屎。中途之家有兩層樓，不像鄰近的房子那麼缺乏照顧，不同之處在於中途之家的籬笆只少了三分之一，其他家的籬笆起碼有一半不見了。我把車停在對面，想到還有五個小時才天黑就滿心感激；天黑後我可不想留在這附近。中途之家漆成一種難看的綠色，屋頂是難看的紅色，前門則是難看的黑色。整棟房子要是漆成橘色應該很好看；吞噬一切的橘色火焰，一定很壯觀很好看。唐納文・格林給我的錢還剩下兩千，我分成兩疊一千元的鈔票，折起來放進兩個口袋裡。我穿過馬路，敲敲前門，希望不要因爲這樣就染上了梅毒。

來開門的人看起來六十多歲。他穿著白色的短袖襯衫，打了蝴蝶領結，頭戴軟呢帽，似乎要去參加六〇年代的田徑賽。他的手臂內側有很多香菸燒灼的痕跡，疤痕跟他的衣服看似差不多年紀。曬得黝黑的臉龐上一對藍眼睛精光四射，我想四十年前他應該很受異性歡迎。「孩子，你迷路啦？」他的嗓音低沉嚴肅。

「不，我要……」

「你是警察？」

「對。」

「有人幹了壞事？」

「對。」

「什麼壞事?」

「我想找負責人談話。」

「我就是。」

「你真的是嗎?」

「年輕人,我們都是負責人。我們必須掌管自己的生活,對自己負責。」

「那很好。除了對自己負責,還有人要負責照顧所有人嗎?」

他開始摳手臂上的疤痕,但過了這麼多年,結痂摳不下來了。看不出來那是他自己弄的,還是別人燒的。我的手機響了,我把手伸進口袋,關掉了鈴聲。

「傳教士,」他說。

「傳教士?」

「年輕人,他不眞的叫這個名字,那只是我們給他的外號。」

「是嗎?還是他自己取的?」

「都有吧,」他微微一笑。「但我不知道怎麼開始的。我認識他的時候他就叫傳教士。」

「我可以跟他聊聊嗎?」

「等等。」

我坐在門階上,太陽無情地照下來。幾條街外,救護車呼嘯而過,遠遠傳來警笛聲,或許救護車會開過來,發送瘟疫的疫苗,就跟賣冰淇淋的車子一樣。每過幾秒,豆大的汗珠就從腋窩裡滾出來,弄得我渾身發癢。雖然這麼熱,仍有兩個在街上遛狗的人穿了過大的黑色皮夾克,背上貼了幫派的標記。他們的狗很結實，一身黑色短毛，沒有尾巴，光看外表就覺得牠能把我的喉嚨咬開，而且牠還一副躍躍欲試的表情。牠嘴邊垂了好幾條長長的口水，開始低聲咆哮。只有粗壯的狗鍊和裝飾了金屬小釘的項圈限制住牠的行動。

「你他媽的在看三小？」其中一人瞥了我一眼，放慢了腳步。

我轉身對著門，希望他們就此罷手，可惜失敗了。我聽見狗吠聲就在我身後幾公尺外。他們已經走到了籬笆邊。我迅速回頭一看。兩個人應該都有一百公斤，蓋滿紋身的皮膚下塞滿了脂肪和肌肉。我想他們應該也很受異性歡迎——但異性應該沒有權利拒絕他們。我又敲了敲門。

「喂，喂，愛敲門的王八蛋，」其中一個大吼。

這種情況在基督城很常見，碰上了，就提高了罪案的統計數字。就是這種隨機出現的倒楣事，我覺得很憤怒，我很想掏出槍來，來個春季大掃除。

「喂，你奶奶的混蛋，看我們不順眼嗎？」另一個人問了。

「你他媽的聾啦？」第一個說。

我轉轉門把，門沒鎖，我進了中途之家，把門帶上。背後傳來玻璃瓶碎裂在門上的聲音，他們兩個繼續對著我吼叫，過了幾秒後吼叫聲卻轉爲笑聲，然後他們走了，笑聲也跟著轉弱。

走廊裡有人的體味和菸味，味道好重，這整棟房子都該洗個澡了。走廊左右兩邊都有房間，門都關上了，所以走廊裡很陰暗。右邊有道樓梯，再過去則是開放式的大廚房。牆上沒有畫，到處都看不到照片，也沒有植物。我走進廚房。手臂上都是菸痕的男人在跟另一個人講話，後者穿的喇叭褲膝蓋上破掉了，身上的黑色襯衫領子又大又尖。今天一定是襯衫日。感覺他從某個年代選出最喜歡的服飾，然後挑今天來看看整體效果如何。兩人都轉頭看著我。

「你就是傳教士？」我問。

「你是條子？」他反問。

「警探，」我說。

「有警徽吧。」

「在車子裡。」

「幹嘛不對著那兩個帶狗的人秀秀警徽？」

「我就算揮劍，他們也不在乎吧。我來是想要問你以前住在這裡的一個人。」

傳教士看起來五十多歲，可能快六十了。鼻子跟拳擊手一樣又扁又歪，耳朵也被打得變形，眨眼的速度大概只有一般人的三分之一，讓人心神不寧——跟他講話的時候，有種他想催眠你的感覺。他一頭黑色的頭髮十分濃密，除此之外，手臂上也有濃密的捲毛，還從襯衫鈕釦間冒出來。他對著菸痕男點點頭，菸痕男就走了，留下我們兩個在廚房裡。廚房裡的器具完全不成套，或許來自慈善機構這些年來的捐贈。唯一成對的東西就是一面牆上的兩個洞，或許是某人的頭撞出來的。其他的東西都不成對——五花八門的馬克杯、不一樣的燈具、規格不同的抽屜把手。

「我們有什麼就用什麼，」看到我四處亂看，他開口了，眨眼的速度依然很慢。「政府給的補助很少，我們要仰賴其他人的善意，你也知道，這個世界僅存的善意就那麼一點點。我是傳教士，」他伸出了手。

我伸手跟他相握，心裡想他握手一定很有力，果不其然。我盯著他手上的毛，深怕一握它們就長到我手上來。

「要喝咖啡嗎？」

「不用了，謝謝。」

「不錯的決定，」他說。「咖啡對身體不好，不過我喝上癮了，但是上癮多半對身體不好，你說對不對？」

「我想找一個人。」

「每個人都想找一個人，我可以告訴你去哪裡找到他。」

「哪裡？」

「這裡，」他拍拍胸口，「還有聖經裡。」

「我……」

「開玩笑的，」他輕聲笑了。「不過，每個人都需要找到耶穌，這可不是開玩笑，我只是用說笑的方法跟你提個建議。我希望住在這裡的人都能找到上帝。」

「結果怎麼樣？」

「人生原本就充滿挑戰，」他說，「這當然也是挑戰。你不介意吧？」他拉出一包香菸。我不喜歡菸味，但我搖了搖頭。「請便。」

「這個癮那個癮眞討厭，」他說。「還好只有兩種。」

「上帝不是你的癮頭嗎？」

他點著了香菸，含著菸微微一笑，吸了一大口，然後吐出來。

「太棒了，」他說。「我一定要記下來。」他把香菸舉在胸前，滿眼愛意盯著看。「生命中有很多誘惑，」他說。「上帝就是這麼諷刺。誘惑力最強的東西對我們來說也最糟糕。除了宗教以外。」

「你可以幫我嗎？」我把素描拿給他看。「你認得這個人嗎？」

他沒細看就搖頭。

「你確定嗎？我的消息來源很可靠，這個人就住在這裡。麻煩你再看一看。」

這次他看了比較久一點。「是啊，可能吧。他有演魔戒嗎？我覺得他是裡面的哈比人。」

我把素描放回口袋裡，乾脆揉成一團丟掉算了。

「我想找一個人，他本來住在格羅弗丘。」

「爲什麼？有人做了蠢事，你就怪在精神病患者頭上？」

「可以那麼說。有人放火燒死了以前在那裡工作的護士。」

他深深吸了一口香菸，吸到肺裡裝不下更多的空氣。「我聽到新聞了。你覺得兇手是精神病患者？」他還沒把煙吐出來。

「還有其他東西。」

「比方說？」

「我不能說。」

「你不能說。很好，我也不能說。這裡的人都很尊敬我，他們信任我。我不能破壞他們的信任。」

我從口袋裡掏出一千塊。「那你可以接受捐贈嗎？」我問。「這就是你累積福報的機會。你說世界上的善意即將完全消失。我們得趕快行動，機會來了。你好心告訴我一些消息，我也會好心回報。這些錢，」我甩了甩鈔票，「可以買食物跟香菸，還有新的鍋碗瓢盆。」

他盯著錢的眼神跟剛才盯著香菸一樣，彷彿又來了一種癮頭，一種他從來無法體驗的癮頭，他轉頭看看，似乎覺得有人在偷看。只有我們兩個。他上前一步，對著鈔票伸手，我卻把錢拿開。「告訴我他們叫什麼名字。」

「有些我不記得了。曾經有六、七個人吧。」

「曾經？」

「他們都開始了新生活。」

「去哪裡了？」

「這種地方離開了就離開了，大家不會保持聯絡，」他說。「這裡的人大多出獄後就來了。他們可能去煎漢堡，可能要到街上刮起死掉的動物，連最低薪資都賺不到。他們才不會跟其他人交朋友。」

「格羅弗丘的病患有沒有人特別突出？」

「這裡才不會有突出的人。」他又伸手來拿錢，我不肯放手。

「你剛才說的才不值一千塊，」我說。「我還要更多消息。」

「我猜你可以找一個人聊一聊，」他說。「他也是精神病患。以前他似乎跟大家感情都不錯。」

「什麼？他住在這裡？」

「對。他住在這裡。」

「你剛才不是說大家都開始了新生活。」

他聳聳肩。「我剛剛才想起來，」果然有錢能使鬼推磨。「他叫作李奇．芒羅。」

「他就在這裡？」

他伸手拿錢，我給他了。如果我眞的想要，五秒內還可以從他手上拿回來。他又吸了一口菸。「樓上。右邊的最後一間。」

我穿過走廊，上了樓梯。每一階都呻吟了一下，破損的扶手搖搖欲墜。樓上走廊邊的窗戶比樓下的更髒，黏了一層厚厚的灰塵。外面的景色並不好看，鄰近房子的屋頂都生鏽了，排水溝塞滿了落葉和爛泥，後院的草皮曬焦了，亂丟的汽車零件曝曬在陽光下。我敲敲最後那扇門，裡面有人叫我等一下，過了半分鐘後才把門打開。李奇．芒羅，鼻子太大，嘴巴太小，彷彿在嬰兒工廠裡被裝上了錯誤大小的零件。他的眼眶大到似乎兜不住眼球，可能敲一下頭，他的眼珠子就會跟吃角子老虎上的美金符號一樣轉動。他把頭髮染成黑色，但染得不好，因爲額頭也染黑了。他應該五十多吧，也有可能六十了。有可能他就是素描裡的人，也有可能他根本不是。他只穿了內褲和T恤，內褲前方鼓鼓的。他身後的小電視正在播放色情片，音量壓得很低。房間裡的熱空氣迫不及待地穿過他，逃出房間。

「你是誰？」他的語調很緊張。

「施羅德警探，」我想卡爾不會介意。好吧，其實我覺得他也不會發現。「我要問你一些關於格羅弗丘的問題。」

他搖搖頭。「沒聽過，」他退回去，想把門關上。

我按住了門。「好玩呢，因爲你不是在那裡住了一陣子。可以把電視關掉嗎？」我對著電視抬抬下巴。

「怎麼了？害羞啦？」

「所以你也不想穿褲子了。」

「問吧，然後快走，」他說。「拜託你。」

「傳教士說你認識一些格羅弗丘的病患。」

「傳教士告訴你的？」

「對。」

「你付他錢了？」

我微笑。「對。」

「你還有錢給我嗎？」他的語氣沒那麼緊張了。

我給他看看剩下的鈔票。

「你想知道什麼？」

「有人放火燒死了丁斯護士。」

他繃起了臉，後退了一小步，等他接納了這個消息，他的臉色又恢復了正常。「我不覺得有什麼好遺憾。」

「你知道誰有可能幹出這種事情嗎？」

「不知道。」

「聽過艾瑪．格林這個名字嗎？」

「沒聽過。」

「庫柏．萊利呢？」

「沒聽過。」

「你沒看到他們的新聞？」

「我爲什麼要看新聞？」

「其他人呢？還有人聽到丁斯護士死了不會難過嗎？」

他聳聳肩。「住過格丘的人都一樣吧。大家都不喜歡那裡的人。精神病院就是那樣。」

「那你呢？」

「大家都喜歡我。」

「我的意思是，你想要她死嗎？」

「我有愛，我痛恨暴力，」他說。

「你會放火嗎？」

「什麼？」

「你昨天在哪裡？」

「你問這個幹嘛？」

「回答我。」

「在這裡。跟梅琳娜在一起。混了一整天。」

「梅琳娜？」

「對啊，我馬子。」

「她在這裡嗎？」

「她還能去哪裡？」

「我能跟她講幾句話嗎？」

「她不喜歡陌生人。」

我對著他搖搖鈔票，提醒他是爲了什麼才回答我的問題。他看著錢，也覺得跟陌生人講話應該沒關係。「講快點，」他說。

他把門一把拉到底。透過樓上窗戶射進來的光線一點也不想進去他的房間，腐悶的空氣和性的氣息似乎把光線嚇走了。梅琳娜躺在床上，臉朝著電視。窗簾拉上了，室內的光源幾乎都來自電視。李奇往後退了幾步，他一動就引起一股氣流，弄得房間裡更臭。我差點要嘔出來。

「梅琳娜？」我向她走過去，然後我就閉嘴了。

「有問題快問啊，」李奇說。

我轉頭對著他。「她是你的不在場證人？」

「你問我幹嘛？」他問。「她會告訴你我們一直在這裡。」

我又回頭看看梅琳娜，不過梅琳娜仍盯著電視，完全不理我，呆滯的眼睛是塑膠做的。她全身都是橡膠跟塑膠，秤起來應該有五、六十公斤。就洋娃娃來說，她一定是最高級那種。我猜養她要花不少錢。

「懂了嗎？」李奇說。

「懂什麼？」

「你看，我說了，我昨天整天都在這裡，」他看著我，然後又低頭看著梅琳娜。「我知道，」他說。「對不起，但不能怪我。他就突然來了。他說要給我錢。」

他又看著我。「我告訴你了，她不喜歡陌生人。你要問的也問了，聽到我家小姐的話了嗎？你該走了。」他又低頭看著她。「我知道，蜜糖，我知道。」

「可以吧。」

他領我走到門口，我跟著他，很順服。「對不起啦，」他低聲說，好像我們是同謀。

「找到女神不容易，」我說。「你知道，有了一千塊，你可以買幾件好衣服給她。」

「不過還有幾件事情要問你。」

「什麼事？」

「我想聽聽看尖叫室的事情。」

「誰告訴你的？」

「另一個病患。你去過尖叫室嗎？」

「什麼？我？沒有，才沒有。可是我從來沒有……沒有，你知道的，欺負過別人。壞人才要去那個房間，我不是壞人。我的錢呢？」

「還沒完。那雙胞胎呢？」

他低下了頭。「你幹嘛問起他們，」他低聲說。「我現在好多了。我不想跟他們扯上關係。」他大聲吸吸鼻子，哭了起來。

「抱歉，我眞的很抱歉，」我這話是誠心誠意。「聽我說，你在格羅弗丘的那些朋友，會有人殺貓殺狗，然後把屍體挖起來嗎？」

「我不想再說了，」他開始把門關上。「錢你留著吧。」

我用手按住門。「李奇……」

「但是梅琳娜……」

「梅琳娜可以等一下。告訴我是誰。」

「我不能說。我們是朋友。他是我最好的朋友。」

「誰？」

「沒有誰。」

「他殺了我的貓，」我說。「還殺了丁斯護士。」

「那女人很嚴厲，」他說。

「他叫什麼名字？」

「我不能說，」他說。

我又拿出錢來。「你可以買東西給梅琳娜，」我說。「你不肯重色輕友，是不是？你寧可保護殺人犯，也不想買點好東西給你女朋友？」

他低下頭，嘴唇一開一闔，跟金魚一樣，一點聲音都沒發出來。

「李奇……」

「他叫作亞德里安．隆納，他已經走了。他以前住在這裡，不過我教會他開車後，他就走了。去格丘時他還很小，真的很年輕，他在那裡待了有二十年吧。」

「他什麼時候走的？」

「一個禮拜前。其他的我就不知道了，」等他再抬起頭，已經滿面淚痕。

「你告訴我這些事，一點也沒錯，」我對他說。

「梅琳娜……她不是，她不是……你知道的……我知道她不是，但是……但是總好過一個人。」

「一個人很難熬，」我說。

「我很難過你的貓死了，」他說。

「我也很難過。」

「求求你，求求你不要殺他。」

我給他看了報紙上的素描。「這就是亞德里安？」

他看看素描，歪著頭換了個角度看，又往另一邊歪頭看看。「有點像，」他說。「我覺得可能是他吧。」

「他本來住哪一間？」

「就在對面，」他指著走廊對面。「現在空了。他是我最好的朋友，我卻不知道他去哪裡了。」

我把錢給他，進了對面的房間。窗簾都拉開了，陽光照在滿是灰塵的地板上。床上有床單，枕頭跟毛毯不見了。抽屜都開著，裡面全都空無一物。

房間裡沒有其他東西，感覺整間輕得可以用一隻手舉起來。亞德里安・隆納不會回來了。我按著習慣檢查了一下，看看床下面，尋找鬆脫的地板，看了抽屜下面跟後面，什麼都沒找到。一個星期前，亞德里安搬出去，在格羅弗丘開始新生活。今天不知道爲了什麼，他嚇得又搬走了。

我回到走廊上，聽見李奇在跟女友說話，不過聽不清楚。下樓後，傳教士在門口等我。

「還有一件事，」他手上有根剛點的香菸，還有一罐啤酒。「探長，監獄好不好玩啊？」他的微笑給我冷冰冰的感覺。

回到車旁，四個輪胎都被割破了。我打電話給租車公司，等拖車的時候我一直把手按在槍上。

37

亞德里安從臨時新家的車道上把車倒出來的時候，車子拋錨了兩次。住進新地方他覺得很興奮，又很沮喪自己必須離開格丘，一下子高興一下子難過，更難專注開車。還好天氣沒那麼熱了，他也覺得自己更有元氣。第三次拋錨的時候，他的頭往前猛然一抖，他只好下了車，在車上靠了一分鐘，一邊按摩脖子。得專心吶。

他開車進了城，車子很多，正好是下班時間。他不喜歡在這時候開車，也會盡量避開，不過有時候也沒辦法。尖峰時間，駕駛人都變得不一樣了，侵略性大增。他們更愛按喇叭，車子也靠得更近，車頭都快黏上了前方的車尾。他覺得很討厭。有時候他很慶幸他不屬於這一群人。家庭和喪禮，繳稅和電視節目，規劃假期和粉刷房屋——想到就覺得害怕。

他把從中途之家拿來的電話簿放在前座，電話簿上面畫得亂七八糟，封皮也撕破了，知道他拿走了電話簿，傳教士一定很失望。他很討厭住在那裡。要不是李奇，他三年前就想搬走了，不過不能開車，他不知道他能去哪裡。李奇呢，碰到梅琳娜後就變了一個人。跟教他開車的時候判若兩人。他沒有那麼多時間陪亞德里安了。眞令人難過，因爲如果李奇也在，事情就簡單多了，也更好玩。

他在電話簿裡找到庫柏的母親。他並不想收藏她，也不知道自己爲什麼要騙庫柏。如此一來，庫柏就無法預料下一步他會怎麼做。把他母親帶來，又多一個人吃飯，多一個不開心的人，更多負面情緒，就像他母親曾說，「不開心的人就是壞人，」他覺得男的女的都一樣。不過，想到能把庫柏的母親納入收藏，他確實覺得很興奮，眞的，但現實就是有點複雜。不過，他還是想看看她住的地方，只爲了滿足好奇心。他已經查過她的地址了，就是忘了寫下來。他知道怎麼走，他又查了查地址跟地圖，確定自己沒走錯路。

開車經過她家的時候，他放慢了車速，好看清楚停在外面的車子。他不覺得裡面有警察的車子，因爲那些車子都很高級。很有可能她有朋友來訪，因爲庫柏不見了而來安慰她。以後這些車子也不會來了。

現在他的肚子開始咕咕叫。今天他只吃了早餐。沒按時間吃飯，他就覺得不爽。他可以把車開回新家去弄點東西吃，但是他不知道廚房裡的東西怎麼擺怎麼用，如果要弄吃的，就要花一點時間。

他開動了車子。他打算去速食店買東西吃。他從來沒走過得來速，一想到就覺得很焦慮，不過，幾年前他從來沒用過提款卡，現在他也學會了。要多累積生活的體驗，才能塑造出性格。他可以找個地方停車，趁著東西還熱的時候吃掉。然後他就開車去格丘，看看有沒有警察來搜索。

看著格丘的感覺一定很好。

感覺就像回家，但不是眞的到了家。

38

等拖車就等了一個小時。我心急如焚，就怕遛狗的男人回來，逼得我打死他們跟那條狗，然後去坐二十年的牢，才能再回來查案。我也等得很洩氣，因爲我急著繼續調查。拖車司機來了，下了車，繞著租車走了一圈。他把連身服的上半身鬆開了，掛在腿上。白色的T恤已經汗濕，變成透明的樣子。手上沾滿了油漬。

「你一定惹到誰了，」他低頭看著輪胎。

「有時候別人就是不了解我，」我說。

他把鉤子和鍊條連到車子下面，然後站在拖車車尾的旁邊，按住按鈕，滑輪開始轉動，把車子往前拉上去。確認固定後，我們上了駕駛座。駕駛座裡都是漢堡的包裝紙，我覺得一吸氣就吸進了好多膽固醇。我們交談了幾句，就是閒聊而已——天氣、交通、體育新聞。他把我載到租車公司要我去的輪胎行。那裡的人已經聽說了我的狀況，不過他們說現在很忙，要一個小時後才能幫我檢查。我坐在外面的長凳上，熱氣逐漸散去，我花了五分鐘盯著一棵樹看，又看了牆壁五分鐘，每五分鐘就選一個眼前的東西盯著看。空氣中瀰漫著橡膠味。我打電話給唐納文·格林，告訴他最新的狀況。我說我弄到了幾個人名，今晚會跟進，他應該隨時帶著手機，我可能需要更多錢。他說錢不是問題。他問我是否還帶著艾瑪的照片，他給我的那張，我說我放在皮夾裡。他要我拿出來好好看一看，我照做了。他說，她的命就握在我手裡，她還活著，不知道在哪裡，錢不是問題，又提醒我，我做這件事是爲了他跟艾瑪，不是爲了警方。他提醒我，我找到庫柏・萊利後，要先告訴他，我要讓他跟庫柏・萊利獨處幾個小時。

「OK，」我對他說。

「答應我，」他說。「答應我，萊利要爲他的所作所爲付出代價。」

「我答應你。」

我掛了電話，又打給施羅德。「我家那些指紋找到了主人嗎？」我問他。

「沒。有些指紋很清楚。所以不是梅莉莎，也不是有前科的人……」說著說著，他的聲音愈來愈小。

「等一下，」他拿開了電話。我聽到模糊的聲音，但聽不到他們在說什麼。他過了一會又回來了。「聽我說，我得走了。」

「等一下。或許我們要找的這個人還年輕，沒有前科，不過有住院紀錄。」

「泰特，你想說什麼？」

「我有線索了，」我告訴他。「這很重要。我知道誰抓走了庫柏・萊利。」

「是嗎？誰？」

「以前在格羅弗丘的患者。他叫作亞德里安・隆納。如果他入院的時候還很小，就不會有前科了。」

「啊哈，泰特，幹得好。我們會去查。」

「等等，」他平淡的語氣透露了事實。「你已經知道了？」

「我們當然查到了。怎樣，你以爲沒有你我們就不行了嗎？」

「你們什麼時候查到的？」

「泰特，聽著，我得走了。」

「你可以來找我嗎？」

「什麼？」

「帶搜屍犬來。」

「老兄，你在拐我嗎？」

「格羅弗丘。」

「泰特，聽我說，我們知道該怎麼辦。」

「格羅弗丘……」

「我們去查過了。」

「找到什麼了嗎？」

「我們找到的當然比你多。」

「找到庫柏．萊利了嗎？」

「還沒。」

「但找到人了。」

「兩具屍體。」

我嚇出了一身冷汗。「艾瑪．格林？」

「不是，」他說，我鬆了一口氣。「泰特，聽好了，別去，連想都不要想。」

「我馬上到，」說完我就掛了電話。

快七點了，我的車才被油壓升降機吊起來。我等得好焦慮，最後在外面的走道上來回踱步，觀察店旁的其他車子，不知道偷一台車容不容易。不過每一台車都沒有輪子。換一個輪胎要十分鐘，車子終於降下來，我立刻上路。

雖然今天才去過格羅弗丘，再度前往我還是迷路了。一路上太陽幾乎都照著我的眼睛，偷偷爬上了遮陽板，所以轉彎換了個方向後，視線裡還是有亮光在跳動。到了格羅弗丘，我把車停在一台巡邏車後面。陽光照在建築物某側所有的窗戶上，感覺奇亮無比，其他的地方相形之下十分陰暗。我用手遮著光線，尋找施羅德的身影。警方並未搭起封鎖線，因爲也不需要防著有人會來。現場大約有三十個人，一半的人看到我下車，可是沒有人過來。他們似乎都知道我是誰，施羅德也應該跟他們說了，不需要攔著我。他站在一個留著鬍子跟條碼頭的男人旁邊。看到我他中斷了對話走過來。他的襯衫袖子捲高了，衣褶裡沾滿了塵土。

「天啊，泰特，」他搖搖頭。

「卡爾，你就別氣了，承認我跟你們是一夥的。我想幫忙。你去監獄接我，不就要我加入嗎？不就要我幫忙嗎？別再廢話了，別再假裝你要我滾，其實誰來幫忙你都該接受。」

他似乎想爭辯，也舉起手準備擺出生氣的手勢，卻又放下了雙手，臉上也浮現了微笑。「你說得有道理，」他說，「去掉你給我找的麻煩不談，就不用浪費時間了，對我的心臟或許也有好處。」

「你們找到了什麼？」

「到目前爲止，我們找到了兩具屍體。」

「到目前爲止？」

「對啊。不知道還有沒有。其中一具還很新鮮。」

「多新鮮？」

「第一具屍體好幾年了。法醫說第二具應該死了二十四小時。我們猜她是凱倫・福特。我們還在等身分確認，不過一切都符合。她是流鶯，今早被報失蹤，二十歲，」他說。「老天，二十歲。」

「找到謀殺工具了嗎？」我問。

「還沒。還有呢，你來的時候看到樓下的牢房了嗎？我們找到血跡。」

「我看到了，」我告訴他。「住在這裡的人叫它尖叫室。」

「什麼？」

我告訴他我去找了傑斯・卡特曼。前十秒施羅德還挺冷靜，然後他的手握成了拳頭，緩緩搖頭。說到雙胞胎的時候，他咬緊了牙根，我眞擔心他的牙齒會就這麼咬斷了飛出來，嵌到我臉上。

「傑斯・卡特曼不算是可靠的消息來源，」施羅德說，但我看得出他有一點相信，跟我的想法一樣，尤其現在還找到了屍體。

「你得去打幾個電話，」我告訴他。「當時的員工都知道發生了什麼事情。如果有一點點事實在裡面，就會成立不少攻擊謀殺案，天曉得這間房還造成了什麼慘劇。」

「天啊，」他說。「簡直是夢魘。」

「艾瑪．格林呢？找到了她被帶來這裡的跡象嗎？」

他搖搖頭。「我們在樓下房間的鐵門裡找到剛印上去的指紋，符合我們從庫柏．萊利辦公室取得的指紋。我們找過其他房間，沒找到艾瑪．格林來過的跡象，只有凱倫．福特留下的東西。看來她曾被綁在一張床上。我們也在地下室的地板上找到一些電擊槍的編號紙片。沙發上有一些，底下也有一些，應該已經射了二十發了，所以亞德里安清掉了一些。」

「你查過序號了嗎？」

「查了。查不到什麼。五年前在美國有批電擊槍被偷了，那是其中一支。兩百支電擊槍不見了，跑到世界各地，還有上千個卡匣。」

「他媽的亞德里安怎麼會拿到這種東西？」我問。

「可能是庫柏的。」

「他被自己的電擊槍擊中？」

施羅德聳聳肩。「或許吧。」

「所以亞德里安把萊利鎖在地下室裡，」我說。「跟囚犯一樣。意思是如果他的屍體沒找到，他可能還活著。或許多年前亞德里安還在這裡的時候，庫柏在尖叫室裡整過他。那血跡呢？」

「還沒有配對結果。看起來很新鮮。可能是艾瑪．格林。我們也找到其他東西了。衣服、一些私人用品、一些廚房用品，甚至還有盤子。都裝進了紙箱，藏在森林邊草長得比較高的地方，」他說。「看來亞德里安匆匆離開，沒辦法帶走所有的東西。你怎麼發現亞德里安．隆納涉案？」他問。

我告訴他我去了中途之家。「你們呢？」

「很簡單。我們問了一些以前的員工，給他們看素描，告訴他們你的貓怎麼了。他們給了一個名字，那人會挖貓狗的屍體，也符合畫像。我派人去了同樣的中途之家，問到的消息跟你差不多。聽說你早就去過了，怎麼這麼久才到這裡來？」

「車子出了問題。」

「我們帶了兩隻搜屍犬來，然後又升級到透地雷達。法醫認爲另一具屍體埋在地下起碼十年了。我們已經擴大了搜索範圍。」

建築物後有人大聲叫嚷，幾名警探朝著他走過去。我跟著施羅德一起走。我問他關於亞德里安．隆納的事情，他知道的並不多。一群警探圍成了半圓形。我從人體中間的縫隙看到一堆堆的土。我們穿過建築物投下的陰影線，走進南邊的陰影中，空氣涼爽多了。這邊已經挖開了兩個墳墓，旁邊的土堆已經高及腰部，底下的土很乾很稀，上面的則很粗，還有深色的泥塊。警探聚集在第三堆土前面。我們加入了他們。大家都低頭看著挖開一半的墳墓，頭顱跟半條手臂露了出來，上面沒有肉了。突然之間，傑斯．卡特曼的故事似乎沒那麼異想天開。

「天啊，」施羅德說。「我們挖到了什麼啊？」

沒有人回答。負責挖的人停止了挖掘，另一個人則開始拍照。挖土的人沒有靠著鏟子擺出姿勢對著鏡頭笑一個。他只等著繼續挖下去，不過他挖的速度變慢了。大家都有種難以抗拒的感覺——每個人都認為，應該不止三具屍體。

在第一個完全挖開的墳墓外十公尺的地方，藍色防水布上躺了一個女人，穿著寬蕩蕩的洋裝，胸口有一大塊血跡。凱倫·福特。她的朋友家人現在正在找她，希望她還活著，希望她只是離開幾天，但從事這一行的女人就知道，她不會回來了。

「我他媽的好討厭我的工作，」看到我往那兒看，施羅德開口了。

「如果你不討厭你的工作，才眞的要令人緊張了，」另一個人說，我來的時候看到施羅德正在跟他講話。

「這位是班森·巴羅，」施羅德為我們引見。

陽光從巴羅的條碼頭上反射出去，讓他的頭髮看起來更稀薄。他的臉因為塗了防曬乳液而發亮，看起來也紅紅的。他的聲音低沉悅耳，可以讓想自殺的人從高樓上退下來。我握了他的手。

「我聽說過你這個人，」他告訴我。

「請問你是？」我問。

「他是諮詢師，」施羅德說。

「心理醫生，」巴羅補充說道。

「兩個月前我們合作過，」施羅德說。「既然嫌犯之前是這裡的患者，找他來也合理，他或許有些想法可以幫上忙。」

「有些我已經治療好幾年了，」巴羅說。

「亞德里安．隆納也是你的病人？」我問。

「很可惜，他不是，」他說。

「隆納的確有主治心理醫生，每年要去看兩次，」施羅德說。「尼可拉斯．史坦頓。」

「其實我認識史坦頓，」巴羅說。「他人很好。」

「但是不在家，」施羅德說。「他去度假了，在天氣涼爽的另一個時區。我們正在申請搜查令，才能看他的病患資料。」

「什麼時候會下來？」我問。

「心理醫生病患資料的搜查令？要我太太放棄她的信用卡可能還比較簡單，」施羅德說。

「隆納一年只需要報到兩次？」我懷疑自己聽錯了。「聽起來很少。」

「是很少，」巴羅說，「不過就是這樣，別忘了，這不是我的錯，也不是史坦頓醫生的錯，法庭和政府的醫生制定一年兩次就夠了。」

「那麼，」我說，「亞德里安會把庫柏帶去哪裡？」

「他熟悉的地方，」他說。「我只有這個答案。」

「線索太少了，」我說，「而且我們也已經想到了。」

「聽我說……」但我舉起手來要他閉嘴。

「對不起，我沒有不敬的意思，」我說。「只是今天太累了。」

「沒關係，」他慢慢點了點頭。「跟條子合作，每個心理醫生都得習慣這種事。」他看看我，欲言又止，我知道他想說什麼，但我不動聲色。他繼續說下去了。「先訂一些基本規範吧，」他說。「這些都是推測。是科學。我跟電視上那些王八蛋靈媒不一樣。我的話是有根據的。我覺得呢，他很有可能會回來。首先，這裡是他的家。他不想離家太久。他曾經被迫離家，因此覺得很緊張很難過，感受到壓力後，我們都想回歸能帶來安慰感覺的地方。所以，涉及此案的人今天晚上都應該把家裡的寵物關在裡面。你們可以考慮在家門外派便衣警察站崗，因爲大家現在都是目標了，不過泰特先生，對你來說可能太遲了。除此之外，我覺得你們也會發現他很想回來。他在這裡住了很多年，他也會就近監看。事實上，說不定他就在旁邊，」他一說我們就朝著遠方的樹木和道路看去，尋找正在監看這地方的瘋子。「我建議派巡邏車攔截要過來的人。」

「你看過庫柏．萊利的書了嗎？」我問。

「泰特，你怎麼會拿到他的書？」施羅德問。

「我看過了，施羅德警探跟我講案情的時候給了我一本，」巴羅說。「寫得很糟，」他補了一句，「而且前後不連貫。他以爲他懂的很多，其實不然，從他的結論就可以看出來。我來寫的話一定比他好多了。其實這幾年來我也想過要寫書，說不定……嗯，這麼說很像我要利用這次機會了，不過這次或許有一些不錯的素材。」

「老天啊……」我說。

「我知道你在想什麼，」他說，「但沒有我這種人來研究亞德里安和庫柏那種人的話，你們這種人也不知道從何下手。」

「OK，算你有理，」令人困擾的是，他眞的很有道理。只是眞的有人能從這一連串死亡和悲劇中謀利，讓我覺得很激動。「不過有件事我還是不懂。」

「泰特，只有一件嗎？」施羅德說。

我不理他的嘲弄。「亞德里安想要報復潘蜜拉．丁斯，把她殺了，」我說。「如果他要報復庫柏．萊利，爲什麼不乾脆殺了他？」

巴羅抬起眼睛，額頭扭出一大塊皺紋。「那就是關鍵所在，對不對？對，我也想過了。我不相信他綁架庫柏．萊利的動機是爲了復仇。」

「不是？那是爲什麼？」我眞的很好奇。

「我覺得他著迷了。」

「著迷？」施羅德重複了一次。

「我想，庫柏．萊利來這裡訪問病患和做測試的時候，亞德里安迷上他了。」

「你覺得他綁走庫柏是爲了佔有他？」我問。

「這很合理。」

確實很合理。我應該早點發現的。看到樓下的牢房時我就該想到了。

「如果是迷戀，爲什麼要等三年？」施羅德問。

「他需要培養行動的勇氣，」巴羅說，「也需要收集工具。如果爲了報復，庫柏早就死了。這點我很確定。你說亞德里安用了電擊槍，對吧？爲什麼不用刀槍？這跟殺人沒有關係，他想要收藏。」

李奇．芒羅說他教會了亞德里安開車。這也是一項工具吧。一直到最近，亞德里安才有方法把人帶過來。他不太可能把庫柏裝進計程車的行李廂裡。

「你覺得亞德里安知道庫柏是殺人犯？」我問。

「很有可能，他的智商並不如我們一開始想的那麼低，」巴羅說。「更有可能，他的運氣很好。」

「你覺得他在跟蹤庫柏的時候，不小心發現他是連續殺人犯？」施羅德問。

「難道要說，他的偵探技巧比我們更厲害嗎？」我說。「他不可能發現庫柏殺了好幾個人。」

「偵探技巧？」施羅德問。

「你知道我的意思。」

「我同意，」巴羅說。「現在，問題在於亞德里安的運氣還能用多久呢？」

只是，我在意的不是亞德里安的運氣怎麼樣。而是艾瑪．格林。她很幸運，庫柏被綁架了，但這也可能表示她從星期一晚上就沒有喝水吃東西。我知道一般人沒喝水的話，約莫能撐四天，但現在的情況一點也不正常。正好熱浪來襲……嗯，也要看她所在之處有多熱。最新挖開的墳墓旁土愈堆愈高，露出的骨骼也愈來愈多。我看看地面，或許還有更多墳墓會被挖開，祈禱拋棄他們的上帝不要拋棄艾瑪．格林，希望我找到她的時候她還活著。

「警探，隆納的個性很不穩定，」巴羅說，「如果受到某種程度的壓力，他什麼都做得出來——現在他就覺得很緊張了。看到他家被警方佔據，相信我，如果亞德里安知道這裡的情況是這樣，他一定會恐慌到不行，那表示他什麼都幹得出來。」

「還有梅莉莎．X呢？」我看向施羅德。

「他知道，」施羅德要我繼續說下去。

「有什麼進展嗎？」我問。

施羅德搖搖頭。「我們跟她的朋友家人談過了，正在建檔，」他說。

「假設萊利襲擊過她，她已經變了一個人了，」巴羅說。「她會幻想自己是死去的妹妹，想要報仇。」

「原來的她呢？」我問。

他聳聳肩。「我不知道。有人覺得原來的她已經純粹是魔鬼了，但我不同意。現在的她也來自過去的她。服用正確的藥物，接受適當的協助，」他沒把整句說完，因爲我跟施羅德都瞪著他，彷彿他完全不懂。並非所有人都能治好——有些人就是要服無期徒刑。走上這條路並不是娜塔莉的錯，但她卻殺了無辜的人，也要付出相應的代價。

39

庫柏把襯衫脫了，揉成一團墊在頭下面；這種枕頭當然不怎麼舒服，不過這間房也不是五星級客房。他想到了艾瑪．格林，不知道她的待遇是不是跟自己一模一樣，起碼她還有水喝。誰知道，說不定被綁了四天後，她已經把繩子解開了，不過就算鬆綁了，她也出不了房間。他的心思主要還是放在娜塔莉．福勞爾斯身上，一直想著等他出去了要怎麼對付她。他會把他知道的事情跟警方的消息結合起來，找到她，讓她付出代價。他倒要看看她喜不喜歡他用鉗子來對付她。

他也花了一點時間思索那會是什麼樣的感覺，一切都會如他所願。先是亞德里安，然後是娜塔莉。他有足夠的專業知識，他知道其他被他綁架的女人都是娜塔莉的替身，不知道殺了她會怎麼樣，之後還會不會有擄人施虐的衝動。想到這一點的時候，他只是從純學術的角度去探討。

他已經一身汗了，根本不知道現在幾點。可能是午夜，也可能是中午。他的生理時鐘完全故障了。他想，這就是烤雞的感覺吧，然後鬆開了褲襠，撥開衣料。他需要水。他需要新鮮的空氣。他不知道亞德里安離開多久了。不知道那個病態的王八蛋是不是真的去綁架他母親了。希望不是。把母親丟到這裡來，情況就更複雜了。

他聽到門外傳來腳步聲。跑步的聲音。第一個念頭是有人來救他了。第二個念頭浮上來，被救了也麻煩。隙縫開了，光線照進來，但沒有上一次那麼強。傍晚了，可能八點左右吧。

「老實告訴我，」亞德里安氣喘吁吁。「你殺了幾個女孩？」

「爲什麼這麼問？」庫柏問。他慢慢站起來，穿上了襯衫。他不想被亞德里安看到赤裸上身的樣子。他走到門口，輕輕按摩發痠的腰部。

「警察去了格丘，」亞德里安說。「就像你說的，他們到處搜。」

「天啊，他們找到了什麼嗎？」

「我不知道。我不知道。我不知道。我……」

「冷靜一點，亞德里安。有幾個警察？一台車？兩台車？」

「很多車，」他回答。

「講給我聽。」

「哎呀，我不知道，」他厲聲說。「十台車，更多車，有什麼差別？有人拿著很奇怪的儀器走來走去，有點像除草機，可是不是除草機。」

「他們在找屍體。」

「他們在我家走來走去！他們在裡面亂搞……用燈用設備，什麼都碰了。我覺得住在那裡很好。我以爲他們不會來。你說他們來了，到處看看就會走了！我到山丘上的樹林裡等他們走，他們一直不走。他們到處走來走去找東西，侵入我的家。我們的家！」

「聽我說，亞德里安。不會有事，但你要小心點才不會被抓，亞德里安。」

「眞希望我知道誰是誰，」亞德里安根本聽不進去，他的髮線上沾了血，講話的時候他用指甲插進髮線亂抓。另一隻手移到脖子上，也開始亂抓。庫柏看到他的皮膚發紅了。「我應該侵入他們的生活，就像他們侵入我的生活一樣。我應該要把名字寫下來，跟那些欺負我的人一樣，可是這次我不會殺掉他們的寵物，我要把他們全都殺了。我會去找每一個人。看看他們喜不喜歡他們家被人侵入！」

「你流血了，」庫柏說。

「什麼？」亞德里安把手指移到眼前仔細打量。「有時候我會發癢，」他說，「不管怎麼抓都還是很癢，」他又開始抓了。「庫柏，但是你說得沒錯。你沒有說謊，沒有騙我，如果還有一點安慰，那就是你給我的。」

「聽我說，亞德里安，你得專心點。昨晚那個女人，我們殺掉的女人，」庫柏把亞德里安也算成兇手了，「你把她埋在哪裡了？」

「我躲在樹上，沒人看到我，」亞德里安說。「小時候我常夢想要逃到樹林裡。我會想像我就靠著撿水果和煮兔子活下去，再也不用跟別人來往。」

「你把女孩藏在山上？」

「那些夢讓我覺得好冷好寂寞，要很辛苦才能活下去。」

「亞德里安！」

「什麼？」

「那個女孩，」庫柏放慢了說話的速度，盡量保持冷靜。「你把她藏在山上了嗎？」

「什麼？沒有啊。有幾個？」

「什麼有幾個？」庫柏問。

「你到底殺了幾個女孩？」

「你爲什麼要問？我早就告訴你了。」

「有幾個埋在日景？」

「什麼？我不知道，幾個吧，我猜。」

「你怎麼會不知道？」亞德里安問，庫柏很擔心，照現在這種速度抓下去，亞德里安會流血流到死在走廊上，他就永遠出不去了。

「亞德里安，冷靜一點。」

「幾個？」亞德里安幾乎要尖叫了。他的口水穿過隙縫噴進來。「癢死了，癢到討厭死了，怎麼抓都癢！」

「一個。那裡埋了一個，」他說。

「星期一晚上你抓走的那個呢？」

艾瑪．格林？不，艾瑪．格林還活著，起碼他覺得她還沒死。如果這裡是日景，亞德里安早就找到她了。好，有兩個可能。有可能亞德里安還沒看過所有的房間——說眞的，他不需要每間都看——或者他們不在日景。也就是說他們可能在東湖，表示亞德里安一直都在騙他。

「你要拿她怎麼辦？」他避而不答，就讓亞德里安自己去亂想吧。

「我要那個女孩，就這樣。」

「爲什麼？」

「我就是需要。」

「如果我告訴你，你會放我出去嗎？」庫柏問。

「我會想一想。」

「那我想一想要不要告訴你。」

「但是我要答案，」亞德里安大吼，雙拳用力捶門。「拜託，很重要。我要答案。我一定要知道！」

「我帶你去看。」

「不行，不行，你一定要告訴我。」

「爲什麼？」

「警察可能會找到她，」亞德里安說。

「你騙我，」庫柏說。

「拜託，我真的很需要找到她的屍體。我答應你，等我回來，就不會這樣了。你不是要水嗎？而且你說很熱，那時候你沒告訴我你不想當我的朋友，我不如就把這個洞關上，再也不要回來了。」

庫柏雖然很希望從此再也不要見到亞德里安，但被鎖在這裡太可怕了，好可怕的死法。

「我告訴你她在哪裡，」庫柏說，「然後我們就一起行動，OK？」

「OK。」

「但是，亞德里安，首先，你還沒告訴我昨天晚上那個女孩在哪裡。」

「當然被埋起來了。」

「離精神病院多遠？」

「警察已經找到她了，」亞德里安說。

「可惡，」庫柏一拳打在門上。警方可以從屍體上找到不少證據跟線索。「刀子呢？」

「刀子在這裡，」亞德里安說。「我不會把刀子丟掉。」

很好，也算有點幸運。「聽我說，你該放我出去了。我不能被警察抓到，你也不行。我們要逃離基督城。我們要想辦法離開紐西蘭。如果能合作，就沒問題了，但你得先讓我出去，我們必須彼此信任。」

「你說過要告訴我那個女孩在哪裡，」亞德里安幾乎要哀鳴了。

是啊，他知道他說過，但他腦子裡有好多想法，刺探所有的可能性。「有條小路通到後面，」庫柏告訴他怎麼找到去年那個活不下去的女孩。「就走那條路，旁邊有道矮磚牆。走到底磚牆結束的地方，向右轉。跟建築物平行走十五公尺，會看到一條溝。向著跟建築物相反的方向，沿著溝走二、三十公尺，會看到一棵倒下來的樹。跨過樹再走十公尺，就可以找到她。」

亞德里安關上了縫隙。

「喂，喂，亞德里安，」庫柏用力敲牆，但亞德里安已經走了，庫柏只能回去躺下，等他回來。

40

亞德里安覺得心神激盪。他得做點什麼來釋放怒氣，他擅長的事也只有那麼一兩件。跑回車上的時候，他的臉孔發燙，用力用手指挖發癢的地方，還要把額前的頭髮撫開。他沒把車子的引擎關掉。反正這裡也不會有人來偷車。從山上往下看，那些人跟螞蟻一樣。他用食指拈住大拇指，假裝把他們捏碎，然後用手指比成槍的樣子，假裝自己射死了他們。他應該這麼對付學校裡的那些人。應該弄一把槍，把他們打死，而不是殺死那些笨兮兮的寵物。

車子停在樹下，他折了一根樹枝，用來搔集中在背上的發癢。樹枝劃破了皮膚，但立刻舒緩了癢感。手臂後面出現了紅斑，皮膚腫起來了，看起來跟剝了皮一樣。只有在壓力猛然降臨時，才會有這些症狀。他把樹枝折成兩半，丟在車道上。他想要尖叫，想要釋放精力。住在格羅弗丘的時候，他偶爾也會有這種感覺。他覺得很生氣，沒辦法冷靜下來。連續一百天都吃馬鈴薯泥，沒有其他東西，或一整個夏天都不能出去，都會讓他很生氣。他會驚恐尖叫，然後被送進尖叫室，在裡面待兩天。有時候會被揍，有時候他就一個人留在那裡，等到沮喪的感覺消失，他也忘了自己爲什麼那麼生氣。他被關在下面的時候，不止一次他用手拍門拍到雙手流血，苦苦哀求別人把他放出去。

他上了車，飛快地駛過車道。外面天色已黑，遠方的形體看起來只是陰影中的陰影。上路的感覺眞好。胸口的壓力似乎釋放了一點點，但還有更多要釋放出來。

他家已經不是他家了！即使在中途之家的時候，格丘依然保持原樣，非常安全，等他回去，現在……現在這些人把格丘毀了！他們爲什麼要對他這麼壞？

這裡的路他都很熟，避開了大路免得碰上警車。畢竟他開的車屬於一個死掉的女孩。到了高速公路，一個人也沒看到，再往西開到另一處都是小路的地方。路上只有他一台車子。太陽已經下山了，但天空還沒全黑。反正沒有其他的車子，他加速到超過了速限，這還是他第一次超速，顫抖的雙手轉動了方向盤，頭燈跟著在路上搖晃。他抓緊了方向盤，時速快到一百公里了，他的心跳也跟著加快。他從來沒開得這麼快。

他知道庫柏以爲他們的臨時新家在日景，但庫柏不是每件事都知道。亞德里安開車來過這裡兩次。第一次是學開車的時候，李奇覺得在小路上學比較好玩，也不會被抓到。他們把車開來這裡，停在車道最前面，兩個人都緊張到不敢往前開，他們開始嘻笑，要對方繼續開。第二次則是星期一晚上，他跟著庫柏過來，庫柏把女孩藏在行李廂裡，那天他躲得很遠，免得被庫柏聽到。

這次他開上了車道，沒有人激他繼續往前開，沒有人陪他笑鬧。日景的房子比格羅弗丘大很多，他不喜歡這裡；這裡沒有格丘那種家的感覺。日景比較現代，比較四四方方的磚造建築，保存得也比較好，如果他被送來這裡，現在可能過著完全不同的生活。草皮長得過火了，夾雜一片片薊草，後面的草高及膝蓋，一直搔著他的腿，讓他覺得很不耐。拿著鏟子，沿著磚牆旁的小路向前走，用手電筒照亮前方，背上的皮膚又開始刺痛。最後他向左轉，走了幾步才想到應該向右轉。他應該做個筆記。剛才就想到了，不過他以爲沒關係。天空幾乎全黑了，遠方隱約仍是紫色。幾步外有好幾棵大樹，還好庫柏沒把女孩埋在那裡，不然他永遠找不到她。他朝著跟建築物平行的方向跑，一頭摔進了溝裡。溝渠大概比地面低了一公尺。他沿著溝走，很小心地看著爛泥。他找到了那棵樹，一棵白樺樹，樹枝都乾掉了，很酥脆。他爬過了樹，樹枝卡住了他的襯衫，在上面撕了一個小洞。他丟下鏟子，探手回去拉衣服，腳又被纏住了，讓他摔進了溝裡，衣服撕爛了更多地方。他抓起鏟子，用力敲打地面，敲了兩下又把鏟子丟到幾公尺外的地方，開始用拳頭搥地，搥到哭了起來。情況不應該變成現在這樣。

過了一分鐘他才爬起來。襯衫爛了。他找到鏟子，繼續走。他覺得頭好痛。他數了數，應該有十公尺了。土看起來不太一樣，在十公尺的地方比較高一點，他把鏟子戳進地面。挖土的時候身上也沒那麼癢，不過只挖了一下就找到她了。

如果她才死了兩天，她看起來實在太糟了。事實上她爛成這個樣子，他忍不住覺得這根本不是那個女孩，可能是另一個受害人。畢竟庫柏說他殺了六個人。

他很怕他把她拿起來的時候，她就四分五裂了。不論如何，他不想用手碰她。她身上都是蠕動的蟲子跟蛆。他四處看看，沒看到可以用的東西，最後決定用他的襯衫，反正都撕爛了。他脫掉衣服，包住死女孩的腳，然後往上拉。

腳跟身體仍連在一起，身體往上滑出了墳墓，黏滿了土壤，有些爛肉則留在原處。他把她抱起來，盡量遠離自己的身體。他想，如果把她一路拖到車上，最後留下來的可能沒多少。他沒辦法爬過白樺樹了，只好抱著她繞過去。到了車子旁，他把她裝進行李廂，襯衫也放在裡面。

他需要洗一洗，除了滿身塵土，可能還沾上了死女孩的爛肉。

他拿著手電筒走到建築物的大門。門把上繞了鐵鍊，用掛鎖鎖住，看起來比格羅弗丘門上被他打爛的那個新多了。他轉身離開，又拿著鏟子回來。他把手電筒放在地上，正好照著鐵鍊，抓緊了鏟子的把手用力一揮。第一揮完全沒打到掛鎖，鏟子邊沿著門滑下來，插進了混凝土台階，震痛了他的手，幾塊混凝土片彈了起來，打在他的嘴唇上。第二次揮舞則充滿了怒氣。他打中了門三次，然後才打到鐵鍊，但是打中以後鐵鍊仍保持原樣，又揮了幾次，他才用足夠的力量打中了鐵鍊，連在上面的門把也從門板上裂開了。他好奇心大起——很好奇裡面是什麼樣子，很好奇要是自己被送到這裡來的話會過著什麼樣的生活。走廊跟房間都漆黑一片，手電筒幾乎無法穿透黑暗。他把鏟子留在門口，慢慢摸進去，跟格丘好好比較，雖然有手電筒，周圍仍有百分之九十隱藏在黑暗中。他找到了洗手間，把自己洗乾淨。水非常冰冷。他繼續往前走，找到了一個看起來很奇怪的房間，跟格丘所有的房間都不一樣。地板中央放了一張裝了軟墊的桌子，上面有固定手臂跟腿的束帶。牆上跟地板上都有很多插座，長凳上以前應該擺了大型設備，還有一塊布滿咬痕的木頭，兩段用一條帶子連住。他覺得這應該是電擊病患的地方。有人覺得電擊可以治療精神病，他們會把電線黏在你身上，開大了電流，據說就能修復腦部的問題。天啊，那時候他們甚至會切下一片腦子，因爲醫生覺得這也是治療的方法。他希望現在沒有人用這些療法了，他也滿懷感恩，他在格丘從來沒接受過這種待遇。地下室已經很糟了，勤務兵在那裡給他的一些處罰更糟糕，不過他寧可不要自己的腦子被切下來。

他倒沒想到隔壁房間裡居然有個裸體女孩。看到她的時候，他的心差點跳出了胸膛，手電筒也差點掉到地上。她是庫柏那天帶來的女孩，亞德里安本來相信庫柏已經把她先姦後殺，屍體也埋好了，不過她還在這裡，所以他挖起來的是另外一個人。她看起來還沒死，她的一隻手臂朝著他動了動，彷彿要證明她還活著，應該是抽搐吧，像貓咪做夢在追老鼠。她的眼睛被膠帶黏住了，旁邊的地板上有兩個空瓶。她的手被綁在背後。

星期一晚上跟蹤庫柏來到這裡的時候，他把車子藏在路邊，然後走路過來。在他跟李奇停留過的車道上，他跟自己辯論下一步該怎麼辦，想要偷偷過去看得更清楚一點，又怕會被發現。他鼓起勇氣到了日景的入口，就不敢再靠近了。他聽不到裡面的聲音，但不需要聽見或看見，也知道發生了什麼事。他跑過車道，跑回停車的地方。他從日景把車開到城裡，停在路旁，然後開走了被庫柏綁架那女孩的車子。從那以後他一直以為她已經死了，發現她還活著，眞是太好了。

他已經想到該拿她怎麼辦了。

他終究還是會把她當成禮物送給庫柏，不過他不想像上一個女孩一樣，拿來當成測試庫柏的工具。他想要給她更好的結局，宇宙也想給她更好的結局——所以他才會在這裡找到她。

不過，首先，她需要他伸出援手。

「我是來幫妳的，」他說。

她不答腔。他得找些水給她，但他也擔心要是現在給她水，她就能恢復力氣，想辦法逃走。

他把她帶到外面。她呻吟了一下，但沒有說話。她的皮膚摸起來很燙。把她裝進行李廂裡有點難，因為裡面已經有個死女孩了，在他的堅持下，兩人緊緊依偎在一起。他沒撕開她眼睛上的膠帶，所以她看不見眼前的東西，不過他知道她一定聞得到味道。

關上行李蓋前，他從前座拿出破布，灑上可以讓人睡著的藥物，放在女孩臉上。她完全沒有反抗，馬上就睡著了。他小心地關上行李蓋，不想壓斷了她的手指或四肢。然後他又上路了，穿越黑暗，朝著新家前進，身上幾乎不癢了，在回到新家見庫柏前，只要再做一件事。

41

不知道珍·帝隆和艾瑪·格林彼此認不認識。除了都是年輕的金髮女孩，符合庫柏·萊利想要姦殺的外型，不知道還有什麼共通點。我努力不去想凱倫·福特在一個精神不穩定的男人和一個瘋子手下度過了什麼樣的煎熬。不管庫柏·萊利和亞德里安有什麼關係，凱倫·福特絕對吃了不少苦。她簡直體無完膚。嘴唇旁有殘餘的膠水和撕破的皮膚，下唇吊了一根吸管。我克制著不要去想她死前的那幾分鐘，可是腦海裡轉來轉去都是這些事——死在那個殘酷的地獄裡絕對稱不上死得其所。

過去一小時內，有愈來愈多警察加入搜尋。到目前爲止，又多了一具屍體，法醫說也埋在地下好幾年了，有可能長達二十年。現場掛起了幾十個高瓦數鹵素燈泡。燈光吸引了飛蛾，牠們全速朝著燈泡飛去，有的撞上了燈泡，被燒焦了，有的在空中飛舞，沐浴在燈光下。從遠處看很像考古遺址，也像一群科學家正在挖掘來自外星的東西。艾瑪·格林依然沒有消息。在格羅弗丘找到的指紋已經比對過從她公寓裡的梳子上和她讀過的書上取來的指紋，都不相符。格羅弗丘是亞德里安·隆納的藏身之處，但庫柏·萊利並未隱匿於此。

施羅德打了幾個電話給曾在格羅弗丘工作的人。第一通電話本來還好，但他一提到雙胞胎對方就掛了。跟他講話的女人說要找律師。接下來的每通電話結局都差不多。

「他們正在找律師，」施羅德告訴我。「要從他們口中問出消息，簡直跟要讓石頭滴血一樣，這就是爲什麼。他們知道這裡發生了什麼醜聞。我們要去申請搜查令，把他們帶來問話，本來不該這麼費事的，現在他媽的要花更多時間了。」

在過去三十分鐘內，媒體採訪車也開始出現了。穿著昂貴服飾的男女從車中湧出，踏上了泥土路，還好在第一輛媒體車到達前幾分鐘，警方就立起了封鎖線，讓他們無法通過。他們開始繞圈圈，朝著附近山丘上的樹林前進，都想要拍到更清楚的照片，迫切希望能搶先和全國民眾分享這裡的悲劇，在今晚十點三十分的新聞時段帶著微笑播報被挖掘出來的可怕殘骸，他們都知道找到的屍體愈多，新聞就愈聳動，也能流傳更長的時間，收視率也會提升。這時候他們還不知道要報導什麼消息，只是來了這麼多警察，肯定是大新聞。棚內主播跟現場記者來回交換理論時，電波上就會出現艾瑪·格林和庫柏·萊利等名字。我看著記者來回走動時，一台應該不到一年的BMW停了過來，強納斯·瓊斯下了車，靈媒來這兒預言墳墓裡有屍體了。我心想如果來個小地震，讓記者腳下的地面裂開就好了，基督城就突然少了一、二十個記者，臉上忍不住浮現了微笑，不過一想到只會有更多人來取代他們，我的笑容就消失了，而且他們還有更多東西可以報，臉上的笑容更燦爛，更多大新聞和更高的收視率。

「我們快沒時間了，」我說，施羅德點點頭。我轉向班森·巴羅。「誰殺了凱倫·福特？亞德里安·隆納還是庫柏·萊利，還是兩人聯手？她又是誰綁架的？萊利綁架了她，然後兩人都被亞德里安帶走，或者亞德里安一個人就把她抓走了，要是這樣的話，又是爲什麼？」

「很有可能萊利和隆納一起動手了，」巴羅說。「有很多殺人犯聯手的案件，其中一人會掌控另外一人。我說有可能，但我覺得很不可能。萊利才沒時間管隆納。我覺得你們會發現，如果有機會殺掉亞德里安．隆納，庫柏．萊利絕對不會留情。如果庫柏還活著，他會想盡辦法幫自己找回自由。在我想來，亞德里安會想辦法討好庫柏，女孩則是給他的禮物。」

「天啊，」我說。「所以你覺得庫柏．萊利還沒死。」

「對，因爲新鮮感還沒消失。」

「那艾瑪．格林呢？」

「如果她還活著，也活不久了。這一點我很肯定。」

「現在什麼都不確定，」施羅德說。「我們只知道亞德里安可能會把庫柏吃掉。」他用手搭住我的肩膀，推著我離開墳墓。「聽著，我知道你不會讓我耳根子清靜，就像你說的，有些事情我們不能做，但你可以。」

「卡爾，你想要怎樣？」

「其實我不知道，」他說，但我知道他確實知道，只是不想說出來。他回頭看看巴羅跟過來沒，而巴羅還落在後面。他開了車門，彎腰進去，拉出了四個資料夾，分別屬於亞德里安．隆納、庫柏．萊利、凱倫．福特和珍．帝隆。他把資料夾抱在胸口。「泰奧，聽我說，你懂得怎麼找人，也懂得怎麼調查人，如果艾瑪．格林眞的還活著……只是，我不知道，我想說，放手去做吧。我就想講這句話。該做的就去做，不過你別衝得太猛了。」

我點點頭，他把資料夾遞給我。寫了亞德里安名字的那個是裡面最薄的。我翻開資料夾，裡面有一張他在精神病院的照片。我不知道是什麼時候拍的，不過眞的不怎麼像我從報紙上撕下來的素描。

他往後靠著車子。「別再弄丟了，」他把梅莉莎・X的資料夾遞給我，比以前更厚了，封面寫了娜塔莉・福勞爾斯／別名梅莉莎・X。

在回家的路上，我迷路了。在格羅弗丘晃來晃去果然沒意義，我也想不到下一個該找誰談話。天色很黑，除了我的車燈和一抹蒼白的下弦月，沒有其他光線。什麼都看不清楚，一切看起來都跟今天下午不一樣了。我不知道媒體怎麼跑到這裡來，只能假設他們出賣了靈魂跟魔鬼交易，還拿到導航系統當成額外贈品。我走錯了方向，開上一條土路，彎來彎去開了半天，還好運氣不錯，回到了看似引向文明的方向。高速公路帶我回到往城裡的路上，車流稠密，不過速度很快，有生以來我第一次在穿過城區時只闖了五、六個紅燈。

週五晚間的人群湧進城裡，男人穿著緊身T恤，露出強壯的二頭肌，女孩的牛仔褲緊到簡直就是畫上去的。烤漆鮮豔的閃亮車子颼地一聲穿過街道，在十字路口俐落地轉彎，煙塵懸盪在乾燥的空氣中。其他的車子一群群停著，上面靠著身著黑色連帽外套的青少年，他們嘻笑抽菸喝啤酒，對路過的駕駛人比中指，每個人的牛仔褲都低低掛著，露出太多不該露出來的地方，讓我只想把他們全都輾到輪子底下。這個世界跟我剛離開的世界大不相同，這些死小孩完全不知道他們有多幸運。

我把車子停在車道上，沒有媒體跟著我。稍早我開車通過時，很多人對著我大吼出他們的問題，大多數人認出我來了，問我是否回到警隊效命。我進了書房，打開四個新的資料夾，把裡面的東西攤在桌上，梅莉莎・X的先放在旁邊。我雖然很想找到娜塔莉・福勞爾斯，但綁架艾瑪・格林的不是她，擄走庫柏・萊利的也不是她。她脫不了關係，但她的關係沒辦法幫我們找到艾瑪。就算我們馬上找到了娜塔莉，對艾瑪．格林來說也沒什麼好處。

我開了一罐可樂，開始看資料。亞德里安的檔案只有一頁，有他的姓名年齡和入院時間，但沒寫爲什麼入院。醫療特權的保護。也就是說我們永遠不知道他爲什麼會發瘋。裡面寫了他目前的地址是中途之家。

庫柏．萊利的資料夾最厚，回溯到他小時候、上過的學校、大學、成爲犯罪學家和教授。凱倫．福特的資料不多，因爲她今天稍早才被報失蹤。大家都知道她是妓女，不過賣淫在紐西蘭並非不合法，所以她沒有紀錄。珍．帝隆的資料很厚，去年她失蹤後的調查資訊都在裡面。有一張她的相片，正值青春年華、笑得很開心的女孩。我翻了艾瑪．格林的檔案，不過裡面寫的我幾乎都知道了。我們知道誰把她帶走了，也知道誰把庫柏．萊利帶走了。

如果對李奇．芒羅施壓，如果威脅要把梅琳娜帶走，他會洩露更多關於好朋友的事情嗎？不知道亞德里安來往格羅弗丘方不方便。不知道剛開始那幾次庫柏是否覺得路很難找。強納斯．瓊斯就沒有問題了——他可以用他的靈通找路。但對其他人來說，開車去那裡不算容易。庫柏會開車去那裡，然後再開車到另外幾間精神病院訪談病患，節省油資。

「幹，」我一巴掌拍在桌上。我怎麼沒想到呢？

我沒想到，大家都沒想到，可是這不是藉口。我抓起手機。另外有兩棟建築物的用途跟格羅弗丘一樣。都廢棄了。庫柏．萊利當然最清楚。巴羅說亞德里安想要回到熟悉的地方，雖然亞德里安在成長過程中沒住過另外兩個地方，熟悉度應該也夠了。事實上，他或許只熟悉那一類型的地方。庫柏．萊利呢？還有哪裡更適合禁錮艾瑪．格林？或許也有類似尖叫室的房間，一定也有裝了軟墊的牢房。

我撥了施羅德的號碼。我穿過客廳，走到雙開門前。施羅德接了電話，我開門走到露台上，想脫離室內的熱氣。

「喔，幹，」我說。

「泰特，怎麼了？」

「她在這裡，」這幾個字好濃重，黏在我的喉嚨上。

「什麼？」他問。

「巴羅……」我不得不用手摀住嘴巴。「巴羅說對了。」

「你在說什麼？」

「只是，我們不用擔心大家的寵物了。」

「你到底在說什麼？」

「珍……珍．帝隆，」她的名字覆上了嘔吐物的味道。

「她怎麼了？」

屍體的頭髮跟原來一樣，只是亂糟糟的，埋在地底五個月，腐爛的五官早已模糊。「她掛在我家的屋簷下，」我彎下腰，吐在露台上跟草地上。

42

亞德里安覺得好一點了。身上不癢了，皮膚沒剛才那麼熱，他覺得很放鬆很安逸。把死女孩挖出來又是一項新體驗，他不得不承認比起之前的體驗，今天他最樂在其中。沒那麼髒沒那麼臭就好了，不過說到底，把死貓挖起來，跟把死女孩挖出來掛著一比，簡直是小巫見大巫。

就跟兔下車的提款機一樣，能培養人格。他從沒想過自己會有這樣的需要，然後有了這樣的體驗。看到那些人在格羅弗丘，他心中激起了一股感覺，庫柏會稱之爲盛怒，他知道，挖出死女孩後掛在泰特的屋簷下，會讓盛怒消散。

每次被鎖在尖叫室裡面，血從腿上流下來，臉上的皮膚被空心磚擦傷，他就會幻想自己離開了寒冷的房間，飄到那些欺負他的男孩身邊，在幻想中他殺了他們，殺人的方法就跟精神病院裡的朋友以前的手段一樣。小時候，把死動物挖出來眞是浪費時間。他現在明白了，他體驗過了。多年前，他早就應該殺掉那些欺負他的人，把他們掛在他們父母親看得到的地方。

他回到了泰特家附近，覺得很緊張。開車過來的時候，每台車看起來都像警車。他後悔了，不該開艾瑪的車子出來。他應該繼續開他的第一台車——那台車還不在警察搜索的名單上。天氣這麼熱，光著上身走在路上也不奇怪，不過抱著女孩的屍體就很奇怪了，所以他把車停在泰特家外面，抱著死女孩穿過旁邊的門，進了後院。另一個活著的女孩還沒醒。

然後他把車子開到街尾，轉了個彎，再走回來。把女孩吊起來後，他就在泰特的車庫後面等，等著看他的反應。從他的位置看不到什麼，可是能聽到聲音。他聽見他在講電話，接著一片沉寂，再來則是嘔吐的聲音，這位退役警察吐在自己的草地上。嘔吐聲讓亞德里安也想吐了，他一度很驚恐，生怕自己也要吐出來。他深吸了一口氣後屏住，擊退了噁心的感覺。

他繞過車庫，往後面走，靠在房子上偷看。餐廳和廚房的窗戶透出了光線，照在他旁邊的草地上。他看到了埋貓的墳墓，本來挖空了，現在看起來又把貓埋進去了。他走到房子後面。泰特蹲在露台旁邊，手裡還拿著電話。他聽見電話那一頭的聲音，很尖細的聲音，一遍又一遍地問泰特「怎麼了？」。

他很確定自己一點聲音都沒發出來，卻覺得泰特知道他在旁邊。嘔吐聲停頓了一下，不超過一秒鐘，但感覺卻像一分鐘，兩人都屏住了呼吸。泰特下巴上還沾著嘔吐物，臉上都是汗，反射了客廳裡照出來的光線，一隻手拿著電話，另一隻則……

「不要，」這兩個字卡在亞德里安的喉嚨裡，而槍已經舉起來了。亞德里安有生以來還是第一次看到眞槍。他以爲庫柏或雙胞胎應該有槍，但他還是只在電視上看過。亞德里安也扣了扳機，他的槍不是眞槍，只是外型很像，一對標槍從電擊槍推了出去，擊中泰特的胸膛，他扭動了幾下，手裡的槍響起了爆炸聲，然後一顆子彈打碎了他身後的木頭圍籬。

打昏過其他人的電擊槍也打昏了泰特。他繼續扣著扳機，數千伏特的電力從電擊槍穿過電線，進入卡在泰特身上的倒鉤，最後他兩眼一翻，撲通倒下，四肢癱軟無力。亞德里安急忙衝過去，把布蓋在泰特臉上。他掙扎不了，一下子就失去了意識。

槍讓他有點害怕，除此之外，一切都太完美了，而且現在他的收藏還多了一把槍！

「歡迎成爲我的收藏，」他耳朵嗡嗡作響，聽不見自己的聲音。他拉拉泰特胸口的倒鉤，插得有點深，不過他用力拉還是拉出來了。他把倒鉤繞在電擊槍上，塞進口袋裡，然後撿起了泰特的槍。

手機也掉在地上，泰特的手旁邊。電話還沒斷，另一頭的人什麼都聽到了。他一腳踩下去，只覺得整條腿劇痛。踩了第一腳，電話還好好的，只是陷入了地面。他又重重踩了一腳，這次電話斷成了兩半，腿也更痛了。

耳朵裡的嗡嗡聲慢慢停了下來，他又能聽見聲音了。他看看周圍的房子，似乎有更多燈亮起來了。有扇窗後站了幾個人瞪著他看。他舉起槍對著他們，他們嚇得躲開了。他們聽見了槍響，也叫了警察。他蹲下去，把泰特扛到肩膀上，才走了一步，右腿就跪了下去，讓他摔在地上，泰特則壓了下來。他推開了沉重的泰特，想站起來的時候，腿又痛了，就是踩爛手機那時候的痛。他伸手一摸，滿手是血。他捲起了褲管。大腿外側少了塊肉，泰特射出的子彈擦了過去。血流的速度很穩定。他甚至沒感覺到自己中彈了，可是看到之後就覺得痛入骨髓。他不可能扛著泰特一口氣跑到車上，警察快來了，因爲那些愛管閒事的王八蛋鄰居報警了。

「不公平，」他走向側門。「勝者爲王，敗者爲寇，」這也是母親的格言，不是他親生母親，是被他燒死的那個。或許，用火燒死她，對她來說也不公平，那表示她不是勝利者嘍。他穿過前院到了街上，咬著牙齒走到車旁。開車的時候，他用力按著傷口，聽到第一聲警笛的時候他已經在幾條街外了。

43

活了三十八歲，我才第一次嘗到電擊的滋味。光是過去一年來，就被電擊了兩次。不知道意思是不是說我要再活三十八年，才會再被電擊兩次，還是說我每年都會被電擊，一直到七十六歲爲止。去年那次是我的律師，這次則是精神病院釋放出來的患者。不知道哪個比較糟，可是我倒知道誰送來的帳單金額比較高。

我看得見星星，也感覺得到我躺在地上，但我動彈不得，光把眼睛睜開就用盡了全身的力氣。幾個人的聲音傳來，有人叫了我的名字兩次，但聲音似乎都從頭上的一顆星星傳出來。眼前出現了形影，但它們動來動去，我一直看不清楚，應該是人臉吧。最後我被搬了起來。我知道，因爲星星轉了一下，我看到屋簷從我眼前經過，然後看到了車頂。我閉上眼睛，覺得天旋地轉。我似乎睡了一會兒，等我再睜開眼睛，不知道過了多久，但我能感覺到自己的手臂跟腿，不過四肢依然動彈不得。

「監獄不該放你出來，」施羅德靠了過來。

「我也覺得，」我說。

「什麼？」

「我說我也有同感。」

「不管你說了什麼，可能只有你聽得懂，」施羅德說，「我只聽到嗚叭嗚叭嗚叭嗚叭。」

「抱歉。」

「什麼?聽著,放鬆就好。我一下子就回來,希望你到時候已經好點了。」

嘴巴裡有種咬過全生牛排的感覺,可能是金屬,也可能是血,就是亞德里安用來讓我昏迷的化學物。我閉上眼睛,一次把注意力放在一隻手或一隻腳上。我的手指跟腳趾可以動了,但其他地方仍然動不了。我又把意志集中在四肢上。我可以握拳了。我可以綳緊腳板。我繼續努力,直到手臂能夠彎起來,然後腿也能動了。我坐起來,又覺得頭暈目眩,馬上昏了過去。

等我再度甦醒,施羅德已經回來了。「感覺怎麼樣?」

「糟透了。」

「你看起來也糟透了。天啊,泰特,基督城裡還有哪個人沒被你惹毛?」

我認眞地想了一想,很有可能。我慢慢坐起來,不敢像剛才那麼快。我很暈,又餓又渴,也不記得上次如此精疲力竭是什麼時候了。頭好痛,一波波劇痛接踵而來,每一下都有腦袋咬住眼球後面的感覺。救護車裡面看起來很凌亂,醫護人員能記得什麼東西放在哪裡眞是奇蹟。我把雙腳擺下了輪床的邊緣,眼前的東西又模糊了幾秒,不過又變得清晰了。

「到底發生了什麼事?」施羅德問。

「我不知……我眞的不知道。」

「你在跟我講電話,有人攻擊你。」

「你打給我?」

「不,你打給我。」

「等等，」我閉上眼睛努力回想。我記得我吃了漢堡。我記得穿過花園，好多花，河流，豐美的草地和健康的樹木，在熱浪下依然完好。我記得格羅弗丘的屍體，帶著幫派標記和兇惡大狗的人。然後我在家裡走動，撥了電話。我打開門，就看到她。那就是爲什麼我打電話給施羅德嗎？告訴他我看到了屍體？不，不對，我還沒看到她就撥了電話……

「不知道爲什麼，她就掛在那裡。」

「珍．帝隆，」他提醒我她叫什麼名字。

「他用電擊槍射我，然後用藥。」

「我們都知道了，他一定用同樣的方法綁架別人。他對你說了一句話。」

「什麼？」

「槍響後不久說的。你可能已經昏過去了。他說，歡迎成爲我的收藏。」所以巴羅說得沒錯，亞德里安走火入魔了，才想要庫柏，他要收藏人，其中也包括你。他發現自己被打中後就很慌亂，不然你會被帶到不知道哪裡，鎖在房間裡當成展示品。」

「可惡，」我想到了不同的結局，我很可能現在醒來了，發現自己一個人在尖叫室裡。

「有件事我沒想起來，」我說。

「槍？」

「不。我是說，對，不過有件事我要告訴你。」

「泰特，槍從哪裡來的？」

我覺得攻擊我之後，亞德里安很有可能就收藏了那把槍。我很想告訴施羅德，槍是亞德里安帶來的，不過他可沒理由開槍打自己。

「別人送我的，」我告訴他。「我的貓被吊起來，亞德里安又闖入我家，我覺得不安全。」

「誰送的？唐納文．格林？」

「有關係嗎？」

「有啊，不合法啊。」

「要是我沒有槍，誰知道我現在會淪落到哪裡去？」

「OK，泰特。我先不管槍的事情，但我一定會記得。還有，你打中他了。」

「什麼？」

「我們發現子彈射進了籬笆，上面有布料跟血，所以穿過了某樣東西。我們在草地上也發現了血滴，旁邊有電擊槍的序號紙片，血一路滴到街上。不能說是什麼偉大的事跡，不過算你射得好。」

施羅德讓我靠在他身上，扶著我下了救護車。頭幾步就跟剛生出來的小馬一樣歪歪斜斜，施羅德又扶了我幾秒鐘。我頭還是很痛。我記得把槍拔出來。沒受傷的手拿著電話，包了繃帶的手去拿槍。所以我就慢了那麼一下下。槍也拿不穩。如果再多一點點時間，我就可以瞄準了。這一切就結束了。問題是腦袋裡卡了子彈的亞德里安就躺在我的後院裡，腦漿噴了滿地，艾瑪．格林依然不知所蹤。

救護車停在我家前面。小徑上放了塑膠標誌，應該是標示血滴的位置。我們走到後院，有六個人在搜查，他們的身影都有點模糊不清。我家裡所有的燈都打開了，外面也架了兩盞大燈。鄰居從籬笆上探頭探腦。

珍．帝隆還掛在剛才那個地方。她胸口跟手臂下面都綁了繩子，繩子繞過了屋頂上的煙囪，再拉回來把她吊住，末端固定在野餐凳上。我可以想像亞德里安把她拉到空中的樣子，動作就像爬上了繩子。從籬笆外應該什麼也看不到。她的身體很慢很慢地轉了大約一百度，繩子跟著轉動，她停下來，然後又慢慢朝著另一個方向轉回去。她的身體腫脹，可說是體無完膚，只剩下幾塊皮，其他地方只剩下爛肉，有好幾塊比較顯眼的地方連肉都沒了。她胸口劃破了一大塊，應該被挖起來的時候鏟子劃了過去。她全身赤裸，但蓋滿了塵土。她身上有些地方在動，不怎麼明顯，我才想到應該是蛆。所剩無幾的臉龐暗沉下垂，餘下的皮膚鬆弛，指頭和手掌看起來就像她戴了大兩號的手套。

「有人看到什麼了嗎？」我問。

「很多人聽到了槍聲，」施羅德說，「大多數人都往窗外看發生了什麼事。看到的人給我們的描述都符合亞德里安．隆納的外表，還有他的車子。」

「就這樣？」

「能有這樣就很好了。起碼這次他沒把所有的資料夾都拿走。」

「下次見到要提醒我謝謝他了，」我說。「所以跟我們本來知道的也差不多，這就是你的意思嗎？」

「不對，我們知道他也迷上你了。」

「可以把她放下來了嗎？」我對著珍點點頭。

「還不行。」

「天啊，卡爾，她也吊得夠久了。」

「還沒呢，泰特。你也知道程序。」

「他媽的程序，」我突然又覺得噁心，不得不蹲到地上，不然我就要跌倒了。

「沒事吧？」

「沒事才怪，」我的口氣充滿厭煩，我就是要這種感覺。「我剛才打電話給你，因爲我有事要告訴你。幹他媽的，很重要。」

「你會想起來的。」

我閉上眼睛。最討厭別人說這種話了，但我更討厭話還沒說出口就忘得一乾二淨。現在就是那種感覺。我把眼睛閉得更緊了，希望這樣能幫我想起來。我在後院。我打電話給施羅德，我心裡想著艾瑪．格林，想著格羅弗丘，想著亞德里安可以放收藏品的地方。格羅弗丘……那一陣子基督城把精神病都藏起來了，直到有一天居民發現蓋一百間精神病院才夠，就把原本那三間關了，把裡面的人都放出來。

原本那三間……

都開車就能到！

我倏地睜開眼睛。體內的每一條肌肉都充滿了精力。「我知道她在哪裡了，」我差一點就抓住施羅德，用力搖他的肩膀。

「什麼？」

「艾瑪．格林。我就是要告訴你這件事。我知道她在哪裡了。」

「哪裡？」

「我跟你一起去，」我走向施羅德的車子。前幾分鐘，兩台採訪車出現了，側面印上了電視公司的口號。我又想吐了。「我們得擺脫這些狗仔，」我對著採訪車抬抬下巴。

「你給我留在這裡，泰特。告訴你，你想說什麼？」

我拉開副駕駛座的門，上了車。「走吧，」我裝著沒聽到他的話，「叫人來支援。光我們兩個還不夠。」

44

母親以前常說，只有女生才會哭，等他去了地下室，臉上帶著淚痕回來，他就變成女生了。他不以爲然。他總覺得，只有那兩個勤務員剝光他的衣服後對他做的事情才把他變成了女生，或許他們以爲他是女的，他也不確定是哪個原因。不過現在他哭了。把車開離泰特附近那區後，他停到路邊，緊緊按著自己的腿，流下了兩行眼淚。他哭，除了傷口很痛，心裡也覺得很沮喪。做什麼都失敗。他是個蠢蛋，總得苦苦奮鬥，現在也不例外。爲什麼別人就能一帆風順，他就一事無成呢？

爲什麼別人就是不喜歡他？

他的手沾滿了鮮血。車子裡沒有可以包紮傷口的東西，要是把褲子脫下來當繃帶，他就幾乎脫光光了。他的腿很癢，但是痛到不能抓。他低下頭，瞪著那個洞，眼淚滴進了血裡，他想像自己回到了格丘的房間，在裡面踱步，數自己走了幾步，最好是偶數，不要奇數，從左腳開始，到右腳結束。他又想到了那些貓，那些在他身上撒尿跟痛揍他的男生，他想像自己把他們埋進土裡，再挖出來，結束他們的生命，就像他們毀了他的一生。

流淚的速度變慢了，胸口因爲啜泣而產生的壓力也舒緩了。一條鼻涕掛在他的鼻孔上，他隨手一擦，忘了自己手上的血，結果臉上留下了血痕。他又哭了起來。人生好不公平。一直都不公平，永遠不會公平。

他的腿很痛，但血流得沒那麼多了。長褲被鮮血沾濕了，他不能一整晚都待在路邊。他在副駕駛座上擦乾了手，發動引擎，慢慢往前開，但不能太慢，不然會被警察注意到，要他停車。他的鞋子裡積滿了血，一踩油門就發出吸吮的聲音。傷勢很嚴重，但他知道如果有那麼嚴重，他應該已經昏過去或失血過多死亡。他不知道該怎麼處理傷口，怎麼照料。以前，護士或母親會用繃帶包紮嚴重的割傷，離開格丘後，他還沒有碰到需要看醫生或護士的時候。他需要他的母親，第一個跟第二個都好，但一個死了，另一個也死了，他終於感覺到他失去她們了。他眞的就一個人，沒有人照顧他，母親都死了，老人也死了，最好的朋友爲了女朋友離開他，她甚至還不是個眞人，中途之家的人向來也不喜歡他，就跟世界上百分之九十九的人不喜歡他一樣。

庫柏也不喜歡他。其他人輕輕鬆鬆就能交到朋友，可是他不行。他太天眞了，還以爲庫柏眞想當他的朋友。不過庫柏說對了，警察眞的來了。

他繼續往前開，準備回家，不知道庫柏會不會幫他，他絞盡腦汁，希望能想出別的方法。每一次從油門切換到煞車，就要痛一下。街上的人不多，郊區就是這樣，晚上沒有人在外面晃蕩。他學會了不要晚上出去。天黑後再從中途之家出去，簡直是找死。

他可以去醫院，就算不能進去，也能找護士出來幫他。她一定不肯，不過他會逼他。他可以用槍指著她的頭，她就不能拒絕了。可是會被人看見，醫院是公共場所。

還有呢？

「爲什麼你不肯幫我？」他對第二個母親說。如果她一開始就願意幫他，就不會發生這麼多事情了。

他把車子停到路邊，想了又想，唯一能幫他的只有不認識他的人，對他還沒有任何看法的人。

45

我們分成兩組，施羅德這次讓我跟了。滿懷熱情與決心，我們衝向東湖療養院，另一組則前往日景庇護所。我們知道亞德里安．隆納手上有槍，因此武裝警察也跟上來了。我們出了城，再度經過監獄以及滿是作物和動物的農地，但黑暗中什麼也看不見。高速公路上沒有路燈，只有路中央的褪色白線讓這一側的車流不去迎頭撞上另一側的車流。紅色和藍色的旋轉燈從車頂上射出長長的光線，這一列車隊同時傳達出緊急之意，用燈光警告前面的車子他媽的快讓路吧。

施羅德佩了槍，其他人也一樣，只有我赤手空拳。我還是第一次看他把車子開得這麼快，頭痛跟噁心的感覺因此更難受了。我們開上了一帶沒鋪柏油的路面，施羅德的車速絲毫不減，等眼前出現了一片迷宮他才慢下來。土路看起來都一樣，導航系統和施羅德的儀表板似乎也跟我們一樣，找不到東湖在哪裡。最後所有的巡邏車都放慢了速度，我們幾個人下了車站在路邊，閃爍的燈光把我們的皮膚先染成紅色，再染成藍色，最後融合成紫色。急迫和洩氣的感受昭然若揭，大家都開始罵髒話，抱怨在這裡找到路有多困難。打通電話給媒體，我們跟著他們就好了。空氣既暖又悶，不過比城裡清新多了。一大群飛蛾，說不定有上千隻，聚集在車頭燈前面，偶爾還會有一隻迷了路，飛到我們臉上。我們拿出地圖，討論了一下，最後決定了方向。施羅德又負責帶頭，他開車的時候大家都沒說話，幾分鐘後我們停下來，幾百公尺前有條兩側種滿橡樹的車道。他關了車燈，其他排在我們後面的車也跟著仿傚。夜晚一片漆黑。這裡沒有城裡的光害，不用飛上天，就能清楚看到星星。遠處的月亮射過來微弱的光線，再過幾天就是滿月了，田野裡有不同的形體，籬笆、樹木、車子大小的物體，說不上來是什麼。

「你留在這裡，」施羅德說。

「你在開玩笑吧。」

「我說眞的。你敢下車，我就開槍打死你。」

「不要逼我求你。可惡，卡爾，你能找到這裡，也是我告訴你的。」

「你說的或許有道理。你應該立刻上火線。你死了我要寫報告，但我覺得很值得。」

透過擋風玻璃，我看到武裝警察正在慢慢前進，六個人身上的裝甲如同夜晚一樣黑暗，移動了十公尺後，就不見人影。施羅德繞到車後，從行李廂取出防彈背心穿上。我下了車，他也給了我一件背心。我把手臂穿過洞口，緊緊扣上。到了車外，我能感受到緊張的氣氛，那好戰的氣息絕對少不了我這一份。如果田裡有稻草人，很可能就會變成槍靶。艾瑪·格林就在這棟房子裡，一定在，如果找不到，那她就在日景了。

我和施羅德跟在武裝警察後面，他緊緊抓著手槍，但我膝蓋很不舒服，每走一步就落後一點。等他們到了車道，我已經落後二十公尺了，心情很沮喪。車道是夯實的土路，湧上來的熱氣穿透了我的鞋子。前面的武裝警察兵分三路，兩個向左，兩個向右，兩個直走。施羅德停下來等我，然後我們用我的速度跟著直走的那兩個人，離門二十五公尺的時候，我們先停下來。建築物俯視我們，月光照在上面，看起來很蒼白，年久失修，爬在上面的常春藤黑到像牆上有許多連成一串的洞。來這種地方，似乎該用十字架和聖水當作武器。前面一台車也沒有。一名警察繞到後面，我聽到施羅德的耳機傳出聲音，可是聽不到是什麼。他壓住耳機仔細聆聽，然後稍微歪歪頭。

「後面沒有車子，」他對我說。

「不表示他們不在這裡，」我說。「或許亞德里安出去了，還沒回來。」

「好呀，如果他回來，就會被我們抓到。我們還有兩個分隊埋伏在附近。不可能有人可以順利開車通過。」

中間的兩名警察到了門前。一個人站到旁邊蹲低身子，舉起槍來，另一個把金屬鎚一甩，開門的速度比用鑰匙還快，四周響起了回聲。手電筒亮起來，他們兩人消失了。裡面傳來他們快速穿過建築物的腳步聲，很響。我想跟上去，但施羅德按住了我的肩膀。

「等一下，」他說。

我們等了五分鐘。月光照在幾扇窗戶上，但其他的窗戶似乎會把光線吸進去。施羅德的耳機一直傳來最新的消息。田野裡的黑影仍然一動也不動。手電筒的光線輪流從每扇窗戶透出來。我們聽得到警官在裡面移動的聲音。偶爾有人用肩膀撞開卡住的門，偶爾地板會傳出吱嘎聲。裡面都沒問題後，我們也進去了。

近看才覺得這棟建築物更加宏偉，裡面更加遼闊。我們從正門進去。門框裂開了，剛才被武裝警察撞壞。空氣很乾燥，感覺都是灰塵。我們從一樓開始逐層往上，每個角落都不放過，裝了軟墊的房間空了，地下室沒有厚實的鐵門和尖叫室。我們看到了廢棄的家具，幾扇破掉的窗戶，但沒有蓄意破壞的痕跡，就跟格羅弗丘一樣。原本的居住安排很擠，小房間也要住兩個人，眞難想像住在這裡的人有什麼痊癒的希望，然後我想到了在療養院的妻子，她自己有一間房間，不過她可能根本沒發覺，我忍不住想，被送來這裡的人如果有她那樣的房間，接受同樣的照顧，或許更有希望吧。醫生和護士要照顧做過壞事的人，會有多難呢？很多人來這裡的時候一定抱著希望，最後卻體無完膚，因為他們對大家的態度都很惡劣。

沒有尖叫室。沒有裝了厚實鐵門的地下室。沒有艾瑪．格林和庫柏．萊利，沒有亞德里安．隆納，也沒有他們來過的痕跡。

「可惡，」我發怒了。「我們選錯了。她一定在日景，」我說，可是沒有人聽。武裝警察又開始搜查所有的房間，有一個人在翻我跟施羅德進去的房間，施羅德在講手機，我只是自言自語。

施羅德緩緩搖頭，我知道他要跟我說什麼了，心頭浮上不好的預兆。他把手機放回口袋裡。

「我不想聽，」我對他說。

「泰特，你的主意不錯，大家都採納了，但剛才日景的小隊打電話來，那裡也是空的。」

「不可能，」我一拳打在軟墊牆上。「不可能。他們不在這裡就在那裡。我很肯定。」

「那邊看似有人去過，」施羅德說。「門上有新的鍊條跟鎖，已經被打爛了，台階上有灰塵，一間裝了軟墊的房裡有幾個空水瓶。鑑識小組已經趕過去了，很有可能她本來被關在那裡，也有可能裡面住過遊民。」

「艾瑪一定在某個地方。」

「我知道，只是不在那裡。」

「那在哪裡？」我又往牆上打了一拳，這次沒用那麼大的力氣。

「我不知道。不過得夠住四個人。」

「爲什麼四個？」

「打電話給那裡的小隊時，我接到另一通電話。亞德里安又收藏了一個人。」

我眞不敢相信自己聽到了什麼。「天啊，」我說，「你在開玩笑嗎？誰？」

「他綁走了庫柏．萊利的母親。」

46

繃帶很緊，但傷口感覺好多了，亞德里安很感激她。他用對付她兒子的方法對付萊利夫人，她也跟她兒子一樣進了行李廂。庫柏會希望他狠狠虐待她，但他當然不會把實情告訴庫柏。不過，電擊槍沒派上用場。他只用槍指著她，把布拿到她面前，就奏效了。庫柏他媽一定有一百歲了，應該沒有力氣掙扎，他告訴她要帶她去看她兒子，她並沒有反抗。

他應該立刻想到她的，尤其是今天早上跟庫柏聊過後。但他卻把車子停在路邊停了二十分鐘才想到她。這次正如他的預料，他到的時候，她家外面一台車也沒有。他把車停在車道上，想好了自己的台詞，不過到了門口，台詞都卡在嘴裡，他說的話一點意義也沒有。他反而哭了，用槍指著她，說如果她不幫忙，他就殺了她。處理好以後，他在衣櫃裡拿了幾件衣服，然後把她放進行李廂，跟另外那個女孩子一起。

現在，警察應該已經在格丘挖出了一些屍體。他不知道總共有多少屍體。在他入院前，格羅弗丘已經經營了五十多年，很久以前的病歷應該都不見了，或跟著一些病患入土。說不定還有其他勤務員，其他的「雙胞胎」，虐待病患後把他們埋到土裡。那邊可能有上百座墳墓。他沒看過鬼，也不相信有鬼，他懷疑這兩件事有關係，你要相信，才能看得到。他要記得問庫柏這件事。如果有鬼，雙胞胎的鬼魂會不會糾纏那些他們凌虐過的病人鬼魂，他們的靈魂仍對其他人的靈魂施暴？第一次去過尖叫室後，雙胞胎就一直是他的夢魘，殺了他們以後，他才覺得安寧。在那兒住了二十年，他被帶下去八十七次。他不知道一年有多少次。有時候每個月一次。有時候一年兩次。有一年他們只在他生日的時候把他帶下去。八十七次。他不喜歡最後的結果是奇數。不知道什麼時候要進去尖叫室最令他恐懼。就是不知道。他們隨時回來，隨時把你抓下去。

然後換他做了他們。

先一個，然後另一個。他敲了門，然後門一開就把鐵鎚揮了過去。他不讓裡面的人有機會關門，不過那時候也不需要用力推了。他了斷了第一個，然後靜靜坐在客廳裡等另一個回來。鐵鎚砸爛了他們的後腦勺。不需要討論。他不在乎他們想說什麼，多年來他們一直都叫他閉嘴。雙胞胎住在一起，都沒有結婚，他們家很現代，有三間臥室，地段很好，車庫門按一個鈕就自動開了——他以前沒見過這種東西。家裡沒有其他東西能彰顯出他們的卑鄙殘酷。沒有格丘的痕跡，誰都不知道他們想念那個地方想念到建造了自己的尖叫室。但他們距市中心一個小時路程的農舍就洩了底。他知道，因爲在他還沒想到要回到格丘之前，他常常跟蹤他們。他看過那間農舍，不過他不敢靠近。

農舍比格丘更開闊。面積更大，農地之間裝了低矮的木梁門，用鐵絲隔開。地面上長了很多種不同的野草和雜草，沒有動物，只有上百萬隻蟲在夜裡吵吵鬧鬧。他不知道以前這裡種了什麼，不知道是否養過牛羊跟雞隻。他幻想自己在這種地方長大，去附近小鎮裡的小學校念書，住在農地裡的小孩每週五天搭校車上學。冬天坐在火爐邊，夏天騎馬或躺在樹下，吃新鮮的水果。等警察忘記追捕庫柏，他應該找匹馬，種幾棵蘋果樹。他也會種柳橙樹，能種的就種。

回想起來，一開始應該把庫柏帶去農舍。沒有人會想到這個地方，除了雙胞胎以外，不過他們也不會來了。長草間一定有墳墓，埋了此處尖叫室的受害者，那個房間牆上裝了軟墊，隔音效果很好，你在裡面尖叫個不停，叫了一千年也沒有人聽到。既然開始想當初，當初他應該把雙胞胎鎖在格丘的尖叫室裡，丟進去就好。他們會餓死。讓他們留在那裡，讓他們尖叫到喉嚨痛，永遠沒有人聽到，他們其中一個最後會把另一個人吃掉，好活久一點。他眞希望當初他想到了這個做法。他們很幸運，只被鐵鎚打死。按他們給他跟其他人的虐待，他們在此地尖叫室中的所作所爲，眞該千刀萬剮。

農舍的鑰匙現在跟贓車的鑰匙掛在一起。他看看庫柏母親怎麼了，然後把她放到車道上，再把女孩拉出來。他不得不用拖的，因爲他的腿痛到撐不住她的重量。她還沒醒，睡夢中的她看起來不太高興，剛才那趟車程很難受吧，要跟一個剛從地裡挖出來的女孩擠在一起。他把她拖上了門廊，進了農舍，讓她躺在走廊上。他拿了一瓶水，倒進女孩的嘴裡，不過水流得她滿臉都是，弄濕了地毯。她這樣庫柏不會喜歡的，給庫柏這種貨色，他還算什麼好主人？她呻吟了一下，他不確定她醒了沒。他還是抱不動她，只好把她拖進比較涼爽的浴室裡。他在浴缸裡裝滿了冷水，讓她滑了進去。她眨了眨眼睛，定睛看著他，依然一語不發。

「我想讓妳舒服點，」他用手捧起水，倒進她的嘴裡。這次她吞下去了。他微微一笑，然後笑容消失了。他找不到膠水。在庫柏的母親家，他把膠水從破掉長褲的口袋裡拿出來，放進新褲子的口袋裡——有嗎？小時候被揍過後，亞德里安就發現他放下東西後，通常就再也找不到了。比方說他拿下手錶，放在桌子上，過兩天才會在床下或外面的花園裡找到。放下鑰匙轉個身，再轉回來鑰匙就消失了。螺絲起子、硬幣、書本，甚至鞋子——都一樣。他因此很沮喪，快發瘋了。他應該去當魔術師才對。

現在膠水不見了，他知道他帶了膠水，可是不見了，那要怎麼樣才能讓女孩一直閉上嘴呢？

以前，母親——格羅弗丘的母親——會用膠水黏住他的嘴巴。他被送進地下室，大聲亂叫，因爲他很怕，她跟兩個勤務員來了，不是雙胞胎——不過有時候是他們其中一個，或就是他們兩個，有時候是別人——他們會按住他，把膠水塗在他的雙唇之間，再緊緊捏住。嘴巴被黏住後，他多半會用手撕開。他會用水桶裡的水浸濕嘴唇，然後慢慢掰開，一次一點點，小心不要撕裂皮膚，不過通常都會撕破。有兩次膠太多了，也有可能是另外一種膠，不知道爲什麼，不論他怎麼努力，嘴巴就是打不開，等他們終於把他放出來的時候，他們會在他嘴上塗酒精或松節油，或味道眞的很可怕的東西，揉進慢慢變大的空隙裡，很痛，味道會變得更可怕，接下來的幾天裡，皮膚會變得很粗糙。放吸管是他自己想到的。他知道口很渴又不能喝水是什麼感覺。

等他找到膠水後，他也會把這女孩的嘴巴黏起來。

也要找到吸管。

他對她微笑，這時候他才注意到她有多迷人，忍不住羞紅了臉。他在她口中滴了更多水，然後把她拉出來，他沒幫她擦乾身子，就把她綁在床上，然後他出了農舍，發現庫柏的母親側身躺著，正想辦法站起來。

47

施羅德往庫柏・萊利母親家出發。他一廂情願，希望地圖會從亞德里安的口袋掉出來，上面醒目圈出他窩藏庫柏的地方，最好艾瑪也在那裡。

其他警官則往格羅弗丘去，我搭上了便車。我想與其去汽車旅館休息，去格羅弗丘說不定能找到更多線索。開車的警官一路上都很沉默。三年前我在警隊時，他還沒有加入，因此他對我的過去一無所知，感覺挺不錯。他也知道方向——這條路他今天走過兩次了，能辨別不同的土路。有可能他從小住在農場裡，有可能目前警隊的訓練比我那個時候好。日景和東湖的突襲都失敗了，但他們仍會派鑑識小組去搜尋指紋和血跡，以及細細搜查外面有沒有屍體。

我們越過了媒體繞著格羅弗丘圍起來的陣地，他們對我們大喊問問題，聚光燈迎頭照下，照相機的閃光燈遮蔽了警官的視線，保險桿側邊撞上了記者。她被撞飛了，落在泥土上。她站起來尖叫控訴警察施暴，威脅要提出告訴，然後她發覺自己錯了，被撞傷才是大新聞，補償費也更高，她閉上嘴癱倒在地。每台照相機都指向她，把她照得雪亮，她躺在地上，誇大自己的傷勢。警官下了車，才朝她走了兩步，就被四面八方的照相機和更明亮的燈光擋住了。他舉起雙手遮住眼睛。我也下了車，走向建築物，有兩名警察迎面而來，要去解救他們的同事。

在我離開的這段時間內，又找到了放在同一座墳墓裡的兩具屍體。埋葬的地點似乎沒有固定的模式，可能是因為挖洞的人精神都不正常。我走過去細看，沒有人注意到我。那兩具屍體看起來剛死沒多久，皮膚都位移了，深色的靜脈突出來，就像在髒污表面下覓食和築巢的蟲子。我又想吐了，今晚的第二次。兩個人都穿著T恤，一人穿著牛仔褲，一人穿著短褲，衣服上都沾染了從屍體滲出來的液體。

一名法醫走過來，她叫崔西．華特。上次見到她的時候，我在辦墳場殺手的案子。那時候她有一頭黑髮，綁成馬尾，現在則染成金色，不過仍綁成馬尾巴。她總給人一種運動員的感覺，似乎隨時都會拔腿狂奔。

「誰讓你進來的？」還好，她問的時候臉上也有笑容。

「施羅德找我來幫忙。」

她伸出手。「我洗過手了，」我握住她的手，不過她似乎很想把手抽開。去年見面的時候，她氣我氣得要命，我不怪她。我從她的驗屍間偷走了證據，差點害她丟了飯碗。

「這些人怎麼了，你可以告訴我嗎？」我問。

「我才不告訴你，」她說。「施羅德才不會找你來聽你的意見。」

「是真的，不過是其他的案子，」我承認了。「拜託，崔西，我想把艾瑪．格林找回來。」

「你怎樣都不會放棄，對吧。」

「有那麼糟糕嗎？」

「有人擋了你的路就糟糕，無辜的人也包含在內。」

「妳知道他們是誰嗎？」我指那兩具屍體。

「還不知道，」她說。「還沒有人碰過屍體。」

「那就來碰碰看吧，」我蹲到墳墓旁，拉拉靠近我的那個人穿的短褲，一直拉到後側的口袋翻了過來。

「泰特，你搞什麼？」

我拿出一個皮夾遞給她，按他們的計畫，可能還要等一兩個小時才會找到東西，但沒時間管這些規則了。裡面沒有現金，沒有信用卡，也沒有駕照。我靠近第二具屍體，一樣地拉拉他的長褲，手法一模一樣，後面的口袋也翻了過來，同樣掏出一個皮夾，裡面一樣沒有東西。

「很好，」她說。「謝謝你幫了大忙。」

我更靠近了一點，細看兩具屍體。「妳發現了嗎？他們看起來很像。」

「怎麼像？」

「一樣高，髮色一樣，體型差不多，」我說。腐爛後有些細節不見了，但留下的皮膚肌肉仍能讓人看出他們長得很像。崔西蹲下來，用手電筒照亮其中一人的臉，然後照到第二個人的臉上。他們的眼睛都是乳白色，瞳孔則是深褐色。

「現在很難說，」她說，「不過他們確實看起來很像。有可能是兄弟。」

「兄弟？」

「對，有親屬關係。」

「我懂你的意思，」我站起身來。兄弟。雙胞胎。勤務員。「他們被埋多久了？」

「不超過一個星期，」她說。「怎樣？你有什麼發現？」

「可能有吧，我該走了。」

「你知道他們是誰，對不對？」

「我正在調查，」不知道她聽見我的話沒，因爲我已經跑開了，要借一台車來用。

48

房門開了，進來的空氣比室內稍微涼爽一點。亞德里安站在門口，手裡拿著槍和電擊槍，站在庫柏旁邊的則是庫柏的母親。庫柏看得到亞德里安身後的走廊，這裡不是日景，也不是東湖，他不知道自己到底在哪裡。

「他在說什麼？」母親問他。

他轉過頭去看著她。從亞德里安身後走廊照進來的光線十分明亮，可以清楚看見母親的臉。不論在哪裡，他們才是贏家。這裡可能是棟房子。在城裡嗎？沒辦法知道。

「我不知道，」庫柏回答，母親除了滿臉懼色，突然看起來就像七十九歲那麼老，或許還要更老。過去幾年來她總有股神色，彷彿嘴裡咬著檸檬，現在她看起來則像檸檬整個被塞進嘴裡了。她的白髮糾結成亂七八糟的一團，就算亞德里安用電擊槍射了她，他仍然很驚訝他能把她帶出房子，她居然沒有奮力爬回去拿梳子跟口紅。她身上的睡袍布滿了長方形的圖案，是他兩年前給她的聖誕禮物，因爲一件只要十塊錢。「他說的話不能聽。他瘋了。」

「我沒瘋，」亞德里安說。「妳看，看他身上的血。他殺了人。」

「我沒殺人，」庫柏說。兩分鐘前他母親被槍指著，送進了他的牢房，他無計可施，只能站在後面眼睜睜看著，除非他想吃子彈。她朝著他跑來，差點在軟墊地板上扭傷了腳踝，還好他在她跌倒前把她扶住了。他用力抱住她，他不要她在這裡但能看到她，不論如何他都有點開心，接著又立刻覺得很愧疚，她也很高興能見到他，看到他還活著。亞德里安不知道怎麼從電擊槍升級成眞槍了。電擊槍沒辦法同時對付兩個人，可是眞槍可以。就算這裡有十個人都能對付，如果大家都手無寸鐵的話。所以牢房門開的時候，庫柏後退了，進來的是他母親。他很愛母親，但她在這裡只讓情況變得更複雜了。複雜了很多倍。

「爲什麼還要說謊？不用再騙人了，」亞德里安說。「這就是你的機會，卸下所有仇恨，讓你變成殺人犯的仇恨。現在你已經殺了七個人。」

兩個，庫柏心想，雖然事實上只有一個。但等他出去了，絕對會增加成兩個。可惡，這個有病的王八蛋甚至穿上了他爸的衣服，媽早該在四十年前他離開的時候就把衣服丟了，不知道爲什麼還留著。「我不是殺人犯。」

「好人養出來的孩子不會變成殺人犯，」亞德里安看著庫柏的母親。「幹嘛爲了讓她高興就繼續騙人？她不是好人。」

「年輕人，你眞的很需要接受援助，」他母親說，庫柏小時候沒把晚飯吃完，沒去割草，對姊姊很壞的時候，母親就會用這種口氣說話。他偷了車子以後，母親也是同樣的口氣。他暗自希望她會要亞德里安寫一封信給未來的自己。「我不知道你在玩什麼遊戲，不過你這樣會害死人。」

「我可以證明妳兒子是殺人犯，」亞德里安說。

「胡說八道，」庫柏說。「不要相信他。」

「他開車把女孩子載到日景。那裡本來是精神病院，現在已經關閉了，沒有人在那裡，他把女孩子留在那裡好——」

「你瘋了，」庫柏打斷了他的話。「媽，他的話不能聽。他是精神病患者，逃出來了。幾年前我爲了寫書訪問過他。他用斧頭殺光了全家人。他咬掉他們的指頭，用來在牆壁上畫畫。」

「噢，我的老天啊，太可怕了！」他母親說。

「什……什麼？我才沒有，」亞德里安大吼。「你跟她講，你告訴她實話！」

「警察找到他的時候，他穿著洋裝。」

「你騙人！」

「那是他妹妹的洋裝，太緊了，他還是硬穿上去。」

「可憐的孩子，」他母親對亞德里安說，「你母親怎麼了，居然害你變成這樣？」

「不是她們的錯，」亞德里安說。他把槍從庫柏母親身上轉向庫柏，他顫抖的手讓庫柏膽戰心驚。

「你有好幾個母親？」她問。

「我只殺了一個，」亞德里安大吼，庫柏把手臂放在母親前方，稍稍擋住了她。「另一個……另一個自己死了，」他說，「我從來沒有啃過手指！也沒有穿過洋裝！我才不會！」

「我要你放她走，」庫柏說。

「你確定嗎？你眞的要她走？你要你母親離開這裡，告訴全世界你是怎樣的人？」很有道理，自從亞德里安威脅過要把她帶來，他就在想這件事情。

「我幫你包紮，」他母親說。「我幫你包紮腿上的傷口，你就這麼回報我們？你好沒教養，好沒禮貌。如果我是你母親，現在早就慚愧死了。」

「媽，」庫柏使了個眼色，要她閉嘴。

「別對我使眼色，庫柏。我心裡有話就說出來。」她要害死他們兩個了。

「我知道她脾氣不好，」亞德里安說。「就像書上說的。我要是讓她走，想想看她會跟其他人說什麼。她或許不相信我，但是警察會聽她的，他們會查出來，他們知道我沒騙人。」

「放她走吧，」庫柏的口氣軟弱無力，他母親應該也聽得出來。

「庫柏？他說的是眞的嗎？」她又站到他前面，轉過頭來盯著他。

「當然不是，」他說。

「我說的都是眞的，」亞德里安說。

「年輕人，閉嘴，」他母親狠狠瞪了亞德里安一眼，然後又看著庫柏。「告訴我，你眞的沒害人。」

「他瘋了，」庫柏說。「我發誓，他眞的瘋了，都是他亂說的。」

「答應我，跟我保證你沒有害過人，」她的口氣很像在責怪他。

「妳看他衣服上的血，」亞德里安聽起來很絕望，很想要她相信他。「問問他怎麼會有那麼多血！」

「我想幫人家的忙，」庫柏說。「本來有個女孩。亞德里安拿刀子捅她。我想救活她，可惜沒辦法，」他突然覺得像個小孩，說謊騙母親，只求得到她的相信，要是她信了他，再來呢？亞德里安一直說他是連續殺人犯，他要怎麼說服她不要告訴警察？

他覺得自己做不到。母親快八十歲了——八十歲的老太太總是滿口胡言，但有時候她們講的話卻令人難以忽視。一定有方法，可以帶她平安脫身，只要沒人找到照片，他就能裝成受害人跟英雄了。

「她流了好多血，都流在我身上，好恐怖，」他說，「眞的很恐怖。我努力救她，但是……但是我失敗了。」

他母親拉住他的手。「沒有關係，」她對他說。

「他告訴我那個女孩的屍體在哪裡，」亞德里安說。「他怎麼會知道？警察一定會問！」

「什麼女孩的屍體？」他母親問。「你想要救活的女孩？」

「另一個，」庫柏說。「他殺了很多人。」

「那拇指呢？他把別人的拇指切下來，收藏在罐子裡！我看到了！」

「是你切下來的，」庫柏說。

亞德里安舉起槍來，庫柏往前站了一步，擋住母親。這一切馬上就要結束了。然後亞德里安微微一笑。「我知道你爲什麼要這麼說，」亞德里安說。「因爲你很怕。」

「不會有事的，」他母親低聲說，緊緊抓住了他的手。

「別哭，」她告訴他，他沒發覺自己哭了。他抬起手，擦擦眼淚。「你會救我們出去，」她對他說。

「對不起，」他告訴她。

「我們在這裡，也不是你的錯，」她說。「其他人的行爲不能由你負責，尤其是精神錯亂的年輕人。」

「我精神正常得很，」亞德里安說。「告訴她，庫柏，你告訴她，我發現了你綁架的那個女孩。你說啊！」

「什麼女孩？」庫柏知道亞德里安一定找到了艾瑪。

「你把她丟在日景。你本來要殺了她。」

「你他媽的在說什麼？」庫柏問。

「我把她帶來，」亞德里安說，「帶來給你們看。我把她綁起來了。」

「你綁架的女孩也在這裡？」庫柏的母親對著亞德里安問。

「我救了她。」

「你救了一個被你綁起來的女孩。你想對她怎麼樣？」她問。

「你沒弄明白，」亞德里安說。

「因爲你說話顚三倒四，」庫柏對他說。

「你很怕她，」亞德里安說。「你一直都很怕她，因爲你這輩子都由她支配。你在書裡寫過了。其他書也一樣，其他那些了解連續殺人犯的作者。所以她才在這裡。你騙人。我才沒有殺掉我的家人。也沒有妹妹，沒有穿過她的洋裝。」

「放我們走吧，拜託，拜託，我求你了，」萊利夫人說。

「不行，他太珍貴了。」他轉臉看看庫柏。「在這裡等著，」他關上了門，消失了。

「感謝老天，你沒事，」他母親抱住了他。

「我會想辦法讓我們脫身，」他對她說。「我保證，」出去以後，他只要求她不去報警就好了，然後再調查警察知不知道他殺了人。

「他回來了，」庫柏聽到門外傳來的腳步聲。門向外打開，亞德里安再度現身，手裡仍拿著槍，沒機會搶過來。

「我這麼做都是爲了幫你，」亞德里安說。

「做什麼？」庫柏問。

「這個，」他拉起襯衫下襬，腰上扣了一台小小的隨身聽。亞德里安按下播放鍵，庫柏聽見了自己的聲音，也有亞德里安的聲音，就在這一刻，他母親的命運有了定局。七十九歲了，也活夠了。他必須把握機會，他想，母親也願意爲他犧牲自己的性命。她就是這種偉大的女性。他深愛母親，但他更愛自由。

49

我比較熟悉格羅弗丘附近的路了，離開時只轉錯了兩次彎。有一度我停在路邊，摸弄便衣警車上的筆記型電腦，尋找我要去的地方，路上的塵土慢慢飄進來，等我找到了，我把警用電台的音量調高，聆聽城裡各處傳來的報告。庫柏·萊利母親的鄰居描述出亞德里安·隆納的樣子，也看到艾瑪·格林的車子停在車道上。鄰居看到庫柏母親被放進行李廂後，打了電話報警。現場找到了沾血的衣服，餐桌上則有繃帶和醫用膠帶。亞德里安去過那裡，強迫萊利夫人幫他包紮。路上傳來的消息更多了。警方在日景找到了空墳墓，很有可能是埋葬珍·帝隆的地方。軟墊房間裡找到的指紋符合艾瑪·格林公寓裡髮梳上的指紋。在庫柏拍的照片裡，背景也符合日景的一間軟墊房。警犬開始搜尋工作，透地雷達也會送達該處。

進了城以後，我塞在車陣裡。快十一點了，閒閒沒事幹的少年飆車族開著車出來，在環繞市中心的四條大街上巡航，向朋友和其他駕駛人展示他們蓄滿了男性荷爾蒙，等著要爆發出來，向議會和政府證明，就算開著改裝車成群出遊不合法，他們也不在乎，也讓我證實這種豬腦心態的青少年其實很膽小，只是非常渴望得到別人的接納。我聽著巡邏車的警用頻道，原來路上大約有一千五百名飆車族。有些車底裝了長條的霓虹燈，鮮豔的烤漆，很多金屬和巨大的消音器，十字路口都被堵住了，但警察有別的事情要忙，沒時間管他們。前方車裡的乘客轉過頭，對我舉起中指。我瞪著他們，心裡想到害死我女兒的人，想到樹林裡還有很多空間挖更多墳墓。車流經過了一台燒起來的車子。我看到消防車的燈光大概在四個街口外，但是過不來。我找了一條小路左轉，過了一分鐘就逃離了這一切。

我往布萊頓的方向開去，此處的房子比較破舊，關心這區的人更少了。這片郊區在海灘邊上，只需要一波還算像樣的浪潮，就能清掉一切。我找到了剛才查詢的地址，把車停在那棟破爛的小房子前面，裡面最多只有兩間房，如果房東一個星期跟你收兩位數字以上的房租，你就被坑了。裡面的燈亮著，表示住客還沒睡，但我敲了門卻沒有人應。我又敲了幾次，等了一分鐘，才走到房子旁邊，探看窗戶裡的情況。

傑斯．卡特曼坐在客廳裡，盯著沒打開的電視。他全身赤裸，一本相簿放在大腿上，兩把插在雞尾酒裡的小雨傘躺在他肚子上。他的眼睛睜得大大的，眨也不眨。我敲敲窗戶，他轉頭看我。他慢慢站起身來，相簿滑下去，落在地上，他走近窗戶，近到身體有些地方貼上了玻璃。雞尾酒雨傘被汗黏住了，卡在他腹部的體毛間。

「警探，」這兩個字慢慢從他嘴裡吐出來，好像從水底講話。

「我要跟你談一談，」我說。

「警探，」他又說了一次，一樣慢。

我繞到後門，門鎖了，但一踢就開。我想房東不會注意到爛掉的門把，反正他也沒注意到這整棟房子都要倒下來了。屋子裡有股貓尿的味道，但是沒有貓咪的蹤影。卡特曼仍站在客廳裡，面對著窗戶，看著蔓草叢生的花園。

「嗨，傑斯，」他並未轉過來。「你忘了吃藥了嗎？」

「我的藥，」他仍盯著窗外。

「藥在哪裡？」

他不答腔。房子小到四秒鐘就能找到浴室。地板磁磚間都是黴菌。浴室的鏡子裂開了，玻璃上斑斑點點。我打開櫃子，找到兩個藥罐。我看了看標籤，不知道裡面裝了什麼。回到客廳，他仍面對著窗戶。他站得太近，看不見他的倒影。「你得吃藥了，」我說。

「我餓了。」

「來吧，傑斯，吃藥會有幫助。」

「我不需要幫助。我只想忘記。」

「我需要你幫忙，傑斯。」

他沒回答。我走到他旁邊，把手放到他的肩膀上，他把頭往前一點，重重敲在窗戶上。窗戶沒破，他的頭彈了回來。他跟我今天講過話的那個男人判若兩人。那個人想吃藥，想變得更好。那個人想起了過去，而這個人卻記不得。我拉著他回去坐下，本以為他會抗拒，不過他很順從。

「傑斯，聽我說，你一定要聽我說。」

「我還是很餓，」他額頭上腫了一塊，他似乎也不在意。我倒了兩顆藥丸出來想遞給他，但是他不肯接過去。他看也不看，似乎不知道眼前有藥丸。我甚至不確定他知不知道我在這裡。他的手臂上有塊咬痕，想必完全符合他的齒列。他比我想像的還要餓。

「我要問你雙胞胎的事情。」

「她好美，」他說。「好天眞無邪。我一定要吃吃看。由不得我，那聲音一直說去吧，晚上的時候一直說，我躺在床上，它叫我去，我就去了，不然它不會閉嘴。它住在我身體裡面，沒有名字的怪獸。」

我看看相簿。他說的是他妹妹。他們的相片看著我，跟上次見到他們兩個在一起的時候一點也不像。

「好多血，」他說，「我好討厭……」他停了下來。說到一半就停了下來，閉上眼睛，慢慢前後搖動，一開始動作不很大，然後愈來愈激烈，直到他從椅子上飛了出去，臉孔朝下趴在地上。我跳到他背上，拉起他的頭，讓他張開嘴巴，塞了兩顆藥丸進去，再摀住他的嘴，捏住他的鼻子，他一點也不抵抗，乖乖吞下了藥丸。

我讓他坐回椅子上，他直視前方，彷彿什麼事情也沒有。

「雙胞胎，」我說。「他們眞的是雙胞胎嗎？」

「她好甜，」他說。「跟糖果一樣。」

不知道爲什麼，我不覺得她很甜。「傑斯，聽我說，想想格羅弗丘。」

「不要。」

「拜託你。」

「不要提格羅弗丘。」

「那裡有兩個勤務員。」

「雙胞胎，」他說。

「他們是兄弟嗎？」

「他們是雙胞胎。」

「你知不知道他們叫什麼名字？」

「釦子知道。」

「什麼？」

「釦子，」他用手指戳了自己的前臂。「釦子也在那裡。」

「釦子是隻貓？」

「不是貓，」他說。「釦子，」他重複了一次，把手指舉到嘴巴前面做出抽菸的姿勢，然後又戳了自己的手臂。過了一會兒他的頭往後一倒，閉上眼睛睡著了。

50

亞德里安睡不著。

一個原因是他的腿。繃帶都沾滿了血，因爲底下的傷口一直發癢，他忍不住一直抓。他用指甲猛搵癢的地方，想要舒緩癢的感覺，可是不奏效。庫柏的母親說他需要縫針，不過好多年前他被揍個半死又被人淋尿的時候縫過針，他很不喜歡，也不明白爲什麼這次就需要縫了。

另一個睡不著的原因則是他有好多事情要想。他一直找不到膠水，不過他很確定他從前一條褲子裡拿出來了，也放進了從庫柏母親家拿來的長褲口袋裡，但問題在於他愈想就愈不確定，相關的記憶也開始變了。他記得他把膠水跟衣服放在床上，清空了口袋，後面就不記得了。

他想到了泰奧多．泰特，要是泰特拿槍那隻手沒包在繃帶裡，他今晚就一命嗚呼了。他知道，如果泰特的手沒事，速度就會更快。他想到了雙胞胎，想到在中途之家遇到的人，想到他的母親，跟另一個母親。他一直想這些人，怎麼樣都睡不著。他想到播放錄音帶時庫柏母親臉上的表情。他只播了幾秒就關上門，知道接下來他們會有什麼反應，不過她該死。她是個壞母親。壞母親就該死。

床很不舒服。雙胞胎其中一個——不知道哪一個——睡過這張床。他腦海中還有一幅揮之不去的影像——虐待過他的人晚上回到這裡，睡在這張床上，他的皮屑飛進了床的隙縫和枕頭的皺褶裡，現在則黏到他身上，讓他渾身發癢。

最後他實在受不了了。開著的窗戶旁，窗簾跟著微風輕輕搖動，刷過了窗台。他開了燈，睡褲已經汗濕了，右腿上有血漬。他脫掉了睡褲。繃帶已經鬆脫，大約在膝蓋和屁股的中間。走到外面時他按住繃帶，免得滑下來。他不知道外面幾度，不過感覺很暖。他知道已經過了午夜，但沒過很久。他心想，晚上這個時候不該這麼熱——其實他晚上通常不會出門。以前在格丘的時候他會被鎖在房間裡，要上廁所的話就很麻煩，得等到早上。到了中途之家，天黑以後出門，你要不是想犯罪，就是想要成爲受害人。

他拉低了繃帶，抓抓腿。流了更多血，更痛了，有些黃色的東西滲出來，但指甲刮過去那幾秒，發癢的感覺稍微解除了。他可以再一次找庫柏的母親來幫忙，不過他很肯定不管用什麼理由，她都不會伸出援手。反正他也很氣她不相信他。她兒子滿身是血，他把刀插進了那女孩的身體，他還裝成好人的樣子。亞德里安很氣惱。他沒想到庫柏會這麼對他。他們不是該當對方是朋友嗎？

他希望能自己處理傷口。他知道需要清理了，不然會感染。有時候遭到感染，就需要截肢。這個他也聽說過。

他克制不住了，一想到就哭了起來。他轉過身，趴在枕頭上啜泣，這時候就不在乎之前誰用過這個枕頭，想到未來只剩一條腿，在房間裡踱步而且要數到偶數怎麼可能？就只有一條腿了。等他平復下來，他一跛一跛走進浴室，在藥櫃裡翻來翻去。裡面有很多東西，但細看日期前都有exp。應該是指解釋（explanation）日期❸；解釋哪一天這些藥就不能用了。很多東西幾年前就不

❸應該是有效日期（expiration date）。

能用了。他不知道藥壞掉了是指沒有效，還是沒那麼有效，還是會讓他的傷口更惡化。有罐消毒乳液的日期是兩個月前，應該沒問題。止痛藥的日期都是幾年前。繃帶應該沒有期限。還有一些包紮護墊，看起來應該可以用。也有鋒利的剪刀可以修剪材料。別針則能固定繃帶。他關上藥櫃，瞪著鏡子看。他的臉龐發紅，髮線旁出現了紅疹的痕跡，他希望是因爲天氣太熱，而不是感染了。他不想死。現在他過得很好，他不想死。

他用手背貼住額頭，他看過別人這麼做，然後覺得自己的額頭很熱。發燒了嗎?還是只是因爲壓力跟酷熱的天氣呢?他合掌接住水龍頭流出來的水，潑在臉上。他立刻覺得好多了，但沒把繃帶緊緊按在腿上的結果就是繃帶滑到了腳踝上。他的眼淚融在水裡。他很希望母親在這裡，哪一個母親都好。

他轉開了蓮蓬頭，踏進淋浴間，讓水流在腿上。他可以感覺到表面的感染被沖走了，但同時他也感覺到癢感慢慢爬進體內。他看不到，可是感覺得到。他用洗臉的毛巾擦洗傷口。傷口大概跟指頭一樣長，也一樣深一樣寬，一道長溝，子彈再往左一吋就不會射中了，再往右一吋就會埋進他的腿裡，切斷粗粗的靜脈，讓他失血過多而死。現在雖然抓過了，但流的血變少了，不過還在流。淋浴感覺很舒服。他把水溫設得很涼爽，但不會太冷。他沖了很久的水，指腹都變皺了，然後他出了淋浴間，把自己擦乾。沒那麼癢了，但傷口仍需要處理。

他不想失去一條腿。

不想死。

不能去醫院。

不想躺在雙胞胎睡過的床上，因為感染可能會更嚴重。

他走到外面，用乾淨的包紮護墊按著傷口，把庫柏的原稿也拿了出去。他坐在門口。那裡有座木頭鞦韆，可以坐兩個人，他慢慢來回搖晃，覺得輕鬆了一點。外面太暗了，不能閱讀，他也懶得回去裡面打開門口的燈。周圍的田野在月光下是一種淺藍色。再過四、五個小時，天空就會亮起來。他從來沒看過日出，突然之間，他很期待人生中的第一個日出，希望有一天他跟庫柏可以一起坐在這裡享受那樣的美景。

51

我又碰到了那群飆車族。他們的速度一樣慢，閃著車燈，按著喇叭，到了一個十字路口，我不得不跟他們並行，可是我過不去，因爲他們堵住了路口。我被困住了，只好打開警笛，情況卻更糟糕，他們乾脆故意擋住我。我花了十五分鐘才通過。警用收音機傳出了更多消息，主要是路上目前有兩千多名飆車族，到目前爲止逮捕了六個人，有六台車被扣押，一名行人在車禍中受了輕傷入院。飆車族的人數超過警察，也超過紐西蘭所有的幫派，根本就是沒有解藥的流行病。

我把車停在中途之家外面，很希望自己帶了槍。街上沒有遛狗的幫派分子，我抓住機會下了車。氣溫至少還有二十一度，我的襯衫腋下已經濕透了。

釦子坐在前面的門廊上，一手拿著啤酒，一手拿著香菸。快一點半了。他仍戴著早上應門時的那頂呢帽，穿著同樣的襯衫，同樣地格格不入。

「你很晚睡嘛，」我對他說。

「我睡不多，向來就是這樣。我知道你會回來，」他說。「李奇在樓上他的臥房裡，很有可能已經睡死了。你知道的，他知道的其實不多。」

「我不是來找他，」我說。

「是嗎？你要找傳教士？他在裡面。」

我搖搖頭。「我是來找你的。傑斯．卡特曼說你知道雙胞胎的事。」

「傑斯．卡特曼現在才說，對嗎？」他喝了一大口啤酒。「他還說了什麼？」

「他叫你釦子，」我看著他手臂內側排成一列的香菸疤，都有釦子大小，形狀也像釦子。

「你叫什麼名字？」我問。「本名叫什麼？」

「亨利，」他說。「亨利．陶伯，」不過他沒打算跟我握手。

「你以前也在格羅弗丘？」

「孩子，住了快三十年嘍，」他說。

「傳教士沒提到你，」我說。

「他不會提到我，」亨利說。「他懂得分寸。」

「所以你知道那裡發生了什麼事。」

他怯懦地一笑。「幾乎都知道。你想問雙胞胎的事，對不對？」

「你怎麼知道？」

「我一向知道別人想知道什麼。卡特曼說了什麼？」

「他們讓人死在尖叫室裡。」

「你相信嗎？」

「不信，但是警方找到了幾具屍體。」

「嗯，是嗎？那麼，你相信什麼？」

「我相信他們在那裡幹了壞事。」

「你要信，也有道理，不過其他傑斯．卡特曼說的你也信，那就太蠢了。那孩子的腦子有問題，」他拍拍帽子的旁邊。「他們都有問題。」

「你呢？」

「我們都相信自己說的話，不過要注意非常不一樣的地方：我相信的事情都眞的發生了。」

「那就請你告訴我吧。」

他又喝了一大口啤酒。「或許吧，」他說，「不過我發現了，只要有人告訴你他們知道的事情，你就付錢給他們。我爲什麼要免費呢？」

「因爲你看起來似乎很自豪，」我告訴他，「而且你告訴我以後，一個十七歲的女孩或許就能得救了，你應該不會隱瞞什麼。」

「那倒是，」他說，「不過總得知道下一次喝酒的錢從哪裡來。」

「結束之後，我會給你報酬，」我說。

「你相信你自己的話，還是你決定要實踐？」他問。

「我會實踐。我保證。」

他再喝了一口啤酒，然後定睛看著我，過了幾秒，我覺得他心裡在想先評估一下吧。「好吧，我可以接受，」他喝光了啤酒，再開一罐。「要喝點啤酒嗎？」我搖搖頭。「一開始也沒什麼，你知道的，」他說。「大概是十五年前，加減個一兩年吧。年輕人來了。很驕傲的小王八蛋。才二十出頭，最多不會超過二十五歲。我們都知道他沒瘋，只是脾氣暴躁，暴躁跟發瘋完全不一樣，只是法庭看不出來。他常常自誇說他怎麼騙過所有人。告訴我們他其實有多聰明，過兩個月就會被放出去。法院把他送過來，因爲他殺了一個女孩。他說，他想殺人，就殺了她。年輕可愛的小女孩，還不到十歲。他在那裡待了一個星期，女孩的爸爸來了。我還記得看到他在外面的停車場。他看起來很緊張，似乎要鼓起勇氣來問一個很重要的問題。你看過那樣的人嗎？他想問的問題讓他很痛苦，全都寫在臉上。我看了他一眼，就知道他想要什麼。然後他就選了一個人。看到穿白色制服的人就上前去，那人也看到我看到的東西。不知道他說了什麼，我不確定，可是我知道他想要什麼。我們那裡有電視。有些人知道外面發生了什麼事，我知道他是誰。他找的勤務員就是雙胞胎裡面的一個。在那之前尖叫室只是處罰人的地方。那裡發生的事情不怎麼好，可是不是眞的那麼糟。那名父親，他給他們錢。說要單獨跟害死他女兒的人相處一下。雙胞胎就計時收費了。那天晚上，幾乎所有的職員跟護士都離開了以後，那個人又來了。我從窗戶看到他把車開進停車場，一個小時後把車開走。那個男孩，從此就不見了。」

「常有這種事嗎？」

他喝了一大口啤酒，然後用手背擦擦嘴巴。「就那一次。謠言滿天飛。你覺得亂傳謠言不好嗎？年輕人，跟精神病院裡面發生的事情比起來，謠言不算什麼。聽那裡的病患講話，你會相信貓王還活著，跟耶穌在一起。不過那次也是起頭。之後雙胞胎就變了。他們不知道爲什麼變得很亢奮。尖叫室不只是處罰人的地方，也是讓人痛苦的地方。他們會把我們帶下去，我們大多數人他媽的就是活該。他們兩個跟地獄放出來的魔鬼一樣，可怕的魔鬼，把大家揍得死去活來，羞辱到一敗塗地，他們就高興了。他們害死了那個男生，我還可以接受。以眼還眼什麼的。聖經不就這麼說。但是他們變成……他們眞該爛死在地獄裡。」

「他們已經下地獄了，」我說。「他們被殺了。」

他揚起雙眉。「是嗎？眞的嗎？什麼好可惜唷，我說不出口。誰殺的？」

「亞德里安・隆納。」

「不會吧。亞德里安？眞沒想到。沒想到那孩子這麼有骨氣。」

「聽起來你很以他爲傲。」

「以他爲傲？我不知道該不該這麼說。不過，如果誰應該找這兩個傢伙麻煩，亞德里安絕對有權利。」

「他們是誰？這對雙胞胎？」

「年輕人，你這話什麼意思？」

「我想知道他們的身分，你知道他們的眞實姓名嗎？」

「我當然知道。莫瑞・杭特和艾利斯・杭特。」

「杭特？」

「我不是說了嗎。」

這名字很耳熟。幾個月前我還在牢裡的時候，有個叫作傑克・杭特的人被捅了。施羅德來探監，問我能不能幫忙調查，要我找出是誰幹的。

「你知道他們住在哪裡嗎？」

「我怎麼會知道？」

「因爲我覺得亞德里安躲在那裡。」

他聳聳肩。「你想太多了，不過也不是不可能。」

「很有可能，」我說。畢竟，如果莫瑞和艾利斯．杭特被埋在格羅弗丘的地裡，他們應該在某處有所無人看管的住所。那就是棟空房子，亞德里安現在在某個地方，杭特家的可能性很高。

「他們在格羅弗丘工作幾年了？」

他從口袋裡拉出手帕。他的衣著無懈可擊，襯衫釦子都扣得好好的，漂亮的領帶還沒鬆開，但我從來沒看過這麼髒的手帕。他擦擦脖子後面，手帕立刻濕了。「他們來的時候，我在那裡已經住了幾年。五、六年前他們離開了。看到他們走，真把大家嚇到了。從來不知道他們去了哪裡。亞德里安就是那時候把他們做掉了吧，對不對？」

「不是。大概是過去一兩個星期內。差不多是他殺掉丁斯護士的時候。」

他吹了聲口哨，彷彿剛看過一台車，跑得比他原本想像的還要快。「那個護士啊，真的很特別。聽我說，年輕人，我不知道他們離開後到死前發生了什麼事。如果要我猜，我會說他們肯定做盡了壞事。他們很邪惡。病患都不是好人，但大多數人就是腦子不正常。沒有人喜歡精神病，但也不能怪他們。這兩個人啊，我就算只剩一塊錢，也要賭他們離開格丘後還在繼續欺負別人。」

「你呢？你又怎麼了？」

「我的話就別提了，」他努力擺出和藹的笑容，但在他臉上看起來就是很矛盾。「別忘了我們講好的條件，」他說。

「我會回來找你，」我向他許諾。

我想用警車上的電腦搜尋杭特家的住址，可是過去一小時內不知道什麼時候鎖住了，一直要我輸入我不知道的密碼。我只好把車開到城裡。有了手機後，世界上很多地方的電話亭就變得多餘，在基督城卻不一樣，很多人仍活在石器時代。我在離警局一個街口的地方找到了電話亭，就在艾文河旁邊，四個穿著四角褲的少年喝醉了，正在河裡游泳。在九〇年代，爲了對付未成年人的飲酒問題，政府降低了合法飲酒的年齡，結果每座城裡突然有成千上萬的年輕人不再犯法了，問題也就消失了。只有政府沒發現這項法令有多愚蠢。他們開了閘門，過了這些年，紐西蘭的未成年人飲酒問題已經變成全世界最嚴重的了。

我翻翻少了一半的電話簿，還好不見的那一半不是我要用的。裡面大概有一百個姓杭特的人。有兩個人就是這對兄弟。我開始看名字，找到了在同一行的莫和艾。他們可能住在一起。他們不是做什麼都一起嗎？難怪住在一起了。我覺得很値得去看看。我想既然釦子不知道他們住哪裡，亞德里安應該也不知道。但是亞德里安找到他們了，表示他們不難找。他或許也查了電話簿。或許看到同樣的名字就去那個地方了。我也做了同樣的決定。

我拿起話筒，黏黏的。眞想念我的手機。我丟了幾個銅板進去。正在營業的酒吧和經過的車都發出震耳欲聾的音樂聲，我不得不把話筒緊緊貼在耳朵上。我撥了號碼，沒有人立刻接起來，感覺是個好兆頭，然後更好的兆頭出現了：接通了答錄機。

這裡是艾利斯和莫瑞，我們不在家，你知道該怎麼辦，想要的話就留個訊息吧。

我才不想留言。

腎上腺素開始分泌。快兩點半了，飆車族已經去別的地方，或在四條大街的某處全數拋錨，因爲交通非常順暢。我把車開得很快，超過速限起碼二十公里，有兩台測速照相機對著我閃光，但我開了警車，不會接到罰單。杭特住的那區在前院裡看不到報廢的車子。事實上算高級住宅區，大多數的房子屋齡不到十年，開車開個五分鐘也看不到犯罪現場的警示條。我找到了他們家，前面沒有車子。我把車停到一個街口外，拿著手電筒回去。我的心跳很快。亞德里安拿走了我的槍，還有電擊槍，誰知道他還有什麼武器。我先檢查了車庫的窗戶。裡面有一台車，不是艾瑪·格林的，還有空間能停下另一台車。屋裡的燈都滅了。我用手電筒照照後門，蹲到門把前。我拿出了開鎖工具。拉了幾下扳柄，放對了地方，三十秒後我就進去了。把門踢開比較快，不過這裡的門看起來比傑斯·卡特曼家的門堅固多了，而且我得小聲點。我進了走廊，聽到答錄機嗶嗶作響。聽起來很狂亂，彷彿急著要吐露所有的祕密。我用手電筒照路，每一步都很小心。客廳裡有莫瑞和艾利斯·杭特的照片，毫無疑問就是我看到的那兩具屍體。客廳中間有一大片血跡，上面沾了毛髮，也有一些看起來像骨頭碎片的東西。還有血跡通到前門，地毯上也有拖行的痕跡。

我查了所有的房間。沒發現其他可疑的跡象。沒有庫柏·萊利或艾瑪·格林曾經來過的蛛絲馬跡。

「他媽的，」我踢了踢牆，鞋子卻穿過了石膏板。洞裡飄出的白色塵土落到了地毯上，看起來像古柯鹼，讓我想起五年前跟施羅德一起辦的案子。我們衝進了一間房子，那人失手把毒品掉在地上，就立刻跪下亂吸，想要淹滅證據，幾秒內吸了太多，差點一命嗚呼。

艾瑪跟庫柏到底在哪裡？沒有其他廢棄的精神病院了。我至多只能想到亞德里安藏匿在另一名受害人家裡。我關上後門，萬一亞德里安跑回來，也不會發現我來過。我只能期望他會回來這裡了。發生了這麼多事情，我又回到原點，完全摸不著頭緒，不知道艾瑪．格林被藏在哪裡。

我想了想釦子的話，他說雙胞胎很邪惡。他心裡一定覺得雙胞胎離開後還在害人，甚至也殺了人。我開始搜房子，不太確定我要找什麼，不過可以翻的我都翻了。或許能找到剪貼簿之類的東西。我開了電腦，讀了電子郵件。我檢查了天花板上通往閣樓的通道，看看有什麼藏在那裡，我從臥房的角落把地毯翻起來，找了一個小時後，我在衣櫃裡檢查有沒有鬆動的地板，終於有了回報。地上有個紙箱。我打開箱子，把裡面的東西排排放在地板上。總共九個皮夾，裡面都有信用卡駕照和妻兒的照片，都沒有現金。從過去幾年的警察生涯中，我認出了三個名字，三個人都消失了。有一個很眼熟，但我不太確定。

電腦還開著，我花了二十分鐘在線上新聞資料庫搜尋其餘的名字，也查了我認識的名字。九個名字，各有故事。九個人失蹤的時候，就是釦子說雙胞胎離開格羅弗丘的時候。九個從此不見的男人。不同的背景，有人有家庭，有人單身，一個律師，一個水電工，兩個失業，最年輕的十九歲，最老的四十五歲。藏在衣櫃地板下的紙箱告訴我，厄運是他們的共通點。

釦子說，有人爲了報仇而去找雙胞胎後，他們從此食髓知味。從此以後，他們在格羅弗丘工作多年，用尖叫室當作發洩管道。有一天，他們起床後就離開了，造了一間自己的尖叫室。一定要有。但是，在哪裡？絕對不在這裡。不在這一區。尖叫聲絕對能傳出去，在這一區一定會有人去報警。

到底在哪裡？刑房究竟在哪裡？要是在他們的房子裡，他們爲什麼不住在那裡？爲什麼要把紀念品帶回來？

因爲這裡是他們的家。或許這裡離工作的地方比較近。他們希望不在另一棟房子的時候也可以看到紀念品。

我又把所有東西都檢查了一次。我查了他們的通訊錄，看到一個認識的名字就停了下來。艾德華．杭特。他父親在牢裡被人捅了刀。艾德華也入獄了，不過在他父親受傷後幾天才進去。艾德華的罪名是殺了兩個人。他父親傑克二十年前因爲殺了十一個妓女而入獄。他們跟艾利斯和莫瑞是親戚？整個家族都是壞人？

我繼續翻通訊錄。我去了車庫，檢查他們的衛星導航紀錄，看看有沒有特定的地點，不過上面只有地圖，沒有畫圈或畫十字。我翻了文件跟放帳單的盒子。我找到了地方行政稅的單據，不過只有這裡的地址。如果他們還有其他房產，我找不到紀錄。如果他們也要付另一棟房子的電費，帳單應該寄到那裡去了。

某處有間尖叫室，可能是樹林裡的小木屋，可能是地下室有隔音設備的房子，但我在這裡找不到線索。

一定在某個地方。他們就是這種人，尖叫室就會激起他們的惡念。

我也納悶，艾德華．杭特知不知道那個地方在哪裡。

疲累突然像一堵牆一樣打過來。快六點半了，離開杭特家的時候，天已經亮了。我慢慢把車開回家，不是因爲交通繁忙——路上幾乎沒有車——而是因爲疲倦的感覺讓我覺得，不如撞上路燈後睡個好覺。

我家外面有巡邏車和犯罪現場警示帶，我完全忘了我不該回來。我換了車，回到租來的車子裡，然後把車開到最近的汽車旅館，在昏暗的清晨光線裡，有家看起來還行，內有空房的霓虹燈也只有兩個字被打爛，表示不算太差。我走進去的時候，接待處的人已經睡著了，不過他立刻就集中了精神。他刷了我的信用卡，五分鐘後我就進了一間房，聞起來有家具亮光漆的味道。我打電話回家聽了留言，共有四通。我爸媽留了一通，另外三通來自唐納文·格林。他說，他整晚都在找我，但他給我的手機沒開。我猜施羅德已經睡了，我不想吵醒他，所以我沒打他的手機，而是打去警局留言給他。我留下了杭特家的住址，扼要說明他會找到什麼東西。我也告訴他要派人去看看傑斯·卡特曼。先不打電話給唐納文·格林了。

我把鬧鐘設在八點，可以睡一個多小時。我連衣服都懶得脫，脫了鞋子就躺在床上，瞪著天花板，心想不知道艾瑪·格林現在在幹嘛。

52

日出眞美，他想再看一次。希望下次他不會覺得這麼痛了。看日出時他小睡了一下，日出之前他睡了很久，做了很多朦朧的夢，他看到了母親，還有第二個母親，他甚至看到了在他念小學時就消失了的父親，他跟其他男人一樣離家出走了，因爲跟他們的秘書可以享受更單純的生活。

他看到了日出最漂亮的時候。天空亮了起來，太陽似乎有一度拒絕露臉，被什麼拉住了，可能是希望白天變黑的惡魔。然後太陽的頂端突破了地平線，從一望無際的田野中現身，用金色的光線照亮早晨，氣溫立刻變暖，世界跟著醒來。太陽很快地整個出現了，剛才拉住它的東西現在反而把它往前推，太陽往上升，讓樹木留下長長的影子。接著他又小睡了一下，但一直半夢半醒，腿很癢，他沒辦法眞的睡著。

太陽高高掛上了樹頂，影子變短了，但等他回到屋裡，樹影並沒有短多少，走路的時候腿依然很痛，但擦了乳液後就好多了。那片按在腿上的包紮護墊黏住了傷口，他伸手一拉就發出了撕裂的聲音，同時疼痛難當，他只得放手。他總得把護墊撕下來重新包紮，傷口總得好。他一定要保住這條腿。他又回去藥櫃亂翻，希望太陽出來了，他能找到在夜裡沒看到的東西，可惜並沒有。有一半的東西他不明白用途，架子上有副看了令人毛骨悚然的假牙，牙齦上長了黴斑跟絨毛。他想，今天可能要去城裡買點東西。冰箱裡有吃的，有些從他母親那裡拿來，有些是雙胞胎的，不過不夠他們吃幾天，但是有冰箱也有電眞是太好了。然後他想到了現實問題，在現實中，他沒辦法同時收藏這麼多，他今天就要處理掉庫柏的母親和那個女孩。沒把泰奧多·泰特抓回來，未嘗不算好事。

他穿上短褲和T恤，赤著腳走進了廚房。冰箱裡有柳橙汁，他從雙胞胎家拿來的，還有從母親家拿來的新鮮雞蛋和麵包，不過現在不怎麼新鮮了。這裡本來就有一些食物，不過幾乎都是垃圾食品，例如袋裝薯片和氣泡飲料，從小母親就不准他喝，現在他也不想喝了。他倒了一杯柳橙汁，把麵包放進烤麵包機，等著土司跳出來。他坐到廚房桌邊，拿起昨天給庫柏的報紙來看。他知道昨晚找到那女孩叫什麼名字了。艾瑪·格林。他讀了一篇有關死刑的文章，裡面提到對與錯，兩邊的想法他都贊同。雙胞胎死不足惜，他們對別人太壞，但亞德里安殺了雙胞胎，卻不該拿命來償。要是他該死，那些對犯人執行死刑的人呢？他們不也殺了人嗎？他們為何不會被逮捕，等著上電椅呢？紐西蘭有電椅嗎？他不確定紐西蘭何時廢止了死刑，也不知道以前是否有死刑，要是以前真的有死刑，行刑的方法是什麼？可能有行刑隊吧。並非所有的殺人犯都泯滅了人性，有些也是不得已。

他又倒了一杯柳橙汁，把電擊槍塞進口袋，開了臥房門，艾瑪·格林在裡面，被綁在一張床上，跟他睡的那張很像。他覺得這間可能是主臥室，雙胞胎在這裡殺人了，然後佔據了這棟房子。家具走古典風，外型彎彎曲曲，到處都是雕刻，床罩則布滿了花朵圖案。窗戶開著，空氣很溫暖，女孩已經睡熟了，他站在那裡動也不動地看著她。他想聞聞她的頭髮，用手指把頭髮從她臉上撥開。幾分鐘後她開始翻身，彷彿感覺到他來了。她的眼睛顫抖了幾下，張開來盯著他，很害怕地往後縮。

「是我找到妳的，」他說，「我也幫了妳。妳看，我拿東西給妳喝了。」

「你，你……你要——」她咳了起來，想用手摀住嘴巴，但雙手都被綁在床頭板上，讓她更嚇得渾身僵硬。「你，你要做什麼？」她問。

她渾身赤裸，不過昨晚他把她綁在床上的時候幫她蓋了一張床單。他明白了，她以爲他才是綁架她的人。她沒看見庫柏嗎？

「聽我說，我沒有綁架妳，」他說。「我想幫妳。」他往床鋪走過去，她不能再往後縮了。他把杯子遞給她。「喝吧，」他說。「我希望妳會覺得好一點。」

她還沒回答，他就把杯子一傾。她急切地大口喝下。

「你不記得我了嗎？」她還在喝柳橙汁，他就問了。「我幫了妳。我把妳放到浴缸裡，幫妳降低體溫，我給妳喝了水，把妳眼睛上的膠帶撕下來。」

他拿開了杯子。她緩緩點頭。她的嘴唇沾了果汁，下巴上也有幾滴。今天去買東西的時候，他也得買膠水。

「我記得，」她說。「你把我放進車子的行李廂了，裡面有什麼東西，聞起來跟屍體一樣，」她說，「但是，如果你沒有綁架我，爲什麼要把我綁起來？」

「很複雜，」他說，事情總是很複雜。「我想要幫妳，」他也不算是說謊。他希望能幫她，讓她好起來，就能當成禮物送給庫柏。

「所以是你綁架我，」她說。

「不是，我找到妳，」他說。

「那為什麼要把我綁起來？」

「很複雜，」他又說了一次，他很喜歡這個答案。等庫柏問他他不想提及的事，他就這麼回答庫柏。

「如果你沒綁架我，」她說，「那你可以解開我的繩子嗎？我也想吃東西——我好幾天沒吃了。」

「我會幫妳解開，」他說，「也會給妳吃東西，不過妳要明白，妳絕對不了解這裡發生了什麼事。妳幫我，我才能幫妳，然後妳就可以吃東西，我再送妳回家，」前面是實話，後面是謊話，他覺得自己臉紅了。他真不想說謊，因為對方太……太漂亮了。

「幫你？」她問。「你到底要我幫你什麼？」

「我受傷了，」他低頭看著自己的腿。他仍把槍拿在手上，想辦法捲起短褲的褲管，不過口袋裡的電擊槍很礙事。他拿出電擊槍，放在身後的五斗櫃上，艾瑪．格林絕對搆不著。然後他捲起了短褲，給她看包紮護墊。「昨天晚上我中槍了，傷口感染了，妳得幫我清理跟包紮。」

「我又不是護士，」她說。

「但妳是女的，」在他的經驗裡，女人似乎都知道該怎麼辦。「拜託妳，幫我處理傷口，我就放妳走。」

「我怎麼知道你會不會騙我？」

「我不會騙人，」他撒了謊，覺得有點不好受。

「你到底要我怎麼樣？」

「清理傷口，用繃帶包起來。妳幫我，我就會覺得好一點。」

「然後你就讓我走。」

「當然。」

「你可以保證嗎？」

「我用我母親的性命保證。」

「那你得解開我的繩子。」

「我有槍，」他揮了幾下槍，不過她應該早就看到了。「如果妳想逃走，我就射妳。拜託，我不想開槍殺妳，我眞的很不想開槍，」這次他就沒說謊了。

「急救箱在哪裡？」

「浴室裡有些東西，」他說，「但我不知道什麼是什麼，都放太久了。」

「把我的繩子解開，把所有的東西都拿來。」

「不要。我先去拿東西，再幫妳解繩子。」

他回到浴室裡，瞪著鏡子裡的自己。紅疹還在，一樣紅，但他的臉已經不紅了——該說他看起來很蒼白。跟鬼一樣。他把所有的東西裝進塑膠袋裡，帶回臥房去。然後又到浴室裝了一桶溫水，也拿了一些棉球和兩條乾淨的布。

「你把短褲脫下來的話比較方便，」女孩說。

「啊……我不知道。沒關係吧，」他想到他吐在妓女身上的事情。

「礙手礙腳的。」

「只是……只是……」他不知道怎麼接下去了。他從來沒在女性面前脫過褲子，除了昨天晚上要庫柏母親幫他包紮的時候，不過她比較像媽媽，而不是異性，那就有很大的差別了。「我不脫。」

「好吧，既然你這麼說。你先解開繩子。」

「我知道。」

「我還想喝點東西。」

「包好了我就給妳。」

「你保證你會放了我？」

「聽起來妳好像不相信我。」

「我當然相信你，」她說。「畢竟，你把我從綁票的人手中救出來，我很感激你。」

亞德里安微微一笑。他很喜歡她。

「你叫什麼名字？」她問。

「亞德里安，」他說，不過他從來沒想過要告訴她他叫什麼名字，這麼快就說出來了，他自己也不敢相信。

「我真的很喜歡你的名字，亞德里安。」

「真的嗎？」

「當然嘍，」她也微微一笑，嘩，好美的笑容！

他覺得心跳加速了。「會讓我想起古典的羅曼史小說。」

「眞的嗎？」

「當然是眞的，」她說。「亞德里安……」

「什麼事？」

「喔，沒事。我就是喜歡叫你的名字。很好聽。」

他很高興，她喜歡他的名字。他覺得心裡……好溫暖。

「我叫艾瑪，」她說。「艾瑪．格林。亞德里安，我眞的很高興你會送我回家，因爲家人一定很擔心我。尤其是我媽媽。她一定哭個不停，我爸也是。我還有一個哥哥。我媽媽得了癌症，」她告訴他，「她快死了。」

「她眞的得了癌症嗎？」他問。

「是眞的。我才不會編那種事情。」

「妳看過講連續殺人犯的書嗎？」他問，然後又說，「或者心理學的書？」

「什麼？沒有啊，從來沒看過。你爲什麼要問？」

「隨便問問，」他心裡懷疑艾瑪在跟他套交情。她一直叫他的名字，說她母親得了癌症應該是爲了博取同情……他在連續殺人犯的書上看過這些說法，但如果她沒看過書，就不知道這些招數了。她不會騙他——她是好人。跟壞人混久了，他在好人身上也在找缺點。

「亞德里安，你有消毒乳液嗎？」她問。

「什麼？」

「消毒乳液。」

「喔，有啊。」

「給我一點好嗎？」

他繞到床的另外一邊，解開了繩子。她很小心地坐起來，免得床罩滑掉了。他幫她解開腳上的繩子時，她揉著手腕。她的手腕發紅破皮了，被這樣綁了一個星期一定不好受，他很惱怒庫柏居然這樣對待她。庫柏可以把她鎖在房間裡就好。腳上的繩子解開後，她慢慢彎下腰，揉了揉腳踝。

「給我消毒乳液好嗎？」她問。

他把瓶子遞了過去。她打開罐蓋，把乳液塗在手腕跟腳踝上。他看著她塗完四肢，很想開口說要幫忙，最後還是忍住了。他很想幫她把乳液塗在身上，但他不認爲她會欣然接受。

「眞的很痛，」她說。

「對不起。下次就……」他發現自己的錯誤，趕快住嘴。他低下頭，不敢看著她的眼睛，怕她挑他的語病，怕她問「下一次什麼？你說好要放我走。」話說了一半，不知道怎麼結束，還好她幫他化解了尷尬。

「看看吧，好嗎？」他很高興她沒發現他說溜了嘴，「怎麼了？」

「有人開槍射我。」

「噢，你好可憐喔，」她的聲音充滿慰藉，他的腿似乎立刻沒那麼痛了。他眼前立刻浮現了一幅景象——他看到自己跟她坐在門口看日出，而不是跟庫柏。他胸口覺得暖暖的，也有點暈眩，不知道怎麼了。她的手腕擦了乳液後變得亮亮的，他注視著她的手腕，無法移開視線。

「沒那麼痛了，」他說，其實還是很痛。他不想讓她知道他有多痛。「妳知道的，我碰過更糟糕的情況，」補了這一句後，他立刻希望自己沒說話。

她把床單塞進腋下，用手臂緊緊夾住。「所有的東西都在袋子裡了嗎？」

「對。」

「我們應該先把傷口洗乾淨，」她說。「可以嗎？我幫你洗，好嗎？」

「OK。」

「對了，你的腿很好看，」她說。

「喔。噢，真的嗎？」

「真的呀，亞德里安，沒人跟你說過嗎？」

「嗯……沒有。從來沒有。」

「從來沒有？我才不信呢，」她臉上的微笑也讓他微笑了。「好，你有棉球嗎？」

「在袋子裡。」

「那就動手吧。」

他把袋子遞給她，她翻出裡面的東西，一樣一樣放在旁邊的床上。除了消毒乳液，還有其他的藥膏、繃帶、紗布墊、安全別針、藥丸、乳液和一把剪刀。他盯著剪刀看。他想把剪刀移開，但他也不想對她口出惡言。他得拿開剪刀，但他的藉口不能讓她覺得他不信任她。他真的覺得太浪費了，不該把她當成禮物送給庫柏。

「這塊墊子黏住了嗎？」她靠過去好看得更清楚一點。她的頭髮從背上垂下來，床單像窗簾一樣掀開了，他看到她的脊椎，像她背上有一排指節，她的皮膚好滑好白。她脖子上皮膚很緊實，上面浮出了汗珠。他有股衝動，想用手指拂過去，讓汗珠流下她的身體。

「黏住了，」他聽見自己說。

「得把它拿掉。」

「拿掉我的腿？」他又看見自己在房間裡一高一低地來回踱步，臉上的血一下子退光了。他好想吐。

「不是，這塊墊子，」她說。「把腿切掉就太可怕了，」她的口氣並不會讓他覺得自己很蠢，居然會錯了意。他不知道他爲什麼會以爲她要切掉他的腿——沒道理啊。他覺得好笨。以前其他人都會笑他，這麼簡單的東西也搞不清楚。

「會痛喔，」她警告他，「可是我覺得你不怕痛。來吧，先弄濕好了，應該比較好剝下來。」

「好，謝謝。」

她把一條布浸到水裡，他看著她的手指和手臂，還有她頭髮黏在臉上的樣子。他的心跳得好快。她把布擰乾，他好喜歡水滴回水桶裡的聲音。他聽了就很想游泳，長大後他就沒游過泳了。她把布放在他大腿上的包紮護墊上，抬起頭來看著他，對他笑了笑，他的雙腿都痠軟無力了。他眞希望自己坐著。她掀起了護墊的角落，還黏著，可是沒那麼緊了。

「再等一下吧，」她說。「還是我直接撕下來？你覺得呢？」

「好啊，」話才說出口，半秒後就一聲剝，撕離了他的腿。「啊，」他說，啊，好……」

「你眞勇敢，」她對他微笑。

他報以一笑，不想讓她知道他很痛。她讓他想起凱蒂，他愛上的那個女孩凱蒂，只是艾瑪比凱蒂好多了。更漂亮，更友善，雖然她比他小這麼多歲，亞德里安也能感覺到自己陷進去了。他似乎又回到了十三歲。當然母親會說他是鬼迷了心竅，不過母親也可能說錯了。

「好吧，來看看，」凱蒂說——不，不是凱蒂，她是艾瑪。等他們以後坐在門口看日出的時候，他一定要小心，不要叫錯了名字。「嗯，看起來很嚴重。我先洗一洗，」她用消毒乳液沾濕了棉球。

「放很久了，」他用下巴指指她剛才擦在手腳上的那瓶消毒乳液。

「這種東西不會壞掉，」她說。「相信我，他們標上有效期限只是爲了讓你多買幾瓶。絕對很安全。」

「妳確定嗎？」

「我當然確定了。我都擦了，對不對？」

她確實擦了，但她不知道放很久了，他覺得很自責，沒有在她開始抹之前先告訴她。他必須做個決定——他要不要相信她？他能不能信任她？他決定了，他要相信她。她是好人，一看就知道，好人可以信任。

他點點頭。「OK，」他說，「幫我塗吧。」

她的臉上浮現了微笑。他絕對不想看到微笑從她的臉上消失。她把兩塊棉球貼在他腿上，慢慢往下擦。

「你表現得很好，」她說。「就快好了。」

「OK。」

「亞德里安，眞的，你應該要去醫院縫傷口。」

「我不能去。」

「那我們就盡力吧。現在，我要把紗布剪成適當的大小。」

「我來吧。」他靠過去，拿起紗布跟剪刀。「多大？」

「比傷口大一點就好。」

「噢，那當然。」他剪下了紗布，然後遞給她。

他把剪刀放進褲子後面的口袋裡。她固定好了紗布，把另一塊包紮護墊放上去。

「現在把膠帶剪成適當的長度。」

「多長？」

「比護墊長一點點就好。」

她把膠帶遞給他。有點難度，因爲他還拿著槍，不過他剪好了。他剪好一條就遞給她，她把膠帶貼在護墊邊緣的四邊。四條都貼好後，她放開手，坐直了身子。

「看起來還不錯，」她說。「感覺怎麼樣？」

「感覺好多了，」他對著她微笑，她也報以微笑，太完美了，眞的太完美了。

「好，再來，繃帶呢？」她轉身看看床上的東西。「啊，在那裡，」她拿起了繃帶。「現在我要綁緊繃帶，但不會太緊，亞德里安，你沒問題吧？痛的話要告訴我。」

「不會痛，」他的心臟怦怦亂跳，眞愛從她口中聽到自己的名字。他可以明白庫柏爲什麼會看上她了，但庫柏那麼對待她就不對了。大錯特錯。他絕對不會讓庫柏欺負她。絕不。

「痛的話要講喔，」她說。「我不想弄痛你，亞德里安。」

「我也不想讓別人欺負妳。」

她一隻手貼上了他的大腿內側，他覺得自己有點激動，忍不住害臊了。她把繃帶繞到他的腿後面，用另一隻手接住，然後開始繞圈。她繞了又繞，把繃帶交叉，最後包住了他半條大腿，看起來很妥當很牢靠。

「今天晚上，你要換一次藥，所以，你想要的話，我可以留久一點，等今天晚上我幫你換好藥後，你可以帶我回家嗎？亞德里安，可以嗎？我要找我爸媽，我很愛他們，也很想他們。」

「當然！沒問題，」他的口氣很興奮

「現在覺得怎麼樣？」

「很好。」

「你現在要用兩隻手按住繃帶，」她說，「一隻手在這邊，另一隻手在這邊，然後我用別針把它別好。要小心拿好槍，不要打到自己的腳。亞德里安，你要是弄傷了自己，我會很難過。」

「好。」他垂下空著的手按住繃帶，又垂下拿槍的手，伸長抓住槍的手指去按著繃帶，槍管指著他的腳。

「好了嗎？」

「好了，」他眞希望跟庫柏也能這樣和睦相處。

「現在別放開喔，用力按著。」

「OK。」

「來看看還有什麼可以用，」她又轉頭看床上的東西，拿了一支安全別針。「我用別針固定吧，」她說。

他想到了日出，可以的話，他想握著她的手，一起坐在門廊上，吹著溫暖和煦的風，一起喝柳橙汁。他想到未來能跟她在一起，太陽爬上了枝頭，照著她的頭髮，他心想她看起來一定很美。他想到換個時間，他依然坐在門廊上，看著遠處，太陽落到山峰後面，艾瑪靠著他取暖。他想要牢牢按好繃帶，不過他不能一次想太多事情，因爲某些事情他就這樣忘記了。

她的手拂過了他的手，他看著她擺動別針，把針尖插到繃帶底下。她的手愈發碰到了他的手，她想取好角度，然後她的手放到了他的手上……

槍響了。她的手指壓著他放在扳機上的指頭。槍管仍對著他的腳。兩根趾頭不見了，只剩像團爛番茄的血污。他甚至還不覺得痛，還來不及，艾瑪就手臂一揮，手中的別針已經按開了，他看得很清楚，因爲別針朝著他的臉衝過來。他的手還按著繃帶，還拿著槍，還照她說的用力按著，一直按到了別針刺進了他的眼睛，深入他的眼球，只留下了末端圓形的樞紐。他才放開兩隻手，尖叫了起來。

他把雙手猛然舉到臉上，槍敲到了側腦，用力到他頭立刻疼了起來，但他忍住了。他用力閉緊了眼睛，左眼卡在別針上，沒辦法完全閉上，射進來的光線讓他看到針柄從他模糊的眼前延伸出去。他的眼淚撲簌簌掉了下來。眼睛的痛跟腳上的痛同時發作了，遠超過以前在尖叫室中體驗過的。疼痛感覺好重，在他腦子裡重重地把他的視線往下拉，劇烈的疼痛從眼睛開始，迂迴穿過了大腦，傳播到肩膀，腳上則有一股悶痛衝過了腿，進入肚子裡。他用手碰碰別針，想拉出來，一碰就更痛了，他無預警地張口就嘔，肚子裡的膽汁溢到了下巴，流到胸前的襯衫上。他突然覺得胯下一痛，全身痛到要燒起來了，不知道發生了什麼事。

女孩對著他尖叫，他卻一個字也聽不懂，都是罵他的話，他雖然無法集中精神聽清楚，但聽得出那種語調，胯下又跟炸開了一樣，他才發覺她踢了他好幾腳。他向前伸長手臂，扣下扳機，槍響了，他看不到自己打到了艾瑪還是牆壁，然後他又開了好幾槍，槍聲震耳欲聾。他往旁邊搖搖晃晃走了幾步，一隻腳趾留在原地，另一隻也快脫離了，他的腳撐不住身體，腿一軟，碰到水桶就跌倒了，兩隻腳都弄濕了，人撞上了五斗櫃，電擊槍掉到他大腿上。他捏緊了別針，深吸一口氣後用力拉。他可以感覺到整個眼球都被往前拉，痛到他不得不放手，彷彿別針刺進去後還長長了，長到直接刺入了大腦中央。他睜開沒受傷的眼睛，用手指撐著免得又閉上。別針上滲出了液體，滴到他臉頰上。他看看房裡，只剩下他一個人。他又抓住了別針，放下槍，用其他指頭按住眼睛，咬緊了牙根用力一拉。

53

鬧鐘響了，我醒過來，覺得比睡前還累。我想起去年每天早上都在宿醉中醒來的感覺。我喝了好幾個月的酒，想要借酒淡忘那些我自認做過的壞事，最後我撞傷了艾瑪·格林，從此也再不喝了。兩杯咖啡就能讓我恢復神智，一整天保持清醒。我洗了個冷水澡，又喝了一杯咖啡，才去櫃檯結帳，過了兩小時，已經換了一個人坐在櫃檯後。

週末的早晨，街上的車子已經很多了。大多數人把窗戶搖下來，手臂掛在窗外，有些人指間夾著香菸，在空氣中留下菸味。完全看不出今天是否有降溫的跡象。我想到釦子，想到他說的精神病院裡的謠言，不知道他昨晚說了幾句眞話。我希望傑斯·卡特曼今天早上感覺好一點，會記得吃藥，而不會被人發現他把手伸進某人身體裡尋找柔軟的肉。前面塞車了，昨晚的飆車族撞毀了兩台車，馬路關閉了一條線道，把車陣堵在十字路口，熱力快把大家烤焦了。

我好不容易穿過了市中心，把車子開過機場，走一條可以看到跑道的路，一架要降落的飛機低到撼動了車子。有幾十個人把車子停在路邊，時而看報，時而看飛機起落。穿過了更多農場和農人後，我想我應該搬來這裡住，就不用一天到晚開這條路了。

想到監獄就在眼前，一點也不覺得可喜。我必須通過警衛崗哨，出示證件，才能進停車場，裡面已經有些訪客的車子了。一切看起來就跟幾天前我出獄的時候一模一樣。閃閃發光的柏油沒變。運動場依然飄散出灰塵。同樣的機器和鷹架，同樣的擴建工人，建造出更多空間來容納每天送進來的新人，擴建工作不需要火速完成，因爲監獄每天也會送人出獄。入口處跟裡面簡直有天壤之別。停車場外有座漂亮的景觀花園，已經被烈陽曬成褐色，一雙寬大的玻璃自動門，風格都很現代，裡面的家具應該買來還不到一年。接待櫃檯後坐了四個人，他們看起來都像應該被關進去才對，尤其是那個跟我講話的女人。她的毛髮漆黑，上唇的一排汗毛也一樣黑。她看看我，似乎在思忖能把我碎成多少塊，我想應該很多塊吧。她的體重起碼有我的兩倍，身上的肉都長在肩膀跟胸口。

「我想見一名犯人，」我告訴她。

「你約好了嗎？」

「沒。」

「你剛說沒？」

「對。」

「你沒約的話不能就這樣進來。」

「那我想預約，」我說。

「誰？什麼時候？」

「艾德華．杭特，現在。」

「我剛說你沒預約的話不能就這樣進來。」

「我剛約好了。」

「不行，那不算，」她說。「你剛剛才要求預約。根本不一樣。」

「拜託，我有很重要的事情。」

「每個人都這麼說。」

我想到了唐納文．格林，要不要打電話給他呢？問他多要點錢來打通關卡，說不定就能見到艾德華．杭特，不過這招太危險了。那女人看起來很好賄賂，因爲她的收入應該都拿去買類固醇了，不過她還得跟其他人分，也拿不到多少。「拜託，眞的很重要，」我說。「我認爲他可以提供資訊，幫我找到失蹤的艾瑪．格林。拜託，她父親派我來的。他已經絕望得不得了。讓我跟他談談，應該沒關係吧？」

她好好想了十分鐘。權衡要同意還是要拒絕，最後她得出了結論，幫我這個忙就算今天的日行一善。

「下不爲例，」她說。

「不會的，我保證。」

「要等十分鐘。坐著等吧，要是得等更久也別抱怨。」

我找了個位子坐下，不敢開口抱怨，不過我可以感覺到每一分鐘都過得好慢。

54

尖叫聲響徹屋內，雖然牢房裡有軟墊牆，還是傳了進來，庫柏聽得出是女性的聲音。可能是艾瑪．格林。槍聲二度響起，然後連續三發，庫柏急死了，不知道發生了什麼事。警察來了嗎？希望不是。

母親在牢房的另一個角落裡。他看不到她——他仍然什麼都看不見，連現在是不是早晨都不知道，他的膀胱快炸了，液體似乎也湧回了腹部，他覺得鼠蹊要爆開了。母親一語不發，也不肯看著他，他真的很自責。他開始搥門。他必須很用力才能發出聲音，他跟在格羅弗丘一樣，脫下了鞋子來敲門。

「喂，喂，怎麼了？亞德里安？喂，放我出去。放我出去，放我出去，放我出去！」

尖叫聲停了，也沒有槍聲，一片寂靜。他繼續敲打軟墊門。

然後在臉部高度的縫隙開了。

「你是誰？」艾瑪．格林問。

看到她的臉，他差點跳了起來。很奇怪，好像看到了鬼魂。「妳……妳是誰？」他努力裝出不認識她的樣子。「拜託，拜託，妳一定要放我出去，」他補了一句，極力掩飾剛才被嚇了一跳的樣子。「他瘋了，他會殺了我們。」

「你看起來……有點眼熟。」

「拜託，快一點。」

「噢，我的天啊，你是大學裡的教授！到底發生了什麼事？」

「我不知道，」他現在真的不知道發生了什麼事。艾瑪・格林不知道怎麼逃出來了。尖叫聲一定是亞德里安發出來的。槍響一定是艾瑪・格林射中了他！太完美了，真的非常完美。「聽我說，妳叫什麼名字？」他問。

「艾瑪。」

「聽我說，艾瑪，我被關……不知道幾天了。我不知道今天幾號。求求妳，拜託，放我出去。妳殺了他對不對？把我抓來的人？」

「沒有，他還活著，我只弄傷了他，」她轉向右邊，看了看走廊。

「妳開槍打中了他，對不對？求妳告訴我，他被妳射中了。」

「是他開槍打我。」

「可惡，糟了，所以他還沒死？妳得快點，妳得放我出去，妳現在就放我出去！」

「裡面只有你一個人嗎？」她問。

他往旁邊站開，讓她看進來。「我母親也在這裡，」他說。

「她怎麼了？」

「我就是要跟妳說。他殺了她。昨天晚上他當著我的面殺了她，我真的沒辦法，」他說。

「真的是……真的是比什麼都糟糕。」真的很糟。他用手環住母親的脖子，一遍又一遍告訴她他很抱歉，看著她的眼睛鼓出來，用他的雙手取走了她的性命。他很愛她，可是他更愛自由。沒有其他方法了。警察會盤問她。她會告訴他們有個瘋子認爲她兒子是連續殺人犯。警察會起疑心，因爲他有一個學生失蹤了。把三年前那個也算進去，就是兩個學生。

「噢，我的天啊，」她說。

「拜託，妳得放我出去。」

「等一下。」

她往後退了一步，門向外打開了。

他頓時鬆了一口氣，能殺死亞德里安一定很令人興奮。他也能感覺到跟艾瑪．格林獨處會有多令人興奮。他現在才注意到她一絲不掛。他走出了牢房，這裡不是日景，也不是東湖。「我們到底在哪裡？」

「我不知道，」她說。「但我覺得有兩個壞人。」

「什麼？」

「星期一晚上，有人把我綁走，」她說，「把我留在一棟房子裡。然後有人把我帶出來，又帶來這裡。不是同一個人。」

「他在哪裡？妳打中的那個人？」

「那邊，」她指向走廊的另一頭。

這裡是一棟房子。很普通的房子，但是有軟墊房，不是廢棄的精神病院。走廊鋪了地毯，比他家的寬多了。牆邊放了古典的邊桌，上面有陶瓷小擺設，有些看起來不怎麼樣的水彩畫，可能是屋主的作品。艾瑪說她從某個房間出來，他走了兩步，門突然開了，亞德里安現身，臉上一側有血水，掌心蓋住了傷口，腳上也在流血，好像有人用錘子打爛了他的腳。他舉起了槍。

「天啊，」庫柏抓住艾瑪，想幫她擋住危險，用自己的身體當作盾牌，這樣的本能或許來自離婚前還沒碰到娜塔莉．福勞爾斯的庫柏．萊利。子彈打中了牆，離他們很遠，他想到了兩件事：亞德里安今天以前可能從來沒用過槍，不然就是因爲他只有一隻眼睛，所以失了準頭。

「我們是朋友，」亞德里安怒吼，槍又響了，這次離他們比較近。

「走吧，」庫柏抓住女孩的手臂，拉起了她的身體。立刻躲回剛出來的房間應該最安全，不過這樣他又回到了原點，被鎖起來等待亞德里安的垂憐。

不幸的是，也只有這個選擇。門一開就擋住了走廊，要穿過去必須先關門，要多花一兩秒的時間，可是現在已經沒時間了。

「我還以爲妳喜歡我，」亞德里安說，庫柏不確定他在跟誰講話。

他把艾瑪推進房間，自己也往裡面一衝。撞到地上後，他的膀胱再也撐不住了，他起碼尿出來四分之一的量，然後才克制住。他想他有五秒鐘可以做決定，不然亞德里安就會把門鎖起來，或殺了他們。

「妳有武器嗎？」他問。

「什麼？沒有，我當然沒有。」

他看看房間裡。他的褲子濕透了，膀胱還想再解放一次。事實上，感覺比剛才更痛了。這裡本來就沒有東西可以派得上用場，現在還是沒有。

除了他的母親以外。

母親不需要白白犧牲。

55

警衛走過來，要我跟著他。他巨大的額頭很緊張地皺成一團，下唇比上唇突出了半吋，你如果得了重感冒，絕對不希望自己的嘴唇會這麼噘出來。他護送我穿過金屬探測器，有人幫我搜身，尋找藏起來的武器跟毒品。四個不同角度的監視器拍下了全程經過，不過按進得去的毒品和武器數量看來，這四台攝影機應該平常都沒打開。我跟著警衛走進在鐵欄杆另外一邊的訪客室，我們走進時欄杆就滑開了。訪客室裡有十幾張方桌，上面都斑痕累累，有的邊上都是缺口，有的桌面則有東西拖拉過留下來的線條和擦痕，木頭上刻了小字。有幾張坐了穿著連身服的人，對面則是穿著夏日服飾的家人。房間裡有空調，訪客絕對不知道這個時節牢房裡有多熱，冬天又會有多冷。過去四個月來，我老從另外一邊走進這個房間。這次則由警衛告誡我要避免哪些行爲。艾德華．杭特坐在桌子後面，雙手放在大腿上看著我，似乎在回想怎麼會認識我。我坐在他對面，兩個人都不打算跟對方握手。

「謝謝你願意見我，」我說。

「你在這裡的時候，我不記得我們講過話，」他說，「有什麼事這麼重要，讓你一定要回到監獄來？」

「有個女孩失蹤了。」

「很多女孩失蹤了，」他說。「有一次，我女兒失蹤了，然後就死了，我爲什麼要管別人失不失蹤？」他的聲音平和，似乎完全被藥物控制了。說到女兒時，口氣不帶一絲情緒。他聽起來精疲力竭，空空蕩蕩。在施羅德提到的那次銀行槍案中，就是珍．帝隆工作的地方，他的妻子被槍殺了。艾德華的女兒被綁票，當成勒索人質，他獵殺了帶走她的人。他對付了害死妻兒的人，結果因此入獄。

「對你家人的遭遇，我覺得很抱歉，」我說。

「我知道。你的女兒也被害死了，」他說。「你殺了那個害死她的人嗎？」

「我是來找你幫忙的。」

「我知道，看得出來，」他說。「你心裡也住著怪獸嗎？我的怪獸喜歡血的滋味。」

如果艾德華．杭特並未服用藥物，我眞他媽希望他趕快吃藥。如果他已經開始服藥了，劑量應該要提高。他的話讓我想起傑斯．卡特曼。傑斯．卡特曼體內當然有個怪獸，飢腸轆轆到不擇手段。

「她叫作艾瑪．格林，」我往前靠過去。「星期一晚上她被綁架了，我認爲她還活著。帶走她的人叫庫柏．萊利。然後他們都被一個精神病患綁走，他叫作亞德里安．隆納。」

「聽起來你什麼都知道了。」

「我不知道他們在哪裡。」

「這樣，我也不知道。我連他們的名字都還是第一次聽到。你知道的，我又不能出門。我也不喜歡看新聞。有什麼好看的？每天都是同樣的故事，只是換了不同的人。沒什麼好看。」

「你認識莫瑞和艾利斯．杭特嗎？」

「嗯？什麼？」

「莫瑞和……」

「我知道。我聽到了。他們是我的叔叔，」他終於對我們的對話比較有興趣了。「我跟他們不熟。你也知道我爸被捕了，然後我很多年沒見過他們，就只有在祖父母的喪禮上碰面，連話都沒有說。如果在街上看到他們，我可能也認不出來。」

「他們以前在格羅弗丘工作。」

「那是什麼，養老村嗎？」

「不算，」我解釋了一下。

「那你想打聽他們的什麼事？」

「你知道他們住在哪裡嗎？」

「不知道，怎麼了？你找不到他們？」

「他們死了。」

「什麼……你是說……什麼？怎麼死的？」

「被謀殺。」

「天啊，」他說。「誰幹的？」

「亞德里安．隆納。」

「綁走艾瑪．格林的人。」

「他以前是那裡的病患。從種種跡象看來，你的兩位叔叔以前常虐待他，還有其他人。」

「噢，我懂了，」他抬起手來抓住桌邊。「我現在懂你爲什麼來找我了。你覺得他們也有殺人基因？讓我們成爲嗜血之人的基因。我爸有，我有，現在他們也有了。」

兩名警衛朝我們看過來，不過沒動作，只是看起來他們已經準備要過來了。我放低了音量。

「你的叔叔害了不少人，看來也殺了不少人。」

他聳聳肩。「所以他們罪有應得，」他的口氣帶著輕蔑。

「或許吧。」

「那你爲什麼還要來？」

「因爲他們得把受害人關在某個地方。」

「我說了，我不知道他們住在哪裡。」

「我去過他們家，裡面都是受害人的紀念品。」

「他媽的殺人基因，」他說。

「受害人沒去過他們家，會去哪裡呢？你想得到嗎？」

「我說了，我跟他們不熟，眞的很不熟。我也想幫你。要是我知道，我就說了，可是我什麼都不知道。」

「一定有什麼線索，」我開始覺得好沮喪好疲累。「拜託，一定有什麼可以告訴我。」

「我都告訴你了，我要知道就會告訴你。我明白有個女孩命在旦夕，對嗎？我懂，我就是不知道他們在哪裡。我已經六年沒見過他們了。」

「自從你祖父母去世後。」

「對，我剛才說了。」

「他們大概也在那個時候離開格羅弗丘。」

「那又怎樣?」他問。

「那表示你祖父母去世後,他們就辭職了。爲什麼呢?」

他聳聳肩。「我不知道。」

他不知道,可是慢慢有個雛形了。他們離開,因爲他們再也不需要格羅弗丘的尖叫室。他們有別的地方可以造自己的尖叫室。「你的祖父母住在哪裡?」

「他們很久以前搬家了。小時候我跟他們住在一起。他們在近郊有棟不錯的房子,不過他們一直想要比較大的房子,還要有一大片土地。我搬出去後過了不久,他們就買了農場準備退休。他們耕種了……我想想看七、八年吧,就在祖父去世前,不久之後祖母也過世了,我猜那是因爲她太想念他了。」

農場,太好了。「農場呢?後來怎麼了?」

「我不知道,我猜賣掉了。」

「可是你不知道?」

「我覺得他們留給下一代了,給莫瑞和艾利斯,我老是想……可惡,我剛說他們把農場賣了,但你不覺得賣出去了,對不對?你認爲他們把受害人帶去農場了?」

「農場在哪裡?」

「你需要一張地圖,」他說。

「我車裡有地圖。」

「拿支鉛筆來,我告訴你怎麼走。」

56

收藏品要逃走了。那麼努力，做了那麼多計畫，心血都化爲烏有。昨天晚上在腿上留下的槍傷已經感覺不到痛了，跟頭痛比起來，腳也不怎麼痛。他的腳，他可憐被打爛的腳，還有可能復原嗎？腳趾頭能救回來嗎？他的眼睛，他可憐受損的眼睛感覺跟著了火一樣。

安全別針拔出來了。丟在臥室的地板上，凱蒂背叛他的房間。他再也不信任她了。小時候她就讓他失望過，幾個月前他付錢找她買樂子的時候也讓他失望，現在又讓他失望了。身上好痛，被背叛也一樣痛。他不知道槍裡有多少子彈，但他知道最好不要用光，便停止了射擊。他也還不確定要不要用槍對付他的收藏。還有挽救的機會。他只要關上牢房門，冷靜一下，他就能試試看，很努力很努力地去原諒他們，然後他可以要庫柏的母親或凱蒂幫他處理傷口。他仍能跟庫柏坐在門口看日出，第二天再換凱蒂陪他。

就像傳教士說的，他只需要一點點信念。

現在只要把門關上就好了。

他的腿一點重量也無法承受，走路的時候只有腳跟能碰到地面，他靠著牆，讓肩膀滑過牆壁。他把槍舉在前面，對準了通往尖叫室的門。

庫柏的母親出來了。她的眼睛半睜，臉蛋下垂。她站得很直，直得有點怪，就像舞台上的木偶，四肢鬆軟，好像無法控制。她朝著他走過來，他退了一步。他沒想到會這樣。他舉起槍，盡力瞄準她，手抖個不停，全身痠痛。另一隻手則遮著眼睛。

「妳想怎樣？」他問。

她沒回答。他又退了一步，不小心施錯了力氣，腿一軟，差點跌倒了。

「不要逼我開槍，」他提高了嗓門，蓋過自己的耳鳴。

愈來愈近。愈來愈近。

「回去裡面，」他說。

他扣了扳機，一共扣了兩次。一槍射進了天花板，第二槍打中了老婦的胸口。她不像電影裡中彈的人會往後飛，反而向前衝。他又射了一槍，這次打中了她的肚子，她仍繼續朝他逼近，他抬起雙臂，不想被她撞到，但她就這麼倒了下來，他連眼睛都顧不得遮住。他往後踉蹌了幾步，這次他的腳眞的撐不住了，向後一翻平躺在地上，頭在石膏板上撞出了一個洞，卡住了。他把她推開，她滾到旁邊的地板上，臉仍對著他。

庫柏站在他面前，一臉發狂的表情。他的褲襠濕透了，襯衫上仍沾滿了兩天前那女孩的血。已經過了兩個晚上？亞德里安也看得見自己的腳，第二根被打中的腳趾頭不見了，他不確定什麼時候掉了。他舉起手，可是手裡空空的，沒有槍。他毫無防禦能力，就像多年前在學校附近，他躺在地上，任由別人撒尿，他現在也有同樣的感覺，知道接下來會怎麼樣。庫柏彎下腰，舉起槍，又往前走了幾步。

「好痛喔，」亞德里安說。「拜託，庫柏，幫我。你是我最好的朋友。」

庫柏蹲下來，用槍管抵住亞德里安的胸口，微微一笑，亞德里安也笑了。不會有事的。槍管很燙。接著他覺得自己心臟病發了。全身所有的肌肉都在痙攣，眼睛也不痛了。眼前一片光明，就像以前在醫院裡，醫生會用光照他的眼睛，然後一切都閃耀著白色的光芒，槍管更燙了。接著世界整個暗了下來。他胸口流出的血匯成了兩灘。他從還能看見的那隻眼睛看著世界逐漸失去顏色。

他看著凱蒂，這麼多年來一心深愛的凱蒂，她從房間裡走出來，赤裸著身子，非常美麗，他絕對不會把她送給庫柏，絕不。庫柏站起來，走到她旁邊。

亞德里安最後聽到的幾個字就是庫柏對她說的話。「有些事情我應該要告訴妳，」他轉過身背著亞德里安，舉起槍對著凱蒂，「因爲我沒有完全對妳說實話。」

然後亞德里安看到自己坐在門廊上，他好老了，跟身邊的凱蒂一起看日出，庫柏已經從他們的生命中消失，日出開始褪色，退成了夜晚，他握著她的手，什麼都看不到了，走了。

57

我想到我對唐納文・格林的承諾。他要跟庫柏・萊利獨處五分鐘，如果亞德里安・隆納跟這件事沒有關係，或許我會順他的意。不過我還是打給了施羅德。這樣對艾瑪最好，對我跟施羅德也是。我需要跟施羅德保持良好的關係，以後我一定會需要他站在我這邊。監獄裡的電話覆滿了刮痕，刻了許多姓名跟日期，警衛站在我旁邊，一字不漏地聽著。

施羅德說他們拿到了格羅弗丘病患和職員資料的搜查令，一個小時內就能到手。他說，午餐前就會開始跟職員談話，曾在那裡工作的人現在都有律師了。我說我覺得不錯，然後我給了他地址，告訴他我覺得艾瑪・格林被關在那裡。他問我怎麼知道，我說沒時間解釋了，他得去那裡找我，這次我絕對不會錯。我大概比他早了二十分鐘。二十分鐘內什麼都有可能發生。他要我等他，我說我會先去看看，覺得可疑就打電話給他。

「怎麼打？亞德里安摔爛了你的手機。」

「我沒辦法坐著乾等，二十分鐘太久了。」

「泰特……」

「我一定要走了，」我掛了電話。

我轉身離開電話，走了兩步又改變了主意。我又打了一通電話，給唐納文・格林。

「你有筆嗎？」我問。

「當然有。」

「寫下來吧，」我把地址唸給他聽。「我很有把握，艾瑪就在這裡。」

「她沒事吧？」

「我不知道。如果你要跟庫柏．萊利獨處五分鐘，你最好快點。」

我掛了電話，很有信心警察一定會比格林早到。如果艾瑪還活著，一家團圓就太好了。如果她死了，我只告訴他她在哪裡，看到她的屍體，他一定會崩潰。不過這是他的抉擇，如果我是他也會如此抉擇，我該幫他做這些事情。

艾德華．杭特給的指引很清楚，不過他去那裡已經是好多年前的事了，所以很多地方變得模模糊糊。他多半還記得，所以我也很有信心不會迷路。我拿他的地圖跟車裡的地圖比較，發誓等這件事結束後，我要去買市面上最貴的衛星導航系統。不想再看到農地和鐵絲網了，要是有人找我來這一區辦案，我一定要拒絕。

農舍出現在眼前。房子很大，有尖尖的屋頂，四邊漆成紅色，屋頂則是黑色，窗台和門框用了許多白色飾條。可能祖父母在電影或拼圖裡看到不錯的農舍，就想買一間一模一樣的。可惜窗台上並沒有冒著熱氣的派，不過到了土路盡頭，來到農舍前，就看到了艾瑪．格林的車子。我繼續開車。問題是我又開了半公里才找到能把車子藏起來的地方。我開了行李廂，找到一支撬桿，如果輪胎漏氣要換下來，就要用這種撬桿拆下卡住的輪胎。我跳過了圍籬。農地荒蕪許久，有些地方是硬土，有些地方長滿長草，甚至還有更高的野草，有些高到我的膝蓋。我低下身子，採對角線穿過，只對著房子的某一邊，免得有人從裡面看出來的時候，可以從更多窗戶看到我，心裡等著，等著唐納文．格林給我的那把槍響起，讓我像塊石頭般倒在地上。

等我到了房子旁邊，雙腿已經被野草弄得疤痕累累，發起癢來。我靠著牆，木頭很溫暖，熱氣滲入了我的皮膚。看不到有人。也沒有聲音。我從窗戶往內看，努力看清紗窗裡的情景。裡面是個很大的客廳，沙發是大花朵的圖案，橡木咖啡桌腳上有雕刻，電視是箱子的形狀，應該重達一噸吧。所有的東西看起來都很整潔，彷彿杭特爺爺奶奶還住在這裡。我從窗旁移開，到了下一扇窗戶。這個房間是主臥房，標準大小的雙人床，毯子都掀開了。下一扇窗戶漆黑一片，什麼也看不到。裡面應該用比窗簾還厚的東西蓋住了。

我朝房子後面走去。我的體重一移到通往後門的平台上，木頭就發出嘎吱聲。我立刻靜止不動，等了幾秒，沒有人出來看看是誰發出聲音。我盡量靠著牆走，嘎吱聲也停下來了。我轉了轉後門的門把，門立刻開了。我進了廚房，裡面很乾淨。水槽後貼滿了白色磁磚，靠近中間的地方有張可以全家人圍坐的桌子。牆上的月曆日期幾乎是六十年前，上面是幅果園的風景畫。月曆已經褪色了，邊緣都起了皺褶，某個日期旁的圈圈也已經褪色了。圈圈內的筆跡看起來很古老，也快要看不清楚了，但能分辨出寫的是我們的結婚日。太陽按著該走的路徑低低掛在空中，從陽台下透過窗簾照進來，因此廚房裡非常明亮。我把門在身後帶上，停下了腳步仔細聆聽。我跟撬桿要對抗帶了眞槍和電擊槍的精神病患。

開放式的廚房跟餐廳連在一起，餐廳有兩扇門，一扇通往起居室，一扇通往走廊。我可以看到起居室裡的情況，沒有人。我進了走廊。走廊分成兩個方向，一邊通往上樓的樓梯，一邊繼續向前，然後右轉。我沒上樓，沿著走廊轉過去，看到了一些漂亮的古典家具，牆上也有繪畫。這裡有扇門完全打開了。門的鉸鍊反過來裝，所以門會往外開，而不是往內，擋住了整條走廊。門片正對著我。我小心翼翼地走過去，探頭看了看。前方的走廊上有兩具屍體。我把門稍微推了一下，好看清楚房間裡面的情況。裡面空空如也，整個房間都貼了軟墊，天花板跟地板也不例外。地板上有污漬——這就是杭特雙胞胎兄弟建造的尖叫室。這就是那九個人喪命的地方。雖然外面很熱，一股寒意依然穿遍我的身體。他們很有可能把受害者在這裡只關了一天，或者囚禁好幾個月。

我用力一甩，門完全闔上了，然後走近那兩具屍體。一個男人和一個女人。女人看起來七、八十歲了。男人就是在庫柏·萊利家放火的那個，然後還到我家想收藏我。他的胸口有兩個彈孔。他的眼睛睜得大大的，一隻已經受損，眼珠有個洞，眼睛整個腫了起來，還滲出一些液體。我蹲下去檢查女人的脈搏。沒有動靜。我不想管亞德里安了。沒必要。槍不在這裡，可能被庫柏·萊利拿走了。他可能也抓到了艾瑪·格林。他應該不知道警方已經調查到了什麼，一定以為他能編出一套故事，讓自己安全脫身，繼續過他想要的生活，那就得殺了所有人。

那為什麼艾瑪·格林沒躺在這裡呢？我聽見走廊那頭的聲音，很像微弱的槍響，還有隱隱約約的尖叫聲。我往聲音的來源走去。槍聲又響起來，但不夠響，應該不是眞槍。我很想一口氣跑過去，但我只能一次走一步，很慢，很小心，穿過了一間浴室和一間空著的臥房，再走到另一間臥室，艾瑪·格林在裡面的雙人床上。她沒穿衣服。我看到庫柏·萊利站在她前面，用皮帶揮打床邊的抽屜櫃，櫃子上則放了我的槍和電擊槍。艾瑪被聲響嚇得跳了起來。那就是我剛才聽到的聲音。她的手被反綁在背後，她一直努力往後退。我向前移動。他可能發覺我進來了，或注意到艾瑪看見我進來的反應，因爲他轉身的速度很快，身後是一扇大窗戶，我想要用力衝過去，把他直接推出窗戶，不過他可能會拉著我一起出去，我可能會落在耙子上，他可能會落到一堆稻草上。他一把抓起槍對著我，我把撬桿一丟，打中了他的手臂，他怒吼著放開了槍，兩樣武器朝著同一個方向跳開，撬桿打到了窗戶，把玻璃砸碎了，手槍則從開著的小窗戶飛到外面去。庫柏朝著我走過來，我迎上去，他迅速揮出右拳，打中了我的下巴，我同時也揮出拳頭，打中了他的臉頰。他又再度出擊，我擋住了他，抓住他，我們一起撞翻了五斗櫃。堅硬的東西紛紛落在我們身上，梳子、鏡子、幾尊小雕像、兩本小說、一本附筆的填字遊戲書、厚實的玻璃罐，裡面有東西漂浮著。艾瑪．格林下了床，朝門口跑去。我用力一推，又打中了庫柏的臉頰，還沒出下一拳，他就抓起玻璃罐揮過來。

玻璃罐在我腦袋瓜上碎掉了，但感覺有一半的玻璃刺穿了骨頭。有個東西，看起來像切斷的拇指，打中了我的鼻子，然後彈開了，裡面的液體湧進了我的眼睛，我立刻覺得刺痛，液體和剛才的一擊讓我的視線變得模糊。我快睜不開眼睛了。我想眨掉眼中的液體，但不奏效。

庫柏彎下腰來看著我。我看不清楚他的樣子。他的雙手緊緊扼住我的脖子。我想抓住他的手，手臂卻舉不起來。我聞到了尿味跟汗味。我聽見木頭嘎嘎作響。我口中出現了血腥味。這場戰爭我馬上就要輸了，而我無力反擊，只希望施羅德及時進來。

他還沒來。

庫柏勒得更緊了。

我眨掉了更多液體。頭顱裡的壓力愈來愈強。我的眼睛快跳出來了。然後我看到了一個東西。黑色的，看起來像槍，但是比槍更粗。庫柏歪頭一看，那東西一下子就塞進了他的嘴巴。

「王八蛋！」艾瑪·格林大吼著扣下扳機。

他的身體緊繃了一秒，然後整個鬆軟下來。電壓傳輸過去的時候，發出輕微的爆裂聲。我看到了微小的光線在跳舞，原來是一片片碎紙，上面的序號模糊到看不見。庫柏的手從我的脖子上滑下來，他倒在我身上，臉頰重重地靠著我的臉，全身的重量都壓了下來。我把他推到旁邊，他倒在地上。從他開著的嘴巴裡，有兩條細鐵絲連到艾瑪手裡的電擊槍。她仍扣著扳機，庫柏在地上不斷抽動，直到她放開手。

我擦了擦眼睛，但視線依然很模糊。我爬到旁邊跪起身子，等我站起來的時候，我只能橫著走，撞到牆壁後又倒回地上。艾瑪放下了電擊槍，撿起撬桿。她的手仍綁在一起，不過現在在身體前面。她一定把腿勾起來換了個方向。

「你是誰？」她問。「你他媽的到底是誰？」

我用手捧住頭，如果她開始亂揮撬桿，我要防禦自己，不過我不確定我有沒有防禦的力氣。

「妳父親，他，他派我來，來找妳，」我說。

「你看起來很眼熟。」

「那，那是因爲……」

「去年就是你撞了我。怎麼了？你又想來這裡害我嗎？」

「不是，不是，當然不是，」我竭力調整自己的呼吸。

庫柏開始乾嘔。他想挪動手臂，可是動不了。他張著嘴巴，舌頭腫起來了。他的喉嚨開始鼓脹。他的臉變成了紫色，無法呼吸。他想碰自己的嘴巴，可是碰不到。

「妳父親雇了我，」我告訴她。汗水混入了我頭上的血，還有罐子裡的不知名液體。我一直擦眼睛。臭死了。「他覺得我該對妳負責，要幫他找到妳。那就是爲什麼，爲什麼我接下了這件工作。」

「不要動，」她說。「躺在地上。你敢動一下，我就打你。我說眞的。」

「那他呢？」我朝庫柏點了點頭。他的臉變成深紫色了。

「他想殺我嗎？」她問。

「對。」

「那就讓他死吧，」她說。

「妳不希望他死，」我說。「妳現在這麼想，不久就會後悔。相信我。」我從地上把自己撐起來，擦了擦眼睛，深吸了幾口氣。我想到庫柏旁邊去。我的膝蓋又不能彎了，一施力就很痛。

「不要動，」她說。

「他要死了。」

「你敢動一下，我就打爆你的頭。你有手機嗎？」

「沒有。」

「亂講，」她說。「現在每個人都有手機。」

「是嗎？那妳的呢？」我問。

「我不知道，被他拿走了。」

我拉起襯衫下襬擦臉，視線變清楚了。庫柏還在發出乾嘔的聲音。

「你為什麼這麼想幫他？」她問。

「警察馬上就會到了，再過五到十分鐘吧，老實說，我跟妳一樣，很樂意站在這裡看著他斷氣。但我想問他事情。我還在找另一名女性，她也被他害慘了。」

「我不信你的話。」

「妳一定要相信我。」

「我再也不會信任別人了。」

我從口袋裡掏出出獄那天唐納文．格林給我的相片。

「這是妳爸爸給我的，」我把照片拿給她看。「他說，拍照的時候妳正好十歲。他說妳只想要一隻小狗當作生日禮物，他們沒買給妳，妳就離家出走了。他說，他們在兩個街口外的公園裡找到妳，妳坐在旋轉木馬上，跟樹上的鳥兒聊天，想跟牠們做朋友。看到妳沒事，他們鬆了一口氣，正想責備妳的時候，卻被妳三言兩語說服了。妳爸爸說，妳告訴他們，妳逃家是因為妳覺得很難過，跟他們要這麼大的禮物，而不是因為妳沒有拿到禮物，妳逃家是因為妳很壞。他知道這都是妳編出來的，但妳說的話感覺很值得相信，也讓他們很難過，不好意思罵妳了。他說妳總能靠著口才從他那裡得到妳要的東西。艾瑪，放下撬桿吧，讓我救他。」

我點點頭。

「他把那些事情都告訴你了？」

她仍抓著撬桿，但她對庫柏點點頭。「救他吧，」她說。「問他你想知道的事情。」

我走向庫柏，蹲在他旁邊。

「冷靜點，」我說。

他無法冷靜。他動得沒那麼厲害了，只是一直抖動，但我需要他完全靜止不動。

「別掙扎了，不然你會死。會有點痛，不過起碼能保你一命。你懂嗎？」

他停止了亂動。

我把填字遊戲的筆拿下來，折成兩半，就有了一條塑膠管。

「你要拿他怎麼辦？」艾瑪問。

「我要救他活命。你知道我要怎麼處理嗎？」我問庫柏。

他的眼神告訴我他懂了。我從破掉的罐子裡找了一片玻璃，把手放在他的額頭上，用力壓住他的頭，讓他保持不動，用玻璃在他脖子上突起的兩小塊地方中間劃了過去。他又開始掙扎，滿臉是汗。等切口夠大，我把管子插進了傷口。

空氣從管子進去，他開始呼吸。遠處終於傳來了警笛聲。

「警察來了，」我告訴她。「去找些衣服穿上，我在這裡等。」

艾瑪出去了。庫柏躺著不動。他的皮膚已經從紫色回復正常。

「你記得娜塔莉．福勞爾斯嗎？」我問他。

他居然有力氣點頭。

「你知道她在哪裡嗎？」

他搖搖頭。

「眞的不知道？」

他又搖搖頭。

「如果你知道，你會告訴我嗎？」

再搖搖頭。

「你害她走上了那條路，你知道嗎？」

他點點頭。

「她害死了很多人，都是因爲你害了她。你這個不要臉的垃圾，你知道吧？全世界都會知道你是人渣，因爲你居然好心到拍了照片來證明。大家都會知道你是那種最糟糕的強暴犯。你知道的，我坐過牢，我知道牢裡的情況，但對你來說，哼，你在牢裡會有專屬的地方。跟你比起來，我蹲的刑期簡直就是度假。你幫我找到娜塔莉，或許我也能想辦法幫你。或許你就不需要每天坐在冰袋上幫自己消腫。」

他把手舉高了一點，示意他要寫字。他的吸氣吐氣都要通過筆管，伴隨著低沉的哨聲。我找到了剛才折斷那支筆的筆尖，連同塡字遊戲本一起遞給他。他把紙筆朝向自己寫了幾個字，然後放下筆。我把遊戲本拿了過來。

他在空白的地方寫了幹你媽。我低頭看著他，他咧嘴一笑，伸手拉出了塑膠管。

微笑在他臉上停留了十分鐘。他控制了情況，控制他的命運，控制最終的結果。他逃開了牢獄，逃開了責任，逃開了媒體的追逐。他寧可死，也不要面對同儕的羞辱。他的想法從他的眼神就可以看出來。他很高興他做了這個決定。然後他的微笑開始顫抖，臉又變成了紫色，前額冒出了汗珠。他打敗了體制，但這個決定也不能讓笑容一直留在他的臉上。

過了二十秒，笑容也消失了。他伸手摸索塑膠管，舉到喉嚨上。他用管尖對準喉嚨上的切口，但插不進去，血流太多了，也抓不到正確的角度。管子一直從傷口邊緣滑落，也差點從他手中滑下來。他想用手指撐開傷口，卻弄掉了塑膠管。管子在地上骨碌碌朝我滾來。

又過了三十秒，他滿眼乞求之色。他想說話，但發不出聲音，重複著同樣的口型。

救我。

我在他寫給我的那三個字底下畫了一條線，把填字遊戲本丟到他大腿上。他垂眼看看，又抬眼看我。四十秒了，我從來沒看過這麼充滿恐慌的眼神。

看不下去了。

我不想看。

我也不需要在旁邊看。

我彎下腰撿起塑膠管，丟進口袋裡，離開了臥室。我穿過了走廊，經過亞德里安，經過死掉的老婦，經過那些古老的家具和古董月曆，從後門出了房子，遠離臥房傳來的哽咽聲。我繞到房子前面。從臥房窗戶飛出來的槍落在花園裡。我撿起槍塞進口袋。我從窗戶往裡面一看，庫柏不動了。我沒殺他，我本來可以救他，但不救他也覺得無所謂。我把塑膠管丟進窗戶裡。我不想向施羅德解釋為什麼管子會在我口袋裡。塑膠管滾到了庫柏下面，但他沒伸手去拿。

艾瑪·格林站在車道上。她穿上了法蘭絨襯衫和牛仔褲，手裡仍拿著撬桿。走到離她十公尺的地方，我停下了腳步，她看起來隨時會把那東西揮到進入攻擊半徑的人身上。警車已經開過來了，施羅德和其他警官跳下了車子走過來，她仍握著撬桿不放。

唐納文．格林跟在他們後面，副駕駛座上的女性應該是他的妻子希拉蕊。艾瑪認出了車子，丟下撬桿，朝著他們跑過去。車子還沒完全停下來，希拉蕊就拉開了車門，跳車的時候差點摔倒了。唐納文也顧不得把引擎關掉，他們都沒看到我，父母眼中只看得到掌上明珠。看著他們緊緊擁抱，我笑了，這時施羅德走過來。他帶了槍，跟他一起來的警官也全副武裝。他們很小心地靠近農舍。

「亞德里安呢？」他問。

「死了，」我說。

「庫柏呢？」

「也死了。」

「天啊，」他說。「告訴我發生了什麼事。」

我一五一十告訴他，我們看著艾瑪跟家人仍緊緊相擁，基督城的太陽則熱辣辣曬在周圍的田野上。

後記

咖啡店老闆讓艾瑪回去做原來的工作。她不想回去，但她需要錢，而且進警校前她也沒事做。她從沒想過自己會想當警察，不過她現在只有這個念頭。她從大學退學了，向警方提出申請，現在就等申請通過。可能要等六個月，也可能要等三年。希望她能得到許可。希望她有體力承受訓練，也希望她能被分派到基督城，這樣就可以跟家人在一起，也能帶來改變。雖然經歷了這麼多，她依舊深愛基督城，想要保護這座城。她希望其他跟她一樣的女孩不要落到庫柏・萊利這種人手裡。她不知道過幾個月她會不會改變想法，兩個星期前發生的事情感覺又不一樣了，她放棄當警察的想法，只想一輩子窩在自己的房間裡。爸媽並不支持她的決定。他們希望她繼續念大學。他們說當女警太危險了。她向他們點明了，當學生或在咖啡店打工也一樣危險。

在她被綁架的那天晚上，她以為死掉了的老人坐在最靠近櫃檯的那張桌子。他正在吃馬芬蛋糕和喝咖啡，邊玩填字遊戲。他沒認出她就是那天晚上的那個女孩。天啊，他走進來的時候她眞想對他尖叫！她也想在他的咖啡裡吐口水，不過她只擺出了笑臉，收了他的錢，把他點的東西拿出來。

無可否認地，她心裡有點想等他離開後，跟著他去停車場，第二天早上，會有人發現他死在自己的車子裡，坐在方向盤後面。梅莉莎・X就會這樣。

他發覺她盯著他看，抬起頭來，給了她一個大大的微笑。

「基督城最好喝的咖啡，」他說。

她也報以微笑。「謝謝你的誇獎，」她說。

他繼續埋頭解填字遊戲。她想到了亞德里安．隆納，還有把安全別針插進他眼睛裡的感覺。幾個月前如果有人問她，她會說她才不會幹這種事情，什麼樣的情況下都不會改變心意。她也不會想到要跟蹤顧客去停車場，然後把他勒死。

每個人都會變。有些人變好，有些人變壞。殺了兩個男人後，她不知道自己變好還是變壞了。

她想到了庫柏．萊利，躺在地上，喉嚨被電擊槍堵住了。她要他死。她眞的很希望他死掉，雖然他眞的死了，她也很高興自己沒有親手殺死他，也算鬆了口氣。他害死了自己，所以她不覺得內疚——不過她也不確定自己有沒有一絲絲內疚。如果他沒死，還會繼續害人。或許不是今天，也不是下個星期，但十五年後等他出獄了，一定死性不改。

泰奧多．泰特確保他再也沒有機會了。

至少她認爲整件事情就是這樣。

泰奧多．泰特。她仍然很氣他去年把她撞傷了。不過她的想法慢慢改變了。聽說他想回去警隊。她希望有一天能跟他合作。她知道他能教她警校不會教的東西，這些東西會讓她變成更優秀的警察。學會了之後就能幫助更多人。

比方說從邪惡壞蛋的喉嚨裡把塑膠管拔出來。

好吧——她不確定自己做不做得到，只是她不確定在她出了那間臥房後到底發生了什麼事情。

第二天，警方在農舍找到了九具屍體，都是過去幾年內失蹤的人，都被一對兄弟殺害，而殺死那對兄弟的人則被她插了安全別針。

對，她眞的很想當警察。她要除去那種人。

老人結束了塡字遊戲，離開時對著她揮了揮手。她走到他的桌子旁邊，拿起他留下的報紙，翻到了頭版。上面有幅梅莉莎・X的素描，跟去年發布的一樣，不過現在她有了名字，跟她在學生時代的照片。娜塔莉・福勞爾斯。

娜塔莉・福勞爾斯是庫柏・萊利第一個加害的人。她有個可怕的念頭，希望庫柏殺了娜塔莉・福勞爾斯。

昨天晚上又出現了一具屍體。救護車駕駛。他渾身赤裸被丟在公園裡，雙手綁在樹後。他的制服不見了。如果娜塔莉・福勞爾斯會被捕，她不知道能不能趕在那之前成爲警察。她把咖啡杯和盤子送回廚房，把報紙對半折起，丟進了垃圾桶。

Storytella **40**

殺手收藏家 Collecting Cooper

國家圖書館出版品預行編目資料
殺手收藏家 / 保羅・克里夫著；宋瑛堂譯.— 初版
.— 臺北市：春天出版國際, 2015.01
面；公分.—（Storytella ；40）
譯自：Collecting Cooper
ISBN 978-986-5706-49-4（平裝）
887.257 103023267

ISBN 978-986-5706-49-4
Printed in Taiwan

作　者　保羅・克里夫
譯　者　嚴麗娟
總編輯　莊宜勳
主　編　鍾靈

出版者　春天出版國際文化有限公司
地　址　台北市信義路四段458號3樓
電　話　02-7718-0898
傳　眞　02-7718-2388
E－mail　frank.spring@msa.hinet.net
網　址　http://www.bookspring.com.tw
部落格　http://blog.pixnet.net/bookspring
郵政帳號　19705538
戶　名　春天出版國際文化有限公司
法律顧問　蕭顯忠律師事務所
出版日期　二〇一五年一月初版
定　價　370元

總經銷　楨德圖書事業有限公司
地　址　新北市新店市復興路 45 號 3 樓
電　話　02-2219-2839
傳　眞　02-8667-2510
香港總代理　一代匯集
地　址　九龍旺角塘尾道64號 龍駒企業大廈10 B&D室
電　話　852-2783-8102
傳　眞　852-2396-0050

排　版　浩瀚電腦排版股份有限公司

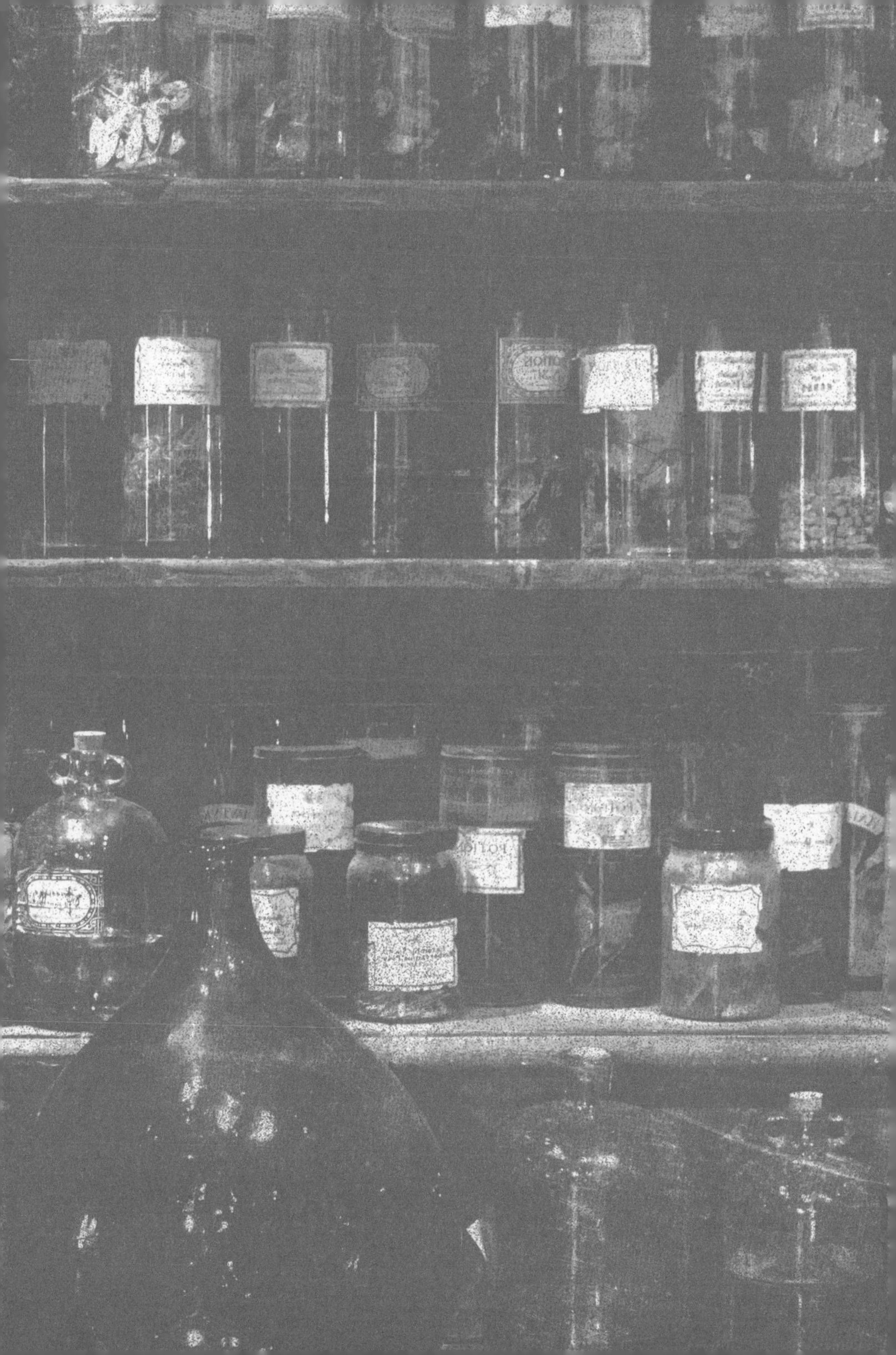

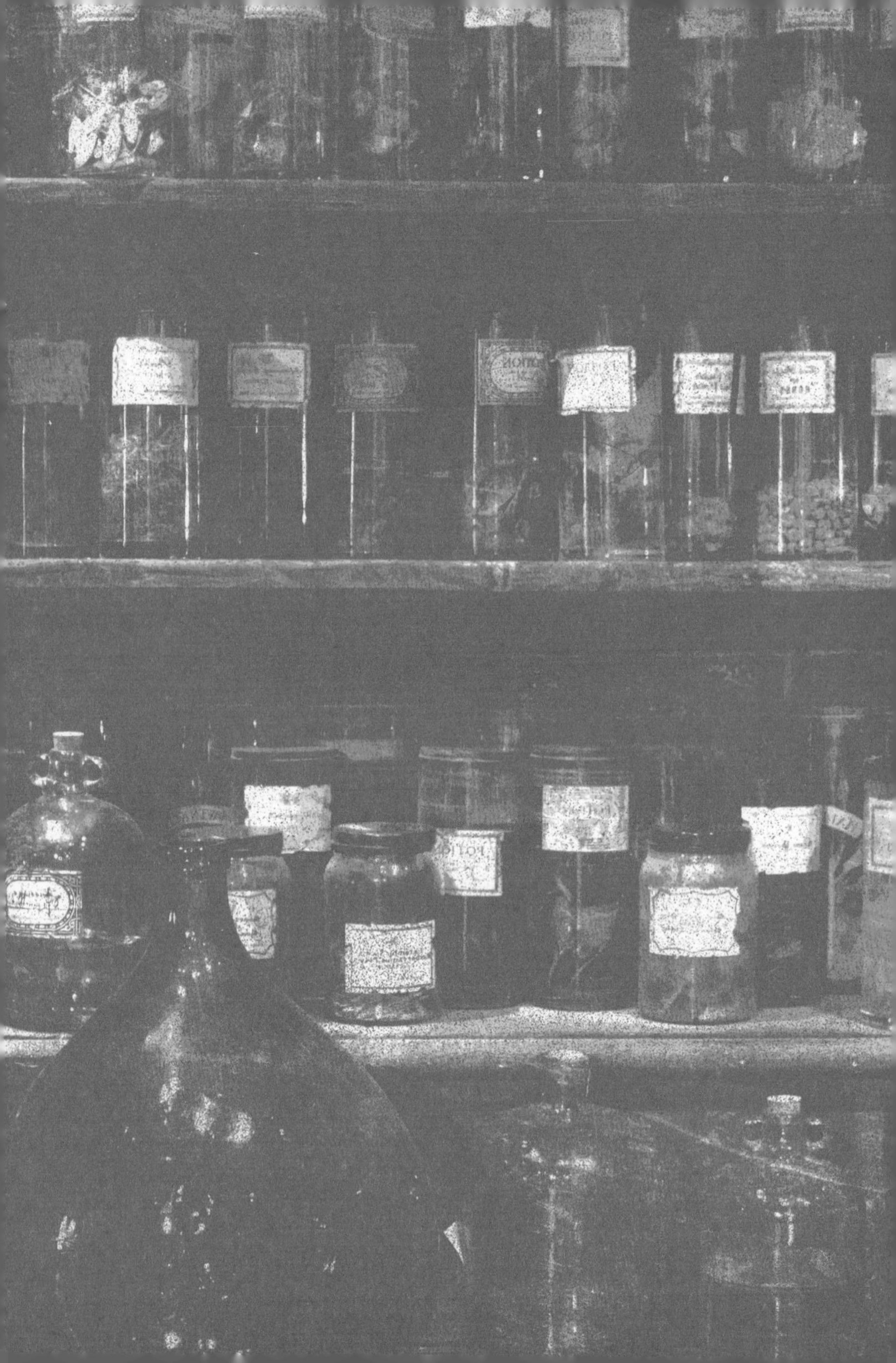